HEYNE <

TITUS MÜLLER

Der letzte Auftrag

ROMAN

WILHELM HEYNE VERLAG
MÜNCHEN

Liedtext Seite 33
Ernst Hansen, »Herr deine Liebe ist wie Gras und Ufer«
mit freundlicher Genehmigung der Strube Verlag GmbH,
München

ADN-Meldung Seite 309
Mitteilung der Presseabteilung des Ministerium des Innern
zitiert aus *Neues Deutschland*, 11.10.1989, Seite 2

MIX
Papier | Fördert gute Waldnutzung
FSC® C014496

Penguin Random House Verlagsgruppe FSC® N001967

in der Penguin Random House Verlagsgruppe GmbH,
Neumarkter Str. 28, 81673 München
Vermittelt durch die Literarische Agentur Michael Gaeb
Redaktion: Gunnar Cynybulk
Umschlaggestaltung: favoritbuero, München,
unter Verwendung von Motiven von © Vintage Germany
(Karen Meyer-Rebentisch) und © Shutterstock.com (Vidal25)
Klappe U2: favoritbuero, München,
unter Verwendung eines Motivs von © shutterstock.com/Peteri
Satz: KCFG – Medienagentur, Neuss
Druck und Bindung: GGP Media GmbH, Pößneck
Printed in Germany
ISBN: 978-3-453-44127-9

www.heyne.de

1

Dieses Zimmer, in dem sich entschied, ob sich die Lebenszeit der Kinder nur in Tagen bemaß oder in Jahrzehnten, war der einzige Ort auf der Welt, an dem Annie glücklich war.

Die Inkubatoren rauschten leise. Sie strahlten Wärme ab. Der Sauerstoff, den sie an die Säuglinge verströmten, war kein Allheilmittel. Dosierte man ihn zu hoch, erblindeten die Kinder.

Annie beugte sich im ultravioletten Licht der Lampen über eine Couveuse. Luisa war jetzt acht Tage alt, sie bekam zum ersten Mal Vitamin D. Aus einer Ampulle verabreichte Annie ihr einen Tropfen Dekristol in öliger Lösung.

Das Kind in der nächsten Couveuse hatte heute früh eine Lungenblutung erlitten, ihm war schaumiges Sekret aus Mund und Nase gedrungen. Annie hatte ihm vorsichtig Mundhöhle, Rachenraum und Luftröhre abgesaugt, und der Arzt hatte intramuskulär Vitamin K gespritzt. Sie wusste, es brauchte Ruhe. Es war noch nicht verloren. Erschöpft lag es da und schlief.

Einige der Kinder waren so winzig, dass Annie sie in einer Hand halten konnte. Manche hatten Fehlbildungen, die liebte Annie noch mehr. Sie tunkte den Wattetupfer in die blaue Lösung und pinselte Kathleens weiße Soorflecken ein, sie wucherten als Nebenwirkung des Antibiotikums. Kathleen sah sie aus staunenden hellen Augen an.

»Ihr werdet viel zu wenig berührt«, sagte Annie und streichelte ihr den Bauch.

Die Hautabszesse bei Lukas waren ein schlechtes Zeichen, seine Widerstandskraft war zu gering. Er würde noch eine Bluttransfusion brauchen. Sie desinfizierte vorsichtig seine Haut, tupfte sie trocken und gab ein antibiotisches Puder darauf.

Ihre Ziehmutter Helga war ein einziges Mal wirklich nett zu ihr gewesen. Da war Annie klein gewesen, sie waren zu Besuch in Magdeburg, und eine Kolonne sowjetischer Armeefahrzeuge donnerte vorüber, die Panzerketten zerschrammten das Straßenpflaster, und die Dieselmotoren dröhnten, und die Stiefmutter hatte gesagt: »Wenn du Angst hast, nimm meine Hand.« Jetzt nahm sie Lukas' Hand. Er war schon wieder so gelb. Sie strich sanft über seinen kleinen Handrücken. Er musste sondiert werden, obwohl er doch schon selbst getrunken hatte. Auch wenn eine nicht ausgereifte Leber bei Frühgeborenen häufig war, machte sie sich Sorgen. Lagerte sich der Gallenfarbstoff im Hirnstamm ab, konnte es schwere neurologische Störungen geben.

Beim nächsten Kind jubilierte sie im Stillen. Sarah wog über zweitausendfünfhundert Gramm. Man würde sie morgen nach Hause entlassen. Annie kitzelte ihr die Fußsohlen. »Bist du meine süße Sarah? Bist du meine Süße?«

Die Stationsschwester betrat den Raum. Sie warf Annie einen tadelnden Blick zu. »Du bist nicht zum Spaß hier. Füttern, wickeln. Vor dem Schichtwechsel musst du durch sein.«

Draußen hörte sie das Telefon klingeln. Sie hörte, wie die Schwesternschülerin sagte: »In Ordnung, wir kommen.«

Ein Ruf der Entbindungsabteilung. Ein Frühchen war geboren worden. Annie sagte: »Ich gehe.«

Jetzt wechselte der Gesichtsausdruck der Stationsschwester. »Annie, du solltest nicht –«

»Ich gehe!« Sie nahm draußen den Wäschekorb, den die

Schwesternschülerin gerade mit Wärmflaschen ausstattete. Kopfkissen, Decke, eine Mullwindel als Kopfstütze und eine als Schulterstütze lagen bereits darin. Annie fragte: »Ist die Sauerstoffflasche gefüllt?«

Die Schülerin bestätigte.

Sie nahm die Bereitschaftstasche, das Gewicht passte, es war sicher alles drin, Handbeatmungsgerät, Endotrachealtuben, steriler Mull zum Dazwischenlegen bei erforderlicher Mund-zu-Mund-Beatmung, Laryngoskop. »Wärmt schon mal eine Couveuse vor«, sagte sie.

Sie würde das Kind in der Entbindungsstation rektal messen, dann würde sie es behutsam in die Decke wickeln, in den Transportkorb legen und zu beiden Seiten und am Fußende eine Wärmflasche platzieren. Es durfte auf dem Weg in die Frühgeborenenstation keinesfalls auskühlen.

»Annie!«, rief ihr die Stationsschwester nach, aber sie tat, als höre sie es nicht, und ging.

Unten vor dem Kreißsaal hielt Dr. Struck sie am Oberarm fest. »Sie haben hier nichts verloren.«

»Ich habe nicht –«

Er sah ihr scharf ins Gesicht.

»Ich war nicht im Kreißsaal.«

»Halten Sie sich von den Schwangeren fern.«

»Ja, Dr. Struck.«

Die Tür zum Kreißsaal ging auf. »Annie, alles in Ordnung?« Eine Hebamme trat besorgt auf sie zu.

Dr. Struck sagte: »Ich will sie nicht noch einmal hier sehen. Sorgen Sie dafür, dass sie sich an das Verbot hält.« Er ging in den Kreißsaal.

»Du fehlst uns.« Die Hebamme probte ein Lächeln.

»Hattet ihr heute Kinder, die …«

»Annie, du solltest das hinter dir lassen. Es ist die Entscheidung der Ärzte. Du tust dir selbst keinen Gefallen.«

Was hatte sie erwartet?

Die Hebamme nahm ihr den Korb aus der Hand. »Ich tue dir den Kleinen rein. So halten wir uns an die Regel, und du betrittst nicht den Kreißsaal.«

Minutenlang wartete Annie. Als sich die breite Tür wieder öffnete und die Hebamme ihr den Korb mit dem Kind übergab, war sie den Tränen nahe. Sie trug den Kleinen nach oben. »Du stirbst nicht«, sagte sie. »Dafür sorgen wir.«

Oben erwartete sie die Öse mit strengem Stationsschwesternblick. Aber da sie das Kind brachte, schwieg sie.

Annie saugte ihm den Nasen-Rachen-Raum ab, dann kam Dr. Struck und sondierte mürrisch den Magen, um eine Stenose oder eine Atresie der Speiseröhre auszuschließen, anschließend gab er dem Kleinen ein Milligramm Vitamin K.

Ihre Schicht war zu Ende, und sie war müde. Trotzdem wollte sie nicht gehen. Ihre Stiefmutter war tot seit letztem Jahr, sie hatte den Stiefvater nur um sechs Monate überlebt. Und ihre echte Mutter, Ria, hatte sie sechzehn Jahre nicht gesehen, seit ihrer Flucht in den Westen. Jetzt war niemand mehr da. Sie verabschiedete sich missmutig, absolvierte die Schleuse, zog die Straßenkleidung an. Schließlich stand sie draußen.

Müllmänner sammelten Abfall ein. Sie sah an der Krankenhausfassade hoch. Die beiden Hausmeister befestigten, sich gefährlich hinausneigend, im dritten Stock ein Tuch zwischen den Fenstern:

Gruß und Dank allen Werktätigen für ihren Beitrag
zum Werden und Wachsen unserer
Deutschen Demokratischen Republik!

Was, wenn man ihr kündigte? Man würde sie zur Bewährung in den VEB Fortschritt in die Wäscheproduktion stecken. Oder sie hätte in Oberschöneweide am Fließband Batterien zu prüfen. Wer würde dann noch die Neugeborenen im Inkubator streicheln? Wer leise mit ihnen reden, während sie tröpfchenweise Milch tranken?

Aber sie konnte nicht anders. Sie ging zur Haltestelle und formulierte in Gedanken einen Brief an die Krankenhausleitung.

Ich möchte Ihnen nochmals schildern … Es bewegte sich im Schieber, der Deckel hob sich. Wir sind verpflichtet, auch als Kinderkrankenschwestern …

Die 18 kam. Sie stieg in die moderne Tatra-Gelenkbahn mit orangeroten Schalensitzen, ging im Waggon nach hinten. Der elektrische Motor trieb sie vorwärts, ein Gefühl wie beim Flugzeugstart, nur wenn die Beschleunigung aufhörte, knallte es jedes Mal, was aber kein Defekt zu sein schien, alle neuen Bahnen taten das. Sie fuhren am Sport- und Erholungszentrum mit seinen Glaswänden vorbei, die einen in das Gebäude blicken ließen. Für einen Freitagnachmittag war die Schlange vor dem Eingang nicht lang, eine Stunde würden die Leute höchstens anstehen. Dafür bekamen sie ein Spaßbad mit Wellenbecken, eine Rollschuhbahn, Restaurants und einen Kindersportgarten, wo Eltern ihre Kinder ohne Voranmeldung abgeben konnten, um ungestört ihre Freizeit zu genießen. Das SEZ war einzigartig in der ganzen DDR. Und es war Augenwischerei. Es sollte die Stimmung heben, sieben Tage die Woche von früh bis spät teuer subventionierter Spaß zur Beruhigung. Dabei fehlte es in Wahrheit an allem, in den Läden herrschte Mangel, und überall bröckelte die Bausubstanz.

Vermutlich war sie unfair. *Unsportlich,* hätte ihr früherer

Trainer gesagt. Aber war das nicht verständlich, wenn der einzige Mensch, dessen Nähe sie sich wünschte – ihre Mutter Ria, ihre leibliche Mutter, mit der sie sich liebend gern einmal die Woche auf einen Tee getroffen hätte, deren Rat sie brauchte und die ihre *Familie* war –, wenn dieser einzige Mensch in der unerreichbaren Hälfte der Stadt lebte und wegen früher verübter Spionagetätigkeit auch selbst nie die Grenze überqueren durfte?

Komm schon, Mädel, dachte sie. Du findest auch Gründe, hier glücklich zu sein. Die Tatra fuhr zum Beispiel nicht überall. Da konnte sie froh sein, ihr Arbeitsweg war eine Paradestrecke, auf anderen Strecken fuhren die alten ockergelben Bahnen, deren Türen sich nach dem Klingelschrillen krachend schlossen, bevor sie weiterfuhren, so laut, dass man nach ein paar Haltestellen ganz gestresst war.

Sie sprang auf. Michael? Ihre Nase stieß an die Scheibe der Straßenbahn, sie sah ihm nach. Die Bahn hielt. Sie drückte den Knopf und sprang raus, hastete den Gehweg entlang.

Vor dem SEZ nahm er eine Frau in Empfang. Die Frau verabschiedete sich von drei anderen Frauen, sie lachten, umarmten sich. Dann ging Michael mit ihr Richtung Dimitroffstraße. Groß war die Frau, mindestens einen Kopf größer als Annie, schlank und blond.

Ihr Herz krampfte sich zusammen.

»Werd glücklich«, sagte sie leise. Aber sie konnte sich nicht lösen, sie ging den beiden weiter nach. Was würde sie sagen, wenn er sich umdrehte und sie sah?

Sein Gang war noch derselbe, federnd, die Schritte lang. Er machte Zwischenschritte, um der Frau Gelegenheit zu geben mitzuhalten.

Sie spazierten weit. Die Frau bewegte beim Reden die

Hände, sie lachte ihn an. An der Greifswalder Straße bogen sie links ein, dann rechts in die Jablonskistraße. Hier blieben sie vor einem Haus stehen. Der Putz war dunkel und verwittert vom Braunkohleruß. Wenn Michael hier wohnte, war das Haus trotzdem etwas Besonderes.

Er schien sich zu verabschieden. Die Frau küsste ihn. Sie ging in das Haus.

Annie wurde zur Steinsäule. Sie atmete nicht mehr. Michael kam auf sie zu. Er ging an ihr vorüber. Er sah sie nicht.

Erleichtert und zugleich bitter blickte sie ihm hinterher. Es hatte andere Zeiten gegeben. Sein Gesicht hatte jedes Mal aufgeleuchtet, wenn sie sich trafen. So sollte er sie in Erinnerung behalten, die Annie von damals, die Leistungsturnerin, sportlich, frisch, vergnügt. Er sollte nicht von ihr denken als von einer, die ihm verzweifelt nachschlich.

Trotzdem tat es weh. Sie war aus seiner Erinnerung gefallen. Ein vergangenes Kapitel, eine Fremde bloß noch.

Wie von selbst setzten sich ihre Beine in Gang. Michael ging vor zur Winsstraße, dann bog er in die Chodowieckistraße ein. Sie folgte ihm. Als er auf das Haus Nr. 26 zutrat und in der Tasche nach dem Schlüsselbund grub, sagte sie seinen Namen.

Er drehte sich um. Stutzte. »Annie?«

»Donnerlittchen, oder?«

»Ist das schön, dich zu sehen.« Er lächelte. »Siehst gut aus nach all den Jahren.«

Es wurde warm in ihrem Bauch. Auch sie lächelte. »Gehen wir einen Kaffee trinken?«

Wladimir Putin würde sein Kollege heißen, hatten sie ihm gesagt. Utin-Putin, du wirst ihn mögen. Teilst mit ihm ein Zimmer. Er redet nicht viel.

Eine Woche sei Putin fort, ein Einsatz. Was es genau sei, wisse man nicht, aus Gründen der Konspiration. Der Generalmajor wisse es, aber der werde es ihm auch nicht sagen. Er habe seine Informanten und Utin-Putin andere. Putin sei es lieber, das getrennt zu halten.

Sascha nutzte die Woche, ließ sich einweisen, Treffpunkte, Parolen, Zuträger. Ein Wechsel in der Aufklärergruppe war aufwendig, es galt, die Informanten zu beruhigen.

Es gab nicht mehr viele, die mit der kommunistischen Idee sympathisierten und voller Begeisterung für die Sowjetunion arbeiteten. Inzwischen zählte das Geld. Bei anderen musste er die Zügel straff halten und mit eisernem Gesicht nach dem Wohlbefinden von Frau und Kindern fragen oder ihnen offen drohen.

Während sich Russen unweigerlich in die Deutschen verliebten, beruhte diese Liebe oft nicht auf Gegenseitigkeit. Man erklärte ihm, die Menschen in der DDR seien ernüchtert. Sie hätten allenfalls Mitleid, weil sie begriffen, dass auch die Sowjetmenschen, die man in der DDR stationiert hatte, Opfer des Systems waren.

Er war müde nach dieser Woche, müde am Freitag, an dem Putin zurückkommen sollte. Angespannt sah er ihrer ersten Begegnung entgegen. Putin war bereits zweimal befördert worden, seit er hier in der DDR im Einsatz war, erst zum Major und dann zum Oberstleutnant, das war ungewöhnlich, eigentlich gab es nur eine Beförderung je Fünfjahresdienst im Ausland. Die Spitznamen konnten ihn nicht einlullen, Utin-Putin oder Wolodja, mochten sie ihn nennen, wie sie wollten – er sah den Respekt in ihren Gesichtern, wenn sie von ihm sprachen.

Putin hatte Jura studiert und war gleich nach dem Diplom vom KGB angeworben worden, erfuhr er. Auch das war untypisch. Üblicherweise ließen sie einen zwei Jahre im Beruf arbeiten, so war es bei ihm gewesen und bei allen aus dem Geheimdienst, die er kannte. Putin ging nicht den gewöhnlichen Weg. Fast zehn Jahre hatte er in Leningrad in der Spionageabwehr gearbeitet, hieß es. Dann war der Ruf ergangen, den jeder von ihnen ersehnte. Vorbereitung auf den Auslandseinsatz. Deutsch lernen. Auffrischungskurse in der Agentenführung.

War er enttäuscht gewesen, dass er nicht in die BRD geschickt worden war, sondern bloß in die DDR?

Auch ihn, Sascha, hatten sie bis zuletzt im Ungewissen gelassen. Und dann war es nicht einmal Berlin geworden, wo er auch mal in den Westteil der Stadt hätte fahren können, sondern die Provinz, Dresden.

Was machte einer wie Putin hier?

Er schrak zusammen. Der General sah ihn an. »Ich weiß nicht, wie ihr es in Kaliningrad handhabt?«

Verdammt, was hatte er gefragt? Er hätte zuhören müssen, auch wenn es bloß eine Routine-Parteischulung war. »Ganz ähnlich«, sagte er ins Blaue hinein.

»Gut. Wir reden hier nämlich Klartext miteinander.« Der General zog eine Notiz hervor. »Ihr werdet das in keiner Zeitung lesen. Es ist eine Information, die nur für Parteimitglieder vorgesehen ist. Gorbatschow hat auf einer Tagung des ZK über das beschämende Zurückbleiben der UdSSR auf allen Gebieten gesprochen. Er sagte: ›Wir können nichts anderes als Gas und Öl auf dem Weltmarkt verkaufen, das ist alles, was zur Exportqualität der UdSSR zu sagen ist.‹ Was haltet ihr davon?«

Die KGB-Offiziere schwiegen betreten.

»Er hat natürlich recht. Und seine Offenheit wird das Land aus der Erstarrung retten, sage ich euch. Aber wie? Was meint ihr? Wie wird man die Missstände beseitigen?« Der General sah sie herausfordernd an.

»Wir brauchen einen Aufschwung im Maschinenbau«, sagte einer. »Eine neue Generation von Maschinen, die alles schneller und in besserer Qualität herstellen als im Kapitalismus.«

Der General lobte den Ansatz. Er erinnerte an Durchbrüche durch die Luftfahrttechnik und die Elektrifizierung.

In diesem Augenblick ging die Tür auf. Ein Mann trat ein. Breite Schultern, Schmolllippen, Seitenscheitel. Eine längliche Nase, schön geformte Pferdenüstern.

Sascha sah auf die Armbanduhr. Putin war eine halbe Stunde zu spät zur Parteischulung eingetroffen. Der General würde ihn zusammenfalten. Würde etwas brüllen von Disziplin, Tschekistenehre, Kollegialität. Er war gespannt, wie Putin darauf reagierte.

Aber General Schirokow nickte nur freundlich. Dann redete er weiter über Maschinenbau. Niemand baue so viele Traktoren und Mähdrescher wie Uralmasch, und bei der Stahl- und Zementproduktion seien sie Spitzenreiter, trotz allem. Am Ende werde der Kommunismus siegen, auch wenn derzeit die praktische Ausführung noch Mängel aufweise. Dank Perestroika und Glasnost seien sie bald behoben, und die Sowjetunion werde in alter Kraft auferstehen.

Sascha konnte kaum noch zuhören vor Verwunderung. Warum ließ er Putin das durchgehen? In jeder KGB-Aufklärergruppe der Welt hätte es mindestens eine Standpauke gegeben.

Putin zog sich einen Stuhl zurecht und setzte sich. Ihn umgab ein Ernst, der selbst das Zuspätkommen zu einer nicht zu hinterfragenden Dienstsache machte.

Jetzt sah er zu Sascha herüber. Wusste er, dass er der neue

Kollege war? Putin nickte ihm nicht zu. Er musterte ihn nur starr.

Als der General geendet hatte, meldete sich Putin zu Wort. »Es wird nichts dabei herauskommen.«

Entsetzte Stille folgte.

Jetzt, endlich, zeigte der General Anzeichen von Wut. Sein Kinn war breit, die Kiefermuskeln ausgeprägt, das Gesicht wirkte fast rechteckig dadurch. Er zog die Mundwinkel herab und riss die Augenbrauen hinauf, was seine Stirn bedrohlich furchte. »Lässt du uns an deiner Weisheit teilhaben, wieso deiner Ansicht nach die Bemühungen Gorbatschows scheitern werden?«

»Nicht das Zurückbleiben im Maschinenbau ist die Ursache für unsere Misere. In Leningrad, wo ich herkomme, leben einige Seeleute, die im internationalen Seeverkehr arbeiten. Die haben unser Land schon vor fünf Jahren auf den Müllhaufen der Geschichte geworfen. Wir begreifen zu langsam, wie weit wir zurückgeblieben sind.«

Der General wurde rot im Gesicht. »Und *einige Seeleute* können das beurteilen?«

»Weil sie mit dem westlichen Lebensstil in Berührung gekommen sind. Weil sie begreifen, was in der Welt vor sich geht.«

»Besser als wir? Besser als der KGB?«

Putin schwieg.

»Du behauptest also, letzten Endes wird es mit dem Kommunismus nicht funktionieren?« Etwas Lauerndes war in die Stimme des Generals getreten. Ein Gefängnisaufenthalt war Putin sicher. Seine ganze Familie würde bestraft werden.

»Das habe ich nicht gesagt«, erwiderte er ruhig. »Wir müssen ihn nur mit den westlichen Ideen verbinden, mit Konkurrenz und Märkten.«

»Wolodja«, setzte der General an, »wir kennen deine Stärken. Aber deine Ansichten sind …«

Der Kollege von der Abteilung »T« sah Sascha Hilfe suchend an. Rette deinen Kollegen Putin, schien er zu sagen.

Sascha spürte sein Herz gegen die Rippen schlagen. Er fragte: »Wer ist eigentlich der Parteisekretär unserer Gruppe?« Es ging hier um Fragen der Lehre, sicher konnte der Parteisekretär helfen.

Die roten Wangen des Chefs verfärbten sich noch stärker. Nur Sergej von der Spionageabwehr, Abteilung »K«, grinste. Da begriff Sascha. Parteisekretär war Putin.

Später saßen sie in ihrem Dienstzimmer zum ersten Mal zu zweit zusammen. »Das hätte ins Auge gehen können«, sagte er.

Putin wiegelte ab. »Nicht einmal annähernd.«

»General Schirokow hält große Stücke auf dich.«

»Den meisten in der Runde gefällt die Perestroika. Aber sie ziehen nicht die richtigen Schlüsse. Schon das neue Mitglied im Politbüro, Jakowlew, macht sie nervös. Er ist zu gebildet, zu mutig.« Er löste sein Halfter und nahm die Makarow heraus. Mit schnellen Handgriffen entlud er die Pistole.

Eigentlich waren ihre Waffen immer beim General im Safe. Man kriegte sie nur für Außeneinsätze ausgehändigt. Irgendwie hegte er den Verdacht, Putin dürfe seine Makarow dauerhaft tragen.

»Überspringen wir den Teil, in dem du mir sagst, dass du Sascha heißt, und ich dir sage, dass ich Wolodja bin.«

»In Ordnung.«

»Wo haben sie dich geschult? Moskau? Das Andropow-Institut?«

Er nickte.

Putin legte die Waffe auf den Schreibtisch. Metall knallte auf Holz. »Sie haben dir beigebracht, dass jeder von uns seine Informanten für sich führt. Je weniger andere wissen, desto besser. Tja, vergiss das. Wenn wir Quellen gewinnen wollen, werden wir zusammenarbeiten. Und wir werden nicht so vorgehen wie in der Schulung.«

Wieso hatten sie ihm genau das Gegenteil davon über Putin gesagt? Sie hatten doch behauptet, er werde keine Informanten mit ihm teilen. War er mit seinem Vorgänger anders verfahren? Sascha gefiel nicht, was Putin da sagte, und wie er es sagte noch weniger. Dennoch ließ er sich nichts anmerken, Mimik und Körpersprache hielt er ruhig, so wie er es gelernt hatte.

Seiner Erfahrung nach hatte Geheimdienstarbeit mehr mit Regeln eiserner Logik zu tun als mit Erfindungsreichtum. Die Regeln waren nicht umsonst aufgestellt worden. Sie schützten die Informanten. Und sie schützten die Führungsagenten. Wenn Putin anders vorging, setzte er nicht nur die Quellen aufs Spiel, sondern auch ihrer beider Karriere.

»Morgen kommst du mit mir«, sagte Putin, als sei es schon beschlossene Sache. »Ich habe einen Fisch vor der Angel, einen Wissenschaftler aus Stuttgart. Du wirst dafür sorgen, dass er anbeißt.«

2

Die sanierten Bürgerhäuser der Husemannstraße bildeten einen Kontrast zu den abblätternden Fassaden der umliegenden Straßen. Annie sah vom Kollwitzplatz aus in die Prunkstraße hinein. Man hatte sogar die Firmenschilder in Frakturschrift gemalt. Die Straße hätte die Kulisse für einen historischen Kostümfilm bilden können, abgesehen von den parkenden Trabis und Wartburgs.

»Da führen sie die Besucher aus dem Ausland lang«, sagte Michael. »Wenn du mich fragst, ist es idiotisch. Man kann doch nicht bloß eine Straße sanieren. Jetzt springt erst recht ins Auge, wie schlimm die Häuser ringsum zerfallen.« Er ging vier Treppenstufen hoch und hielt ihr die Tür einer Gaststätte auf. »Warst du schon mal im Neunzehnhundert?«

Restauration 1900, stand über der Tür.

Sie schüttelte den Kopf.

Seine Augen funkelten. Die Antwort gefiel ihm.

Gemeinsam traten sie ein. Drinnen war es eingerichtet wie vor hundert Jahren, mit Stühlen von dunklem Holz und altmodischen Bildern an den Wänden, obwohl der Laden offenkundig neu war. Michael wartete nicht darauf, vom Kellner platziert zu werden, er ging einfach hinein und grüßte im Vorbeigehen einige Bekannte.

»Wer ist das?«, fragte sie, als sie sich gesetzt hatten.

»Die sind Schauspieler vom Deutschen Theater.«

Sie sah sich um. Manche Männer im Lokal trugen Vollbart und Nickelbrille, andere lasen in einem Buch oder von Manuskriptseiten. An den Tischen redete man leise. Die Frauen waren in Herbstfarben gekleidet.

Der Kellner kam, und Michael bestellte schwarzen Tee mit Zitrone. Sie wählte Mokka, ein Kännchen.

Sie begann von früher zu sprechen, vom Drill an der Sportschule »Werner Seelenbinder«, vom straffen Trainingsprogramm und davon, wie er heimlich die Pillen nicht schluckte und ihr das ebenfalls ausgeredet hatte.

Vordergründig machten sie da weiter, wo sie damals aufgehört hatten. Aber es war offensichtlich, dass ihr Leben sehr verschieden verlaufen war nach ihrer Trennung. »Du lebst jetzt also im angesagten Prenzlauer Berg«, sagte sie.

»Meine Wohnung hat klapprige Fenster. Und ich muss im Winter jeden Tag einen Eimer Kohlen aus dem Keller hochschleppen, um die Öfen zu heizen. Wenn du das angesagt nennst … Wohnst du noch in Lichtenberg?«

»Ich bin nach Marzahn gezogen.«

Er schnaubte. »Plattenbau?«

»Immerhin muss ich nicht auf den Hof, wenn ich zur Toilette will.«

»Im Mittelalter leben wir hier auch nicht.«

»Entschuldige. Du musst wahrscheinlich nur zur halben Treppe runter und teilst dir das Klo mit den Nachbarn. Das ist natürlich was anderes.«

Er lachte. Dann wurde er ernst. »Hast du Kinder?«

»Ich will gar keine.«

Der Kellner brachte ihre Bestellung.

Michael schwieg. Als der Kellner fort war, sagte er: »Du bist eine schlechte Lügnerin.«

»Ich bin Krankenschwester. Ich arbeite im Drei-Schicht-System. Was mache ich, wenn ich Nachtschicht habe? Oder Spätschicht bis um zehn? Ich bringe kein Kind zur Welt, um es dann in die Wochenkrippe zu stecken. Für mich kommt das nicht infrage, mein Kind am Montag abzugeben und erst am Freitag wieder nach Hause zu holen. Dann habe ich lieber keine Kinder.« Sie zögerte. »Abgesehen davon, dass mir der richtige Partner fehlt.«

Flüchtig sahen sie sich in die Augen.

»Und du?«, fragte sie und griff nach ihrer Tasse. Liebst du jemanden, wollte sie sagen. Ist es ernst mit dieser Blondine? Aber sie brachte es nicht heraus. »Hast du Kinder?«

»Ja. Nein. Also, ich bin mit jemandem zusammen, Franziska, und sie hat einen Sohn.«

»Und was machst du beruflich?« Ihre Stimme verriet sie. Hörte er heraus, wie eng ihr die Kehle wurde?

»Dokumentarfilme.«

»Wirklich? Habe ich mal was von dir gesehen? Ich fasse es nicht, dass Sachen von dir im Fernsehen –«

»Hör auf«, unterbrach er sie, »du hast das missverstanden. Die senden nichts von mir. Wenn ich einen Film einreiche, der eine Stunde lang ist, wird er von ihnen zusammengestrichen auf zwanzig Minuten. Sie nehmen alles Kritische heraus, spielen fröhliche Musik darüber, streichen die stillen Passagen. Und am Ende wird nicht mal die zensierte Fassung ausgestrahlt.«

»Noch nie?«

»Nie.«

»Wovon handeln deine Filme?«

»Ich hab die falschen Themen. Das weiß ich selbst.«

»Welche denn?«

»Lass uns über was anderes reden.«

»Hast du Film studiert?«

Er rührte in seinem Tee und sah böse aus dabei. Schließlich sagte er: »Regie. Aber ich wollte meinen Hochschulfilm nicht ändern, ich hab ihre Zensurversuche abgewehrt, und daraufhin haben sie den Film nicht zum Diplom angenommen, als Einzigen des Jahrgangs. Ich habe also nicht mal einen Abschluss.«

Sie konnte nicht anders. Sie musste lachen.

»Was findest du daran so toll?«

Du bist immer noch der Alte, dachte sie. Und ich habe schon befürchtet, ich hätte dich verloren.

Er trat unter dem Tisch nach ihr. »Ich hab Berufsverbot, und du freust dich darüber!«

»Michael, so etwas kann nur dir passieren.«

Eine Frau, die schon öfter neugierig herübergesehen hatte, stand auf und kam zu ihnen an den Tisch. Sie hatte sich ein Tuch um den Kopf gewunden. Jede Kinderkrankenschwester erkannte auf den ersten Blick, dass es eine Windel war, grün gefärbt zwar, aber eine Windel. Trotzdem sah es gut aus an der Frau, das grüne Tuch und der wirre Haarschopf und die kurze freche Nase. »Na, ihr habt ja Spaß hier«, sagte sie.

Michael stellte Annie vor. »Wir waren früher zusammen auf der Sportschule.«

Die Frau fragte Michael, ob er heute Abend zum Friedenskreis käme.

»Denke schon. Da werde ich wenigstens nicht ausgelacht.« Wieder versuchte er, Annie zu treten.

Diesmal wich sie nicht aus. Es tat ein bisschen weh, aber es war Michaels Fuß, sie wollte ihn spüren.

Die Frau sah von ihm zu ihr, musterte sie. »Ich lasse euch mal. Bis nachher, Michael.«

»Friedenskreis, ja?« Annie rieb sich das Schienbein. »Das hat noch nicht viel bewirkt bei dir. Gewalt ist keine Lösung.«

»Über die Gruppe wollte ich ursprünglich einen Film machen. Dann bin ich da irgendwie hängen geblieben.«

Die Frau hatte »kommst du« gesagt, nicht »kommt ihr«. Möglicherweise ging Michaels Freundin dort nicht hin. »Kann ich mitkommen? Mir das ansehen?«

Er zögerte. »Annie, ich bin … Ich freue mich, dich zu sehen. Aber ich würde Franziska nie hintergehen.«

»Ist klar. Ich will's mir nur angucken. Ich setz mich auch nicht neben dich.«

Putin hatte die Bank gut ausgewählt. Das Gesträuch in den Waschbetontrögen schirmte sie gegen Blicke aus Richtung der Technischen Universität ab, und von links schützte sie eine Telefonzelle.

Es fiel Sascha schwer, sich zu konzentrieren. Seit er den ersten Wocheneinkauf gemacht hatte, dachte er fortwährend über die Sowjetunion nach. Sie hatten den Zweiten Weltkrieg gewonnen und lebten doch im Vergleich zur DDR in bitterer Armut. Die Vielzahl der Produkte in der Kaufhalle! Man kam sich vor wie im Paradies. Zuhause in Kaliningrad fehlte es an Brot, Wurst, Kühlschränken, Autos, Schuhen, Strumpfhosen, an allem. Man brauchte Schmiergelder, brauchte Beziehungen, selbst um sich beim Schuster die Schuhe reparieren zu lassen oder nach einem Todesfall einen Sarg zu erwerben.

Hier aber gab es alles. Sicher nicht wie in Westdeutschland, und doch waren die Läden voll in der DDR, und dann die sauberen Straßen, die ordentlich an Leinen aufgehängte Wäsche und die blitzenden, jede Woche geputzten Fenster.

Auch Dresden schätzte er inzwischen anders ein, mit den

Großbauten von August dem Starken und dessen Sohn Friedrich August II., der Brühlschen Terrasse, der Kunstakademie, dem Ständehaus und der Hofkirche wirkte es eher herrschaftlich als provinziell auf ihn. Zugleich war die Stadt modern, was vor allem abends auffiel, wenn die bunten Leuchtreklametafeln aufflammten.

»Bist du bei der Sache?«, fragte Putin.

»Natürlich.«

»Wie gut ist dein Polnisch?«

»Wie bitte?«

»Wir sind aus Polen. Das wird ihm sympathischer sein. Solidarność, darauf stehen sie im Westen.«

»Sprichst du denn Polnisch?«

Putin strich sich die Krawatte glatt. »Ein paar Brocken. Aber er spricht auch kein Polnisch, darauf kommt es an. Wir verwenden das Polnische als Legende für deinen Dialekt.«

Ein guter Schachzug. Während Putin hervorragend Deutsch sprach, hörte man ihm die Herkunft deutlich an.

Ein Mann tauchte auf, klein, dick, mit zerknittertem Sakko. Das Leder seiner braunen Aktentasche war abgestoßen. Er trug eine teure Armbanduhr.

Putin erhob sich und reichte ihm die Hand. »Professor Enskat.«

»Na, na! Professor bin ich noch nicht.«

»Aber es wird nicht lange dauern. Davon bin ich überzeugt. Ich habe Ihre letzten Aufsätze gelesen. Konzise, brillant und der Zeit voraus.«

»Wollen wir uns setzen?«

Sie nahmen auf der Bank Platz. Während Putin sich noch einmal mit Blicken ihrer Ungestörtheit versicherte, lenkte Sascha die Aufmerksamkeit des Wissenschaftlers auf sich. »Ich weiß nicht, was mein Freund Ihnen schon gesagt hat. Es ist so: Unsere Stiftung würde gern das Recht erwerben, Ihre Aufsätze in polnischer Sprache zu drucken, in einem Sammelband in Polen.«

»Da wäre es sicher am besten, Sie würden sich an den Verlag –«

»Sie kennen doch«, unterbrach ihn Putin freundlich, »die Vorbehalte im Westen gegenüber dem Ostblock, was Hochtechnologie angeht.«

»Aber was ich schreibe, das ist ja bereits veröffentlicht, es steht in jeder Bibliothek.«

Putin tat, als hätte er Dr. Enskats Argument nicht gehört. »Und der Verdienst für Sie wäre auch größer, wenn wir es auf diesem Weg klären. Wir würden Ihnen gern achttausend Dollar anbieten.«

»Dollar?«

»Ich denke, mit Złoty kommen Sie nicht weit.« Er schlug Dr. Enskat spielerisch gegen den Ellenbogen.

Der Wissenschaftler war bereits verloren. Sascha las es in seinem Blick: Dr. Enskat malte sich aus, was er mit den achttausend Dollar anfangen würde.

Putin hatte ihn geschickt an seiner Schwachstelle gepackt. Immer war Enskat gegenüber den Professoren benachteiligt worden, sowohl was die Aufmerksamkeit anging, die man seinen Arbeiten widmete, als auch den Verdienst. Er war gut, und er wusste das und wollte entsprechend wertgeschätzt werden. Genau das boten sie ihm an. Endlich war er auch international gefragt.

Sascha zog den Verlagsvertrag aus der Tasche. »Wären Sie bereit, uns das zu unterschreiben?«

Der Wissenschaftler nahm die Seiten entgegen und las sie

aufmerksam. Es war ein ordentliches Dokument, ohne Fallstricke.

Putin ergänzte: »Und eine Quittung bitte, dann können wir das mit dem Geld gleich erledigen.«

Dr. Enskat staunte. »Sie haben es bar dabei?« Er nestelte fahrig an seiner Uhr. »Wissen Sie, vielleicht wäre es besser, wenn ich doch mit meinem Verlag darüber spreche und eine Nacht darüber schlafe.«

Sascha spürte, wie ihm der Mund trocken wurde. Dr. Enskat meinte sicher nicht bloß den Verlag. Er würde die Polizei oder den BND benachrichtigen. Ein kritischer Moment. Der Mann war nicht dumm. Früher oder später hatte es ihn wundern müssen, dass etwas so Offizielles auf einer Parkbank abgehandelt wurde.

»Selbstverständlich. Das können Sie machen.« Putin lächelte verbindlich. »Wir wollen Sie keinesfalls überrumpeln.«

Sascha öffnete seine Tasche, als wollte er den Vertrag wieder einstecken.

Jetzt sah Dr. Enskat die achttausend Dollar aus seiner Reichweite schwinden. Was, wenn es morgen nur noch sechstausend waren? Es arbeitete in seinem Gesicht. »Ich meine nur, wie konnten Sie wissen, ob ich Ja sagen würde?«

»Wussten wir nicht«, sagte Sascha. »Aber Sie sind viel beschäftigt und sicher nicht dauerhaft in Dresden. Da dachten wir, bereiten wir besser alles vor. Außerdem sind Auslandsüberweisungen teuer. Aber wirklich, es ist kein Problem, die Sache zu vertagen.«

Die Stirn des Wissenschaftlers glänzte jetzt von Schweiß. »Ach, wissen Sie was? Warum sollte ich bei etwas so Schönem nicht einfach spontan zusagen.« Er griff in die Innentasche seines Sakkos und zog einen schwarzen Füllfederhalter heraus.

Er schraubte ihn auf. Als er den Vertrag unterschrieb, blitzte die vergoldete Feder in der Sonne.

Sascha schob ihm die Quittung hin. »Hier bitte noch, dass Sie das Geld erhalten haben.« Gleichzeitig reichte er ihm einen großen braunen Umschlag.

Dr. Enskat warf nur einen kurzen Blick in den Umschlag. Die Gier passte nicht zum Selbstbild, das er von sich hatte. Vermutlich beschönigte er sie bereits in seinen Gedanken und plante zur Gewissenswäsche einige wohltätige Käufe und Spenden.

Dabei, das begriff Sascha in diesem Moment, war das Gewinnstreben der Menschen genau die unglaubliche Kraft, dank der die technologische Entwicklung des Westens so rasend schnell voranschritt, während die sozialistische Planwirtschaft mit weitem Abstand hinterherhinkte.

Der braune Umschlag verschwand in Dr. Enskats Tasche.

Vor ein paar Tagen hatte Sascha noch geglaubt, er müsse sich hocharbeiten, bis er aus der Provinz nach Ostberlin versetzt wurde, wo tausend KGB-Offiziere den Feind direkt an der Grenze nach Westberlin bekämpften. Inzwischen war er überzeugt, dass Dresden ebenso wichtig war im Kampf der Weltmächte.

Hier befand sich das Zentrum von Robotron, dem größten Elektronikhersteller der DDR, und das hieß, dass nicht nur Computer oder elektronische Geräte hergestellt wurden, sondern auch, dass hier der Hightech-Schmuggel über die Bühne ging: Man beschaffte sich Blaupausen und westliche Hightech-Komponenten durch die Kontakte von Robotron in den Westen, um mit der fortschrittlichen Technik des Westens mitzuhalten, allein schon aus militärischen Gründen, und natürlich auch, um in der Wirtschaft nicht abgehängt zu werden. Der

Westen hatte Hightech-Exporte in den Ostblock verboten. Trotzdem war es schon in den Siebzigern gelungen, den IBM-Computer des Westens zu klonen, und es gab partnerschaftliche Verbindungen mit Siemens.

Die Technische Universität Dresden und das Kombinat Robotron boten mit ihren Kontakten zu Firmen wie Siemens und IBM und westlichen Geschäftsleuten, Ingenieuren und Wissenschaftlern ideale Bedingungen für den Technologieschmuggel und den Schwarzhandel mit Hightech-Komponenten. Außerdem gab es die Gelegenheit, Agenten anzuwerben und Quellen für modernste Technologie zu erschließen.

Wäre nicht Anfang der Achtziger Wladimir Wetrow von der »Direktion T« in den Westen übergelaufen! Er hatte die Namen von 250 KGB-Mitarbeitern in Botschaften auf der ganzen Welt verraten, die am Technologieschmuggel beteiligt waren. Das war ein herber Rückschlag gewesen.

Umso wertvoller war eine neue Quelle in diesem Bereich. Dr. Enskat würde ihnen viel nützen. Die Sowjetunion hatte einfach nicht die Ressourcen, um mit dem Westen auf dem Gebiet der Hochleistungstechnologie zu konkurrieren. Erkenntnisse zu stehlen, war bedeutend billiger.

»Können wir denn weiterhin auf Sie zählen? Durch die Veröffentlichung wird Ihr Name in Polen bekannt werden im Bereich der Elektrotechnik und Computerwissenschaft. Wir würden gern auch Ihre zukünftigen Arbeiten übersetzen.«

»Natürlich.«

»Vielleicht können wir uns hier und da einmal treffen, in Dresden oder gern auch in Stuttgart oder in Böblingen, wenn Sie wieder einmal bei IBM sind. Dann stoßen wir auf unsere Zusammenarbeit an.«

Unter oberflächlichen Höflichkeitsbekundungen, Nicken

und Händeschütteln verabschiedete Enskat sich. Vielleicht sagte sein Unterbewusstes ihm bereits, dass er nicht gut gehandelt hatte, jedenfalls wollte er den Ort des Geschehens offenkundig rasch verlassen.

Als er fort war, standen auch sie auf und begannen ihren Weg durch die Südstadt. »Wird das Zentrum die Übersetzung bezahlen?« Zentrum, so hatten sie zumindest in Kaliningrad die KGB-Zentrale in Moskau genannt.

»Unsinn.« Putin sah ihn an wie ein enttäuschter Lehrer. »Die Sachen werden nicht übersetzt und auch nicht veröffentlicht.«

»Aber das wird er merken. Wir wollen ihn doch langfristig an uns binden.«

»Wir haben ihn längst an den Eiern. Er hat Geld genommen und quittiert. Er hat Hightech-Informationen an uns verkauft. Beim nächsten Treffen wollen wir unveröffentlichte Forschungsergebnisse und geben ihm zwölftausend Dollar, versprechen aber, sie erst nach der deutschen Erstveröffentlichung zu publizieren. Dann lassen wir durchsickern, dass wir Russen sind und nicht Polen, und beim vierten Treffen platzt die Bombe. Er wird aus Scham weiter mitmachen. Und aus Angst, dass seine Kollegen erfahren, dass er sich für Geld mit dem KGB eingelassen hat. Irgendwann stumpft auch sein Gewissen ab. Er wird sich an das zusätzliche Geld gewöhnen, das wir ihm geben, und wird es vor sich selbst rechtfertigen. Er wird sich vielleicht sagen, dass die Universität ihn schlecht behandelt und dass er auf dem letzten Kongress benachteiligt oder von den Kollegen geschnitten wurde und ihm dieser und jener Posten längst zugestanden hätte.«

»Und wenn er aussteigen will?«

»Wir haben seine Unterschrift. Er hat das Geld. Denkst du,

er will ins Gefängnis gehen? Sascha, Sascha!« Putin legte ihm den Arm auf die Schulter, zog ihn plötzlich an sich und drückte so fest zu, dass er kaum noch Luft bekam.

Als Putin ihn wieder losließ, schmerzte der Adamsapfel höllisch. Er bemühte sich, äußerlich die Fassung zu bewahren. Typen wie Putin durfte man keine Schwäche zeigen. Sonst wurde man zum Opfer.

Sie kehrten in ihr Wohnhaus in der Radeberger Straße zurück, einen unauffälligen Plattenbau mit vielen Parteien, in dem auch etliche Stasi-Leute wohnten. Er verabschiedete sich kumpelhaft und schloss seine Wohnung auf. Drinnen setzte er sich an den Küchentisch. Ihm zitterten die Hände.

3

Die Kirchenwand aus Feldsteinen war mit einem Anarchiesymbol beschmiert, einem Kreis aus zerlaufener weißer Farbe mit einem fetten A. Drumherum standen Punks mit wilden Frisuren und Nietenarmbändern. Dazu einige Leute, die zum Friedenskreis gehörten, jedenfalls war die Frau mit dem grünen Windelkopftuch dabei. Auch die Pfarrerin kam.

Einer der Punks sagte: »Das ist doch Scheiße, so was. Wir waren das nicht. Echt nicht.«

Die Pfarrerin besah die Wand. »Ausgerechnet auf dem alten Teil der Kirche.«

»Wir haben doch eh immer Stress auf der Straße. Letztens haben die Bullen den Toffi hops genommen, einfach aus der Straßenbahn raus, und ihm auf die Fresse gehauen und den Iro abgeschnitten. Wir haben eine Beschwerde gemacht, aber das hat nichts gebracht. Die kontrollieren unsere Ausweise alle fünf Minuten, jeder Bulle hat den Auftrag, unseren Ausweis zu kontrollieren. Egal, wo wir auftauchen. Kaum hat man sich irgendwo hingesetzt und ein Bier aufgemacht, kommen sie an: Mal die Ausweise bitte!«

»Ist sicher kein Zufall, dass sie das heute machen«, sagte die Pfarrerin.

Es wurde schon dunkel, die Straßenlaternen brannten.

»Wegen Friedenskreis, oder?«, fragte einer mit rot gefärbtem Irokesenkamm. »Sie glauben uns, Frau Pfarrerin, oder?«

»Das war die Stasi«, sagte sie.

»Aber warum schmieren die unsere Sachen auf die Kirche?«

»Um einen Keil zwischen uns zu treiben.«

»Scheiße, ich hab doch schon Alexanderplatz-Verbot und einen PM-12. Was denn jetzt noch alles? Meine Freundin haben sie wegen ›Störung sozialistischen Zusammenlebens‹ und ›Herabwürdigung‹ verknackt, und letzte Woche, Mann, da kamen die in den Hinterhof mit dreißig Bullen und zwanzig FDJlern mit Armbinden und haben mit Knüppeln auf uns eingedroschen. Ich bin müde, einfach null Bock. Bin total runter.«

Die Frau mit dem Tuch drehte sich um. »Hey, Annie, richtig? Du bist gekommen. Schön. Michael hast du nicht mitgebracht?«

»Er kommt gern mal zu spät.«

Die Frau lachte. »Ich bin Sandy, übrigens.« Sie gingen zusammen über die Breite Straße und ins Gemeindehaus. Auch die Punker kamen mit. Annie fragte leise, was ein PM-12 sei.

»Den kriegst du, wenn sie deinen Personalausweis einziehen«, sagte Sandy. »Man muss sich regelmäßig auf dem Polizeirevier melden und darf die Stadt nicht verlassen.«

Sie sah sich um. Die Wände waren weiß gestrichen, aber irgendwie uneben. Es standen einfache Holzstühle im Kreis. Weil sie nicht genügten, holten die Leute weitere Stühle aus dem hinteren Teil des Raumes und bauten damit eine zweite Reihe um den Kreis herum. Sandy und Annie setzten sich. Sandy sagte: »Eigentlich müssten sie den Punk fördern. Er kommt doch aus dem Arbeitermilieu. Aber die Bonzen glauben, er käme aus der kapitalistischen Gesellschaft.«

Einige junge Leute begrüßten Sandy mit flüchtigen Wangenküssen. Auch andere im Raum umarmten sich zur Begrüßung. Es erschien ihr westlich, irgendwie, in der DDR war doch der proletarische Händedruck üblich.

Zwei Männer hatten lange Haare, die meisten trugen Jeans. Mindestens drei Leute besaßen eine Umhängetasche aus Jute, die sie jetzt neben ihrem Stuhl abstellten oder über die Lehne hängten. Die Kleider der Frauen schienen größtenteils selbst genäht zu sein, auf jeden Fall waren sie nicht das, was man ständig sah.

Einen einzigen Rentner sah sie und zwei Teenager. Die meisten waren Ende dreißig. Und sie duzten sich.

Sandy begann, ihre Leute vorzustellen. Da war ein Biochemiker, dessen wissenschaftliche Laufbahn Schaden genommen hatte, als er sich 1980 weigerte, eine Zustimmungserklärung zum sowjetischen Einmarsch in Afghanistan zu unterschreiben. Zwei andere waren über den evangelischen Kindergarten zum Friedenskreis gekommen.

Besonders faszinierte Annie ein Künstler. »Es war alles vorbereitet«, erklärte er gerade der Pfarrerin und einigen anderen und nahm sie und Sandy mit in die Zuhörerrunde auf. »Die Ausstellung im Märkischen Museum stand. Die Vernissage war ein Riesenerfolg! Einen Tag später haben sie das Museum geschlossen wegen angeblicher Krankmeldungen beim Aufsichtspersonal. Ich habe das noch geglaubt und habe angeboten, mit einigen Freunden einzuspringen. Da haben sie behauptet, dass die Heizung ausgefallen ist. Die Ausstellung ist bis heute geschlossen. Unsere Kunst macht ihnen Angst. Sie verstehen sie nicht, und deshalb macht sie ihnen Angst.«

Sandy sagte: »Du musst dich beschweren. Mach eine Eingabe!«

»Ich hab an den Kulturstadtrat geschrieben und an das VBK-Bezirkssekretariat.«

Wo blieb Michael? Sie sah zur Tür. Nach und nach setzten sich alle. Jemand gab Liedzettel herum. Auch Sandy und Annie nahmen Platz. Zwei Gitarren spielten, und die Leute begannen zu singen. Der Liedtext erschien ihr hintergründig, wenn man bedachte, worüber sie gerade gesprochen hatten.

Herr, deine Liebe ist wie Gras und Ufer,
Wie Wind und Weite und wie ein Zuhaus.
Frei sind wir, da zu wohnen und zu gehen.
Frei sind wir, Ja zu sagen oder Nein.

Wir wollen Freiheit, um uns selbst zu finden,
Freiheit, aus der man etwas machen kann,
Freiheit, die auch noch offen ist für Träume,
Wo Baum und Blume Wurzeln schlagen kann.

Und dennoch sind da Wände – jemand rief laut:
»Mauern« – zwischen Menschen,
Und nur durch Gitter sehen wir uns an.
Unser versklavtes Ich ist ein Gefängnis
Und ist gebaut aus Steinen unsrer Angst.

Herr, du bist Richter! Du nur kannst befreien,
Wenn du uns freisprichst, dann ist Freiheit da.
Freiheit, sie gilt für Menschen, Völker, Rassen,
So weit, wie deine Liebe uns ergreift.

Als die letzten Akkorde verklungen waren, las einer der Teilnehmer einen Bibeltext vor und erzählte etwas dazu. Die Pfarrerin hörte bloß zu. Es beeindruckte Annie, dass sie still zuhörte und andere machen ließ.

Die Tür ging auf. Michael.

Er war nicht allein. Die große blonde Frau war bei ihm. Unsicher sah sie sich um. Franziska war zum ersten Mal hier, das war deutlich.

Der Künstler, neben dem ein Stuhl frei war, rutschte ein Stück und zog einen weiteren freien Stuhl neben sich in den Kreis. Michael und Franziska setzten sich. Es dauerte eine Weile, bis Michael kurz Annies Blick erwiderte.

Franziska fasste nach seiner Hand.

Es wurde ein Gebet gesprochen. Annie schloss nicht die Augen wie die meisten, sie sah auf Franziskas Hand, umschlossen von Michaels, ihre Finger ineinandergeschoben. Nach dem Gebet raunte Sandy ihr zu: »Wer die Andacht leitet, kriegt oft Ärger im Betrieb. Mindestens ein donnerndes Kadergespräch. Ist echt mutig, das hier zu machen.«

Die Pfarrerin sagte: »Heute haben wir keinen geladenen Referenten, sondern die Arbeitsgruppe Wahlen stellt sich vor.«

Ein Mann mit Brille stand auf. Er erklärte, dass viele den Kommunalwahlen am 7. Mai keine besondere Aufmerksamkeit widmen würden, weil sie meinten, dass sie dabei doch nichts bewirken könnten. Er und seine Arbeitsgruppe aber fänden, dass es Zeit sei, etwas zu unternehmen.

Annie hörte nicht mehr zu. Sie sah zum Fenster und überlegte, ob sie aufstehen und gehen sollte.

Sie dachte an die Beziehung mit dem Rocker, der ihre Lebenslüge schnell durchschaut hatte: »Du bist ein bisschen fixiert auf diesen Michael, wie?« Danach hatte es kaum noch vier Wochen gehalten mit ihnen. Dann wieder das Alleinsein, die imaginären Gespräche, die sie mit Michael führte, oft spät in der Nacht, geflüstert in ihrem Schlafzimmer oder am Fenster zu Sternen und Mond hinaufgesprochen.

Ihr war klar, dass sie nie wirklich zusammen gewesen waren. Bevor es hatte ernst werden können mit ihnen, hatte Michael damals die Reißleine gezogen. Er will mich nicht, dachte sie.

Vielleicht tat es deshalb bis heute weh. Cat Stevens hatte recht, the first cut is the deepest. Und weil ihre Liebe nie erfüllt worden war, konnte sie keinen Frieden darüber finden. Aber das zu wissen, half ihr nicht.

Er schlage vor, sagte der Mann mit der Brille, die Stimmen zu zählen, im Wahllokal. »Dann können sie uns nicht länger betrügen.«

Erstaunen in der Gruppe. Ängstliche Gesichter, aber auch vorsichtige Euphorie. Michael fragte: »Und wie kommen wir an eine Liste der Wahllokale mit den Adressen?«

Der Mann mit der Brille gab zu, das werde schwierig werden. »Die geben sie aus gutem Grund nicht raus«, sagte er. Und wenn man nur in ein paar nachzähle, bringe es nichts, man brauche am besten in jedem Wahllokal jemanden, dann könnte man einen Betrug nachweisen.

Sandy sprang auf. »Einen Tag vor der Wahl werden die Wahllokale vorbereitet, oder nicht? Wir fahren mit dem Fahrrad kreuz und quer und notieren uns, wo es Wahllokale gibt. Dann sprechen wir ab, wer von uns in welches Wahllokal geht.«

Einer der Punker sagte: »Ich würd mitmachen. Wir lassen uns von denen doch nicht anscheißen! Ich kenne auch welche von der ›Kirche von unten‹. Die würden helfen, jede Wette.«

Der Mann nahm die Brille ab und begann, sie mit dem Hemdzipfel zu putzen. Er lächelte.

Annie sah, dass Michael seine Unterlippe kaute. »Und wie kommen wir rein in die Wahllokale?«, fragte er. »Und wie verhindern wir, dass sie uns rauswerfen?«

Der Mann setzte rasch die Brille wieder auf und sah in seine

Notizen. »Das hat Evelyn Zupke vom Friedenskreis Weißensee alles rausgefunden. Sie müssen uns nach Paragraf …, nach Paragraf …« Er suchte, fand die Stelle aber nicht. »Jedenfalls müssen sie uns bei der Auszählung zusehen lassen. Die ist laut Wahlgesetz öffentlich.«

»Das Wahlgesetz gibt es überhaupt nicht.« So war Michael schon immer gewesen, unnachgiebig in der Sache, und zornig, wenn er den Eindruck hatte, jemand gebe etwas falsch wieder. Sie sah es genau, wie sich sein Halsansatz rötete.

»Doch«, widersprach der Mann mit der Brille. »Evi hat mir das alles erklärt. Man kann es nur in Fachbibliotheken finden, und dort muss man es sich alles mühsam aus dem DDR-Gesetzblatt zusammensuchen. Ihre Leute haben das gemacht. Es gibt keine eigenständige Textausgabe davon, das stimmt. Man will auch gar nicht, dass jemand erfährt, wie die Wahl im Gesetz bestimmt ist. Ein Bürgerrechtler, der ihr helfen wollte, hat sich die Haare gerauft. Es ist wohl nicht mal geregelt, was als gültiger Stimmzettel gilt und wann ein Zettel als Nein-Stimme zu werten ist, die Entscheidung darüber liegt ganz bei den Wahlvorständen vor Ort im Wahllokal. Ein Wahnwitz eigentlich.«

Michael brummte etwas und schien zufrieden.

Sie beschlossen, den Friedenskreis in Weißensee zu unterstützen. Stadtweit würden sie nicht alle Wahllokale abdecken können, aber wenn sie sich auf einen Bezirk konzentrierten, war es zu schaffen. Beobachter sollten zur Auszählung gehen und das verkündete Ergebnis notieren. Dann wolle man die Ergebnisse zusammenzählen.

Die Pfarrerin ging, um Papier für Listen zu holen, in die sich jeder eintragen konnte, der mitmachen wollte.

»In der Sowjetunion wählen sie schon freie Kandidaten«,

erzählte der Künstler. »Gorbatschow hat ein Konkurrenzwahlsystem eingeführt.«

Sandy sagte: »Und bei uns haben sie den *Sputnik* verboten.«

»Wir werden politisch entmündigt!«, rief jemand.

Der Künstler schlug vor, ein Flugblatt zu entwerfen mit dem Slogan: Von der Sowjetunion lernen heißt *wählen* lernen. Die Runde lachte. »Mach das«, rief jemand. »Unbedingt!«

Als die Listen auslagen, stand Michael auf und trug sich ein. Annie beobachtete ihn. Sie mochte es, dass er eine solche Bestimmtheit ausstrahlte.

Als er sich wieder setzte, zischte ihm Franziska etwas zu. Sie stritten flüsternd.

Annie stand ebenfalls auf und trug sich in die Liste ein, direkt unter Michael.

Michael begann ein Gespräch mit dem Künstler. Hilflos und verärgert sah sich Franziska um. Immer wieder blieb ihr Blick an Annie hängen. Schließlich stand sie auf und kam herüber. »Du bist also Annie? Ihr habt früher zusammen Sport gemacht, richtig?«

Sie musste etwas gespürt haben. Oder hatte Michael sie mitgenommen, um sich vor sich selbst zu schützen?

Franziska wirkte aus der Nähe zerbrechlich. Ihre Haut war blass, die Augen hell. Um die schmalen, langgliedrigen Hände beneidete Annie sie.

Franziska war hergekommen, weil ihr Michael etwas bedeutete. Das konnte man ihr nicht übel nehmen.

»Nein«, sagte Annie. »Ich war bei den Turnerinnen und er bei den Leichtathleten. Wir sind nur zusammen zur Straßenbahn gelaufen.«

4

Der neue Gebäudekomplex roch immer noch nach Estrich und dem Linoleum der Fußböden. Ingo Beckmeier empfand den Geruch als streng, der Geruch rief zu Sachlichkeit und Fleiß auf und machte Druck. Jetzt auch noch Vorsprechen beim Abteilungsleiter. Das hieß nichts Gutes.

Was würde ihm Wippert vorwerfen? Wahrscheinlich, dass er während der Mittagspause die Dienststelle verlassen hatte, um eine Besorgung zu machen. Am Haupteingang war eine Kamera installiert, eigentlich, um den Besucherverkehr am Eingang zu überwachen, aber offenbar beobachteten sie auch, wer wann das Gelände verließ. Oder hatte der Pförtner ihn verpfiffen? Dem würde er was husten, dem Kollegenschwein.

Oberst Wippert war zuzutrauen, dass er einen Strengen Verweis erteilte, wenn er sich so richtig aufregte. Dann war das kaum mehr auszulöschen. Bloß kein Strenger Verweis. Am besten gleich demütig auftreten. Er war einer von tausendfünfhundert Hauptamtlichen in der HA VIII, er war ersetzbar, die hatten genug Leute wie ihn.

Er klopfte.

»Herein!« Wippert war in mieser Stimmung, das hörte man deutlich.

Ingo trat ein und schloss die Tür hinter sich. Er grüßte.

Wippert erwiderte den Gruß nicht, sondern schob ihm wortlos einen Zettel über den Schreibtisch.

Er nahm ihn hoch und las. Sein Konto war überzogen um 1,40 Mark. »Das … das tut mir leid. Meine Frau hat viel Kinderkleidung eingekauft. Und ich habe ein neues Aquarium, und das Schlauchboot, die Kinder haben es sich so sehr gewünscht. Das muss ich natürlich sofort ausgleichen. Ist ja nicht viel.«

Wippert zog eine Augenbraue hoch. Er wartete eisige Sekunden. »Sie wissen, warum wir Kontoüberziehungen nicht dulden können?«

»Weil uns finanzielle Schwierigkeiten erpressbar machen könnten. Wir wären käuflich für feindliche Dienste. Aber in meinem Fall, ich meine, bei einer Mark vierzig …«

»Jemand, der sich notorisch verschuldet, wird in meiner Diensteinheit keine Zukunft haben, Genosse Beckmeier.«

»Na ja, notorisch, ich meine …«

»Und es sagt einiges über Sie aus. Nicht mit Geld umgehen zu können, ist eine charakterliche Schwäche, die zu einer sozialistischen Persönlichkeit nicht passt.«

»Ich habe doch nur … Könnten Sie nicht ein Auge zudrücken bei der kleinen Summe?«

Wippert brüllte: »Ich drücke überhaupt kein Auge zu! Sie haben Ihr Konto überzogen. Sie gefährden die innere Sicherheit unserer Einrichtung!«

Ingo schluckte. Es lief schlecht.

Wenn er eine Disziplinarstrafe erhielt, dann würde die nächste Beförderung auf Eis gelegt werden. Eigentlich müsste er im Herbst Oberleutnant werden, er hatte Katrin schon versprochen, dass sie sich die Schrankwand kaufen würden vom Vergütungsbonus für den Dienstgrad, plus Dienstalterzuschlag, er käme fast auf zweitausend Mark im Monat, hatte er sich ausgerechnet. Wenn Wippert ihm einen Tadel verpasste oder sogar einen Verweis, wurde er nicht befördert. So lange, bis die Disziplinarstrafe aus den Akten gelöscht wurde, und wer wusste schon, ob und wann sie das taten. »Ich bin natürlich bereit, die Konsequenzen …«

Wippert wandte sich ab. Die Sache war für ihn erledigt.

»Darf ich frei sprechen, Genosse Oberst? Es wird nie wieder vorkommen. Und ich bringe das gleich in Ordnung. Ich habe mir doch all die Jahre nie eine Unzuverlässigkeit geleistet.«

Wippert sah ihn zweifelnd an. Scharf sagte er: »Bekommen Sie das in den Griff?«

»Darauf können Sie sich verlassen.«

»Wegtreten.«

Er wollte sich zur Tür umwenden.

»Halt! Nehmen Sie das mit, als Erinnerung.« Oberst Wippert hielt ihm den Zettel hin.

Ingo nahm ihn. »Danke, Genosse Oberst.«

Er verließ das Büro. Vom Bankgeheimnis hatten sie noch nichts gehört. Offenbar überprüfte die Kassenstelle die Kontoaktivitäten, registrierte alles Interessante und gab es weiter.

Er verstand ja, dass er aus Gründen der Konspiration verpflichtet war, sein Konto bei der internen Kassenstelle der Sparkasse zu führen. So mussten es alle MfS-Mitarbeiter machen, sonst hätten gegnerische Geheimdienste anhand der Kontodaten herausfinden können, wer sein Gehalt von einer Diensteinheit des MfS erhielt, sie hätten nur eine Angestellte einer Sparkassenfiliale anzapfen müssen. Und praktisch war es auch, dass sich die Filiale gleich im Dienstobjekt befand.

Aber dass man seinem Vorgesetzten meldete, wenn er mal sein Konto um eine Mark vierzig überzog?

Er schützte diesen Staat und kämpfte für eine bessere Welt. Diese peniblen dienstlichen Bestimmungen, Direktiven, Instruktionen und Richtlinien, die verdarben alles. Jede Kleinigkeit galt gleich als Verstoß gegen die militärische Disziplin.

Eine unerlaubte Fahrt mit dem Dienst-Pkw. Der Besuch eines Klassentreffens, an dem womöglich auch ehemalige Klassenkameraden teilnahmen, die Kontakt zu Westdeutschen hatten. Den Schlüssel im Panzerschrank stecken zu lassen. Auch wenn momentan nur Schulungsmaterial darin lag, kam der Verstoß gegen die Dienstvorschriften zur Geheimhaltung in die Akte. Es hätten ja Unbefugte an das Schulungsmaterial herankommen können.

Manchmal erschien es ihm, als verbrauchten sie die Hälfte ihrer Arbeitszeit damit, sinnlos das Straßenpflaster zu polieren.

Die Schriftschablonen der Kinder lagen auf dem Boden herum, wenn da einer drauftrat, würde das dünne Plastik zerknacken. Die Kleine spielte wild Triola. Der Große sortierte seine Abziehbilder, während die Kleine um ihn herumtanzte. Dass er die Bilder irgendwo hätte hinkleben können, kam ihm nicht in den Sinn. Manchmal fragte er sich, ob der Junge richtig im Kopf war.

Katrin war sichtlich erschöpft. »Ich hab sie schon vor zwei Stunden aus dem Kindergarten abgeholt. Wo warst du so lange?« Sie wartete keine Antwort ab. »Die olle Kreke aus dem Ersten blockiert schon wieder die Leitung. Ich will meine Mutter anrufen, die wartet auf den Anruf. Und die ganze Zeit ist die Leitung tot.«

Er setzte müde seine Tasche ab. Ging in die Hocke. »Süße, kannst du die Triola mal weglegen? Ich möchte mit deiner Mutter sprechen.«

Aber Jana drehte sich bloß weg und spielte weiter. Sie sah nicht in das Heft mit den farbigen Noten, sie spielte eine wirre

Folge von Tönen. Es kam ihm vor, als spielte sie, um die Eltern zu ärgern.

»Geh runter und sag der Kreke, sie soll auflegen.« Katrin sah ihn wütend an. »Mach's bitte gleich, sonst platze ich!«

Seit Langem warf sie ihm vor, dass sie bloß einen Zweieranschluss erhalten hatten. Zwei Nummern auf eine Telefonleitung geschaltet, wer hatte den Quatsch erfunden? Man nahm den Hörer ab, und es gab kein Freizeichen, der Apparat war wie tot, solange der andere telefonierte.

Anfangs hatte er sich auch darüber geärgert. Aber er hatte im Gegensatz zu Katrin irgendwann damit Frieden geschlossen. Ihr fiel es schwer, mit überhaupt irgendetwas Frieden zu schließen. Sie hatte ihn so lange bedrängt, bis er herausgefunden hatte, wer auf ihre Leitung geschaltet war, und seitdem richtete sich ihr Hass auf Frau Kreke und auf ihn gleichermaßen.

Katrin schnaubte. »Eh du mal in die Pötte kommst!« Sie riss die Wohnungstür auf, stampfte die Treppe hinunter, und er hörte, wie sie unten an die Tür der Kreke hämmerte. »Könnten Sie bitte endlich auflegen?«

Er wartete. Dann hob er den Telefonhörer ab. Das Freizeichen ertönte. »Ist frei«, rief er ins Treppenhaus.

Katrin kam wieder hoch, setzte sich auf das Telefonbänkchen im Flur und wählte. »Mach den Kindern Abendbrot«, sagte sie. Sie klang wie Oberst Wippert.

5

Siebenhunderttausend Menschen liefen für Frieden und Sozialismus durch die Stadt. Erich Honecker stand auf der Ehrentribüne in der Karl-Marx-Allee und sah beglückt auf die vorüberziehenden Massen. Sie grüßten ihn und die anderen Mitglieder der Partei- und Staatsführung zum 1. Mai. Ein Volk, das seinen Führern dankte.

Ein Junge trug die Polizeimütze seines Vaters und sah neugierig zur Tribüne hoch. Andere Kinder wurden zu Erich hochgereicht, er küsste ihr Gesicht, sie schenkten ihm kleine Briefe, die er sich in die Jackentasche steckte, oder gaben ihm Nelken und blaue Fähnchen.

Gegenüber spielte das Militärorchester. Zu manchen Liedern schlug er den Takt mit der Faust. Einmal ließ er sich hinreißen und sang mit: »Bau auf, bau auf, bau auf, bau auf, Freie Deutsche Jugend, bau auf. Für eine bessre Zukunft richten wir die Heimat auf!«

Auch Vertreter von Nordkorea liefen mit, wo dieses Jahr die Weltfestspiele der Jugend stattfinden würden. Zum ersten Mal in Asien! Überhaupt wurde es internationaler, fand er. In der Waldsiedlung kochten sie neuerdings japanische Gerichte für ihn, na ja, zumindest vom Rezept her, Algen wurden durch Spinat ersetzt, Thunfisch durch Karpfen.

Erich winkte. Er sah, dass ein älterer Demonstrationsteilnehmer die Faust emporstreckte, und stieß daraufhin ebenfalls die geballte Faust in die Luft, um den Kommunistengruß zu erwidern. Wie er den 1. Mai liebte!

Ballons stiegen auf. Herrliche Transparente verkündeten in meterhohen Lettern den Optimismus und die Dankbarkeit des Volkes.

Mit dem Blick auf den XII. Parteitag der SED lösen wir die Aufgaben der Gegenwart!

40 Jahre DDR – Alles mit dem Volk, alles durch das Volk, alles für das Volk!

Mit Schöpfertum und Initiative im sozialistischen Wettbewerb den Plan 1989 erfüllen – wir halten Wort!

Jung- und Thälmann-Pioniere! Mit guten Ergebnissen bei der Erfüllung des Pionierauftrages »Meine Liebe, meine Tat meiner Heimat DDR«! Vorwärts zum 40. Jahrestag der DDR!

Allmählich wurde seine Hand lahm. Er ließ den rechten Arm sinken und winkte jetzt mit links. Die Muskeln im Gesicht schmerzten vom vielen Lächeln. Aber er wusste, der Aufmarsch wurde von der Aktuellen Kamera übertragen, und er würde oft im Bild erscheinen. Das sollte ja nach was aussehen.

Wie viele Wochen waren es eigentlich noch bis zum Sommerurlaub? Die Insel Vilm vor Rügen. Frühstück. Zeitung lesen. Spaziergang am Strand. Mittagessen, dann ein kleines Nickerchen. Am Nachmittag ein Stück Kirsch- oder Apfelstreuselkuchen, dazu ein Nescafé.

Was gäbe er jetzt für einen Löffel Langnese-Honig. Wie süß und geschmeidig der ihm zwischen Zunge und Gaumen durchgehen würde. Wie er ihm neue Kraft geben würde.

In seiner Kindheit im Saarland hatten sie sich den Langnese-Honig nie leisten können. Tja, jetzt war er Staatsratsvorsitzender und Generalsekretär des Zentralkomitees der DDR. Unter seiner Führung hatte das Land Weltklasseniveau erreicht, es gehörte zu den bedeutendsten Industrienationen. Beim Besuch in der Bundesrepublik vor zwei Jahren, wo er mit militärischen Ehren als Staatsgast von Bundeskanzler Helmut Kohl empfangen worden war, da hatte er gewusst, dass er es geschafft hatte. Das Staatsbanner der DDR mit Hammer, Zirkel und Ährenkranz, das man vorher nicht hatte ernst nehmen wollen, wehte in voller Größe am Mast. Das Orchester der Bundeswehr spielte die DDR-Nationalhymne. Er hatte sie gezwungen, die DDR ernst zu nehmen. Die Reise durch das Land, Bonn, Düsseldorf, Wuppertal, Essen, Trier und am 10. September als Höhepunkt sein Geburtsort, Wiebelskirchen im Saarland – sie war ihm ein persönlicher Siegeszug gewesen. Zugegeben, er hatte sich bei seiner Rede in der Heimat wegen der emotionalen Rührung etwas verhaspelt, aber was machte das schon, sie alle, die früher auf die einfache Bergarbeiterfamilie hinabgeschaut hatten und auf ihn als Hauptschüler und Dachdeckerlehrling, sahen jetzt endlich, mit wem sie es zu tun hatten.

Letztes Jahr der Staatsbesuch in Paris. Hatte er überhaupt noch Träume? Fehlte ihm etwas? Ein offizieller Besuch in den USA, das wäre die Krönung. Bisher wollten die ihn nicht haben.

Von den paar aufmüpfigen Miesmachern, die es neuerdings in der DDR gab, würde er sich den Erfolg jedenfalls nicht verhageln lassen.

Jetzt marschierten Abordnungen der Kampfgruppen aus Berliner Betrieben in Uniform vorüber. Erich setzte sich den Hut auf, blickte ernst herunter auf die Maschinengewehre in der ersten Reihe und hielt die Hand zum militärischen Gruß an den Hut.

Früher waren zum 1. Mai die Panzer gefahren, und die

Raketen wurden gezeigt. Die Luft hatte scheußlich nach schwerem Diesel gerochen. Dazu das Dröhnen der Motoren!

Die Kapelle spielte Die Internationale, er hätte gern mitgesungen, aber es entsprach nicht dem Ernst der Kampfgruppenparade. Also sang er in Gedanken mit: »Völker hört die Signale, auf zum letzten Gefecht.«

Er hatte sich dafür eingesetzt, dass der 1. Mai familienfreundlicher wurde, ein Volksfest sollte es sein, zu dem man gern hinging. Bockwurst musste es geben, Musik, Fahnen und bunte Ballons.

Wenn es auch anstrengend war, stundenlang zu winken und zu grüßen, er fühlte sein Volk wieder, er wusste wieder: Sie liebten ihn.

Annie sah aus dem Fenster. Die Menschenmenge war verschwunden. Straßenkehrmaschinen dröhnten vorüber und schoben senfbeschmierte Bockwurstpappen, zerknickte Bierbecher und Vita-Cola-Flaschen vor sich her. Um sie herum schwärmten Kinder, die wie im Jagdfieber leere Flaschen sammelten und frech die letzten Betrunkenen am Straßenrand fragten, ob sie deren Flaschen haben konnten. Eine Bierflasche brachte 30 Pfennig Pfandgeld, nie war das Sammeln so ergiebig und leicht wie nach der Demonstration am 1. Mai.

Sie wandte sich wieder den Säuglingen zu. Lukas war inzwischen kräftig genug, selbst zu trinken. Sie griff in den Brutkasten und drehte ihm behutsam den Kopf zur Seite. So trank er am besten. Sie musste daran denken, dass während ihrer Lehrzeit einmal eine Schülerin die Flasche mit einer Windel abgepolstert und dem Kind überlassen hatte, was es da für ein Donnerwetter gegeben hatte. Die Flasche konnte durch eine Bewegung des Kindes in dessen Rachen gleiten und zum Erstickungstod führen. Oder der Sauger löste sich von der Flasche, und die Milch ergoss sich über das Gesicht des Kindes.

Jeder Säugling hatte seine Flaschennummer, die im Füllraum der Milchküche an einem Ring um den Flaschenhals gehängt wurde. So konnte es keine Verwechslungen geben, und sie erhielten die richtige, ärztlich verordnete Mischung. Frühgeborene benötigten mehr Eiweiß, weil sie so schnell wuchsen.

Als Lukas getrunken hatte, nahm sie Kathleens Flasche aus dem Korb. Kathleen war nicht nur den Soor losgeworden, sie wurde auch immer kräftiger und hübscher. Sie trank noch nicht selbstständig. Aber seit es mit ihren Atemschwierigkeiten besser geworden war, versuchte Annie es jeden Tag. Wie gern hätte sie ihren kleinen Liebling zum Füttern auf den Arm genommen und sie liebkost.

Vorsichtig klappte Annie den Deckel der Couveuse etwas auf und schob ihren Arm mit der Flasche darunter. Drinnen war es warm, 32 Grad Celsius waren eingestellt.

Die Sauerstoffzufuhr hatte der Arzt bei der Visite auf 0,8 Liter pro Minute festgelegt. Dabei hatte sie dank Annies guter Pflege schon fast 1500 Gramm Körpergewicht erreicht. Wenn es nach ihr gegangen wäre, hätten sie begonnen, die Sauerstoffzufuhr zu senken, um zu prüfen, ob Kathleen aus der Couveuse in ein normales Kinderbett wechseln durfte. Seit ihrer Geburt vor vier Wochen war sie nicht ein einziges Mal herausgenommen worden. Auch jetzt hatte Annie den Deckel nur so weit wie nötig geöffnet und ihn arretiert. So waren die Vorschriften.

»Hättest du das gedacht«, sagte sie, »dass du mal in so einem Kasten landen würdest? Du hast den schönen Mutterleib verlassen, und wir haben dich in diese Couveuse gesteckt. Arme Kathleen.« Sie gab ihr den Sauger in den Mund, lockte sie. Da!

Zog Kathleen nicht schon daran? Waren nicht ein paar Tropfen Milch geflossen?

»So ist das im Leben: Es läuft nicht alles nach Plan. Hätte auch nicht geglaubt, dass ich in einem Krankenhaus lande.« Sie hatte für die Turn-Europameisterschaften in Norwegen trainiert, Kippe, Rückschwung in den flüchtigen Handstand am oberen Holm, halbe Drehung, Abschwingen und aus dem Konterschwung mit den Hüften am unteren Holm Salto vorwärts gegrätscht in den Hang am oberen Holm. Sie war gut gewesen. Hatte von Olympia geträumt und von Wettkämpfen in Amerika und im Fernen Osten.

Von der Sportschule geworfen hatte man sie nicht mal wegen etwas, das sie selbst getan oder unterlassen hatte, sondern allein wegen Ria. Mit einer Mutter im Westen ließen sie einen nicht mehr fahren. Und wenn man nicht an Wettkämpfen im Ausland teilnehmen konnte, hatte das Hochleistungstraining keinen Sinn mehr.

Kathleen trank. Wie wunderbar! Sie trank, sie saugte, sie hatte genug Kraft. Wie von sich selbst erstaunt, machte Kathleen große Augen.

»Du kannst das! Ganz prima machst du es.«

Die Kleine blickte neugierig in ihre Richtung, die blauen Augen suchten nach ihrer Stimme. Annie wusste, sie konnte sie noch nicht sehen, auf diese Entfernung war alles unscharf für Kathleen. Und doch war es, als nähmen sie Verbindung miteinander auf.

»Bald kannst du raus aus dem Kasten. Ich versprech's dir. Dann werde ich dir zeigen, wie schön Körperwärme ist. Ich nehme dich hoch und schnuppere an deinem feinen Babyhaar, und du bekommst eine lange Umarmung von mir. Mach nur weiter so mit dem Trinken.«

Kathleen hatte Züge von Michael. War es nicht so? Die Brauen, die Stirn?

Mädel, reiß dich zusammen, dachte sie. Aber die Vorstellung, Kathleen wäre das Kind von Michael und ihr, tat so gut, dass es vor Freude schmerzte.

6

Zielperson war eine gewisse Annie Temme. Der Kollege, mit dem er zur Beobachtung eingeteilt war, stellte gleich Vermutungen an, was sie verbrochen haben könnte.

Sie waren in Räuberzivil, es ging nicht um Einschüchterung, sondern um unbemerkte Observation. Wen traf sie? Wohin ging sie? Was waren ihre Gewohnheiten?

Ingo wiegelte ab: »Könnte alles Mögliche sein. Vielleicht soll sie auch bloß als IM geworben werden.«

»Dann wäre es ein IM-Vorgang.« Der Kollege biss vom Wurstbrot ab, kaute. »Wir haben aber eine OPK. Mit so was irren sie sich nicht. Operative Personenkontrolle ist operative Personenkontrolle. Punkt.«

Sie saßen im Wartburg, den Ausgang des Elfgeschossers im Blick. Eigentlich wurden die Wohnungen in Marzahn vor allem an verdiente Genossen gegeben. Der Kollege sagte: »Früher gab es vielleicht zweimal die Woche einen Dummkopf, der sich was zuschulden kommen lassen hat. Aber in letzter Zeit …«

»Immer mehr Unruhestifter«, bestätigte er.

»Als die drei Gasbehälter zwischen Prenzlauer Allee und Greifswalder Straße gesprengt wurden – weißt du noch, wie die Idioten da vorher die Ämter mit Eingaben, Gegenvorschlägen und Mahnungen bombardiert haben?« Der Kollege lachte und spuckte dabei einige Brotkrumen aufs Armaturenbrett.

»Haben sie nicht sogar behauptet, mit den Gasometer-Türmen stirbt ein Stück der Arbeiterbewegung?«

»Absurd ist das.« Er wischte das Armaturenbrett mit dem Ärmel sauber.

Mit dem Kollegen Breuer war es gut auszuhalten. Der hatte Humor. Mit dem konnte man reden. Bei den Schulungen und im Parteilehrjahr war er schüchtern, da sagte er kein Wort. Aber zu zweit auf Beobachtungsposten gab es keinen Besseren als Torsten Breuer.

Ingo hatte plötzlich einen unfassbaren Gedanken. »Meinst du, dass wir auch beobachtet werden?«

Torsten wollte von seinem Wurstbrot abbeißen, senkte es aber unverrichteter Dinge. »Verrückte Vorstellung, dass uns jemand gerade dabei beobachtet, wie wir jemanden beobachten.«

»Es soll Unbekannte Mitarbeiter geben. UMA heißen die.«

»Den Quatsch glaubst du?«

»Angeblich arbeiten sie für das Referat sechs. Das sind Berufsoffiziere wie wir, nur dass sie unter strengster Geheimhaltung besondere Aufgaben erfüllen.«

»Kameraden ausliefern, meinst du.«

»Sie dürfen Objekte des MfS nicht betreten, damit man sie auf keinen Fall als MfS-Mitarbeiter erkennt. Die überwachen uns. Sogar Mitglieder der Regierung überwachen sie, heißt es, und Mitarbeiter von militärischen Dienststellen.«

»Dir kann man auch jeden Bären aufbinden!«

Ingo dachte nach. »Ich glaube, dass da was dran ist. Irgendwie.«

»Aber wenn es sie gibt, werden sie einen nur in den Blick nehmen, wenn man negativ aufgefallen ist. Wenn es Disziplinarverfahren gibt.«

Er schwieg betroffen. Wusste Torsten Bescheid, hatten die ihm gesagt, dass er …?

Torsten beugte sich vor, um ihm ins Gesicht zu sehen. »Hast du etwa ein Disziplinarverfahren am Hals?«

Wahrscheinlich wusste er es. Er sollte ihn überwachen. »Nur Kleinkram«, sagte er. »Schulden auf dem Konto.«

Torsten schluckte. »Schulden.«

»Eins vierzig!«, blaffte er verärgert. »Nichts ist das. Pipifax. Schnullibulli. Kinkerlitzchen. Eine Mark vierzig! Wippert hat ein bisschen gewettert, und das war's.«

»Du weißt aber, dass wir nicht ins Minus sollen.«

»Ja! Weiß ich, verdammt!«

Die Haustür ging auf. Eine Frau schob ihr Fahrrad heraus und ließ die Tür hinter sich zufallen. Das musste sie sein. Diese Annie war noch schöner als auf dem Foto. Er mochte zierliche Frauen. Sie schwang sich auf den Sattel. Wie sie sich bewegte! »Würde ich nicht von der Bettkante stoßen«, sagte er.

Torsten steckte sich den Rest des Wurstbrots in den Mund. »O ja. Ist 'ne Zehn. Mindestens 'ne Neun.« Er kaute.

Ingo sah ihr nach. Mit wehenden Haaren fuhr sie die Straße hinunter. Er zündete den Wartburg. Setzte das Auto langsam in Bewegung.

Sie trug einen hübschen hellen Frühlingsmantel. Der Gürtel betonte ihre Taille, das gefiel ihm. Gestern waren es fast zwanzig Grad gewesen, heute nur noch dreizehn. Die kalte Luft schien sie nicht zu stören. Sie trat ordentlich in die Pedale.

Wo wollte sie hin? Sie fuhr die Ahrensfelder Chaussee hinunter, durchquerte Hohenschönhausen, und bog dann in die Suermondtstraße ein. Bei der Buschallee begann sie, kreuz und quer zu fahren, bog ab, und wieder, und erneut. »Hat die uns bemerkt?«, fragte er.

»Aber sie dreht sich gar nicht um«, erwiderte Torsten. Trotzdem hob er das Funkgerät an den Mund und bat das Operative Leitzentrum um Unterstützung. Je mehr Beobachter man hatte, desto schwerer war es für die Zielperson, sich Gesichter oder Autos zu merken.

Schon wieder stoppte Annie Temme. Auch Ingo bremste ab. Er parkte ein, wartete. Sie zog ein Heft aus ihrer Tasche und notierte etwas. Was schrieb sie sich auf?

Torsten sagte: »Das ist doch ein Kindergarten dort drüben.«

»Und?«

»Vielleicht ist sie schwanger.«

»Aber es gibt genug Kindergärten gleich bei ihr um die Ecke in Marzahn!«

Annie verstaute das Heft und fuhr wieder los. Als sie zwei Straßen weiter erneut bremste und ihr Heft herauszog, sah er, dass dort eine Schule stand, vor der die Aushänge gemacht worden waren für ein Wahllokal im Gebäude. »Die plant was Konterrevolutionäres«, sagte er. »Im Kindergarten und in dieser Schule wird morgen gewählt.«

»Aber was will sie mit den Wahllokalen? Politisch-ideologische Diversion? Staatsfeindliche Hetze? Was bereitet sie da vor?«

Jemand musste sie angestiftet haben. Eine Frau wie sie dachte sich so etwas doch nicht aus. Sie trug keine Kleidung, die sie als Mitglied einer Basisgruppe erkennbar machte, sondern machte sich schick. Ihr ganzes Auftreten war nicht rebellisch, eher erschien es ihm, als wolle sie gefallen.

»Die will das eigentlich gar nicht«, sagte er.

Früher hätte er Zweifel gehabt, da waren die Aufmüpfigen für sich im Stillen aufmüpfig gewesen, aber heutzutage drängten sie an die Öffentlichkeit. Sie wollten unbedingt auf dem

Marktplatz eine Kerze anzünden, und als das Symbol »Schwerter zu Pflugscharen« verboten wurde, erinnerten sie mit einem weißen Kreis an der Jacke daran. Die Autoantennen von Antragstellern auf ständige Ausreise trugen eine weiße Schleife, als gehörten sie zu einer Hochzeitsgesellschaft.

So wurde es zwar leichter, Dissidenten zu erkennen. Andererseits wollten sie sich auch dem Rest der Bevölkerung zeigen, das war brandgefährlich. Erst letzte Woche war einer aufgetaucht und hatte einfach begonnen, Bäume in einem Neubaugebiet zu pflanzen. Natürlich hatten sie ihn festgenommen.

Es gab immer mehr Gruppen, Möchtegernkünstler und Besserwisser, und jeder musste unbedingt etwas veröffentlichen. Dünne Hefte mit eigenen Gedichten oder, noch schlimmer, politische Texte, auf Ormig-Geräten abgezogen und zusammengeheftet, oder Durchschläge, mit der Schreibmaschine getippt, darauf die zensierten Sätze eines Buchs, das in der DDR nicht vollständig erschienen war. Das wurde dann weitergegeben in Künstlerkreisen und Kirchengruppen. Der Schmutz wanderte von einer Hand zur anderen.

Kein Wunder, dass sie Arbeit hatten bis dorthinaus. Operative Beobachtungen und Ermittlungen, verdeckte Wohnungsdurchsuchungen, Festnahmen, es nahm einfach kein Ende.

Die Stadt war bereits geschmückt für den Wahlsonntag morgen, Fähnchen und Transparente machten die Straßen bunt. Die Wahl sollte ein Fest sein. Und diese hübsche kleine Frau bereitete etwas vor, um das Fest zu stören.

Über Funk kam die Anweisung vom Operativen Leitzentrum, an der nächsten Kreuzung abzudrehen. Zähneknirschend tat er es. Eine andere Beobachtergruppe würde übernehmen.

»Die macht uns noch Ärger«, sagte er. »Garantiert.«

7

Wie Statisten in einem gewaltigen Theaterstück liefen die Menschen in die Wahllokale, falteten den Zettel und steckten ihn unter den wohlwollenden Blicken der Wahlhelfer in den Schlitz der Urne. Auf dem Zettel: ihre Abgeordneten für die Kreistage, die Stadtverordnetenversammlungen, Stadtbezirksversammlungen und Gemeindevertretungen, zusammengefasst zu einer Einheitsliste.

Stimmvieh waren sie, nur dass ihre Stimme nichts zählte. Wie blinde Tierchen folgten sie dem vorgegebenen Weg, taten, was verlangt wurde, absolvierten die Prozedur.

Vereinzelt ging jemand in den hinteren Teil des Raumes zur Wahlkabine. Dann wurden die Gesichter der Wahlkommission eisig. Wer die Wahlkabine aufsuchte, verriet unweigerlich, dass er eine Gegenstimme abzugeben plante. Er hatte sich damit als Feind des Sozialismus enttarnt. Man notierte seinen Namen oder kennzeichnete ihn in der Wählerliste. Sein Verhalten würde sich in der Kaderakte seiner Arbeitsstelle niederschlagen: »provokatorisches Auftreten während der Volkswahl«. Die Staatssicherheit würde erfahren, dass sie in ihm einen potenziellen Störer sehen musste.

Doch selbst wenn jemand in die Kabine ging, wie stimmte er mit Nein? Auf dem Wahlzettel war keine Möglichkeit dafür vorgedruckt. Es war schlicht nicht vorgesehen.

Man entschied nicht zwischen Kandidaten mit unterschiedlichen politischen Konzepten. Man hatte bloß die Möglichkeit, die Kandidaten der Einheitsliste zu bestätigen.

Hinter den Stoffwänden der Kabine lag ein sehr harter, spitzer Bleistift, es war unmöglich, mit ihm auf der weichen Unterlage zu schreiben. Der verzweifelte Nein-Wähler stach damit mehrfach versehentlich durch den Wahlzettel. Dann nahm er die Unterlage hoch, lehnte sie an die Kabinenwand und schrieb vielleicht auf den Wahlzettel: »Ich lehne alle Kandidaten ab.«

Da aber gesetzlich nicht geregelt war, was als Nein-Stimme zu gelten hatte, konnte sein Wahlzettel bei der Auszählung trotzdem noch als Ja-Stimme gewertet werden.

Noch mehr fürchtete der Staat deshalb die Menschen, die überhaupt nicht wählen gingen. Das wagte nur, wer bereit war, jegliche Bildungs- und Aufstiegschancen für die Zukunft zu verlieren und Reisemöglichkeiten dauerhaft einzubüßen.

Um Renitente einfangen zu können, waren seit Anfang April in den Volkspolizeikreisämtern Sonderwahllokale eingerichtet. Denen, die eine Reise beantragt hatten, gab man deutliche Hinweise, dass ihnen die Reisegenehmigung versagt werden würde, wenn sie nicht »ihr Wahlrecht in Anspruch nehmen« würden. Und wer genau am Wahlsonntag verreist sein würde, hatte zuvor im Sonderwahllokal seinen Treuebeweis in den Urnenschlitz zu stecken.

Immer mehr Menschen wählten schon Tage vor dem Termin in einem dieser Sonderwahllokale, auch wenn sie überhaupt keine Reise planten. Sie wollten nicht am Sonntagmorgen in aller Frühe mit dem Arbeitskollektiv zum Wahllokal traben oder gegen Mittag von einem Wahlhelfer rausgeklingelt werden mit der Frage, wann sie denn endlich wählen gehen würden. Lieber gaben sie ihre Stimme zwei Wochen vor der Wahl im Sonderwahllokal ab und verbrachten das Wahlwochenende auf der Datsche, in Ruhe gelassen und abseits des Propaganda-Rummels.

Solche Zeichen einer gewissen Widerborstigkeit, einer Rutscht-mir-doch-den-Buckel-runter-Mentalität, waren der Partei recht – solange die Leute nur wählen gingen und ihre Ja-Stimme abgaben.

Ein jeder hatte sich vor dem Götzenbild zu verneigen und den Treueschwur abzuleisten. Das Theaterstück hieß Demokratie, auch wenn es kaum weiter davon entfernt sein konnte.

»Das ist pure Nettigkeit, dass sie uns zusammen eingeteilt haben«, sagte Michael. Er wirkte nicht glücklich darüber.

»Wieso Nettigkeit?«

Er machte große Schritte und bot Annie nicht an, sie mit unter den Regenschirm zu nehmen.

Weil er nicht reagiert hatte, fragte sie noch mal: »Wieso Nettigkeit?«

»Weil sie es sonst nicht machen, damit sich die Leute von der Stasi nicht absprechen können.«

»Versteh ich nicht.«

Er drehte sich zu ihr um, sichtlich ungehalten. »Denkst du, da ist keiner eingeschleust in den Friedenskreis? Mit Sicherheit mehrere! Und wenn jeder sich aussucht, mit wem er als Beobachter zum Wahllokal gehen will, und wir schicken zwei pro Lokal, dann könnten die sich absprechen und gehen zu zweit hin und melden großartige Wahlergebnisse, und keiner von uns hat es geprüft, und die ganze Statistik stimmt nicht. Deshalb haben wir alle nur einen Zettel bekommen mit der Adresse des Wahllokals, das wir aufsuchen sollen, und wurden eigentlich zufällig zugeteilt.«

»Dann haben wir eben Glück gehabt.« Es war offensichtlich,

dass er lieber mit jemand anderem eingeteilt gewesen wäre. Hatte sich Franziska doch noch angemeldet? Es verletzte sie. »Kannst du mir erklären, warum du so sauer bist?«

Er tat, als hätte er es nicht gehört. Sah auf die Armbanduhr. Der ideale Zeitpunkt sollte kurz vor sechs sein, bevor sie das Wahllokal schlossen. Er steuerte auf die Tür zu.

Als Annie hinter ihm eintrat, nass geregnet, wie sie war, sahen die Mitglieder des Wahlvorstands erstaunt auf. Ein Mann im weißen Hemd sagte: »Was wollen Sie denn noch hier?«

»Wir möchten bei der Auszählung der Stimmen dabei sein«, sagte Michael.

Das Gesicht des Hemdträgers verfinsterte sich. »Aus Sicherheitsgründen haben Fremde keinen Zutritt.«

Michael machte einen weiteren Schritt in den Raum hinein. Er faltete seinen nassen Schirm zusammen. »Nach Paragraf siebenunddreißig Absatz eins des Wahlgesetzes ist die Stimmenauszählung öffentlich.«

»Ich bin hier der Wahlvorsteher. Und ich sage Ihnen, Sie verlassen sofort das Wahllokal.«

»Wir sind Bürger der DDR und möchten unsere Rechte wahrnehmen.«

»Pah!« Er wandte sich an die Person zu seiner Rechten. »Frau Kammann, rufen Sie die Polizei.«

Die Frau stand auf und verließ das Wahllokal.

Es wirkte einstudiert. Hatte man sie bereits informiert? Die Stasi musste von den Plänen zum Überwachen der Auszählung erfahren haben. Sicher hatte sie die Wahlvorsteher vorgewarnt.

»Was wollen Sie erreichen?«, fragte der Mann. »Die Wahl ist vorüber. Sie werden das Ergebnis nicht beeinflussen.«

Michael schwieg.

Annie sagte: »Wir wollen sichergehen, dass die Auszählung

richtig verläuft. Der Staat darf sich nicht Stimmen zuschanzen, die ihm gar nicht gegeben wurden.«

»Da kann die Kriminalpolizei Sie gleich mitnehmen, bei dem, was Sie hier sagen. Das ist Hetze!« Er war rot geworden vor Wut. »Es gibt mehr als eine Million Wahlhelfer. Und Sie wollen behaupten, dass die Wahl von oben dirigiert wird? Sie wird von der gesamten Bevölkerung mitgetragen.«

»Wir sind auch Teil der Bevölkerung.«

»Sie? Dass ich nicht lache. Sie sind ein paar Störenfriede, nichts weiter. Was Sie machen, ist ein Widerspruch in sich. Sie verlangen Teilnahme am gesellschaftlichen Leben? Dann gehen Sie wählen! Helfen Sie mit, statt hier zu alles aufzuhalten.«

Die Frau betrat mit zwei Uniformierten das Wahllokal. Sie sagte: »Ich hatte Glück, die Genossen Volkspolizisten waren gerade in der Nähe.«

Na sicher! Die hatten doch an verabredeter Stelle gewartet.

Mit finsterer Miene verlangten die Polizisten, dass Michael und Annie sich auswiesen.

Sie sahen lange und eingehend in die Ausweise, und der ältere Polizist notierte sich etwas in ein kleines Buch. Dann reichten sie Michael und Annie die Ausweise zurück. Der Ältere sagte, dass sie das Wahllokal zu verlassen hätten. Der Wahlvorsteher hätte sie dazu aufgefordert, und er sei Hausherr in diesem Fall, also sei seinen Forderungen Folge zu leisten.

Michael steckte seelenruhig den Personalausweis ein. »Wenn Sie wollen, dass ich den Raum verlasse, müssen Sie mich abführen. Das muss vor Gericht gehen. Und dann will ich hören, warum ich meine Rechte nicht wahrnehmen durfte.«

Die Polizisten wechselten einen raschen Blick. »Machen Sie es uns nicht schwerer als nötig. Wir alle wollen, dass die Auszählung ruhig über die Bühne geht.«

»Wir stören niemanden«, sagte Annie. »Wir wollen nur dabei sein.«

Stumm sahen die Polizisten zum Wahlvorsteher. Es war offensichtlich, dass sie Absprachen getroffen hatten. Scheinbar lief es nicht so, wie sie geplant hatten.

Der Wahlvorsteher sagte: »Donnerwetter noch mal! Dann stellen Sie sich eben da hinten hin.« Er wies in die Ecke des Raumes zur armseligen Wahlkabine.

»Von da können wir die Stimmzettel nicht sehen«, sagte Michael.

Der Wahlvorsteher rollte die Augen. »Sie bringen hier alles durcheinander! Sie fassen nichts an, verstanden?« Mürrisch brach er das Siegel der Wahlurne und begann, mit seinen Beisitzern die Wahlzettel durchzugehen.

Die Polizisten postierten sich nahe der Tür. Was sie hier noch zu suchen hatten, war nicht ersichtlich. Wahrscheinlich waren sie zur Einschüchterung geblieben. Oder sie sollten ihnen am Ende die Aufzeichnungen wegnehmen. Einer der Polizisten neigte den Kopf und sagte leise etwas in sein Funkgerät.

Nach einer Viertelstunde verkündete der Wahlvorsteher: »Abgegebene Stimmen: dreihundertzweiundzwanzig. Ungültige Stimmzettel: vier.« Er sah hoch. »Die weitere Auszählung der Stimmen für oder gegen den Wahlvorschlag ist nicht öffentlich. Gehen Sie jetzt.«

Annie notierte die Zahlen auf der Karteikarte, die sie von Evelyn Zupke erhalten hatten.

Michael sagte ruhig: »Damit verletzen Sie das Wahlgesetz. Die Auszählung der Stimmen hat öffentlich und im Wahllokal zu erfolgen.«

»Sind Sie hier der Wahlvorsteher oder ich?«

»Wenn Sie uns rauswerfen, schreibe ich noch heute eine Eingabe an den Vorsitzenden der Wahlkommission. Egon Krenz wird das Wahlgesetz besser kennen als Sie. Dann wird die Zählung wiederholt werden müssen.«

Wieder wechselte der Wahlvorsteher Blicke mit den Polizisten. Er murmelte: »Dieses Affentheater hat Folgen für Sie.« Er begann, mit den Beisitzern die Wahlzettel einzeln zu begutachten.

Warum wurde die Wahl überhaupt so wichtig genommen? Sie war doch nur ein Propagandainstrument, das verschleiern sollte, dass die SED Alleinherrscherin war. Allenfalls verschaffte sich das SED-Regime damit international einen demokratischen Anschein. Glaubte in der eigenen Bevölkerung überhaupt noch jemand die Wahlergebnisse von 99 Prozent Ja-Stimmen? Früher hatten sie vielleicht dazu gedient, sich zu legitimieren und es aussehen zu lassen, als bestätige das Volk, dass die SED-Politik mit den Interessen der Bevölkerung übereinstimmt. Aber heute? Zumindest eine Ahnung hatte jeder, dass da was nicht stimmen konnte.

Wie durch ein Wunder hatte es wenige Tage vor der Wahl plötzlich Bananen und Paprika gegeben. Und es waren deutlich mehr Polizisten im Einsatz, als wollte man die letzten Zweifler einschüchtern.

»Müssten Sie nicht die Stimmen für jeden Kandidaten einzeln auszählen?«, fragte Michael. »Wie wollen Sie sonst wissen, ob er abgelehnt wird und ein Nachrücker für ihn kommen muss?«

»Unsinn«, sagte der Wahlvorsteher. »Einzeln durchgestrichene Kandidaten haben keine Bedeutung. Ein Stimmzettel gilt erst dann als Gegenstimme, wenn sämtliche Namen durchgestrichen sind.«

Tatsächlich zählten die Wahlhelfer sogar Zettel als Ja-Stimme, auf die jemand einen wütenden Kommentar geschrieben hatte wie »Freie Wahlen«, »Mehr Demokratie«, oder »Abschaffung der Macht des SED-Politbüros«.

Machtlos mussten sie zusehen. Michaels Kiefermuskeln arbeiteten, und auch sie wurde wütend, dass man ihnen derart vor Augen führte, wie der Wille der Bevölkerung mit Füßen getreten wurde.

Der Schriftführer fertigte eine Niederschrift über das Auszählungsergebnis an, die der Wahlvorstand per Unterschrift bestätigte.

Auch Annie trug die Zahlen auf ihrer Karteikarte ein. Dann gingen sie ohne einen Abschied zur Tür. Sie sah die Polizisten nicht an, wartete aber darauf, dass sie ihr in den Weg traten und ihr die Karteikarte abnahmen. Sie taten es nicht.

»Eine Farce ist das«, sagte Michael draußen.

Sie gingen zur Straßenbahnhaltestelle. »Aber wir geben nicht auf«, sagte sie.

»Nee. Wir fangen gerade erst an.«

Die Pfützen spiegelten das Licht aus den Fenstern der Häuser, und aus einem geöffneten Fenster drang die Erkennungsmelodie einer Fernsehserie. Sie kannte diese Melodie. Jemand guckte *Lindenstraße*. Annie fragte: »Kann ich denn jetzt mal einen Film sehen, den du gemacht hast?«

»Hab ich doch schon gesagt. Die sind nicht freigegeben.«

»Dann erzähl mir von ihnen.«

Er hielt eine Weile den Blick auf den Boden gerichtet, als suche er in einer Pfütze nach Antworten. »Scheidung«, sagte er schließlich. »Ich habe Paare interviewt, die sich scheiden lassen haben, und habe sie gefragt, wie es kam. In einem anderen Film habe ich einen Alkoholiker bei seinem Alltag begleitet.

Und ich habe in einem Kindergarten gefilmt, wochenlang. Aber abgenommen wurde es nicht. Da kann ich noch hundertmal in der Gruppe ›dokument‹ der DEFA sein.«

»Wie begründen sie es denn, dass sie deine Filme ablehnen?«

»Na ja, die sagen, das Leben zu beschreiben, einfach so, also sich selbst aus dem Vorgang herauszunehmen, ist nicht akzeptabel. Sie brauchen keine So-isses-Filme. Sie nennen das, warte, wie haben sie es genannt? Ich mache einen Fetisch aus dem Unscheinbaren. Dabei finde ich es so wichtig, sich beim Filmen aufs Beobachten zu beschränken. Sensibel zu sein. Aber das nennen sie Arbeitsverweigerung. Ja, wirklich! Sie sagen, ich habe keinen Standpunkt. Die erwarten eben Eindeutigkeit. Aber so kann ich die Wirklichkeit nicht sehen. Sie ist vielschichtig und überraschend. Das Leben hat Augenblicke tragischer Schönheit, und die findet man nicht mit einem vorgegebenen Standpunkt. Für Filmdokus über die Wirklichkeit muss man die Kameraarbeit reduzieren und die Montage. Man muss Kommentare reduzieren oder ganz weglassen, auch Geräusche und Musik. Erst dann wird es zart. Erst dann werden die Zwischentöne hörbar.«

Er klang so verletzlich, dass sie ihn am liebsten in den Arm genommen hätte. »Das heißt, sie lassen dich jetzt gar keine Filme mehr machen?«

»Ich habe Berufsverbot, sozusagen.«

»Was machst du dann den ganzen Tag?«

»Ich arbeite bei der Staatlichen Filmdokumentation. Wir sollen die DDR filmen, unzensiert, und nicht für heutiges Publikum, sondern für die Zukunft. Das heißt, ich darf prinzipiell alles aufnehmen, aber es darf nicht in die Öffentlichkeit gelangen. Meine Filme werden in einem staatlichen Archiv unter Verschluss gehalten. Sie landen gleich als gesperrte Archivalien im Giftschrank.«

»Verrückt. Und was drehst du da so?«

»Gerade filme ich in einer Strahlentherapeutischen Klinik in Buch. Ich interviewe die Ärzte und Patienten. Das will die DDR nicht hören, wir sind ja der Zukunft zugewandt, tödliche Krankheiten passen da nicht rein. Außerdem geht es bei dem Thema auch um religiöse Fragen, ich befrage zum Beispiel den evangelischen Seelsorger der Klinik.«

Sie gehörten zusammen! Auch er litt darunter, wie man im Krankenhaus mit den Patienten umging. Auch ihm ging es um Tod und Leben. »So etwas beschäftigt mich schon seit Langem«, sagte sie.

»In der Strahlenklinik ist man unter der Erde und von dicken Betonmauern umgeben. Kannst du dir vorstellen, wie sich die Patienten da fühlen? Die Tür zum Bestrahlungsraum ist bleiummantelt und so schwer, dass sie kaum zu bewegen ist. Es ist wie Krieg. Man ist in einem Bunker, und man wird mit einer Kanone beschossen. Die Ärzte und Schwestern mit Bleischürzen, die Patienten vollkommen ausgeliefert, nackt unter einem weißen Handtuch. Sie haben versucht, dem Ganzen den Schrecken zu nehmen, indem sie Blumen an die Decke malen lassen haben. Aber die Patienten kamen sich vor, als würden sie bereits tot unter der Erde liegen. Deshalb haben sie die Blumen wieder übermalen lassen. Und erst die Chemotherapie! Die Patienten bekommen das Mittel durch eine Infusion, und kaum sind sie daran angeschlossen, setzt ein metallischer Geschmack in ihrem Mund ein, und später kommen Übelkeit und Erbrechen, und ihre Verwandten flehen sie an, kleine Portionen zu essen, damit sie die Chemotherapie durchstehen, aber die Patienten entwickeln einen Widerwillen gegen das

Essen, sie sehen die Infusion und müssen sich schon übergeben.«

»Wir müssen liebevoller mit den Patienten umgehen. Auch mit den Säuglingen! Michael ...« Sie wusste nicht weiter, biss sich auf die Lippe. Komm schon, Mädchen. Was soll passieren? »Du warst vorhin so wütend auf mich. Kannst du mir das erklären?«

»Ich finde es einfach Mist, Franzi zu belügen. Und wenn ich ihr nachher die Wahrheit sage, wenn sie fragt, mit wem ich im Wahllokal war, wird es sie verletzen.« Er sah sie an. »Verstehst du das? Ich will Franziska nicht wehtun. Und du zwingst mich dazu.«

Neben einem Kindergarten für mehrfach schwerstbehinderte Kinder und einem Altenheim, im evangelischen Stephanus-Stift in der Albertinenstraße 20, wohnte Evelyn Zupke vom Friedenskreis Weißensee. Ihre kleine Wohnung im Erdgeschoss war gerade groß genug für sie und ihren dreijährigen Sohn. Nicht aber für über zweihundert Wahlbeobachter, die aus dem ganzen Stadtbezirk herbeiströmten, um ihre Karteikarten mit den Zahlen zu bringen. Darum hatte Evi Zupke im Garten Tapeziertische aufgestellt.

Als Annie und Michael eintrafen, mussten sie zwei Dutzend Männer passieren, die am Rand des kirchlichen Geländes auf der Albertinenstraße standen und sie eisig musterten: Stasi-Offiziere in Zivil.

In den kleinen Garten zu treten, unter die Gleichgesinnten, gab ihnen nach dieser verstörenden Begegnung die Illusion von Sicherheit. Die Menschen standen dicht an dicht und erzählten, wie es ihnen ergangen war. Die meisten hatte man mit fadenscheinigen Begründungen fernzuhalten versucht: »Der

Raum ist voll!« Oder: »Aus Sicherheitsgründen haben Sie keinen Zutritt.«

Man sammelte die ausgefüllten Kontrollbogen ein. Trotz des Widerstands war es gelungen, 66 von 67 Wahllokalen zu überwachen. Erwartungsvoll begann man mit der Auszählung.

Bei Pfarrer Braune, dem Direktor der Stephanusstiftung, klingelte das Telefon. Er nahm den Hörer ab, wurde blass. »Ja … Natürlich … In Ordnung. Nein, das ist nicht nötig.« Er eilte zur Baracke, die den Kindergarten und Evi Zupkes Wohnung beherbergte. Er rief: »Alle verlassen jetzt das Kirchengelände, sofort!«

Evi Zupke widersprach: »Aber ich wohne hier, Herr Braune.«

»Sie können bleiben. Die anderen gehen! Und lassen Sie das sein, was Sie hier machen.«

Einige der Wahlbeobachter murrten.

Pfarrer Braune blieb hart. »Ich habe hier das Hausrecht!«

Die Versammelten steckten die Kontrollbogen ein und verließen den Garten. Schon im Hinausgehen gaben sie sich das Stichwort weiter: zu Schatta. Den Weg zu Mario Schatta kannten die meisten, bei Evi Zupke und ihm traf sich im wöchentlichen Wechsel der Friedenskreis Weißensee.

Nicht alle passten in Schattas Wohnung, aber es genügte eine Kernmannschaft. Sie hatten die Kontrollbogen und rechneten zu Ende, während Annie und Michael und einige andere draußen warteten. Dann ging es weiter zur Elisabeth-Kirchengemeinde in Mitte. In den Räumen der »Kirche von Unten«, modern gestaltet mit Bar und Cafétischen, trafen auch die Mitglieder der anderen Berliner Basisgruppen ein, fünfhundert Menschen waren es bald. Als »Eintrittskarte« zeigte jeder seine Wahlbenachrichtigungskarte vor zum Beleg, dass er nicht gewählt hatte. Neun westliche Korrespondenten waren vor Ort, vom ARD-Fernsehen und -Hörfunk, vom SPIEGEL, von der ZEIT, von der Frankfurter Rundschau und der dpa. Im großen Raum lief ein Fernseher. Als Egon Krenz in der Aktuellen Kamera das offizielle vorläufige Wahlergebnis von 99 Prozent meldete, brandete höhnisches Gelächter auf. Anderen sah man ihre Wut an.

Annie und Michael blieben bis ein Uhr nachts. Ein harter Kern von fünfzig Leuten formulierte, verwarf, diskutierte eine Eingabe. Man einigte sich auf deutliche Worte. In insgesamt zweihundert Berliner Wahllokalen waren die Auszählungen beobachtet und die Ergebnisse zusammengetragen worden, neben dem flächendeckenden Ergebnis in Weißensee lagen auch Zahlen aus Pankow vor von 25 Wahllokalen, aus Prenzlauer Berg von 44 von 120, und aus Köpenick von immerhin 14 Wahllokalen.

Per Telefon tauschte man sich mit anderen Städten aus, in denen ebenfalls Basisgruppen die Zählung überwacht hatten. Fast überall in der DDR lag der Gegenstimmenanteil bei zehn Prozent – dem Zehnfachen der offiziellen 1,15 Prozent Nein-Stimmen. Die Wahlfälschung war bewiesen.

In dieser Nacht kehrten Michael und Annie gar nicht erst in ihre Wohnungen zurück. Sie hätten ohnehin nicht schlafen können. Das, was sie schon lange geahnt hatten, war offensichtlich zutage getreten, und in seiner Dreistigkeit war es erschütternd. Eine Ohrfeige der Regierenden an die Bevölkerung, die vor Verachtung nur so triefte.

Am Morgen unterlief der SED ein schwerer Fehler: Auf der Titelseite des Parteiblatts Neues Deutschland veröffentlichte sie bis auf die Ebene von Stadtbezirken hinunter die Wahlergebnisse in vermeintlich exakten Zahlen.

Michael hielt die Zeitung triumphierend in der Hand. »Jetzt haben wir sie.« Der Wahlbetrug sei damit unumstößlich bewiesen.

Allein in Weißensee sollten angeblich 43 042 Bürger gewählt haben, bei insgesamt 44 617 Wahlberechtigten. Die Teams, die in 66 von 67 Wahllokalen die Auszählung verfolgt hatten, waren nur auf 27 680 Stimmen gekommen. Davon waren 2224 offiziell gezählte Nein-Stimmen. Das Neue Deutschland nannte für den gesamten Bezirk nur 1011 Neinstimmen.

Sie hatten wie David einen Kiesel aufgelesen und ihn in ihre Schleuder gelegt. Der Riese Goliath aber war gepanzert und schwer bewaffnet. Verfehlte ihn der Schuss, würde Goliath ihnen den Kopf abhauen.

Ingo sah an den Türmen der alten Pfarrkirche hinauf. Wer brauchte noch so große Kirchen? Es war doch bloß ein kleines Grüppchen, das in die Gottesdienste ging. Die Christen starben aus, sie wollten es nur noch nicht wahrhaben.

Klar, Konzerte und Blues-Messen, da waren die Kirchen voll, und bei Informationsabenden zu Friedenspolitik und Ökologie saßen die jungen Leute in den Gängen und auf den Emporen bis zum letzten Platz. Aber das war Hetze unter dem Deckmantel von Kirchenarbeit, heimtückisch war das, anders konnte man es nicht nennen. Für Veranstaltungen in der Kirche konnte das MfS keine polizeiliche Voranmeldung verlangen, und auf den Inhalt hatten sie von außen wenig Einfluss. Das wusste der Feind und tarnte seine aufrührerischen Versammlungen geschickt als Informationsandacht oder Fürbitte.

Nur die Werbung konnten sie unterbinden. Hing etwas im Schaukasten, sorgte das MfS dafür, dass es wieder verschwand.

Leider verbreitete sich die Sache meist trotzdem über Mundpropaganda, die war nicht aufzuhalten.

Da, Annie. Dass sie ihm so gefiel! In diesen Jeans mochte er sie am liebsten. Sie war der Klassenfeind, sie wollte zerstören, was er wachsen und groß werden lassen wollte. Vielleicht war sie für ihn das, was das Westfernsehen für Katrin war: die Versuchung, an der er sich bewähren musste.

Er sagte: »Ich gehe rein.«

»Spinnst du?« Der Kollege, mit dem er heute eingeteilt war, machte Glupschaugen. Ingo nannte ihn insgeheim Froschgesicht.

Ingo sagte: »Ist doch egal.«

»Du bist nicht als Störer eingeteilt«, sagte Froschgesicht.

»Schreib du den Bericht. Musst ja nicht erwähnen, dass ich nicht die ganze Zeit bei dir war.«

»Was willst du überhaupt da drin?«

»Einem Verdacht nachgehen.«

»Aber ohne konkreten Auftrag? Du bist kein IM, und es wurde keine Maßnahme befohlen.«

»Wir haben den Auftrag, den Friedenskreis zu überwachen, oder nicht?«

Froschauge hielt ihn am Anorak fest. »Warte, ich krieg auch Ärger, wenn du das machst.«

»Dann halte besser die Klappe, wenn sie dich fragen.« Er riss sich los und folgte Annie zum Kirchengebäude.

Wieder die Stasi-Beobachter im Umfeld der Kirche. Annie hatte gelernt, sie zu erkennen. Meist waren sie paarweise unterwegs, sportliche und ordentlich frisierte Männer mit Einheitshaarschnitt. Sie trugen Anoraks, einer von beiden ein braunes Handgelenktäschchen. Betont unauffällig standen sie in den Hauseingängen und musterten die Vorbeigehenden, andere saßen im Lada und beobachteten sie von dort aus.

Es gab auch getarnte Informanten im Friedenskreis, was dazu führte, dass man niemandem mehr vertrauen konnte, vor allem den Neuen nicht. Jeder, der zum ersten Mal kam, wurde von den anderen vorsichtig geprüft.

Sie setzte sich, hinten rechts am Fenster, es war ihr zur Gewohnheit geworden, dort hatte sie ihren Platz. Sie sah die Anwesenden an. Etliche Gesichter kannte sie, so weit war sie schon, dass sie sich heimisch zu fühlen begann.

Ein Mann kam herein, den sie noch nie zuvor gesehen hatte. Der Kurzhaarschnitt, die Stoffhose und der Anorak – war das nicht einer von denen, die draußen gestanden hatten?

Die Stasi nahm den Friedenskreis neuerdings stark ins Visier. Na klar, die waren verärgert wegen der Wahlüberwachung. Dem Leiter des Umwelt-Arbeitskreises hatten sie letzte Woche einen Stein ins Fenster geworfen, mit Papier umwickelt, und eine Drohung darauf geschrieben.

Bei anderen gingen sie perfider vor, streuten Gerüchte von einem angeblichen »Lotterleben«, sogar Fotos wurden herumgezeigt, auch Annie hatte eines zu sehen bekommen, eine sehr junge Frau saß auf dem Schoß eines anderen Arbeitskreisleiters, den man allerdings kaum erkennen konnte. Vielleicht war es von der Bildstelle der Stasi retuschiert und als Bildmontage hergestellt worden.

Und der da, das war einer von denen, die das taten. Die Menschenleben ruinierten. In Wohnungen einbrachen. Harmlose Leute festnahmen, nur weil sie ein paar berechtigte Fragen gestellt hatten. Selbstsicher setzte er sich in die Runde. Und er sah Annie an. Er tat so, als wäre es zufällig, aber sein Blick kehrte immer wieder zu ihr zurück.

Sie stand auf und ging zu ihm hinüber. Sie setzte sich neben ihn und fragte: »Wie heißt denn du? Ich hab dich hier noch nie gesehen.«

Es war ihm sichtlich unangenehm. »Ich bin Gerd«, sagte er.

Na klar. Wer's glaubt. Wie ein Gerd sah er nicht aus. Und er quetschte den Namen heraus, als wäre er ihm mit Mühe eingefallen. Sie nahm sich vor, ihm so lange auf den Zahn zu fühlen, bis es ihm unangenehm wurde und er von selber ging. »Und was machst du so?«, fragte sie forsch. »Also beruflich?«

»Ich arbeite in einer Gärtnerei.«

Hatten sie ihn zur Einschüchterung geschickt, um den freien Austausch im Friedenskreis zu verhindern? Er war zu hundert Prozent von der Stasi. Nie trugen sie Bärte oder lange Haare, es schien Regeln dagegen zu geben. Und seine Hände waren viel zu sauber für einen, der in der Gärtnerei arbeitete. Annie sagte: »Ach, echt? Mein Cousin auch! In welcher Gärtnerei bist du?«

»Ist nicht in der Nähe. In Treptow.«

»Wirklich? So ein Zufall! Mein Cousin arbeitet auch in Treptow. Bestimmt kennt ihr euch.«

Die Pfarrerin stand auf und sagte: »Wir wissen, wir sind nicht unter uns. Aber es ist wichtig, dass wir die Schere im Kopf beseitigen und uns den Luxus leisten, das zu sagen, was wir denken, auch wenn Mitarbeiter der Staatssicherheit mithören.«

So offen hatte das noch niemand laut zu sagen gewagt. Annie machte den Rücken steif. Wie würde »Gerd« reagieren?

»Machen wir uns bewusst: Kein Mensch ist absolut gut oder absolut böse. Jeder ist ein Geschöpf Gottes. Wir wollen auch in den Offizieren der Staatssicherheit das Gute finden. Und ich möchte unser Zusammentreffen heute damit beginnen, dass ich für unsere anwesenden Offiziere bete.«

Wie bitte?! Annie hielt während des Gebets die Augen offen, und sie sah einige andere, die das genauso taten. Michael sah verärgert aus. Ihm gefiel nicht, was die Pfarrerin hier tat, und ihr genauso wenig.

Nach dem Gebet folgte eine heftige Debatte, wie weiter zu verfahren sei. Es gab die Ruhigen, die sagten, dass der Protest nicht viel erreichen würde, eine Korrektur des Wahlergebnisses würde es nicht geben, damit würde die Regierung die Wahlfälschung ja offen eingestehen. Es bleibe nur die Hoffnung, dass es aufgrund des Protests bei der nächsten Wahl anders werde.

Ein Ehepaar meldete sich und sagte mit Tränenschimmer in den Augen, dass es ja auch noch andere Themen gebe. Was sei mit der ständigen Wehrerziehung? »Unsere Kinder werden mit Feindbildern und Schwarz-Weiß-Denken aufgezogen. Die Sowjetunion ist immer gut, die NVA-Soldaten sind ehrenhaft und freundlich, und alle anderen sind böse Imperialisten. Schon in den Kindergärten geht das los mit der Wehrerziehung, und in den Kinderzeitschriften. Wir lehnen die Verherrlichung von militärischem Gedankengut ab. Das muss doch mal laut gesagt werden.«

Etliche in der Runde stimmten zu, es entstand ein Raunen.

In so vielen Bereichen ging dieser Staat in die Irre. Es war Zeit, ihn aufzuhalten.

»Lass uns gehen«, sagte Franziska und fasste Michaels Arm.

Zeitgleich mit ihnen stand Annie auf. Sie sagte: »Ich klage beim Generalstaatsanwalt. Wahlbetrug ist strafbar.«

Michael verharrte mitten in der Bewegung. Überhaupt schienen alle im Raum die Luft anzuhalten. Einen Moment später setzte sich Michael wieder hin und zog Franziska runter auf ihren Stuhl.

»Was willst du damit erreichen?«, fragte die Pfarrerin. »Auch wenn bei der Zahl der Nein-Stimmen geschwindelt wurde – wir müssen davon ausgehen, dass eine Mehrheit der Bürger die aufgestellten Kandidaten unterstützt.«

»Sie schmücken sich mit Ja-Stimmen, die sie nicht haben.«

Michael sagte: »Annie hat recht. Dass sie das Ergebnis verfälschen, verletzt die Würde von allen, die sich an der Wahl beteiligt haben. Und jedes Amt, das nach der Wahl besetzt wurde, ist unrechtmäßig erlangt.« Er sah in die Runde. »Überlegt doch mal. Die Glaubwürdigkeit der SED ist schwer erschüttert. Da macht sie schon Wahlen mit einer Einheitsliste und muss außerdem noch das Ergebnis fälschen!«

Ein alter Mann, den sie lange als Inoffiziellen Mitarbeiter der Stasi im Verdacht gehabt hatte, sagte: »Wir haben doch längst Eingaben an die Bezirkswahlbüros geschrieben und an die Nationale Front und sogar an Erich Honecker.«

»Was hat das gebracht?«, fragte Annie. »Kommen da nicht bloß Formschreiben zurück mit der Behauptung, dass die Wahl ordnungsgemäß durchgeführt wurde?« Annie wartete. Niemand widersprach. »Ich finde, es reicht. Ich mache das jetzt, ich stelle Strafanzeige wegen Wahlfälschung beim Generalstaatsanwalt.«

»Gerd« wurde blass. Er sagte leise: »Ich rate Ihnen –«

»Was?«, unterbrach ihn Annie wütend. »Was rätst du mir?«

Er schwieg.

Franziska sah zwischen ihr und Michael hin und her. Sie stand auf und ging. Michael folgte ihr, blieb aber kurz bei Annie stehen. »Wieso weißt du so etwas? Generalstaatsanwalt?«

»Ist eine lange Geschichte.«

Als Michael fort war, verlor sie etwas von ihrer Entschlusskraft. Aber sie sah die Betroffenheit in den Mienen der Anwesenden. Sie wussten, sie waren eine verschwindende Minderheit ohne Rückhalt in der Bevölkerung. Aber die Unehrlichkeit der Regierung schrie zum Himmel. Einige sahen Annie an und nickten grimmig. Sie mussten etwas tun. Sie waren es sich und ihrem Selbstrespekt schuldig.

In Michaels Wohnung knarzten die Dielen. Zwischen manchen von ihnen klafften große Risse. Wie machte er hier sauber? Im Wohnzimmer gab es keinen Schrank, nur braun gebeizte Truhen, ein altes Sofa und einen niedrigen Tisch, der schief stand. Die Wohnung war herrlich losgelöst vom normalen Leben.

»Ist Franziska wütend?«, fragte Annie.

»Nicht bloß wütend. Verletzt.«

»Aber wir haben nicht –«

»Sie ist nicht dumm, Annie.« Er trug eine kleine Reiseschreibmaschine zum schiefen Tisch und stellte sie darauf. Dann nahm er auf dem Sofa Platz. »Setz dich. Wir haben zu tun.«

»Sie muss sich doch keine Sorgen machen.«

Er sah sie an. »Wirklich nicht?«

Sie wich seinem Blick aus. »Tut mir leid. Ich wollte nicht … Ich hab dich nicht angesprochen, um Franziska unglücklich zu machen.«

Er spannte ein Blatt Papier ein. »Das geht schon vorüber. Wir sind mehr oder weniger verlobt. Die Verbindung hält was aus.«

Sie zog den kleinen Zettel aus der Hosentasche, entfaltete ihn und strich ihn glatt, und reichte ihn Michael. Er tippte die Adresse ab:

An den
Generalstaatsanwalt von Berlin
Littenstr. 16/17
Berlin
1026

»Jetzt wirst du's mir verraten müssen: Wieso kennst du dich mit so etwas aus, Annie?«

Sie wollte nicht daran denken, nicht jetzt. Sie wollte diesen Ort der Schmerzen nicht aufsuchen.

Sie setzte sich.

Michael fragte erneut. »Sag's mir!«

Stockend erzählte sie ihm von der Klinik und den Frühchen. Auch von ihr war verlangt worden, Kinder mit zu wenig Gewicht zum Sterben in einen Behälter zu legen und den Deckel zu schließen. Sie lagen in Blut und Fruchtwasser, zu schwach, um den Kopf daraus zu heben. Die Kinder bewegten sich in ihrem Todeskampf, manchmal über Stunden. Die Deckel klapperten. Und man verlangte von ihr, den jungen Müttern, die voller Hoffnung auf ihr frischgeborenes Kind warteten, ins Gesicht zu lügen, obwohl sie wusste, dass es im gleichen Gebäude mit dem Tod kämpfte, von der Klinikleitung dazu verurteilt.

Michael stöhnte auf. »Warum solltest du das machen?«

»Warum? Weil das Gesundheitsministerium will, dass die DDR in der Säuglingssterblichkeit gut dasteht. Die Frühgeborenen unter tausend Gramm, die kurz nach der Entbindung sterben, werden nur als Abort registriert. Sie gelten weder als Tot- noch als Lebendgeburt und landen damit nicht in der offiziellen Statistik über die Säuglingssterblichkeit. Durch diesen Trick liegt die DDR mit der Bundesrepublik gleichauf.«

»Aber die Kinder …«

»Außerdem können die Frauen, deren Kinder wir umgebracht haben, schon nach zwei Wochen wieder arbeiten gehen. Mit einer Frühgeburt, die es womöglich trotzdem nicht schafft, werden sie für acht Wochen krankgeschrieben.«

Schon lange überlegte sie, wie sie die Klinik oder das Gesundheitsministerium zwingen könnte, auch Frühgeburten unter tausend Gramm eine Chance zu geben, und selbst den ganz kleinen, kaum lebensfähigen unter fünfhundert Gramm.

Er fragte: »Und du musst das jeden Tag machen?«

»Nein. Sie haben mich versetzt. Ich bin jetzt auf der Station für die, denen sie eine Überlebenschance einräumen.«

»Aber es passiert noch, auch wenn du nicht mehr dabei bist. Warum hast du gezögert? Du hattest schon die Adresse vom Generalstaatsanwalt, hast dich informiert.«

Sie sah zur Seite. Langsam strich sie mit der Handfläche über das Hosenbein. »Ich kann die Kinder nicht allein lassen. Man würde mich aus der Klinik werfen, und die Frühchen … Ich gebe ihnen Wärme. Ich streichle sie, ich rede mit ihnen, mehr als die anderen Schwestern. Die Kinder kennen mich.«

»Du hast Angst, sie könnten sich verlassen fühlen«, sagte er.

Sie schluckte.

»Ria hat dich als Säugling weggegeben, und jetzt pflegst du Säuglinge und willst verhindern, dass sie sich einsam fühlen.«

»Das … das hat nichts miteinander zu tun.«

»Wirklich? Du bleibst, auch wenn es Probleme gibt. Das ist gut, Annie.«

Jeder andere hätte jetzt seine Hand auf ihren Arm gelegt. Michael sah ihr ins Herz wie niemand sonst – aber er wahrte die Grenze zwischen ihnen. Sie kannten sich zu gut.

Mit einem beschämten Räuspern beugte er sich wieder über

die Schreibmaschine. »Ich glaube, der Anfang ist klar.« Er tippte:

Betrifft: Anzeige gegen Unbekannt

Berlin, den 12.5.89

Hiermit erstatte ich Anzeige gemäß § 211 StGB wegen Verfälschung der Ergebnisse der Kommunalwahlen am 7.5.89 im Stadtbezirk Berlin-Weißensee.

Ich beteiligte mich an der Auszählung im Wahllokal 063c und erhielt außerdem glaubhaft Kenntnis über die Ergebnisse der Auszählungen in 66 Wahllokalen des Stadtbezirks. Es ergaben sich erhebliche Differenzen zu den am 10.5. offiziell bekannt gegebenen Wahlergebnissen.

Aus der Anlage sind die mitgeteilten Ergebnisse aus den einzelnen Wahllokalen ersichtlich. Sie sind nicht anzuzweifeln, denn in jedem Wahllokal nahmen mindestens zwei Bürger unabhängig voneinander an der Auszählung teil.

Ich bin bereit, an der Beibringung von Beweismaterial mitzuwirken.

Sie setzten ihrer beider Namen darunter. Es sah schön aus. Und es hieß, dass sie der DDR gemeinsam den Kampf erklärten.

8

Es dauerte nur wenige Tage. Sie wurden zu einem Gespräch mit einer Staatsanwältin vorgeladen, zur Rücksprache betreffs der Anzeige gegen Unbekannt wegen Wahlfälschung. 13:00 Uhr hatten sie da zu sein, Annie nahm sich schweren Herzens von der Arbeit frei, sie trafen sich halb eins und saßen auf Stühlen in einem seelenlosen Flur, der alle Gespräche erdrückte.

Im Zimmer, in das sie schließlich vorgelassen wurden, hing ein Bild von Erich Honecker an der Wand, er lächelte vor himmelblauem Hintergrund.

Die Staatsanwältin sagte: »Ihre Anzeige an den Generalstaatsanwalt von Berlin ist mir übergeben worden. Im Ergebnis der Prüfung teile ich Ihnen mit, dass kein begründeter Verdacht einer Wahlfälschung besteht und somit kein Ermittlungsverfahren eingeleitet wird. Sie haben gegen diesen Entscheid gemäß § 91 StPO das Recht der Beschwerde beim Generalstaatsanwalt von Berlin.«

Annie wusste nicht, was sie wütender machte: das gleichgültige Gesicht der Staatsanwältin oder ihre Worte. »Was ist mit den Zahlen? Wir haben die Auszählung in den Wahllokalen mitverfolgt. Die Zahlen haben wir doch der Anzeige beigefügt.«

Die Staatsanwältin sah sie erstaunt an. Sie hatte offenbar nicht mit Gegenwehr gerechnet. Das Erstaunen wich einem herablassenden Kindergärtnerinnenlächeln. »Die Wahlergebnisse wurden von drei Wahlkommissionen geprüft, eine im

Kreis, eine im Bezirk und eine für die Republik. Sie sind somit nicht zu beanstanden.«

Michael fragte: »Und *wie* haben die drei Kommissionen die Wahlergebnisse geprüft?«

»Das weiß ich nicht. Ich bin ja kein Mitglied einer Wahlkommission.«

»Woher nehmen Sie dann die Sicherheit, dass bei den Kommissionen keine Fehler oder Fälschungen auftreten können?«

»Aus ihrer Zusammensetzung«, sagte sie belehrend. »In den Wahlkommissionen sind alle demokratischen Massenorganisationen vertreten, FDGB, FDJ, Frauenbund, Kulturbund. Auch Bürger verschiedener Weltanschauungen arbeiten mit. Sogar Sie könnten Mitglied einer Wahlkommission sein.«

Annie hätte am liebsten mit einer Handbewegung sämtliche Papiere und Ordner vom Tisch gefegt, diese Scheinarbeit der Staatsanwältin, die doch nur die verlogene Regierung schützte. »Haben Sie unsere Anzeige … Haben Sie überhaupt irgendetwas überprüft?«

Die Staatsanwältin sah auf die Armbanduhr. Offensichtlich begann das Gespräch, ihr auf die Nerven zu fallen. »Nein. Dafür besteht keine Veranlassung.«

Michael fragte: »Sollten unsere Zahlen nicht Grund zu einer Überprüfung geben?«

»Sie sind bedeutungslos«, sagte die Staatsanwältin. »Wer weiß, von wem sie Ihnen zugetragen wurden.«

»Haben Sie nicht zugehört?« Jetzt erhob sich Annie von ihrem Stuhl. »Wir waren selber im Wahllokal! Und die Leute, die in die anderen Wahllokale gegangen sind, kennen wir persönlich!«

Michael machte eine beruhigende Geste.

Wie konnte er so gelassen bleiben?

Er fragte: »Können Sie beweisen, dass unsere Zahlen falsch sind?«

Die Staatsanwältin sah jetzt nur noch ihn an. »Ich brauche es nicht. Sie können nur falsch sein, da sie von den gültigen Endergebnissen abweichen. Das brauche ich Ihnen nicht extra zu beweisen.«

»Warum«, zischte Annie, »sind eigentlich die Auszählungen laut Wahlgesetz öffentlich? Hat das nicht den Sinn, dass die Bevölkerung die Zählung kontrollieren kann?«

Widerwillig sah die Staatsanwältin zu ihr hinüber, distanziert, wie eine Erwachsene gegenüber einem Kind. »In erster Linie, nein. Die öffentlichen Auszählungen haben den Sinn, dass sich interessierte Bürger bereits am Abend des Wahltages ein Bild über das Wahlgeschehen in ihrem Stimmbezirk machen können.«

Michael sagte: »Von den Auszählungen wurden in jedem Wahllokal Niederschriften angefertigt. Können wir sie einsehen?«

Die Staatsanwältin lachte auf. »Sicher nicht. Ich kann sie einsehen, aber ich habe, wie gesagt, keine Veranlassung, diese Protokolle zu prüfen.« Sie stand auf und wies zur Tür. »Wenn Sie sonst keine Fragen mehr haben.«

»Gehen wir«, sagte Michael leise. »Das hat keinen Zweck hier.«

Unten, vor dem Gebäude, schimpfte Michael: »Immer dieses Duckmäuserische! Ein einziger Eiertanz, das ist es doch. Soll sich unser Leben so anfühlen? Ich kann nicht länger die Klappe halten, nur um nicht der Nächste zu sein, der im Gefängnis landet. Irgendwann sind es zu viele Kompromisse.«

Sie zog ihn von der Tür weg. »Sag das nicht hier.« Sie sah zu den Fenstern hoch. War eines geöffnet? Vorn an der Ecke standen zwei Volkspolizisten. Annie hatte das Gefühl, als würden sie und Michael bereits aufmerksam gemustert.

»Wir können das nicht mit uns machen lassen, Annie. Wir müssen uns wehren.«

»Ich weiß auch schon, wie. Aber das sage ich dir nicht hier.« Nicht, wo die Staatsmacht zuhörte.

Sie gingen zu ihm. Tippten mit der Schreibmaschine Übersichten der offiziellen Angaben und der tatsächlichen Wahlergebnisse, machten Durchschläge. Dann zogen sie los. Sie klebten die Wahrheit an Briefkästen und Haustüren.

Beim nächsten Treffen des Friedenskreises fragten sie den Künstler, ob er ein Plakat entwerfen könne. Er tat geheimnisvoll herum, dann druckte er etwas mit selbst gebastelten Stempeln. Fünf Exemplare. Er übergab sie ihnen in seinem Atelier mit ernster Miene. »Seid vorsichtig. Die Stempel habe ich vernichtet, zur Sicherheit«, sagte er. »Lasst euch nicht erwischen.«

Bald hingen vier dieser Plakate an belebten Plätzen der Stadt. Natürlich würden sie von Polizisten wieder abgerissen werden. Aber einige vorbeieilende Leute würden sie vorher gesehen haben. Es musste etwas in ihrem Denken verändern.

Annie schlug vor, das letzte Plakat im U-Bahnhof Frankfurter Tor anzubringen. Ganz in der Nähe, in der Boxhagener Straße, hatte ihre leibliche Mutter, Ria, gewohnt, bevor sie in den Westen abgehauen war. Annie hatte nie erfahren, wie das eigentlich gelungen war. Hatte der westliche Geheimdienst ihr dabei geholfen, der BND? Im Februar erst war wieder jemand an der Mauer erschossen worden. Ohne professionelle Hilfe aus dem Westen schien es unmöglich zu sein, die Grenze zu überwinden.

»Lass uns ein paar Tage warten«, sagte Michael.

»Warum?«

»Die werden Alarm gegeben haben. Jetzt sind überall Stasi-Leute. Glaub mir, jeder Platz der Stadt wird überwacht.«

Sie verabredeten sich für Dienstagabend, zehn Uhr. Zu diesem Zeitpunkt würde am Ausgang des U-Bahnhofs wenig los sein, hoffte sie.

Zu Hause stand Annie lange vor ihrem Kleiderschrank. Sie nahm jede Bluse, jeden Pullover heraus, die ihr die Mutter je geschickt hatte. Die meisten Stücke hatten ihr nie gepasst oder waren in Farben, die ihr nicht gefielen, weil sie nie zusammen Schaufensterbummel hatten machen können. Ria fragte am Telefon oder in Briefen nach Nichtigkeiten, sie lebte in einer anderen Welt, und ihre Kommentare zu Annies Welt wirkten uninformiert. Wie sollte es anders sein? Ria war ihre Mutter, und sie war kein einziges Mal zu Besuch in Annies Wohnung gewesen, kannte den Blick aus ihrem Fenster nicht, hatte nie aus ihren Tassen getrunken, nie auf ihrem Sofa gesessen.

Dachte sie an ihre Mutter, war da ein Loch in ihrer Brust, drei Kilometer weit, und die Welt strömte hindurch und war alles, nur nicht, was sie brauchte. Dann schmeckte alles schal, weil sie es nicht mit ihrer Mutter teilen konnte, und Traurigkeiten waren bodenlos, weil sie Rias Trost ersehnte, der nie kam.

An anderen Tagen fühlte sie sich seltsam taub, als lebte sie ein fremdes Leben. Einmal hatte sie eine ganze Nacht geheult, weil ihr klar geworden war, dass sie kaum wusste, wer Ria war.

Sie verbarg ihre Sehnsucht in kleinen Fragen. Einmal hatte sie beim Telefonieren unvermittelt gesagt, während die Mutter von einer Italienreise berichtete: »Was für Musik hörst du eigentlich gerne?«

Die Mutter hatte daraufhin ihren Bericht unterbrochen,

hatte geschwiegen, und dann mit rauer Stimme gesagt: »Abba. Ich höre gern Abba. Und ich vermisse dich auch, Annie.«

Das war eigentlich der beste Moment gewesen, den sie gehabt hatten in ihrem ganzen Menschenleben als Mutter und Tochter.

Immer nur Italien! Griechenland! Schweden! Nie die DDR, nie, weil hier der Tod auf Ria wartete oder lebenslange Haft.

Sie hatte nach ihrem Gespräch eine Kassette von Abba geschickt. Annie legte die Kleidungsstücke zurück. Schloss den Schrank. Sie setzte sich aufs Bett und drückte den Startknopf am Kassettenrekorder. Die Musik winselte schon ein wenig, weil sie die Kassette so oft gehört hatte.

Annie legte sich auf das Bett, angekleidet, wie sie war, und schloss die Augen.

Ingo mochte Friedhöfe nicht. Sie entwerteten, was ihm wichtig war. Die Schrankwand, auf die Katrin und er sparten, die Schlagbohrmaschine, die er sich vor vier Wochen gekauft hatte für stattliche 593 Mark, zwei Gänge, 550 und 2100 Umdrehungen pro Minute – auf dem Friedhof waren sie bedeutungslos. Was nützten hier die Dias vom letzten Urlaub? Ging man die Wege von rotem Sand, war man in einer anderen Welt, in der die Uhr Jahrzehnte schlug und nicht Stunden.

Voller Unbehagen sah er auf die Gräber, die herumstehenden Gießkannen und die Bepflanzungen von Fleißigem Lieschen, Fetter Henne und Steinkraut. Sein Kollege redete mit dem Friedhofsgärtner. Was wollte er da schon erfahren? Sie würden ein ernstes Wörtchen mit der Witwe reden müssen.

Ein Sperling hüpfte näher und legte den Kopf schief, hüpfte noch einmal und sah ihn von unten herauf an. Ein Meister im Betteln. Jetzt pickte er sogar unsichtbare Krümel auf. Hab schon verstanden, dachte Ingo. Verpiss dich. Der Vogel tschilpte auffordernd, hüpfte noch ein Stück, schaute wieder nach oben zu ihm. Ingo trat nach ihm, und der Sperling flatterte davon.

Er sah zum Grabstein hinüber. Eine bodenlose Frechheit. Den Tod eines Menschen zu benutzen, um Hetze zu betreiben! Auf dem Grabstein stand:

Ihr seid zur Freiheit berufen. Gal 5,13

Was auch immer »Gal 5,13« bedeutete, dieser Spruch war Aufruhr. Er würde Folgen haben für die dreiste Familie. Auch für den Steinmetz, der das Grabmal gehauen hatte. Und natürlich musste der Stein weg.

Als hätten sie nicht schon genug zu tun dieser Tage mit den Schmierereien wegen der Wahl und den Untergrundrowdys, die gefälschte Zahlen streuten.

Annie Temme fiel ihm wieder ein. Schade, dass man nie etwas über die Leute erfuhr. An sich machte ihm die Arbeit Freude, raus auf die Straße zu gehen, Beobachtung und Ermittlung, das war seines. Nur dass sie in der Abteilung VIII so selten die Zusammenhänge erfuhren, störte ihn. Sie hatten zusammenzutragen, mit wem sich die Zielperson traf, mit wem sie Kontakt hatte. Aber ging es um unerlaubten Westkontakt? Stand sie im Verdacht, Militärspionage zu betreiben? Sie konnte genauso gut Schriften für die polnische Gewerkschaft Solidarność schmuggeln oder »staatsfeindlichen Menschenhandel«, also Fluchthilfe, betreiben. Die Auswertungs- und Kontrollgruppe, die Abteilung AKG, schwieg.

Mochte ja sein, dass gute Tschekistenarbeit das erforderte. Bedauerlich war es aber doch. Er hätte gern gewusst, was mit dieser Annie los war.

Und wenn er einfach in der AKG anrief und unter einem Vorwand nachfragte? Eine gefährliche kleine Freude zuckte in ihm auf.

Als sie den Friedhof endlich verließen, sagte er: »Ich übernehme das heute mit dem Bericht.«

Torsten sah ihn zweifelnd an. »Hast du denn überhaupt zugehört? Du warst doch wie weggetreten gerade.«

»Friedhöfe vertrage ich nicht besonders gut. Aber ich hab zugehört.«

»Wie du meinst. Dann mach du den Bericht.« Torsten war sichtlich froh, es von der Backe zu haben.

Im Büro dachte Ingo sich aus, wie der Friedhofsgärtner die Witwe beschrieben haben könnte. *Bei der Beerdigung wirkte sie eiskalt … Viele kondolierten, aber sie dankte ihnen kaum … An die genauen Kirchenlieder der Trauerfeier konnte sich der Friedhofsgärtner nicht mehr erinnern.*

Dann nahm er das Diensttelefon und wählte. Eine interne Nummer, das war wichtig, damit sie ihm glaubten.

Er erklärte, dass ihm zum OPK »Laterne« Hintergründe fehlten, sie könnten ihre Arbeit nicht richtig machen, sie müssten mehr über die Zusammenhänge erfahren.

Der Diensthabende sagte, er dürfe das nicht. Er wand sich. Dann war es plötzlich still am Telefon, es knackte, und eine Frauenstimme meldete sich. »Abteilung AKG, Major Dierks.«

Eine Frau! Bei der Staatssicherheit! Das gab es doch nie. Schreibkräfte oder die Bedienung in der Kantine, ja, aber ein weiblicher Major? Es warf ihn aus der Bahn. »Ich … äh … Leutnant Ingo Beckmeier hier, Abteilung VIII U. Es geht um eine Frau, die wir überwachen sollen. Ich verstehe da eine Beobachtung nicht und wollte fragen … also … zur Verhinderung beziehungsweise zur Aufdeckung und Bekämpfung politischer Untergrundtätigkeit …«

»Komm zum Punkt, Genosse.«

»Es ist so … Ich hab da was beobachtet, was ich nicht zuordnen kann.«

»Das lass mal unsere Sorge sein. Ihr liefert die Beobachtungen, wir ziehen die richtigen Schlüsse daraus.«

Hoffentlich notierte sie sich nicht seinen Namen. Wenn sie damit bei Oberst Wippert vorsprach, würde es wieder ein Donnerwetter geben. Was hatte er sich bloß gedacht? »Natürlich. Ich verstehe.«

»Um welchen operativen Vorgang geht es denn?«

»OPK ›Laterne‹.«

»Und Sie wollen von mir Informationen? Über die OPK-Akte hinaus?«

Denk dir was aus, schnell! »Es ist eine Frau, Annie Temme. Sie hat möglicherweise die Wahlen gestört oder sie für den Westen überwacht, es gibt da Ungereimtheiten.«

Stille in der Leitung. Dann, plötzlich verunsichert, die Stimme: »Wie alt ist sie ungefähr?«

»Anfang dreißig, schätze ich.«

»Wo sind Sie?«

»Abteilung VIII U.«

»Wir treffen uns in zwei Stunden. Am Märchenbrunnen in Friedrichshain.«

Katrin erklärte er beim Abendessen lapidar: »Ich muss noch mal raus heute Abend.«

Er sah sofort an ihrem Blick, dass es ihr nicht passte. Sie schickte die Kinder zum Zähneputzen, dann sagte sie: »Im Haus wissen sie, dass du bei der Stasi bist.«

»Na und?«

»Die gucken mich nicht mehr an. Grüßen nicht.«

»Das werden sie bereuen.«

»Und in den Läden sieht es mau aus, Ingo. Da müsst ihr was machen. In der Kaufhalle dekorieren sie schon die leeren Regale, um es zu vertuschen. Leere Eierverpackungen stellen sie hin, oder Trinkfixdosen, nur damit wir nicht sehen, dass da was fehlt.«

Er wies auf den gedeckten Abendbrottisch. »Wir haben doch alles. Brot, Käse, Butter.«

Katrin lachte bitter auf. »Du kannst ja mal einkaufen gehen. Wurst ist Glückssache, alle paar Wochen mal, und dann stehst du zwei Stunden an. Und Obst und Gemüse, das kannst du dir angucken, Speisemöhren im Glas gibt es, Rotkohl im Glas, Äpfel vom Vorjahr. Und Kartoffeln und Weißkohl. Wer keinen Garten hat, guckt in die Röhre. Ihr müsst euch besser kümmern, sonst kippt noch die Stimmung.«

Seine eigene Frau. Er wusste, wie so etwas geschah. Sie guckte Westfernsehen, wenn er nicht da war. Diese fordernde Nehmerstimmung war kaum zu ertragen. »Dass sie im Westen Orangen haben, ist teuer erkauft, das kannst du mir glauben. Da landen die Arbeiter ratzfatz auf der Straße, wenn es im Betrieb mal nicht läuft. Und es gibt Drogen an jeder Ecke, und Polizisten erschießen Jugendliche. Willst du bei uns auch die Neonazis haben? Ja?«

Sie aß schweigend. Selbst ihr Schweigen war trotzig und selbstgerecht.

Er stand auf. »Da vergeht einem echt der Appetit.«

Im Treppenhaus begegnete er Frau Zücker, die einen Korb Wäsche zum Trockenboden brachte. Er grüßte sie hart, fast militärisch: »Guten Tag!«

Sie zuckte zusammen. »Tag, Herr Beckmeier.« Dabei sah sie ihn erschrocken an. War es Schuldbewusstsein? Im Grunde spielte es keine Rolle. Sie wusste hoffentlich wieder, wo ihr Platz war.

Draußen, unter dem herrlichen Abendhimmel, ging es ihm besser. Es musste an den Wahlen liegen. Wenn gewählt wurde, herrschte im Land immer eine gereizte Stimmung.

Dabei war doch ein politischer Weg nicht deshalb richtig, weil ihm viele Menschen zustimmten. Wahlen waren absurd. Es war eher andersherum: Weil der politische Weg richtig war und die Massen das spürten, stimmten sie ihm nachträglich zu.

Das Ganze folgte unumstößlichen historischen Fakten. Es war nicht das Ergebnis von Palaver und Wahlkampf. Sie fühlten sich entmündigt, na gut, sie waren es ja auch, sie waren eine dumme Schafherde, die nicht wissen konnte, dass hinter dem steinigen Aufstieg zum Kommunismus das schönste Gebirgsplateau mit saftigem grünem Gras auf sie wartete. Aber wir führen sie hin, dachte er, zur Not auch mit Schlägen, sanften, wenn es geht, und harten, wenn es sein muss.

Im Volkspark Friedrichshain lief er sich die Sorgen ab. Der Frühlingswind rauschte im Geäst, und Pärchen spazierten eng umschlungen die Wege entlang. Auf einer Parkbank saß ein Mädchen auf dem Schoß ihres Freundes. Sie war höchstens siebzehn.

Den Märchenbrunnen hatte er lange nicht gesehen. Brüderchen und Schwesterchen, Aschenputtel, Hans im Glück. Dazu sprudelte das Wasser. Da sollte noch einer was sagen. Sie lebten doch in einem schönen Land.

Eine Frau in den Fünfzigern kam auf ihn zu. Dünn, die Haare kurz frisiert, eine Brille mit heller Fassung auf der Nase. Ihr Schritt war energisch, keine Vorsicht lag darin, die Frau war

Angriff. »Gehen wir ein Stück«, befahl sie. Schon auf den ersten Metern legte sie nach: »Sie haben mich natürlich belogen.«

»Was? Nein.«

»Sie haben sich in Annie verguckt.«

»Nein, ich …«

»Ich kannte sie, als sie noch ein Mädchen war, sechzehn. War damals schon bildhübsch. Sie hätte eine Sportlerin von Weltklasse werden können.« Sie pausierte. »Und ihre Mutter, Ria …«

Er wartete drauf, dass sie weitersprach, aber sie ging bloß, und im Gehen sah sie plötzlich zu ihm rüber und musterte ihn. Um ihre faltigen Mundwinkel erschien ein Ausdruck von Abfälligkeit. »Ist das alles nicht eine Nummer zu groß für Sie?«

»Ich bin gut ausgebildet worden.«

Sie winkte ab. »Ausbildung bedeutet gar nichts. Es geht um Erfahrung. Sie melden mir alles, was sie über Annie in Erfahrung bringen. Die Treffpunkte gebe ich Ihnen jeweils kurz vorher bekannt.«

»Sie meinen, das läuft jenseits der offiziellen Wege?«

»Was denn sonst.«

»Ich will mir keinen Ärger einhandeln.«

Jetzt lachte sie mädchenhaft auf. Wieder blickte sie ihn an, diesmal aus hellen und klaren Augen, eine Jugend lag darin, die ihn überraschte. »Aber das haben Sie doch bereits.«

»Und wenn ich nicht mitmache? Es ist gegen alle Regeln.«

»Ich hab mich über Sie informiert. Ihre Frau ist nicht in der Partei. Ein Unding.«

Er war deshalb bereits dreimal zu Oberst Wippert zitiert worden. Es stand in seiner Kaderakte. Beim ersten Mal hatte Wippert ihn noch freundlich gefragt, wieso seine Frau nicht in der Partei sei.

Er hatte erwidert: »Das ist ihre Entscheidung, ob sie reingeht oder nicht.«

Wippert hatte das eine schwache Rechtfertigung genannt und ihm vorgeworfen, er arbeite zu Hause nicht politisch.

»Sie meinen, dass ich meine Frau zu wenig ideologisch bearbeite?«

Wippert rollte die Augen: »Wie Sie das schon sagen!«

»Sie ist klug, und sie ist ein freier Mensch.«

Da hatte er losgebrüllt. Wenn sie klug sei, wäre sie in die Partei eingetreten, und was er sich überhaupt erlaube, hier über die Freiheit anzudeuten!

Die nächsten beiden Treffen waren ähnlich unerfreulich verlaufen.

Major Dierks sagte: »Sie tun also, was ich sage. Sonst werde ich einen kleinen Bericht schreiben müssen, der dazu führt, dass man Sie als ein Sicherheitsrisiko einschätzt.«

»Ich mag keine Drohungen.«

»Schön. Dann arbeiten wir also zusammen.«

»Erfahre ich auch etwas im Gegenzug?«

Jetzt klang sie beinahe fröhlich. »Sie gefallen mir besser als erwartet.«

Sie mochte es also, wenn er Contra gab und sich nicht einschüchtern ließ?

»Fest steht, Sie haben keine Ahnung, wozu diese Frau in der Lage ist.«

Nun interessierte ihn noch mehr, was für eine diese Annie war. »Wozu denn?«

»Sie ist von der Sportschule geflogen, weil ihre Mutter in den Westen abgehauen ist. Inzwischen arbeitet sie als Kinderkrankenschwester, tausend Meter von hier.« Sie sah zum anderen Ende des Volksparks. »Aber sie ist die Brut ihrer Mutter …«

»Wie meinen Sie das?«

»Sie beißt die Hand, die sie füttert. Ich habe mich informiert: Es gab bereits Konflikte mit der Klinikleitung, sie maßt sich an, besser als die Ärzte zu wissen, welche Kinder überlebensfähig sind.«

»Na ja …«

»Wissen Sie, was es für einen Skandal gäbe, wenn das an die Westmedien gerät? Behalten Sie Annie gut im Auge. Die wird ein böses Ende nehmen. Wir lassen uns nicht an der Nase herumführen.«

»Mit solchen Leuten haben wir doch dauernd zu tun. Das ist nichts Neues für mich.«

»Ach?« Major Dierks blieb stehen. »Und dass ihre Mutter eine der gefährlichsten Agentinnen war, die der BND je hatte, ist Ihnen egal.« Sie tippte sich an die Stirn. »Fangen Sie besser an nachzudenken, Genosse. Sie haben sich in einen Satansbraten verguckt. Zwischen der Katastrophe und Ihnen stehe nur noch ich.«

9

Kühler Wind kam aus dem Tunnel, die U-Bahn würde jeden Moment einfahren. Ein Mann stellte sich in einigem Abstand neben Annie an den Bahnsteig. Hatte sie den nicht schon mal gesehen? Er trug einen dunkelbraunen Aktenkoffer und hatte wolliges, kurz geschnittenes Haar.

Vielleicht wohnte er in ihrer Nähe. Er sah nicht zu ihr hinüber, stattdessen starrte er auf die orangefarbenen Fliesen an der Wand oberhalb der Gleise.

Als die U-Bahn einfuhr, gingen sie gemeinsam auf den Wagen zu. Im letzten Moment schwenkte Annie ab und sprang in den benachbarten Wagen. Sie sah nur kurz sein Gesicht, war aber fast sicher, dass er erschrocken war.

Im nächsten Bahnhof, Samariterstraße, stieg er nicht in ihren Wagen um. Er sah nur aufmerksam durch die Fensterscheibe am Wagenende, als wolle er beobachten, ob sie ausstieg.

Annie blieb. Sie saß direkt neben der Tür auf der braunen Lederbank, das musste ihn nervös machen. Am Bahnhof Frankfurter Tor wartete sie bis zum Abfahrtssignal, dann sprang sie plötzlich hinaus. Die Türen knallten zu. Sie warf dem Mann einen wütenden Blick zu.

Oben an der Treppe sah sie sich nach Michael um. Komm schon, dachte sie, lass mich hier nicht hängen! Von der nächsten Haltestelle, Marchlewskistraße, war es nicht weit, der Mann würde womöglich hergelaufen kommen.

Der Verkehr der Karl-Marx-Allee dröhnte. Es war dunkel, nur die Autos und die Laternen und erleuchtete Wohnungsfenster brachten etwas Licht. Die Luft erschien Annie seltsam feucht, als hätte jemand Wasser durch einen Zerstäuber hineingegeben.

Michael bog um die Hausecke. Seine Wangen waren gerötet. »Hab noch einen kleinen Spaziergang gemacht. Ich war lange vor dir da.«

»Schmeiß das Ding weg«, sagte sie.

»Was?«

»Wir werden verfolgt. Wir müssen das Plakat loswerden.«

»Unsinn. Wir kleben das jetzt noch hin, und dann hauen wir ab.«

Annie drehte sich um. Sie erschrak. Der Mann aus der U-Bahn, keine zwanzig Meter entfernt. Wie war das möglich? »Lauf«, rief sie und rannte die Warschauer Straße hinunter.

Michael holte sie rasch ein. »Spinnst du?«

Hinter ihnen ertönte ein wütender Ruf. »Stehen bleiben!«

Er warf einen Blick über die Schulter. Jetzt rannte auch Michael schneller. »Die sind zu zweit«, japste er. »Wir teilen uns auf.«

An der Kreuzung wurde die Ampel rot. Annie überquerte schräg die Straße und die Tramschienen. Auf der Gegenfahrbahn bremsten die Autos und hupten. Dicht hinter ihr folgte ein Mann. Als sie in die Boxhagener Straße hineinlief, sah sie sich kurz um. Das war »Gerd« aus dem Friedenskreis! Die Wut verlieh ihr neue Kraft.

Michael würde seinem Verfolger davonziehen, er war Leichtathlet, er würde entkommen. »Gerd« allerdings hatte längere Beine als sie.

Hier hatte Ria gewohnt. Früher hatte sich die Haustür auch

ohne Schlüssel öffnen lassen, wenn man sich mit Wucht dagegen warf. Aber ihr blieb keine Zeit, es auszuprobieren, das Keuchen des Mannes kam immer näher, sie würde so ihren letzten Vorsprung verlieren. Sie rannte vorüber, gab alles. Trotzdem rückten seine stampfenden Schritte heran. Jetzt packte sie eine schwere Hand an der Schulter, riss sie herum. Zusammen gingen sie zu Boden.

Der Mann war über ihr. Er drückte Annie auf die Straße.

»Was soll das?«, japste sie.

Der Mann sah sie an, auf eine merkwürdige Art, wenn sie es nicht besser wüsste, würde sie meinen, er begehrte sie. Schließlich ließ er etwas lockerer. »Steh auf.«

Sie rappelte sich hoch.

»Du versuchst … andere Bürger aufzuwiegeln.« Er wartete, bis sich sein Atem weiter beruhigt hatte. »Wir können eure politisch-ideologische Diversion nicht länger dulden.«

»Wie bitte?«

»Hör zu, Klartext.« Er sah sich um. »Wenn mein Kollege hier auftaucht, ist die Sache verloren. Kapierst du nicht? Du musst die Füße stillhalten! Wir beobachten dich. Da ist eine Frau aus der AKG. Die will dich fertigmachen. Ich werde dich nicht beschützen können. Vernichte alles und lebe ein braves Leben. Das ist deine letzte Chance. Verstehst du das? Nächstes Mal muss ich dich einliefern.« Er löste sich von ihr. »Lauf, hau ab.«

Sie staunte. Er ließ sie gehen? »Danke«, sagte sie.

»Schnell, mein Kollege kann jeden Augenblick hier sein.«

Sie rannte los, auch wenn ihre Beine schmerzten.

Er kam ihr nach, aber nur zum Schein, er ließ den Abstand größer werden. Bald hörte sie seine Schritte nicht mehr.

Natürlich überließ ihm Putin die unangenehmen Aufgaben. Dresden lockte viele Touristen an, Verwandte kamen auf Besuch aus der BRD, und jeder hatte einen Besuchsantrag zu stellen. Das gab die Gelegenheit, Agenten anzuwerben. Die Hauptstoßrichtung war die NATO. Informationen über die NATO zusammenzutragen, den Feind, war die wichtigste Aufgabe. Daraufhin musste er die Besuchsanträge durchsehen.

Das »Zentrum«, wie sie das KGB-Hauptquartier in Moskau nannten, hatte die Lage analysiert. Was würde der Gegner tun, bevor er einen Kernwaffenschlag mit den Pershing-Raketen verübte? Er würde die amerikanischen Special Forces hinter der Staatsgrenze der DDR absetzen, um im Chaos nach dem Anschlag feindliche Stellungen zu besetzen.

Also musste man, wenn man einen Kernwaffenschlag vorhersagen wollte, die Special Forces im Blick behalten. Die sogenannten Green Berets hatten Standorte in Bad Tölz, im kleinen bayrischen Dorf Wildflecken und in Celle. Unter den Besuchsanträgen von Westlern, die Dresden bereisen wollten, waren diejenigen herauszufischen, die aus einer der drei Regionen kamen. Sie waren kostbare Beobachter – wenn es denn gelang, sie für die Sache des KGB einzunehmen.

Er hatte eine Liste der Ortschaften vor sich, die sich in unmittelbarer Nähe der drei Militärlager befanden, und glich sie mit den Besuchsanträgen ab. Kam jemand aus Nienhagen bei Celle? Aus Hambühren? Aus Reichersbeuern bei Bad Tölz? Die Tätigkeit hätte einer einfachen Sekretärin alle Ehre gemacht. Dafür hatte er nicht drei Jahre an der Hochschule des KGB studiert.

Wozu die Kurse, wie man unauffällig mit Menschen in Kontakt kam? Wozu die Seminare in Spionageabwehr und die Wochen in der »Villa«, dem operativen Schulungszentrum, mit den praktische Übungen in Beschattung, Streifkontakten, Treffen mit Agenten?

Alles Spannende hatte Putin für sich reserviert. Er nahm Kontakt zu internationalen Studenten auf, die in Dresden die Universität besuchten und Aussicht hatten, in interessanten Unternehmen anzuheuern, bei Siemens, Bayer, Messerschmidt, Thyssen. Er siebte die Richtigen aus, prüfte Fachgebiet, Interessen und Aufstiegschancen und sprach sie unter einer Deckung an, um sie als Quelle zu rekrutieren.

Sascha sah zu seiner Aktentasche hinunter, in der sich die zurechtgebogenen Fahrradspeichen verbargen. Seit Tagen brachte er sie mit zur Arbeit. Heute war die Gelegenheit gekommen: Putin war schluderig gewesen, er hatte seinen Stahlschrank nicht versiegelt. Oder war das Absicht gewesen, und er wollte ihn prüfen?

Er zögerte. Für gewöhnlich siegelte Putin seinen Schrank wie jeder andere von ihnen am Ende des Arbeitstages mit dem Siegel, das er am Schlüsselbund trug. An Tagen, in denen er nicht im Büro war, beließ er seinen Stahlschrank versiegelt. Heute kam es zum zweiten Mal vor, dass er früh am Morgen den Schrank benutzt und dann unterlassen hatte, ihn wieder zu versiegeln, obwohl er das Büro verlassen hatte. Womöglich plante er, nach einigen Stunden zurückzukehren. Für einen solchen Fall hatte Sascha sich die Fahrradspeichen gekauft und sie zu Haken gebogen.

Ein Leichtes, hinüberzugehen und den Schrank zu öffnen. Es war kein Tresor, einen richtigen Tresor für die Befehle aus Berlin oder aus dem »Zentrum« in Moskau besaß nur General Schirokow.

Es konnte eine Falle sein. Das Siegel fehlte möglicherweise nicht zufällig.

Oder war es eine gute Gelegenheit, sich Klarheit zu verschaffen, und er war dumm, wenn er sie nicht nutzte? Seine Instinkte hatten bei Putin schon lange angeschlagen.

Er stand auf, verließ das Büro und trat im Flur an das obere Ende der Treppe. Er lauschte. Die Wachsoldaten guckten unten den ersten Kanal des russischen Fernsehens. Die Stasi hatte ihnen Anfang der Woche Radeberger Bier beschafft, eine Delikatesse, der sie, in Maßen und so weit der Dienst es zuließ, zusprachen.

Er drehte der Treppe den Rücken zu und sah auf die Türen der Arbeitszimmer.

Der General, dann Oberst »Polkasch«, dann Abteilung »K«, Abteilung »T«. Er hörte jemanden unregelmäßig auf der Schreibmaschine tippen, Adlersuchsystem, das konnte nur »Polkasch« sein.

Er kehrte ins Büro zurück und schloss die Tür. Auf dem Tisch neben Putins Arbeitsplatz stand das Thermokopiergerät, das kaum lesbare cremefarbene Kopien auf einem speziellen, wärmeempfindlichen Papier erzeugte. Es würde als Alibi herhalten, falls er gestört wurde.

Er angelte einen der Besuchsanträge von seinem Schreibtisch und holte ein Blatt Thermopapier aus dem Schrank. Das empfindliche, dünne Papier zitterte in seiner Hand.

Mit der Valutakomponente, dem Lohnanteil in westlicher Währung in Höhe von 100 Dollar im Monat, wollte er im Herbst nach Berlin fahren und im Diplomatengeschäft »Versina« in Marzahn einkaufen. Das konnte er sich abschminken, wenn man ihn an Putins Schrank erwischte.

Es ist eine Frage der Sicherheit, sagte er sich. Ich muss wissen, mit wem ich es zu tun habe.

Er legte den Besuchsantrag und das Thermopapier in den

Pentacop 110 ein, startete den Kopiervorgang und holte – nach einem weiteren kurzen Blick zur Tür – die zwei zu Haken gebogenen Fahrradspeichen aus seiner Tasche. Rasch bückte er sich zu Putins Stahlschrank hinunter. Die Maschine über ihm brummte und stank nach erhitztem, verbranntem Staub.

Er kannte die Anzahl der Zuhaltungen im Schloss, sein Schrank auf der anderen Zimmerseite war ähnlich gebaut. Büroklammern wären unauffälliger gewesen. Sie waren aber zu schwach für ein Chubbschloss, jetzt, wo er die Zuhaltung herunterdrückte, spürte er es deutlich, die Entscheidung war richtig gewesen, es ging nur mit Sperrhaken.

Das Kopiergerät verstummte, es war fertig mit der Seite. Waren das nicht Schritte von der Treppe?

Er schob rasch die Speichen unter den Stahlschrank und stand auf.

Die Tür öffnete sich. Putin.

Sie sahen sich an.

»Erfolg gehabt?«, fragte Putin und wies auf den Thermokopierer. Man roch, dass der Kopierer bis eben gelaufen war. »Ein Treffer bei den ›Green Berets‹?«

»Nein. Es ist aussichtslos.«

Putin trat neben ihn und griff nach dem Besuchsantrag. Er las. »Remscheid? Was soll das nützen?«

Sascha stellte sich hinter Putin und spähte auf die Adresse. Er brauchte eine Erklärung. Schnell. »Nichts mit den ›Green Berets‹ in der Nähe, aber … Der Name. Ein Mittelinitial, das ist doch verdächtig. Die Deutschen verwenden keine mittleren Namen.«

»Aber es ist ein deutscher Name. Christa M. Dießenbacher. Eindeutig deutsch.«

»Nicht das Mittelinitial. Das kam mir merkwürdig vor. Das

ist doch amerikanisch. So stellen sie sich bei der CIA einen wasserdichten Tarnnamen vor.«

Putin sah stumm auf das Blatt. Dann blickte er Sascha an.

Wenn er jetzt zum Stahlschrank runtersieht, dachte er, dann hat er die Sache durchschaut. Vielleicht tut er es bewusst nicht, um mich in Sicherheit zu wiegen. Sascha nahm die Blätter und legte das Original auf seinen Schreibtisch. »Ich bring's rüber zu Boris. Das ist Sache der Spionageabwehr. Soll die Abteilung ›K‹ entscheiden.«

Im Nebenzimmer lobte ihn Boris. »Gut mitgedacht! Danke!«

Die Verwaltung »K« war ein undankbarer Aufgabenbereich. Die Messlatte hing einfach zu hoch. Wie sollte einem gelingen, einen Mitarbeiter des MAD oder des BND anzuwerben? Oder wenn das nicht glückte, dann wenigstens einen Mitarbeiter des BKA? Das war kaum zu schaffen, weshalb man auf diesem Posten in der Regel auch wenig Karrieremöglichkeiten hatte. Boris witterte eine Chance. Er war sichtlich erfreut.

Sascha ging die Pumpe. Er schaffte es trotz des Trainings nicht, seinen Puls zu reduzieren.

Als er ins Büro zurückkehrte, saß Putin an seinem, Saschas, Schreibtisch und ging scheinbar gedankenverloren die Besuchsanträge durch. Er legte sie ab und musterte Sascha.

»Was ist?« Sascha lachte. »Sollen wir Schreibtische tauschen?«

»Ich lade dich zu mir nach Hause ein«, sagte Putin. »Wird Zeit, dass wir uns besser kennenlernen.«

Nach Dienstschluss liefen sie gemeinsam hinüber zum Plattenbau. Fünf Wohnungen im Aufgang waren mit Offizieren des KGB belegt, nur der General wohnte mit seiner Frau woanders. Auf seinem Weg in den sechsten Stock lief Sascha jedes Mal an Putins Tür im zweiten Stock vorüber.

Das Haus war schon in Sichtweite, da fragte Putin beiläufig: »Wie kommt es eigentlich, dass du nicht verheiratet bist? Ist es nicht strikte Regel in der Ersten Hauptverwaltung, dass sie keine ledigen Offiziere ins Ausland schicken?«

So waren die Bestimmungen. Man fürchtete sexuelle Affären als potenzielles Sicherheitsrisiko, deshalb wurden nur verheiratete Männer für den Auslandsdienst ausgewählt. »Man hat bei mir eine Ausnahme gemacht. Glaub mir, die Sicherheitsüberprüfungen waren dafür umso härter.«

»Ins westliche Ausland hätten sie dich so nicht gehen lassen.« Putin schlug ihm mit der flachen Hand aufs Kreuz. »Glückspilz! Und meine Frau musste sogar einen dreimonatigen Kurs besuchen!«

»Einen Kurs?«

»In Moskau, Vorträge über die Arbeit des KGB. Informationen über die DDR, und natürlich Ermahnungen, nicht zu klagen, wenn ihr Mann abends zu arbeiten hat.« Er lachte.

Sie betraten das Haus. Im Aufgang nebenan wohnten noch einige Mitarbeiter des Militärgeheimdienstes GRU, ansonsten waren im Neubaublock Stasi-Offiziere untergebracht.

Ljudmila begrüßte Putin mit einem Kuss, dann wandte sie sich Sascha zu und gab ihm die Hand wie einem alten Bekannten. Es schien sie nicht zu erstaunen, dass Putin ihn mitgebracht hatte. Zwei süße Mädchen kamen in den Flur und knicksten formvollendet.

Lachend bugsierte Ljudmila die Mädchen ins Kinderzimmer. Putin und er setzten sich ins Wohnzimmer. »Habt ihr schön eingerichtet«, sagte Sascha und sah zum Lampenschirm aus durchsichtigen Glasmuscheln hinauf.

Putin fragte ihn nach Kaliningrad. Sie redeten eine halbe Stunde Belangloses, während sie sich unauffällig taxierten.

Ljudmila servierte Rassolnik mit Rindfleisch. Nach dem Essen zog sie sich zurück und murmelte etwas davon, dass sie die Kinder ins Bett bringe. Sie blieb verschwunden.

Putin präsentierte seinen neuen Videorecorder. Sie guckten *E.T.*, und danach *Rain Man* und tranken Moskowskaya-Wodka. Zwei KGB-Agenten, die sich an amerikanischen Videos erfreuten. Die Amerikaner waren der Feind, aber sie machten die besseren Filme.

»Wo hast du die her?«, fragte er. »Gibt es die im ›Versina‹?«

»Den Videorecorder habe ich da gekauft«, sagte Putin.

»Und die Filme?«

Er schwieg einen Moment. Dann sagte er mit einem feinen Lächeln: »Gibt es nur in der Bundesrepublik.«

Sascha richtete sich auf. »Du warst im Westen?«

»Natürlich.« Putin tat, als wäre es keiner Rede wert, aber er musste Saschas Erstaunen vorausgeahnt haben.

Man reiste nicht einfach ins Feindgebiet. Dafür brauchte es eine Genehmigung von ganz oben. »Als ich in Dresden ankam und du warst eine Woche verreist, da warst du in Westdeutschland, richtig?«

Putin nahm einen Schluck Wodka und schwieg.

Reiste er persönlich zu den Standorten der Amerikaner? Fuhr er nach Wiesbaden zur wichtigsten Base der US-Army und versuchte, dort Quellen anzuzapfen?

Putin sagte, ohne ihn anzusehen: »Früher, als Junge, hab ich mit Stöcken die Ratten durch das Treppenhaus gejagt.« Eine unangenehme Härte war in sein Gesicht getreten.

Sascha spürte es, sie näherten sich dem wahren Grund ihres Zusammenseins.

»Meine Geschwister sind im Kindesalter gestorben. Ich bin allein aufgewachsen, in einer Gemeinschaftswohnung in einem einfachen Haus in der Baskowigasse, im Zentrum von Leningrad, der Hof wie ein Schacht, die Wohnung im fünften Stock. Kein warmes Wasser, kein Bad, eine fürchterliche Toilette, eiskalt und grässlich. Wir teilten die Wohnung zuerst mit einem älteren Ehepaar und später, als sie auszogen, mit einer dreiköpfigen Familie. Der alte Mann war Schneider, er nähte Tag für Tag auf seiner Nähmaschine. So bin ich aufgewachsen, in einer *Kommunalka,* einer Zweizimmerwohnung für zwei Familien, und es gab nicht mal eine richtige Küche, nur einen dunklen Flur ohne Fenster. Auf der einen Seite stand der Gasherd, auf der anderen ein Spülstein.«

»Und deine Eltern? Was haben die gearbeitet?«

»Mein Vater wurde im Krieg schwer verletzt, er hat gehinkt, sein Leben lang. Nach der Entlassung aus dem Militärdienst hat er in der Jegorow-Waggonfabrik gearbeitet. Ich bin mit anderen Kindern durch die Straßen gezogen. Habe mich viel geprügelt. Dann hab ich Judo gelernt.« Er grinste.

Leningrader Meister im Judo, Sascha wusste es. Putin musste es nicht erwähnen. Worauf wollte er hinaus? Warum führten sie dieses Gespräch?

»Unser Zimmer in der *Kommunalka* hatte zwanzig Quadratmeter. Dagegen ist das hier ein Schloss!« Er wies auf die Schrankwand mit dem Fernseher und das Sofa an der gegenüberliegenden Seite des Wohnzimmers. »Im Treppenhaus war das Metallgeländer gebrochen, es war gefährlich, sich daran festzuhalten.«

Da begriff Sascha. Es war eine Geheimdienstmethode. Putin hatte begonnen, ihn zu bearbeiten. Für wie blöd hältst du mich, Wolodja?

Mit derselben Methode näherten sich Geheimdienstoffiziere, die zur Tarnung in einer Botschaft oder einem Konsulat arbeiteten, interessanten Persönlichkeiten aus Politik, Wirtschaft und Militär, um sie in scheinbar harmlosen Gesprächen »abzuschöpfen«.

Zuerst begann man, auf privater Ebene ein Vertrauensverhältnis zum Gesprächspartner zu errichten. So baute man Hemmschwellen ab. Am schnellsten gelang es, wenn der Geheimdienstoffizier seinerseits scheinbar vertrauliche Informationen lieferte. Einen solchen Vertrauensbeweis beantworteten Menschen in den allermeisten Fällen ihrerseits mit Offenheit.

War die Verbindung geknüpft, äußerte der vermeintliche Diplomat die Bitte, ihn nicht mehr in der Botschaft anzurufen – er behauptete, oft unterwegs zu sein –, und fragte, ob es möglich sei, die Freundschaft vertraulich zu behandeln. Er brachte der abzuschöpfenden Person Geschenke mit oder lud sie zum Essen ein. Ihre Treffen wurden konspirativer, und ehe sich die Zielperson dessen bewusst wurde, war sie zur Quelle geworden, die mit einem ausländischen Geheimdienst zusammenarbeitete, sich strafbar gemacht hatte und dadurch erpressbar geworden war.

Dieser letzte Teil war bei ihm unnötig, aber Putin wollte ihn »öffnen«, indem er Privates von sich erzählte, kein Zweifel. Vielleicht ließ sich die Sache auch umgekehrt spielen? Zum Schein ging Sascha auf Putins Vertraulichkeit ein und erzählte, dass sein Vater KGB-Offizier in der Direktion »OT« sei und dass er hart dafür gearbeitet hätte, ihm einen Ausbildungsplatz im Andropow-Institut zu verschaffen. Es war nicht gelogen.

Putin fragte: »Was hat er bezahlt?«

»Er hat dem Rektor ein gutes Gewehr für die Jagd beschafft.«

Putin lachte. »Die Posten in der Spionageabwehr sind immer noch die gefragtesten.«

Dann erzählte Sascha von der unglücklichen Liebe zu Valya. Als Putin ihm nachschenken wollte, hielt er die Hand über das Glas. »Nein, ich hatte genug. Ich sollte auch besser gehen, es ist spät.« Er stand auf. »Ich hab es ja nicht weit. Sehr schön war es. Und tolle Filme hast du.«

Putin nickte. »Ich habe noch einen. Aber der wäre eher etwas für deine Frau, wenn du eine hättest. Er heißt ›Dirty Dancing‹. Ljudmila hat ihn schon dreimal gesehen.«

Hatte es funktioniert? War Putin eingelullt? Zeit für die Ernte. An der Wohnzimmertür drehte er sich noch einmal um. »Sag mal, wohin wurde eigentlich mein Vorgänger versetzt?«

Putins Gesichtszüge verrieten nichts. »In den Himmel. Oder in die Hölle.«

»Er ist tot?«

»Autounfall.« Putin verharrte einen Moment wie in einer Erinnerung. Dann stand er auf. »Wo sind meine Manieren. Ich bringe dich zur Tür.«

Auf der Konferenz der Evangelischen Kirchenleitungen am 2. und 3. Juni in Berlin wurde in nie dagewesener Offenheit an den Staat appelliert:

> Wir sind erschrocken über beobachtete Unstimmigkeiten bei der Auswertung der Wahl.
>
> Wir bitten deshalb die Staatsführung dringend, eine konkrete und schnelle Beantwortung zu veranlassen. Wir brauchen für unser Land Ermutigung zur Wahrhaftigkeit für den einzelnen Bürger, auch durch die Weiterentwicklung des Wahlverfahrens, damit jeder Bürger aktiv Auswahlentscheidungen treffen kann und eindeutig über die Wertung der Stimmen unterrichtet ist.

Unser Land braucht kritische Rückfragen, und es ist nur eine scheinbare Entlastung, unbequeme Fragesteller als Gegner abzustempeln.

Die Antwort der Regierung kam über das Fernsehen.

Schon als sie in der Tagesschau die Panzer sah, erstarrte Annie. Sie walzten die Demokratiebewegung in Peking nieder. Das Massaker beendete die wochenlangen Proteste. Tote und Verletzte lagen zwischen verbeulten Fahrrädern auf der Straße.

Lange saß sie still vor dem Fernseher. Was bedeutete das? In Polen hatte es gerade die ersten freien Parlamentswahlen gegeben. Die DDR hatte sich von Polen aber schon seit Langem abgegrenzt. Würde man hier den chinesischen Weg gehen?

Angespannt wartete sie auf die Spätausgabe der Aktuellen Kamera. Als sie schließlich begann, lief es ihr kalt den Rücken hinunter. Auch das DDR-Fernsehen zeigte Bilder von Panzern. Hier hatten sie aber eine andere Bedeutung. Es war eine Warnung, die aus dem Fernsehapparat in Annies Wohnung hineindonnerte. Und es war klar, an wen sie sich richtete.

Eine »extreme Minderheit von Leuten mit feindlichen Absichten« entfache die Unruhen. Es handle sich um »politische Cliquen von Rowdys«, um »Abschaum« und »Asoziale«, um »Kriminelle mit tief sitzendem Hass auf die Partei und die sozialistische Ordnung«. Die Truppen der Volksbefreiungsarmee Chinas hätten den Aufruhr niedergeschlagen und damit »dem Tian'anmen-Platz sein würdiges Antlitz wiedergegeben, die Hauptstadt beschützt und die Früchte der zehnjährigen Reform verteidigt«.

Hohe politische Wachsamkeit sei nötig, um erneute Gegenangriffe einer extremen Minderheit von Unruhestiftern zurückzuschlagen. In diesem kritischen Augenblick könne für

Diskussionen kein Platz sein »angesichts der Verbrechen der Konterrevolutionäre«.

Wie der Stasi-Offizier ihr geraten hatte, hielt Annie seit Wochen die Füße still. Auch Michael hatte ihr versprochen, eine Weile nichts Gewagtes mehr zu tun oder zu sagen. Trotzdem fühlte sie sich von den Drohungen angesprochen.

Sie schaltete zum ZDF um, zur Spätausgabe von »heute«.

Ein einzelner Mann, schwarze Hose, weißes Hemd, in den Händen zwei Plastiktüten, hielt vier Panzer auf. Anzusehen, wie er kleine Schritte nach rechts und nach links ging, um die Panzer nicht vorbeizulassen, erschütterte sie. Würden sie ihn zermalmen? Über ihn drüberfahren? Das Video brach ab. Das war erst vorhin gewesen! Ein paar Tausend Kilometer entfernt, auf dem Platz des Himmlischen Friedens in Peking. Was war aus dem Mann geworden?

Am nächsten Abend trafen sie sich im Friedenskreis. Schon beim Eintreten spürte Annie die Empörung, den Zorn und die Trauer der Teilnehmer.

Michael schlug vor, eine Resolution zu schreiben und sie dem chinesischen Botschafter zu überbringen.

Annie sah ihn bedeutsam an. »Denk daran …!«, raunte sie. Aber er tat, als habe er es nicht gehört.

»Was soll das bringen?«, fragte Sandy. »Was ändert so eine Resolution? Die hilft doch den Menschen in China nicht.«

»Das kann ich dir sagen, was das bringt.« Michaels Halsansatz färbte sich rot. »Erstens machen wir deutlich, dass wir es nicht hinnehmen, wenn Menschen, die für Demokratie eintreten, deswegen unterdrückt und umgebracht werden. Auch im Ausland soll man das wahrnehmen. Und zweitens wird die Regierung der DDR von unserer Resolution erfahren. Sie soll wissen, dass ihre Propaganda bei uns nicht wirkt. Wir lassen uns nicht einschüchtern, auch wenn sie uns drohen, Gewalt anzuwenden.«

Leise gingen einige Teilnehmer. Sie hatten Kinder, Annie verstand. Sie trafen ihre Entscheidungen nicht nur für sich.

Der harte Kern, der zusammenblieb, verfasste ein Protestschreiben an den Botschafter der Volksrepublik China in der DDR:

> »Wir empfinden Entsetzen und tiefen Schmerz angesichts der gewaltsamen Maßnahmen Ihrer Regierung zur Beendigung der friedlichen Demonstrationen mit dem Preis vieler Toter und verletzter Menschen. Es ist für uns untragbar, dass ein Land, das sich zur Gemeinschaft zivilisierter und demokratischer Staaten zählen will, das Leben und Recht Andersdenkender in dieser groben Weise missachtet. Wir fordern Sie auf, Ihrer Regierung unsere tiefe Erschütterung und Empörung mitzuteilen. Wir fordern eine sofortige Einstellung aller Anwendung militärischer Gewalt gegen unbewaffnete Demonstranten und eine Rückkehr zu einem demokratischen Dialog.«

Sie sprachen ein Gebet und liefen los. Es waren nur zehn Minuten Fußweg zum Bürgerpark, und ganz in der Nähe, in der Heinrich-Mann-Straße, befand sich die chinesische Botschaft.

Sie hätten Kakteenzüchter beim Vereinsausflug sein können, Briefmarkensammler, Kunstfreunde, die dem Kulturbund der DDR angehörten. Je näher sie dem Bürgerpark kamen, desto stiller wurde es in der Gruppe. Das Protestschreiben, das Michael in der Innentasche seiner Jacke trug, war eine Kampfansage, wie sie in der DDR selten vorkam.

Annie sah sich um. Da waren Passanten, aber waren sie zu ihrer Überwachung hier? Es waren nicht die üblichen Männer mit kurzem Haarschnitt.

Sie dachte an den Stasi-Offizier, der sie gewarnt hatte. »Die Füße stillhalten« konnte man das nicht nennen, was sie gerade taten. Aber eine unverhohlene Drohung des Staates, ebenfalls Panzer auffahren zu lassen, konnten sie ebenso wenig hinnehmen.

Das Gebäude der chinesischen Botschaft war beeindruckend. Scheinwerfer bestrahlten die steinernen Löwen rechts und links des Eingangsportals, deren Mäuler zu einem bedrohlichen Grinsen geöffnet waren.

Warum standen keine Polizisten vor dem Portal? Etwas stimmte hier nicht. Annie spähte hinüber zum Bürgerpark. Waren am Ostrand des Parks die Laternen ausgeschaltet? Dunkel lag er da, bedrohlich. Waren das nicht ...? »Michael, lauf!«, rief sie.

Männer in Zivil stürmten aus dem Bürgerpark und der Cottastraße. Jemand aus der Gruppe schrie. Annie drehte sich um und rannte. Sie hörte hinter sich dumpfe Schläge, Wutgebrüll. Schmerzenslaute. Das war doch Michaels Stimme!

»Lasst mich los, ihr Schweine«, schimpfte Michael. Dann rief er: »Geh zu Franziska, sag ihr, wo ich bin!«

Sie sah sich nicht um. Sie rannte.

Einer der Informanten der Stasi in ihrer Runde musste sie verpfiffen haben.

Von der Schönholzer Straße bog sie in den Park ein. Jetzt rannte sie nicht mehr, sie gab sich das Aussehen einer Spaziergängerin. Versuchte, ihren keuchenden Atem zu bezähmen. Kam man ihr nach?

Blaulicht blitzte durch die Büsche. Kamen Krankenwagen,

um die Zusammengeschlagenen abzutransportieren? Oder Polizeitransporter, um sie festzunehmen?

Sie lief tiefer in den Park hinein, bis sie zu einem Wildgehege gelangte. Rehe blickten ihr unverwandt entgegen. Als sie sich näherte, entfernten sie sich mit leichten Sprüngen und sahen erneut nach ihr, die Köpfe starr erhoben. Annie stand am Gehege. Tränen füllten ihre Augen. Die Wiese mit den Rehen verschwamm.

Sie wischte sich mit dem Ärmel über das Gesicht. Immer noch blickten die Rehe sie an. Sie schienen sich zu fragen, ob sie eine Gefahr darstellte oder nicht. Der Park war still, und sie stand als einzelner Mensch am Zaun. Trotzdem waren die Rehe wachsam. Euch wäre das nicht passiert, dachte sie, ihr hättet euch nicht fangen lassen. Sie machte kehrt und verließ den Park.

Wie die ihnen aufgelauert hatten! Und die Brutalität der Stasi-Schläger! Wenn sie den Brief bei Michael fanden, was würden sie ihm antun?

In Pankow stieg sie in die S-Bahn. Bewusst ließ sie die richtige Station vorbeiziehen, erst am Ernst-Thälmann-Park stieg sie aus. Die mussten gehört haben, was Michael gerufen hatte. So kam sie aus der anderen Richtung, hier rechneten sie womöglich nicht mit ihr. Sie bog in die Winsstraße ein, dann in die Jablonskistraße. In jeden Hauseingang warf sie einen vorsichtigen Blick.

Würden sie Michael misshandeln? Vielleicht war es ihm gelungen, den Brief rasch fallen zu lassen, sodass er zumindest nicht ihm persönlich zugeordnet werden konnte.

Jablonskistraße. Jetzt wusste sie, warum ihr der Name so vertraut vorkam. »Jeder stirbt für sich allein« von Hans Fallada spielte hier. Das kämpferische Ehepaar, das gegen die Nazis aufbegehrte – womöglich hatte es wirklich hier gelebt. Und sie begehrten jetzt gegen den SED-Staat auf.

Das Haus. Vor dieser Tür hatte Michael Franziska geküsst.

Sie klingelte, bei irgendwem.

Ein Summer ertönte. Sie schob die Tür auf und betrat das kühle Treppenhaus. Es hörte sich an, als sei in der zweiten Etage eine Tür aufgegangen. Sie stieg hinauf. Ein Mann mit Bierbauch stand im Rippunterhemd in seiner offenen Wohnung. »Ja?« Er klang genervt.

»Entschuldigen Sie, ich wollte zu Franziska, wissen Sie, in welcher –«

»Dritte«, sagte er und schlug die Tür zu. Dann ging die Tür noch mal auf. »Nächstes Mal klingeln Se gleich bei Baltschuweit. Ick verpass hier meen' Krimi.« Erneut knallte die Tür.

Niemand stellte sich ihr in den Weg. Die Stasi war wohl noch damit beschäftigt, Michael und die anderen vom Friedenskreis in den Gefängniszellen zu verhören.

Baltschuweit. Es war ein schönes Klingelschild, selbst getöpfert. Es sah nach Familie aus. Vor der Tür standen Kinderschuhe. Sie zögerte.

Schließlich drückte sie den Klingelknopf.

Franziska öffnete. Sie trug einen Pullover, der ihr bis über die Hüften hing, er sah großartig an ihr aus. Einen Moment lang schwiegen beide. Dann sagte Franziska: »Komm rein.« Sie führte Annie in die Küche und schloss behutsam die Tür hinter ihnen. »Christopher schläft.« Sie sprach leise, und mit Umsicht setzte sie sich auch an den Küchentisch. Franziska war nicht wütend, sondern zerbrechlich. »Setz dich.«

Annie tat es. »Michael wurde festgenommen.«

Franziskas Finger zitterten. Ihr Blick irrte ab. »Ist es … Hat der Friedenskreis …«

»Wir wollten einen Protestbrief zur chinesischen Botschaft bringen.«

Jetzt sah sie Annie ins Gesicht. »Warum hast du ihn nicht davon abgehalten?«

»Wir mussten etwas tun. Die haben in Peking Tausende umgebracht, weil sie für ihre Freiheit auf die Straße gegangen sind.«

Franziska verharrte still. Sie schien nachzudenken. Schließlich stand sie auf. Sie füllte Wasser in einen Kessel und stellte ihn auf den Herd. »Möchtest du Tee?«

»Ich kann nicht bleiben.«

Ohne sich Annie zuzuwenden, sagte sie zum Herd und dem Wasserkessel hin: »Ich weiß, dass du Michael liebst.«

Annie schluckte. Sie musste widersprechen. Etwas sagen, abwiegeln, lügen.

»Viele lieben ihn. Aber Christopher und ich … Er war für uns da, bis du aufgetaucht bist.« Sie drehte sich zu Annie um. »Nimm ihn uns nicht weg.«

»Wir sind nur im Friedenskreis zusammen. Da läuft nichts, ehrlich.«

»Noch nicht. Aber ich sehe, wie er dich ansieht. Und er redet nicht von dir. Gerade dass er deinen Namen vermeidet, sagt so viel.«

Es erfüllte Annie zugleich mit Glück und Scham. Sie wusste aber auch, dass Michael Franziska liebte. Und wer konnte es ihm verdenken? Es brauchte keine fünf Minuten, und sie verstand, was ihm an ihr gefiel.

»Wird die Pfarrerin sich dafür einsetzen, dass er freikommt? Sie werden ihm doch nichts tun in der Haft?«

Sie konnte es nicht sagen.

»Aber du wirst dich für ihn einsetzen.« Franziska stützte

sich am Küchenbord ab, als brauche sie Halt. »Ich weiß es. Versprich mir, dass du ihn in Frieden lässt, wenn all das vorüber ist.«

Annie stand auf. »Danke, dass du mich reingebeten hast.« Als sie im Türrahmen stand, verharrte sie einen Augenblick. Sie sagte: »Er hat mich gebeten, dass ich zu dir gehe. Als er festgenommen wurde, hat er deinen Namen gerufen. Nicht meinen.«

10

Sascha hörte mit halbem Ohr hin, während Putin telefonierte. Es ging um eine Verabredung für Schießübungen, nichts, was ihn sonderlich interessierte. Putin stand mit dem Hörer in der Hand am Bürofenster, er sah hinunter zum Kindergarten, wo seine Tochter spielte. In lockerem Plauderton beendete er das Telefonat. Er legte den Hörer auf und sagte: »Muss noch mal los.«

»Eine Materialübergabe?«

»Ich will einen neuen Ort für Treffen überprüfen. Drüben, bei der Technischen Universität.«

»Viel Erfolg! Ich halte hier die Stellung.«

Unter Putins Lässigkeit hatte eine kaum wahrnehmbare Anspannung gelegen, die ihn stutzig machte. Er versuchte, aus dem Gedächtnis das Telefongespräch zu rekapitulieren. Gab es eine Merkwürdigkeit darin, eine Unregelmäßigkeit? Unter anderem hatte er gefragt, ob er den Meister treffen werde. Er hatte geglaubt, es ginge um einen Meisterschützen oder den Gewinner der letzten Schießübungen. Drehte sich das Gespräch womöglich nur vordergründig um Schießübungen, zur Tarnung?

»Meister« war auch ihr interner Code für Hans Modrow, den SED-Bezirksvorsitzenden. Aber mit einem wie Putin gab sich doch ein Modrow nicht ab. Der verkehrte mit Leuten einer anderen Ebene – mit dem Befehlshaber der Streitkräfte, vielleicht noch mit General Schirokow. Zudem betraf die Arbeit des KGB prinzipiell nicht die Parteifunktionäre. Mit ihnen zu arbeiten war verboten.

Die Sache stank.

Im Gegensatz zu ihm war Putin ein außerordentlich guter Schütze. Um zu trainieren, schoss er einmal in der Woche, bis die Hände wehtaten. Es hieß auch, er habe sehr gut abgeschnitten bei dem letzten Wettschießen, zu dem alle bewaffneten Organe des Bezirks eingeladen worden waren: Polizei, Zoll, Polizeihochschule, 7. Panzerarmee der NVA, und der KGB zusammen mit den Speznas. Obwohl die Deutschen aus vielen hundert Kaderoffizieren auswählen konnten und der KGB nur aus ein paar Mann sowie zwei Dutzend Angehörigen der Speznas, hatten die Russen gewonnen, und Putin war vorne dran gewesen in der Gruppe. Nur ein Offizier der Volkspolizei, der das Schießen als Sport betrieb, hatte eine vergleichbare Leistung abgeliefert.

Konnte es nicht tatsächlich ums Schießen gegangen sein?

Sascha beugte sich vor. Der Stahlschrank war nicht versiegelt. Er wartete, bis die gefährlichen ersten Minuten verstrichen waren, in denen Putin, weil er wegen Nachlässigkeit etwas vergessen hatte, noch einmal zurückkehren könnte.

Schließlich stand er auf, ging zu Putins Stahlschrank, kniete sich hin und tastete. Die zurechtgebogenen Fahrradspeichen lagen noch darunter. Er zog sie heraus und führte sie in das Schloss ein. Mit der einen Speiche spannte er den Riegel, mit der anderen tastete er nach den fünf Zuhaltungen. Eine nach der anderen stellte er sie ein.

Er musste in Erfahrung bringen, warum sie seinen Vorgänger umgebracht hatten. Was verheimlichte Putin vor ihm?

Die Tür des Stahlschränkchens schwang auf. Einige Arbeitsmappen lagen darin und Putins Arbeitsbuch. Er nahm es heraus, schlug es auf, blätterte. Notizen zu operativen Kontakten, einige Stichpunkte zu Aufträgen. Auf den ersten Blick war alles harmlos.

Er ging es noch einmal genauer durch. In der Mitte war eine Seite mit Операция »Луч« überschrieben. Operation »Strahl«. Was war das? Darunter eine Liste mit Namen. Hans Modrow! Volltreffer. Und Heiko Storch, der war Stasi-Offizier, über den hatte sich Oberst »Polkasch« neulich aufgeregt. Die anderen kannte er nicht.

Mit klopfendem Herzen schrieb Sascha alle Namen auf ein Blatt Papier. Dann legte er Putins Arbeitsbuch zurück in den Stahlschrank und drückte die Tür zu, bis sie einschnappte.

Was bedeutete die Liste? Und was war Operation »Strahl«?

Zum General durfte er damit nicht gehen. Womöglich flog er sonst aus dem Dienst, weil er sich Putins Arbeitsbuch angesehen hatte.

Er steckte die Liste ein und verließ das Büro. Es waren nur fünf Minuten Fußweg zum Areal der Staatssicherheit in der Bautzner Straße. Zweitausendsechshundert Menschen arbeiteten dort, nahm man den Bezirk hinzu, waren es noch einmal tausend mehr. Die Stasi hatte enorm viele Mitarbeiter. Allein die Bezirksverwaltung Dresden war größer als der gesamte KGB Weißrusslands.

Die Führung, die man ihm vor zwei Wochen gegeben hatte, war eindrücklich gewesen. Es gab mehrere Bürogebäude auf dem Gelände, unter anderem einen Siebengeschosser an der Straßenfront mit über 190 Büroräumen. Dazu die Untersuchungshaftanstalt, eine Kantine, den Medizinischen Dienst, ein eigenes Gebäude für das Archiv, das Lager, die Kreisdienststelle Dresden-Stadt, auf der anderen Straßenseite die Kreisdienststelle Dresden-Land, dann die diversen Werkstätten und Wachen.

Er ging zum Pförtner und bat ihn, er möge Thomas Müller anrufen, er müsse mit ihm sprechen. »Und wer sind Sie?«, fragte der Pförtner skeptisch.

»Sascha.«

»Einfach nur Sascha? Woll'n Se mich uff'n Arm nehmen?«

Ernst wiederholte er: »Ich bin Sascha.«

Plötzlich begriff der Pförtner. Er wurde blass und entschuldigte sich. KGB-Mitglieder wurden von der Stasi immer nur mit Vornamen angesprochen, auch aus Gründen der Konspiration. Eifrig wählte er.

Offenbar ist mein Dialekt besser geworden, dachte Sascha.

Thomas Müller kam die Treppe hinunter und begrüßte ihn gleich auf Russisch. Er hatte fünf Jahre in Minsk studiert.

»Wo können wir sprechen?«, fragte Sascha.

»In der Kantine? Hast du Hunger?«

»Lass uns lieber einen Spaziergang machen.«

Müller war einverstanden, wobei ihm Sascha ein kleines Zögern anmerkte.

Draußen wehte der Wind weiße Baumblüten im Rinnstein zusammen. In der Luft lag ein schwerer, süßer Duft.

Sascha fragte sich, ob er einen Fehler machte, den offiziellen Verbindungsmann zum KGB einzuweihen. Aber vielleicht musste er es gar nicht. Er brauchte nur Informationen von ihm.

Nach kurzem Alltagsgeplauder über Fußball und das Wetter zog er die Namensliste hervor. »Kennst du diese Leute?«

Müller blieb stehen und las. »Den Ersten Sekretär der SED-Bezirksverwaltung natürlich.«

»Und die anderen?«

»Was ist das für eine Liste?«

»Sag mir zuerst, ob du jemanden kennst.«

»Das sind alles verdiente Leute bei uns.«

»Du weißt, ich bin neu.«

»Das sind Kollegen aus der zweiten Reihe. Mittlere Dienstränge, nicht das Spitzenpersonal. Die wird keiner bei euch kennen.«

»Verstehe.« Er nahm ihm den Zettel aus der Hand.

Sie gingen einige Schritte, ohne dass einer von ihnen sprach. Dann sagte Thomas Müller ernst: »Worum geht es hier?«

»Ich kann nicht darüber sprechen.«

Thomas Müller blieb stehen. »Machen wir uns nichts vor. Unser Chef redet zwar an Festtagen großartig von der Freundschaft zur Sowjetunion. Aber in Wahrheit tut er alles, um euren Einfluss auf uns zu verringern. Alte Kollegen haben mir erzählt, dass wir uns früher auf allen Ebenen geholfen haben. Tschekisten unter sich. Man konnte alle operativen Anliegen mit jedem Mitarbeiter besprechen. Dass Horst Böhm das verboten hat und nur mich, einen einzigen Mann, für die Verbindung zu euch abgestellt hat, spricht Bände. Aber man muss sich doch helfen! Ich betrachte das als meine Pflicht.«

Wenn er Müller nicht irgendetwas lieferte, würde der seinem Vorgesetzten Bescheid geben. Und dann landete die Sache unweigerlich bei General Schirokow. »Kann ich dir vertrauen?«

»Mein Ehrenwort.«

»Hast du von Operation ›Strahl‹ gehört?«

Thomas Müller verneinte.

»Wie lange kennst du Wladimir?«

»Du meinst Oberstleutnant Putin?«

Wieso kannte er den Nachnamen, und warum hatte er den gleich parat? Sascha kniff die Augen zusammen.

»Ach, denk dir nichts. Er hat sogar einen Stasi-Dienstausweis. Er isst manchmal bei uns in der Kantine.«

»Und das erlaubt Böhm?«

»Bei Putin kann er nichts sagen. Der ist letztes Jahr von General Erich Mielke sogar mit der Verdienstmedaille der Nationalen Volksarmee ausgezeichnet worden.«

»Er geht hier also ein und aus?«

Müller dachte nach. »Du meinst, wegen der Liste.«

Er nahm Müller das Versprechen ab, dass er die Füße stillhalten werde. »Kein Wort zu irgendjemandem. Bedenke, Hans Modrow steht auf der Liste! Mit dieser Ebene sollten wir uns nicht anlegen, ohne genau zu wissen, was wir tun. Ich bringe in Moskau in Erfahrung, was Operation ›Strahl‹ ist. Wenn ich mehr weiß, treffen wir uns wieder.«

Müller war einverstanden. Natürlich war er das. Ob er wirklich den Mund halten würde, stand auf einem anderen Blatt. Er war zuallererst der ostdeutschen Staatssicherheit verpflichtet.

Vermutlich gab es nur ein kleines Zeitfenster, die Sache zu klären, bevor an den entscheidenden Stellen die Alarmglocken läuteten.

Zurück in der KGB-Dienststelle wählte er eine Nummer in Moskau. »Oleg? Hier ist Sascha. Was weißt du über Operation ›Strahl‹?«

Einen Moment war es still in der Leitung. »Gib mir etwas Zeit.« Oleg klang sehr ernst. »Ich rede mit ein paar Leuten.«

»Tritt es nicht so breit. Du weißt, wie schnell sich Sachen herumsprechen.«

»Verstanden. Pass auf dich auf, mein Freund.«

»Du auch.« Er legte auf.

Er musste Vorkehrungen treffen. Er ging zum General und

bat um seine Waffe. »Wolodja und ich wollen heute Abend etwas Schießen üben.«

Der General lachte. »Hat er dich angesteckt? Gut so!« Er holte ihm die Makarow aus dem Safe. »Schön, dass ihr euch angefreundet habt.«

»Kann man so sagen. Seine Frau kocht vorzüglich, und Wolodja ist mir in vielem ein Vorbild.«

»Pah! Du klingst wie ein Komsomolze. Bei mir musst du nicht gestelzt daherreden, merk dir das.«

»Also gut. Wir haben getrunken und haben ein Video angeguckt, E.T., kennen Sie den Film?«

»Nein, kenne ich nicht. Aber mir gefällt's, wenn ihr euch versteht. Dann werdet ihr hoffentlich gute Ergebnisse liefern.«

Er salutierte und trat ab.

Zurück im Büro überlegte er, wo er die Waffe verstecken sollte. Er legte sie in die oberste Schublade seines Schreibtischs. Aber das dauerte womöglich zu lange, Schublade auf, Waffe greifen, zielen, da war er längst erledigt. Er holte sie wieder heraus und legte einen Pappordner so auf den Tisch, dass er von der Tür und Putins Schreibtisch aus nicht einzusehen war. In den Ordner legte er die Pistole. Er prüfte, ob er schnell hineingreifen konnte.

Dann stand er auf und lehnte die Bürotür um ein winziges Stück an. So würde er hören, wenn Putin die Treppe hochkam. Falls er nicht ins Büro trat, sondern stattdessen direkt zum General ging, würde er es bemerken.

Das Telefon klingelte. Er setzte sich an seinen Schreibtisch, die Tür im Blick, und ging ran.

»Wer weiß alles von der Sache?«, fragte Oleg.

»Ich habe mit jemandem von der ostdeutschen Staatssicherheit gesprochen.«

»Idiot.« Oleg senkte die Stimme, als fürchte er, dass jemand auf seiner Seite ihn beim Sprechen hörte. »Du wirst dir die Finger verbrennen. Wenn du es nicht längst getan hast. Melde dich krank für ein paar Tage und tauche unter. Dann versuche herauszufinden, ob dein Kontakt dichtgehalten hat.«

»So schlimm?«

»Operation ›Strahl‹ ist eine Sondermission. Mein Freund hat große Augen gemacht, als ich ihn danach gefragt habe. Er hat mir empfohlen, das alles schnell wieder zu vergessen.«

»Worum geht es?«

»Es ist besser, wenn du es nicht weißt.«

»Ich muss wissen, womit ich es zu tun habe.«

»Mit deinem Tod, Sascha! Du hast nichts dazugelernt seit damals.«

»Überlass das mir.«

»Also gut, wenn du dich verbrennen willst, bitte. Sie errichten im Geheimen ein politisches Netzwerk. Der Kreml weiß noch nichts davon, aber im KGB gehen manche davon aus, dass wir die DDR verlieren. Deshalb rekrutieren sie mit ›Strahl‹ Agenten und DDR-Politiker aus der zweiten und dritten Reihe, die in einem wiedervereinigten Deutschland weiter für uns arbeiten können. Du verstehst? Sie tragen nicht den Makel, dass sie vor dem Zusammenbruch schon in der Führung waren. Das heißt, sie werden nach dem Zusammenbruch nicht abgeschossen. So können wir sie lukrativ platzieren.«

Deshalb besuchte Putin das Gelände der Staatssicherheit. Er rekrutierte ein geheimes Netz von Agenten für die Zeit nach dem Zusammenbruch. Er warb Stasi-Offiziere ab. »Aber wie soll das passieren? Wir haben vierundzwanzig Divisionen hier.«

»Wo warst du die letzten Jahre? Im Andropow-Institut zum

Studium, und sonst nirgendwo? Eine Weltmacht zu sein bedeutet, viel Geld auszugeben. Und wir schaffen es nicht, mit Amerika mitzuhalten. Das Wettrüsten lässt die Sowjetunion ausbluten. Dafür funktioniert die Planwirtschaft nicht gut genug. Zu viel Geld versickert in der Korruption, und es fehlt das Streben nach Leistung, weil man nichts davon hat, etwas zu leisten. Gorbatschow wird über kurz oder lang die Breschnew-Doktrin aufgeben müssen.«

Das hieß, dass Länder wie die DDR oder Bulgarien oder Ungarn nicht länger mit Militärgewalt an die Sowjetunion gebunden wären. »Wenn das ans Licht kommt ...«

»Es ist zu früh. Wir hintergehen gerade die ostdeutsche Staatssicherheit und den gesamten Regierungsapparat. Das darf nicht nach außen dringen. Wenn du Staub aufwirbelst, bringen sie dich zum Schweigen. Und du Idiot hast mit dem Stock im Dreck gewühlt.«

»Wenn du kannst, finde etwas über Oberstleutnant Wladimir Wladimirowitsch Putin heraus. Ich will wissen, wie tief er drinsteckt.«

»Vergiss es. Ich tu nichts mehr für dich. Ich halte mich raus. Denkst du, ich habe Lust, mit dir unterzugehen? Wenn du schlau bist, verpasst du deinem Kontakt bei der Staatssicherheit einen Maulkorb und hältst auch selber den Mund.«

»Damit ist es nicht getan.«

»Vielleicht nicht. Vielleicht aber doch. Würde mich freuen, wenn du in vier Wochen noch lebst.« Er legte auf.

Michael wartete am Abend vor der Klinik auf Annie. Er hatte blaue Flecken im Gesicht und an den Händen. »Wir kriegen eine Ordnungsstrafe«, sagte er, »zweihundertfünfzig Mark jeder. Das war's.«

»Sie haben euch geschlagen!«

Er winkte ab. Offenbar wollte er nicht darüber reden.

»Und wofür die Ordnungsstrafe? Ich meine, wie begründen sie das?«

»Beeinträchtigung der öffentlichen Ordnung und Sicherheit. Was viel wichtiger ist: In der Erlöserkirche fasten junge Leute zweiundsiebzig Stunden zum Gedenken an die Toten in China. Dazu wird ununterbrochen eine Trommel geschlagen. Das Klagetrommeln soll es in vielen Kirchen im ganzen Land geben. Es passiert was! Verstehst du? Der Dornröschenschlaf ist vorbei.«

Sie schüttelte den Kopf. »Das ist bloß in der Kirche. Das kriegen zu wenige mit.«

Sie schämte sich fast für die Freude, die ihr seine Gegenwart bereitete. Sie waren nur mehr Bekannte, nichts weiter. Und doch fühlte sie so viel. Sie hatte kein Recht auf diesen beschleunigten Puls, auf das Gefühl der Schwerelosigkeit, das Michael in ihr hervorrief, indem er einfach nur da war. »Ich könnte dich verarzten«, sagte sie.

»Wir wissen beide, wo das hinführen würde.«

Hatte er das gerade wirklich gesagt? »Und wäre das so schlimm?«, fragte sie leise.

Als er schwieg, nahm sie seinen Arm und legte für einen Augenblick ihren Kopf an seine Schulter. Sie gingen einige Schritte.

Sie hob seine Hand vor ihr Gesicht und besah die Schrammen und Prellungen. »Honecker hat Ceaușescu den Karl-Marx-Orden verliehen, mit den schlimmsten Verbrechern hält er Hof, mit der albanischen Kommunistischen Partei, mit der Securitate. Wir können nicht darauf warten, dass er klug wird. Ich meine, wer so mit seiner Bevölkerung umgeht!«

»Klingt, als hättest du einen Plan.«

»Hab ich.« Sie blickte über ihre Schulter. Die nächsten Passanten waren weit genug weg. »Du bist Dokumentarfilmer, richtig? Das wird die Doku deines Lebens.«

Er sah verwundert zu ihr hinüber.

»Eine Doku …« Sie machte eine Kunstpause. »… über den Widerstand in der DDR.«

»Die wird doch eh nicht ausgestrahlt.«

»Hier nicht. Aber im Westfernsehen.«

Seine Augen wurden groß.

»Ab acht Uhr am Abend sind wir alle von hier ausgereist, jeder guckt Westfernsehen. So erreichst du die Leute. Und wenn sie sehen, was passiert, werden sie mutig, und die Sache nimmt Fahrt auf.«

Er rieb sich das Kinn. »Das könnte funktionieren. Du bist ein Schlitzohr, Annie.« Er schwieg einen Moment. »Es gibt nur einen Haken: Ich habe keine Kamera. Die werden uns nach dem Dreh nicht mit nach Hause gegeben. Mit den Fernsehkameras ist es wie mit den Kopiergeräten. Was dem Regime schaden könnte, darauf haben sie die Hand gelegt. Man kommt nicht daran.«

Sie dachte nach. Auch dafür gab es eine Lösung.

»Wir brauchen also was anderes«, sagte Michael. »Einer aus dem Friedenskreis hatte die Idee rauszufinden, was das Wort ›Demokratie‹ in chinesischen Schriftzeichen bedeutet. Das könnten wir als Protest in die Heckscheiben unserer Autos kleben.«

»Ich beschaffe dir eine Kamera.«

»Wie denn?«

»Lass das meine Sorge sein. Aber die Kamera allein reicht noch nicht. Wir müssen die Leute auf die Straße bekommen.

Wir brauchen Demonstrationen, am besten regelmäßig. Wir heizen denen richtig ein.«

»Immer am Siebten des Monats?«

»Weil da die Wahl war. Genial! Wir erinnern jeden Monat an die gefälschte Wahl.«

»Der Siebte ist schon morgen.«

»Dann sollten wir gleich dafür sorgen, dass sich das im Friedenskreis rumspricht.«

11

Der Kerl gegenüber machte ihn unruhig. Der Mann hatte ungekämmtes rotblondes Haar und eine großporige Gesichtshaut. So breitbeinig saß er da, dass der Frau neben ihm nur wenig Platz auf der Bank blieb. Sie sah längst angewidert aus dem Fenster.

Sascha stand auf und verließ das Abteil. Aus dem Augenwinkel sah er, dass der Mann ebenfalls aufstand. Er besaß die Statur eines Boxers.

Die Makarow hatte Sascha in der Aktentasche, und die lag auf der Hutablage im Abteil. Der Gang des Waggons bot wenig Möglichkeiten. Wenn der Kerl ihn angriff, was würde er tun? Körperlich war ihm der Boxer überlegen. Aber vorn bei den Türen gab es eine Notbremse. Wenn er die plötzlich und unvermittelt zog, würde es den gewichtigen Kerl durch den Flur schleudern wie eine Kanonenkugel, während er selbst sich am Griff der Notbremse festhalten konnte. Dann würde er die Tür aufstoßen und nach draußen fliehen.

Aber noch war nichts sicher. Vielleicht täuschte er sich. Sascha betrat die Zugtoilette. Er wusch sich die Hände, trocknete sie sorgfältig ab. Als er die Tür wieder öffnete, stand der Boxer draußen. Stumm sahen sie sich in die Augen.

Als Sascha sich im Gang dem Abteil zuwandte, ging der Boxer nicht in die Toilette, wie es zu erwarten gewesen wäre, sondern folgte ihm zurück ins Abteil. Sie setzten sich beide.

Sascha schluckte. Der Mann gab sich nicht einmal Mühe, wie ein gewöhnlicher Reisender zu wirken.

Sie wussten also Bescheid.

Dabei war er doch krankgemeldet. Allein, dass er seine Waffe nicht zurückgebracht hatte, konnte sie stutzig gemacht haben. Aber genügte das? Nein, entweder hatte Müller geplaudert, oder sie hatten das Telefongespräch mit Oleg abgehört. Verflucht!

Sie würden ihn nicht sofort töten. Sie würden noch wissen wollen, mit wem er über die Sache geredet hatte. Oder wussten sie genug? Warum versuchte dann der Boxer nicht, ihn auszuschalten?

Vielleicht war er kein Spezialist für nasse Arbeit. Sie mussten erst jemanden aktivieren. So lange sollte ihn der Boxer im Auge behalten.

Beruhige dich, sagte er sich. Die Sache ist nicht ausweglos. Du musst diesem Kerl entkommen und abtauchen. Von Leipzig fährst du weiter nach Berlin. Berlin ist groß. Ein Keller irgendwo oder ein Fahrradschuppen, das genügt, und du verschwindest ein paar Tage vom Radarschirm und gewinnst Zeit zum Nachdenken.

Irritierend, dass der KGB so schnell gewesen war. Und er gehörte jetzt nicht mehr dazu, er war an einem einzigen Tag von den Jägern zu den Gejagten gewechselt.

So fühlte es sich also an, außerhalb des KGB zu stehen. So fühlte es sich an, ein Feind des KGB zu sein. Es war kein gutes Gefühl.

In seiner Jugend hatte es Zeiten gegeben, wo er nicht sicher gewesen war, ob er wie sein Vater im KGB arbeiten wollen würde. Alle wussten, dass sich NKWD und KGB in der Vergangenheit schändlich verhalten hatten und viele Tote auf ihr

Konto gingen. Aber er hatte sich eingeredet, dass die Vergangenheit bewältigt war und der Dienst im KGB inzwischen genauso ehrenvoll war wie der Dienst in der Armee.

Dass er eine Entscheidung traf, ohne die Möglichkeit, sie später wieder zu revidieren, hatte er abgetan. Eine Hochzeit war ja auch nichts anderes, hatte er gedacht, man versprach, beieinander zu bleiben, bis dass der Tod einen scheide.

Nur hatte bei einer Ehe nicht die Partnerin in der Hand, wann man starb.

Aus Sicht des KGB gab es keinen Weg zurück in ein ziviles Leben. Nicht, wenn man Dinge wusste, wie er sie in Erfahrung gebracht hatte.

Er war schlecht vorbereitet. Er hatte eine Makarow, acht Patronen im Magazin, hundert Dollar und vierundsiebzig ostdeutsche Mark. Das war alles.

Er musste diesen Mann loswerden. Schnell.

Wahrscheinlich war die Zugreise ein Fehler gewesen. Die tschechoslowakische Grenze war nicht weit. Von der ČSSR aus hätte er versuchen können, nach Österreich zu gelangen. Das Problem war nur, dass sie wussten, dass er das tun würde. Er musste unerwartet handeln, und möglichst so, dass mit jedem Schritt die Zahl der Möglichkeiten stieg.

Er wandte sich an die Frau im Abteil: »Sagen Sie, ist das der D-Zug, der durchfährt bis Leipzig?«

»Na ja, in Riesa halten sie alle.«

»Und der hier? Hält er noch irgendwo?«

»Der Drei-Uhr-Zug hält auch in Oschatz und Wurzen.«

Es war wichtig, dass der Boxer es hörte.

Als sie in Riesa hielten, erhob er sich. Der Boxer blickte auf. Aber statt sich zur Tür zu wenden, trat Sascha an das Fenster heran und zog kräftig am Schiebegriff. Er öffnete es und lehnte sich hinaus. Er atmete tief ein und aus, dann fragte er: »Stört Sie das offene Fenster?«

Obwohl die Frau verneinte – der Boxer schwieg einfach –, schloss er es wieder und ging, ohne seine Aktentasche mitzunehmen, aus dem Abteil, er stieg sogar aus dem Zug aus. Gleich folgte ihm der Boxer.

Sascha stand auf dem Bahnsteig und sah am Zug entlang.

Der Boxer zündete sich eine Zigarette an und rauchte, indem er sie zwischen Daumen und Zeigefinger hielt und ihn immer wieder finster anstarrte.

Sascha sah zur Abfahrtsanzeige und zur Uhr. Als die Schaffnerin in ihre Pfeife stieß, ließ der Boxer die Zigarette fallen und drückte sie mit der Schuhspitze aus.

Bevor sie einstiegen, schätzte Sascha die Distanz zur Schaffnerin. Sie stand am anderen Ende des Nachbarwaggons. »Einsteigen!«, rief sie ärgerlich.

Er registrierte, wie hinter ihnen, nachdem sie eingestiegen waren, die Tür zuschlug. Es war ein neuer Zug, man musste die Türen nicht von Hand schließen. Er trat zurück zur Tür und versuchte, sie aufzuschieben, während der Zug anfuhr. Es kostete viel Kraft, ausdauernd hielt der Luftdruck dagegen. Er übertrieb etwas, mit vollem Körpereinsatz hätte er die Tür aufzwingen können, aber der Boxer sollte sehen, dass es schwer ging, das würde später psychologisch zu seinen Gunsten sein. Sie ließen den Bahnhof hinter sich, und er gab auf an der Tür. Sie gingen zurück ins Abteil, der Boxer grinste. Er hielt ihn für einen Schlappschwanz.

Sechs Minuten später kam die Schaffnerin zur Kontrolle der Fahrausweise. Sascha holte seine Aktentasche von der Gepäckablage, um ihr den Fahrschein zu entnehmen, und stellte sie anschließend auf dem Boden ab.

Die Schaffnerin schloss die Abteiltür und ging weiter. Er hörte, wie sich ihre Stimme entfernte, Abteil für Abteil kontrollierte sie. Jetzt musste sie im nächsten Waggon sein.

Sie hielten in Oschatz. Er wartete. Leute drängten mit Koffern durch den Flur und stiegen aus. Als der Pfiff ertönte, sprang er, die Aktentasche in der Hand, zur Abteiltür, stieß sie auf und rannte zur Waggontür. Er sprang in letzter Sekunde auf den Bahnsteig. Hinter ihm knallte die Tür zu. Er rannte weiter, am Zug entlang, er wusste, der Boxer würde die Tür bearbeiten, sie schloss fest, aber es würde ihm bald gelingen, die widerstrebende starke Druckluft zu besiegen und die Tür aufzudrücken. Sehen konnte er ihn nicht, der Boxer musste glauben, er sei ins Bahnhofsgebäude gerannt.

Bei der Schaffnerin, die ihre Tür entsperrt hatte, sprang er in den Waggon. Kopfschüttelnd signalisierte sie dem Lokführer Abfahrbereitschaft und blickte noch im Anfahren aus der Tür, dann ließ sie die Tür zufallen.

Er hütete sich, aus dem Fenster zu spähen, das konnte ihn verraten. Aber er hoffte, der Boxer war gerade aus dem Waggon geschlüpft und stand auf dem Bahnsteig und wunderte sich, wie er so rasch hatte verschwinden können, oder er stürmte in das Bahnhofsgebäude, um ihn zu suchen. Wenn er ihn nicht fand, würde er die Vermutung anstellen, dass er wieder eingestiegen war, er würde telefonieren. Man würde ihn am nächsten Bahnhof erwarten.

Sie würden die Stasi mobilisieren, an jedem Bahnhof. Der Zug hielt in Wurzen und Leipzig und fuhr dann weiter nach Halle und Magdeburg, sie konnten nicht wissen, wo er ausstieg.

Er ging durch den Zug, arbeitete sich von einem Waggon zum anderen, auf der Suche nach einem leeren Abteil. Es gab keines. Im letzten Waggon fand er ein Abteil mit drei Männern, die Bierflaschen in den Händen hielten. Er sagte: »Ich halte es mit der Alten nicht mehr aus.«

»Gehste Zigaretten holen«, sagte der eine, und sie lachten derb.

Er verstand nicht, was sie meinten. Aber er lachte mit, und sagte: »Versprecht mir, dass ihr nichts sagt, auch nicht, wenn sie die Polizei schickt.«

»Wir sag'n nüscht, Gumbel.«

Als der Zug an einem Signal hielt, öffnete er das Abteilfenster und bat um eine Räuberleiter.

Sie sahen ihn ungläubig an.

Er wiederholte seine Bitte.

Jetzt sprangen alle drei auf und halfen ihm. Sie bezeichneten ihn als Helden.

Ria kleidete das Paket mit altem Geschenkpapier aus. Hinein legte sie vier Tafeln Milkaschokolade, zwei Päckchen Kaffee, eine Dose Kakao, eine Bluse, von der sie leider nicht wusste, ob die Farbe Annie gefiel, vier Kugelschreiber und ein Päckchen Kaugummis.

Der Kaffee war nur von Aldi. In ihrem Freundeskreis hätte sie ihn nicht anbieten dürfen. Aber im Osten war es immer noch unglaublich guter Kaffee.

Es blieb etwas Platz im Paket. Sie holte aus dem Küchenschrank ein Päckchen Sultaninen und eine Tüte Schokoeier und füllte die Lücken damit. Einem plötzlichen Einfall folgend, trat sie zum Schuhschränkchen im Flur, zog die breite Schublade auf und angelte die unbenutzte Dose Schuhcreme heraus, die sie vorgestern gekauft hatte. Sie kehrte in die Küche zurück und legte die Schuhcreme ins Paket. Dann ergänzte sie am

Küchentisch die obligatorische Liste, schrieb zur Sicherheit noch einmal »Geschenksendung« darüber, packte sie obenauf und schloss und verschnürte das Paket.

Jens trat in die Küche. »Schon wieder, Ria? Du versuchst, dir ihre Vergebung zu erkaufen.«

»Unsinn.« Für gewöhnlich murrte er nicht, wenn sie Annie Pakete schickte. Ria sagte: »Sie hat seit einem halben Jahr nicht mehr angerufen. Ich will nur, dass sie weiß, dass ich an sie denke.«

»Sie könnte mal deine Briefe beantworten.«

Es war eben kompliziert zwischen ihnen. Das verstand er nicht.

Er trank ein Glas Selters. »Komm mal mit«, sagte er.

Sie schrieb noch »Geschenksendung, keine Handelsware« auf das Paket, dann folgte sie ihm ins Wohnzimmer.

Er zog sich einen Stuhl vor die Hi-Fi-Anlage. Er schaltete sie aus, zählte halblaut zehn Sekunden, dann schaltete er sie wieder an. »Ich habe auf den Zufallsmodus gestellt. Trotzdem kann ich es dir vorhersagen. Wenn ich Play drücke, wird das zehnte Lied abgespielt.« Er drückte die Play-Taste. Der CD-Spieler rauschte leise, während sich in der Anzeige kleine Striche um ein leeres Viereck drehten. Dann zeigte das Display eine 10, und »Colors for Susan« von Henry Kaiser begann zu spielen.

»Woher wusstest du das?«

»Diese Zufallswiedergabe ist Murks.« Es ärgerte ihn sichtlich. »Immer wenn man das Gerät frisch eingeschaltet hat und den Random-Modus aktiviert, spielt er den zehnten Titel als Erstes ab. Und es gibt Lieder, die laufen andauernd, während andere nie gespielt werden.«

Als sie sich kennenlernten, hatte er Schallplatten geliebt. Die Musik und die Schallplatten waren ein Teil von ihm gewesen, immer. Noch vor ein paar Jahren hatte er sich vehement dagegen gesträubt, die silbernen, bierdeckelgroßen Scheiben zu kaufen. Seit er nachgegeben hatte und CDs hörte, war er, so schien es ihr, gereizter. Ihm fehlte der Ruhepol des abendlichen Schallplattenhörens.

Was hatte ihn umgestimmt? War es wirklich der unmittelbare Zugriff auf die einzelnen Stücke und Lieder gewesen, den die CD bot? Er schien sich fortwährend über den CD-Spieler zu ärgern – kam aber auch nicht von ihm los.

»Komm, lass es«, sagte sie. »Heute Abend sind wir mit deinem Redakteur in der Paris Bar, da solltest du nicht völlig verschwitzt und auf hundertachtzig sein.«

Sie verkehrten unter wohlhabenden Menschen. In ihrem Freundeskreis waren ein Augenarzt, zwei Juristen, eine Galeristin, ein Juwelier mit mehreren Geschäften für Uhren und Schmuck. Man ließ sie nicht spüren, dass sie deutlich ärmer waren, man liebte sie für andere Qualitäten, aber es war dennoch ein stetiges Ausstrecken nach oben, das ihnen nicht leicht fiel. Jens zählte inzwischen als »Edelfeder« und war gut bezahlt, und ihre Arbeit als Sekretärin bei einem Patentanwalt wurde ebenfalls ordentlich honoriert – aber wie armselig nahm sich das, was sie jeden Monat einnahmen, gegenüber den Gehältern und Einkünften der anderen aus! Für den Tennisclub, das Essengehen mit den Freunden, Konzerte und eine Urlaubsreise im Jahr reichte es gerade so. Ihre Reise war natürlich immer kleiner als die der anderen. Oft kam sie sich in ihrer Kleidung schäbig vor neben den teuer und modisch angezogenen Freundinnen. Jens tat so, als wäre er erhaben über solche Fragen. Aber er wusste sicher, welche Hi-Fi-Anlage besser gewesen wäre. Zweifelsohne ärgerte es ihn, aus Geldgründen eine gekauft zu haben, die nicht richtig funktionierte.

Ende Juni reiste Hans Modrow, der Chef der Dresdner SED, nach Peking. Er sollte erkunden, wie man in China mit Aufständischen umging. Ein chinesischer KP-Funktionär, Wu Xueqian, empfing ihn und seine Delegation. »Er informierte über den jüngsten antisozialistischen Aufruhr in der Volksrepublik China«, hieß es im Neuen Deutschland, »und die Anstrengungen der Partei- und Staatsführung zur schnellen Normalisierung der Lage. Im Namen der Partei- und Staatsführung dankte er für die solidarische Haltung der SED und des ganzen Volkes der DDR«.

Zwei Wochen später reiste Günter Schabowski vom Politbüro hin. Die DDR war lernbegierig.

Am 7. Juli trafen sich Michael und Annie und einhundert Mutige auf dem Alexanderplatz zu einem einstündigen Schweigesitzen unter der Weltzeituhr. Ein Großaufgebot an Sicherheitskräften empfing sie. Wer sich weigerte, den Platz zu verlassen, wurde festgenommen. Einer aus dem Friedenskreis trug ein Transparent mit der Aufschrift: »Zu dumm zum Addieren, aber ein ganzes Land regieren«. Er wurde sofort abgeführt.

Gleichzeitig erfasste eine wütende Erregung Teile der Bevölkerung, eine »Jetzt-oder-nie-Stimmung«. Man hörte von einigen, denen es gelungen war, über Ungarn nach Österreich zu fliehen und damit den Eisernen Vorhang zu durchbrechen. Ungarn hatte Löcher in den Stacheldrahtzaun an der Grenze geschnitten, es riss die scharfen Sicherungsanlagen ab.

Die westdeutsche Presse berichtete über eine zunehmende Zahl von Fluchtversuchen. Viele Flüchtlinge wurden von den ungarischen Grenzposten festgenommen, aber manche kamen durch und meldeten sich Tage später aus dem Westen.

Am 7. August hielt der Friedenskreis eine Andacht in der

Hoffnungskirche. Annie sah viele Neue, aus dem Friedenskreis fehlten dagegen manche, es hieß, sie warteten auf Zeltplätzen in Ungarn auf eine Gelegenheit. Sie lauerten auf Hinweise zu Schleichwegen, auf einen Ausweg.

Am 19. August flohen mehrere Hundert DDR-Bürger, als man ein »Paneuropäisches Picknick« an der ungarisch-österreichischen Grenze abhielt. Daraufhin wurden Reisen nach Ungarn seitens der DDR-Regierung verboten. Zwei Tage später wurde an der österreichisch-ungarischen Grenze ein DDR-Bürger erschossen.

Michael sagte, man dürfe jetzt nicht nachlassen. Sie verabredeten sich mit anderen aus dem Friedenskreis für den 7. September auf dem Alexanderplatz, wieder unter der Weltzeituhr. Diesmal sollte es ein Pfeifkonzert mit Trillerpfeifen werden unter dem Motto: »Wir pfeifen auf den Wahlbetrug.«

Als nicht hundert, sondern zweihundert Leute kamen, war Annie begeistert. Aber ihr Pfeifkonzert wurde von Stasi-Offizieren und Polizisten unterbunden. Einem Teilnehmer wurde der Arm gebrochen, auch Annie kassierte Prügel und wurde abgeführt.

Als man Michael und sie wieder gehen ließ, war es später Abend. Michael erkundigte sich fürsorglich immer wieder nach ihrem Zustand und den Schmerzen und begleitete sie zur Haltestelle.

Aber auch wenn es aufmunternd gemeint war, schlossen sich die Türen der Tram und Annie fuhr nach Hause, und er würde zu Franziska gehen und sich von ihr umsorgen lassen und ihr alles erzählen von der brutalen Fratze, die der Staat ihnen gegenüber offenbart hatte.

Sie dagegen fuhr in einen Stadtbezirk mit zweiundsechzigtausend Neubauwohnungen und über hundertsiebzigtausend

Menschen, die sie nicht kannte. Sie hatte niemanden, dem sie das Erlebte anvertrauen konnte, mit dem sie den Zorn und die Verzweiflung teilen konnte. Was Ria wohl gerade tat? Vielleicht schlief sie schon, oder sie sah noch etwas fern oder hörte mit Jens Musik und ahnte nichts davon, in welcher Verfassung ihre Tochter war, wie sollte sie auch, wo man doch Beton zwischen sie gebaut hatte und Stacheldrähte gezogen und Minen vergraben und Selbstschussanlagen errichtet hatte.

Die Tatra fuhr Richtung Osten, der elektrische Motor heulte leise, und oben am Stromabnehmer knallte es ab und an. Damals, als sie beschlossen hatte, nicht in den unsanierten Altbau zu ziehen mit feuchten Wänden, Toilette im Treppenhaus und hohen, schwer beheizbaren Zimmern, sondern in eine kleinere Wohnung im Plattenbau, war sie überzeugt gewesen, das Richtige zu tun.

Ihre »Komfortwohnung« verfügte über fließend warmes Wasser und Fernheizung, sie musste keine Kohlen schleppen oder Asche rausbringen, und das Bad war auf modernem Stand.

Jetzt aber, wo sie zwischen den Hochhäusern von Marzahn durch die Dunkelheit fuhr, wurde ihr klar, wie trist und abstoßend das Stadtviertel war. Da war die HO mit dem Leuchtschriftzug »Kaufhalle« und dem wellenförmigen Betondach. Da war der Dienstleistungswürfel mit Textilreinigung, Friseur und FDJ-Jugendclub. Und sonst nur Parkplätze und graue Elfgeschosser und Sechsgeschosser, bewohnt vor allem von Familien mit Kindern, jedes vierte Berliner Kind lebte in Marzahn, hatte sie einmal gehört, die Familien schätzten es, alles zu Fuß erreichen zu können, Krippe, Kindergarten, Schule, Kaufhalle, Poliklinik. Selbst sie bemerkten allerdings, wie erschreckend langweilig das Wohngebiet war, und flohen, wenn sie konnten, am Wochenende auf die Datsche oder einfach nur raus aus der

Stadt. Die übrig gebliebenen Kinder sah Annie sonntags ziellos durch die Betonwüste streunen.

Michael lebte ein vollkommen anderes Leben. Er kannte Theaterschauspieler. Wo er wohnte, gab es Hinterhofkonzerte und im Winter Lesungen im Wohnzimmer und freundliche Nachbarn, oder er saß im Café.

Sie stieg aus. Zwischen den Hochhäusern war es zugig, es fehlten die Bäume als Windschutz. Sie schloss die Haustür auf. Der Fahrstuhl zeigte wieder einmal das Störzeichen. Sie nahm die Treppe.

Vom hässlichen Treppenhaus in die eigene Wohnung zu wechseln, war immer wie ein Eintauchen in eine andere Welt. Sie schloss die Tür hinter sich. Zog die Schuhe aus. Jetzt erst war sie den Häschern der Stasi wirklich entkommen. Die Wohnung bot ihr Sicherheit, zumindest konnte sie sich das einreden.

Jack tschilpte in der Küche. Sie machte Licht. Trat an den Käfig heran, öffnete ihn und streckte die Hand hinein. Jack hüpfte auf ihren Finger. Seine Füße umschlossen ihn kühl. Er duckte sich, um ihre Bewegung auszubalancieren. Sie hob ihn aus dem Käfig und hielt ihm den gekrümmten Finger der anderen Hand hin, und er biss zärtlich mit dem Schnabel hinein, ohne ihr wehzutun. Dann redete er los, auf diese leise Art, die sie jedes Mal glauben ließ, wenn sie nur genau genug zuhörte, würde sie menschliche Sprache erkennen. Ein Raunen war es, ein liebevolles tiefes Zwitschern. Sie strich ihm über den Rücken. Kraulte ihn am Kopf.

»Konntest nicht schlafen, hm?«, sagte sie. »Ich hab dir die Decke nicht über den Bauer gehängt. Entschuldige, dass ich so lange weg war.«

Jack flog hinauf auf den Hängeschrank. Dann kam er wieder

zu ihr geflogen und setzte sich auf ihre Schulter. Eine seiner Krallen verhakte sich im Oberteil. Sie half ihm, sie zu lösen. Er lief auf ihrer Schulter bis zum Kopf und begann, ihr Ohr zu liebkosen.

Es kitzelte. Sie zog den Kopf ein. Augenblicklich explodierte Schmerz in ihrem Schädel. »Vorsichtig, Jack«, ächzte sie. »Ich bin nicht ganz auf der Höhe.«

Sie setzte Jack wieder in den Käfig. Deckte ihn zu. In letzter Zeit tröstete sie seine Gesellschaft nicht. Sie brauchte einen Menschen. »Gute Nacht, Jack«, sagte sie. Sie wusste es und war doch in ihrem Alleinsein gefangen.

Und wenn sie die Mutter anrief trotz der späten Stunde? Nur, was sollte sie ihr sagen? Die Leitungen in den Westen wurden abgehört, ein echtes Gespräch über das, was sie bewegte, war nicht möglich. Nach ausgetauschten Oberflächlichkeiten ging es ihr oft schlechter als vor dem Telefonat. Wie sollte Ria sie trösten oder beraten, wenn sie ihr nicht die Wunde darbot und ihr nicht sagte, wie sie gerissen worden war?

Annie trat ans Fenster und sah auf die gegenüberliegenden Hochhäuser. In vielen Fenstern brannte Licht. Kümmerte es die Menschen, die dort wohnten, nicht, dass sie in ihrem Land eingesperrt waren?

Sie mussten den Stier bei den Hörnern packen. Die Regierung musste gezwungen werden, den Kurs des Landes zu ändern.

Sie nahm sich den Notizblock, grübelte, schrieb und strich wieder durch und schrieb erneut. Nach einigen Minuten stand sie auf, suchte ihr kleines Adressbuch und ging damit nach unten, überquerte den Parkplatz und betrat die Telefonzelle.

Sie hob den Hörer ab, wählte die Sondernummer für ein R-Gespräch und Rias Nummer.

Nach einiger Wartezeit meldete sich eine Frauenstimme.

»Ria?«

»Annie, bist du das?«

»Danke, dass du das R-Gespräch angenommen hast.«

»Aber das ist doch keine Frage! Ich habe lange nichts von dir gehört. Geht es dir gut?«

»Na ja, so mittelprächtig. Ich würde dich gern wiedersehen und mit dir Scrabble spielen, wie damals, weißt du noch, wie wir gelacht haben?«

Sie hatten nie Scrabble gespielt.

Die Mutter reagierte ganz selbstverständlich. »Das möchte ich auch. Wenn du nicht wieder erfundene Wörter legst. Ach, du warst noch so jung.« Nur wer sie gut kannte, konnte eine kleine Wachsamkeit in der Stimme heraushören.

»Ich will's nicht so teuer machen. Ich wollte dich was fragen. Erstens hast du mal gesagt, wenn ich was brauche, darf ich mich melden. Und zweitens … Eigentlich doof, so zu reden, erstens, zweitens, drittens.« Sie machte eine kurze Pause. »Könnte auch meine Eileen Rinderwurst abbekommen?« Wieder machte sie eine Pause. »Das muss dir komisch erscheinen, aber wir haben hier echt keine Wurst im Laden zur Zeit. Und ich hab mit ihr geteilt, und sie fand sie so lecker. Könntest du Rindswurst schicken für Eileen?«

»Aber natürlich«, sagte Ria. »Ich schicke gerne noch mal welche.«

Hatte das funktioniert? Würde sie sich den Satz merken? Das Gespräch musste sie sehr irritieren. Von einer Eileen hatte Annie bisher nie erzählt, und nach so langer Funkstille um etwas Banales wie Wurst zu bitten – die sie im Übrigen nie geschickt hatte –, war mehr als unerwartet. Blieb zu hoffen, dass sie das Erstens-Zweitens-Drittens verstand. Und dass, falls sich die Abhörbänder drehten, ein gelangweilter Stasi-Mitarbeiter das Scrabble und die Wurst glaubte.

Ria war ehemalige Geheimdienstagentin. Sie musste solche Rätsel lösen können. Jetzt musste sie ihr noch einen Hinweis geben, um welche Art von Kamera es ging.

»Du, ich habe einen Film gesehen«, sagte sie, »den musst du gucken, ›Der Bruch‹, mit Götz George. Da wollen drei Männer die Lohngelder aus dem Reichsbahntresor stehlen. Um den Tresor zu knacken, holen sie sich einen Fachmann, der heißt Bruno, das ist ein Profi, der sich bereits zur Ruhe gesetzt hatte. Und den Maurerlehrling Bubi heuern sie an, um eine Mauer aufzustemmen, die zum Tresorraum führt. Das ist eine ganz verrückte Geschichte. Ein großer Coup.«

»Den gucke ich mir auf jeden Fall an.« Ria klang jetzt unkonzentriert, wie jemand, der sich Notizen machte.

»Und denkst du an das Päckchen? Ich wünsch mir ja nicht oft was, aber dieses eine, diese Rinderwurst, das würde mich echt freuen.«

»Annie, ich hab dich lieb. Ich erfülle dir gerne einen Wunsch.«

12

Der Himmel war wie mit grauen Tüchern verhangen. Vogelschwärme ballten sich zu geometrischen Formen und zogen wieder auseinander. Die Luft roch nach Herbst. Es erschien Ria als Verrat. Der Sommer gab zu früh auf.

Es erinnerte sie daran, wie Annie sie angesehen hatte damals, vor sechzehn Jahren, als sie ihr gesagt hatte, dass sie sich gerade zum letzten Mal sähen. Das Entsetzen in Annies Gesicht. Zwei Tage nach der Flucht war der Wetterumbruch gekommen, wie heute, die Kälte, der Herbst, und sie war erschüttert gewesen, dass sie ihr Kind zurückgelassen hatte – viel zu wenig erschüttert, wenn sie heute daran zurückdachte, und viel zu sehr bemüht, Jens' Vergebung zu gewinnen, in sein Leben zu treten, was ihr gelungen war, während sie Annie verloren hatte.

Sie fröstelte. Trotzdem ging sie weiter die Koloniestraße entlang, tiefer in den Wedding hinein. Sie sog den Geruch des feuchten Mauerwerks ein.

An den Lampen in den Zimmern hingen Fliegen-Klebestreifen, die Gardinen waren vergilbt. Es sah nicht gut aus für diese Gegend. Die AEG hatte dichtgemacht, Osram hatte einen Großteil seiner Lampenproduktion nach Siemensstadt verlegt, Rotaprint war gerade pleitegegangen.

Anderen machte dieses Viertel Angst. Die Proleten, die Punks, die verfallenden Hinterhöfe. Aber Ria fürchtete das

Viertel nicht. Sie fürchtete, den Geruch zu vergessen. Den Mangel.

Sie dachte über das gestrige Telefonat nach. Annie hatte versucht, belanglos zu klingen. Aber da war eine unterschwellige Erregung in ihrer Stimme gewesen. Eine kaum merkliche Verbissenheit.

Sie hatte ihren Wunsch verschlüsselt geäußert, was bedeutete, dass sie überwacht wurde, natürlich.

Bin ich meinem Kind nicht alles schuldig? Nachdem ich es mehrfach verlassen habe?

Ich tu's, dachte sie und erschauderte vor Kälte.

Sie blieb stehen. Die Häuser, die erleuchteten Fenster, lauter Leben, die einen gewöhnlichen, ruhigen Weg gingen. Ihr Leben war keines davon, auch wenn sie es sich die letzten Jahre vorgegaukelt hatte. Und weil ihr Leben einer solchen Spur nicht folgen konnte, war es auch Annie verwehrt.

Ich schulde es ihr, dachte sie.

Sie machte kehrt. Auf dem Weg nach Hause fragte sie sich, was sie Jens schuldete. Auch ihn hatte sie in der Vergangenheit tief verletzt.

Was, wenn sie es ihm einfach nicht sagte? Seine Reise war eine ideale Gelegenheit. Aber er würde das fehlende Geld auf dem Konto bemerken. Viertausend Mark, das war fast alles, was sie angespart hatten. Der Audi war alt und hatte zuletzt teure Reparaturen gehabt, die Kupplung, die Bremsen. Wenn sie die viertausend Mark nahm, würden sie beim Sparen auf ein neues Auto weit zurückgeworfen werden.

Geld war zum Streitthema bei ihnen geworden. Sie stritten nicht häufig, aber wenn, dann war der Anlass, dass sie unterschiedliche Schwerpunkte bei den Ausgaben legten. Wenn sie jetzt einfach ohne zu fragen viertausend Mark abhob, würde das einen kaum wieder zu kittenden Riss in ihrer Beziehung verursachen. Sie würde es ihm also sagen müssen.

Sie liebte ihn. Aber er hatte nie ein Kind gehabt und es dann verlassen, er kannte den Schmerz nicht, der nicht vergehen wollte und sich mit jedem Atemzug erneuerte. Bei jedem Konzert, jedem schönen Lied im Radio, jedem Spaziergang wünschte sie sich, das Erlebnis mit ihrer Tochter teilen zu können. Manchmal am Morgen, wenn Jens noch schlief, weinte sie still, und log, wenn er nach dem Aufwachen ihre geröteten Augen bemerkte, sie habe nur Kopfweh. Sie fürchtete, es würde ihn verletzen – zu wissen, dass er ihr nicht genügte, nie genügen konnte.

Natürlich vermisste sie auch ihn, wenn er seine ausgedehnten Reisen machte. Seit er angefangen hatte, für *Geo* zu schreiben, war er mehrmals über Wochen weg gewesen. Er schrieb ihr dann Postkarten, kein »Wie-geht's-dir-mir-geht's-gut«, sondern witzige Beschreibungen seiner Reiseerlebnisse und süße Liebeserklärungen. Vor allem aber wusste sie, dass er heimkehren würde. Bei Annie war das anders. Sie wusste, dass sie nie echte Nähe zueinander erleben, nie wirklich Mutter und Tochter füreinander sein würden.

Im dunkel getäfelten Treppenhaus stieg sie in den uralten Aufzug in seinem Gitterkäfig. Manchmal, wenn sie an ihre DDR-Vergangenheit dachte, schämte sie sich der Ruhe und Sauberkeit im Treppenhaus, weil sie wusste, wie viele das nicht erlebten im Osten. Ihr Wohnungsschlüssel glitt angenehm ins Schloss, flach und quer schob man ihn ein, solche Schlösser gab es in der DDR überhaupt nicht, wo die Schlüssel statt Einkerbungen nur flache Bohrmulden hatten. Der Flur drinnen war geräumig, die Decke hoch und mit dezentem Stuck verziert. Was würde Annie sagen, wenn sie all das sehen könnte?

Jens kam ihr entgegengestürzt. »Wo warst du?« Er sah sie besorgt an. »Ich muss in einer halben Stunde los, ich dachte schon, ich kann mich überhaupt nicht mehr von dir verabschieden!«

Der große Reisekoffer stand bereits gepackt im Flur.

Jens. Der liebe starke Bär. Aber sie erkannte auch den Ärger in seinem Blick, das gab es, Fürsorge und Ärger in einem, Sehnsucht und Abstoßung. Sie hatte sich aus seiner Nähe geschlichen und ihn in Sorgen gestürzt.

Ohne die Schuhe auszuziehen, ging sie ins Wohnzimmer. Das schöne Treppenhaus und den Stuck und die Theaterbesuche konnte sie verschmerzen. Das tat kurz weh und war schnell vergessen. Was ihr wirklich Angst machte, war der Gedanke, Jens zu verlieren. Seine Güte. Die Art, wie er sie liebevoll ansah, bevor sie am Abend das Licht löschten. Seine Umarmung, wenn sie zusammen Musik hörten. Sein liebevolles Schweigen.

Sie legte die Hände auf ihre Hosenbeine. Ihre Finger bebten. Ihre Stimme aber war fest. »Mein Kind braucht mich.«

Er hatte sich in den Sessel setzen wollen, jetzt stand er wieder auf. Sie sah seinen Adamsapfel, er schluckte, der Bär von einem Mann, der die Welt mit seinen Texten und Reisereportagen begeisterte, fürchtete ihre Worte.

»Ich gehe in den Osten.«

Er wurde weiß im Gesicht. Öffnete die Lippen. Schloss sie wieder. »Die greifen dich an der Grenze heraus«, sagte er.

Ria schwieg.

»Ist es das, was du willst?«, sagte er. »Willst du zur Märtyrerin werden, um Annie etwas zu beweisen? Sie hat nichts davon. Sie wird es nicht mal erfahren.«

»Ich muss es versuchen.«

»Du bist jetzt achtundvierzig, Ria. Eine Haft steckst du nicht mehr einfach so weg. Ich weiß, dass du bei deiner Tochter Dinge wiedergutmachen möchtest. Aber das versuchst du doch längst. Deine Pakete –«

»Sie hat mich angerufen.« Sie stand auf und holte den Zettel. Darauf hatte sie notiert: *Könnte auch meine Eileen Rinderwurst abbekommen?* Die Anfangsbuchstaben hatte sie unterstrichen. »Wenn ich sie richtig verstehe, braucht Annie eine Filmkamera.«

»Und die kannst du ihr nicht einfach im Paket schicken?«

»Annie würde nie um etwas für sich bitten. Dafür ist sie zu stolz, und unser Verhältnis ist dafür zu kompliziert. Sie klang angespannt am Telefon. Diese Kamera ist kein Luxusgut für sie, kein Spielzeug und kein schöner Besitz. Sie hat damit etwas vor. Ich glaube, dass die Stasi nichts von der Kamera wissen darf. Also können wir ihr keinen Camcorder mit der Post schicken. Sonst weiß die Staatssicherheit Bescheid, wenn sie den Camcorder nicht sowieso gleich herausfischt.«

Er dachte nach. Sein Gesicht hatte wieder Farbe bekommen.

»Man überwacht Annie«, sagte sie. »Da bin ich mir sicher.«

»Könnte nicht genauso gut eine Fotokamera gemeint sein?«

»Sie hat mir von einem Film vorgeschwärmt. Darin geht es um das Aufstemmen einer Mauer. Und um einen Fachmann.«

Er schwieg kurz. »Du weißt, was im Osten los ist.«

»Ja. Und wenn sie vorhat, den Camcorder so einzusetzen, wie ich denke, ist das ein genialer Schachzug.«

»Aber du kannst nicht nach drüben. Auf dich warten die schon seit Jahren. Ria, das wäre Selbstmord. Ich kann das nicht zulassen. Ich muss jetzt zum Flieger. In zwei Wochen bin ich zurück. Kann ich darauf vertrauen, dass du noch da bist, wenn ich wiederkomme?«

»Ich werde mein Äußeres verändern. Und vielleicht komme ich über meine alten BND-Kontakte an einen gefälschten Pass mit anderem Namen.«

Jens schluckte. »Bitte nicht. Geh nicht zurück in diese Kreise.« Er sah sie mit einer Verletzlichkeit an, die ihr wehtat.

»Wenn es Annie hilft, tue ich alles.«

Es war still. Sie dachte daran, wie sie vor sechzehn Jahren zu ihm nach Westberlin gekommen war, wie sie Schuld auf sich geladen hatte gegenüber ihrem Kind, eine Schuld, die sie nie würde abtragen können. Damit hatte sie auch eine Hypothek auf ihre Beziehung gelegt.

»Die Grenzer sind Mitarbeiter der Staatssicherheit, Ria«, sagte er heiser. »Die sind nur verkleidet als Soldaten. Sie sind geschult. Sie wissen, worauf sie achten müssen.«

»Glaubst du, das weiß ich nicht?«

Er setzte sich zu ihr und nahm ihre Hand. »Gehören wir zusammen?«

»Das ändert nichts an meinem Entschluss.«

»Aber an meinem.«

Die Haustüren in Berlin waren tagsüber nicht verschlossen. Allerdings waren die Kellerverschläge mit Vorhängeschlössern gesichert, und die Hausgemeinschaft kannte sich und beargwöhnte Fremde im Treppenhaus, anders als in den großen Blöcken in Kaliningrad, wo jede Wohnung mehrere Familien beherbergte und es ständig Umzüge und neue Bewohner gab.

Er hatte die Idee, in Kellern zu übernachten, fallen gelassen. Stattdessen hatte er verschiedene Kleingartenkolonien erkundet und sich für eine große Kolonie in Pankow entschieden. Er suchte sich einen Garten, in dem das Unkraut wucherte. Der Besitzer schien selten zu kommen. Behutsam brach er in die

Laube ein. Er nahm sich vor, jeden Morgen, bevor die ersten Rentner in ihre Gärten kamen, die Laube zu verlassen und alle Spuren zu beseitigen.

Schon nach zwei Tagen wurde er kurz nach Sonnenaufgang vom Gärtner der Nachbarparzelle überrascht, als er sich gerade an der Regentonne das Gesicht wusch. Um sich zu tarnen, brummte er dem verblüfft dreinblickenden Nachbarn einen Morgengruß entgegen, nahm wie selbstverständlich die Hacke aus der Nebenkammer für Gartengeräte und begann, das Unkraut zu bearbeiten.

»Na, endlich tut sich mal was«, sagte der Nachbar. »Hat Karla dich engagiert?«

Er nickte.

Der Nachbar kam an den Zaun. »Ich bin Uwe.«

»Alexander«, sagte er und reichte Uwe die Hand. Um seinen Akzent zu erklären, behauptete er, er studiere Deutsch an der Humboldt-Universität. Es habe einen Aushang gegeben, jemand suchte Unterstützung bei der Gartenpflege.

Seitdem arbeitete er jeden Tag in diesem Garten. So hielt er seine Deckung aufrecht. Er blieb länger als die anderen, schlief in der Laube (Uwe nannte sie »Datsche«, ein schönes russisches Wort, das Sascha sich verkniff) und stand vor Sonnenaufgang auf.

Dann erschien eines Tages Karla.

Sie war in den Siebzigern, drahtig, roch nach Zwiebeln und besaß eine schneidende Stimme. Sie war entrüstet, Sascha in ihrem Garten vorzufinden, und drohte, die Polizei zu benachrichtigen. Andere Kleingärtner liefen zusammen.

Uwe versuchte, sie zu beschwichtigen. »Schau dir den Garten doch mal an«, sagte er. »So schön hat er lange nicht mehr ausgesehen.«

Das machte es nur schlimmer, es brachte Karla in die Defensive.

Sascha entschuldigte sich wieder und wieder.

Nach einer Stunde beruhigte sich Karla etwas und wiederholte nur, sie sei das nicht gewesen mit dem Aushang in der Uni.

Er erklärte, er habe sich wohl in der Parzelle geirrt, und die anderen Kleingärtner sagten, es gäbe doch auch Alt-Rosenthal und Neuland-Rosenthal und Rosenthal-Nord, er sei vermutlich in der falschen Kleingartenkolonie! Das sei für einen Ausländer nicht leicht zu durchschauen.

Da fand Karla mit einem Mal den gepflegten Garten nicht mehr so übel.

Sie überredeten ihn zu bleiben. Ihren Russen.

Die nächsten Wochen schaufelte, pflanzte, mähte und jätete er in verschiedenen Gärten der Kolonie. Dass er auch die Nächte hier verbrachte, erfuhr niemand außer Uwe, und der glaubte, es läge an seiner Freundin, die ihn aus der Wohnung geworfen hatte.

Sascha wurde auf selbst gemachten Punsch eingeladen, zum Skatspielen, er aß Kirschen vom Baum, Äpfel und Pflaumen, und von dem Geld, das ihm die Kleingärtner für seine Arbeit zusteckten, kaufte er sich Brot und Milch.

Es musste Millionen solcher Wochenendgrundstücke in der DDR geben. Die SED-Führung hatte erkannt, was die Kleingartenkultur für Vorteile brachte. Wer einen Garten bestellte, dachte nicht über Flucht oder Westreisen nach.

Dabei war der Westen hier in greifbarer Nähe. Nachts wurde es nie dunkel in der Kolonie, weil die Scheinwerfer der nahen Mauer die Nacht erhellten. Vom Fenster seiner Laube aus konnte er im gespenstischen kaltweißen Schein die Posten patrouillieren sehen. Manchmal hörte er die Motoren von Kübelwagen.

Aber er sah das als einen zusätzlichen Schutz. Hier würde ihn der KGB am wenigsten erwarten.

Natürlich verließ er nachts nicht die Laube, er wusste, dass sie von den Wachtürmen aus auch die Kleingartenkolonie überwachten.

Tagsüber sah er die hellen Hochhäuser des Märkischen Viertels über den Dächern der Lauben. Das war Westberlin, in der Luftlinie kaum zweihundert Meter entfernt. Zwischen ihm und diesen Häusern befanden sich eine drei Meter hohe Vormauer, dann ein elektrischer Grenzzaun, eine Hundelaufanlage, Postentürme mit Bewaffneten, ein Todesstreifen und zum Schluss eine vier Meter hohe Betonplattenwand mit Rundrohraufsatz. Der Westen war genauso unerreichbar, als wäre er eine Marskolonie.

Einmal hörte er zufällig im Radio mit, dass die Grenze zwischen Ungarn und Österreich löchrig geworden war. Kurz überlegte er, es dort zu versuchen. Aber sein Risiko war ungleich höher als das der flüchtenden DDR-Bürger. Viele von ihnen wurden gefasst, zum Teil kamen sie in Gefängnishaft. Ihn dagegen würde man erschießen. Er beschloss, noch etwas die Füße stillzuhalten.

Das Beste für ihn wäre, in eine Botschaft der Bundesrepublik zu gelangen. Zwar hatte er dem KGB bis auf die Namensliste zur Operation »Strahl« keine Dokumente entwendet, aber er brachte dennoch kostbares Wissen mit sich, das würde der Westen sich nicht entgehen lassen wollen.

Die Ständige Vertretung in Ostberlin war gut bewacht. Aber vielleicht gelang es ihm, wenn die Wogen sich einmal geglättet und seine Verfolger müde geworden waren, in die Tschechoslowakei zu entkommen, nach Prag, und dort in die bundesdeutsche Botschaft vorzudringen.

Er beugte sich über den Rand der Regentonne, um die Gießkanne einzutauchen, und verharrte fasziniert. Wasserflöhe zuckten in der Tonne auf und nieder. Das Regenwasser roch moderig. Es war klar und dunkel, und es verströmte die Kälte der Nacht, er spürte sie in seinem Gesicht.

Bald würde er für die Reise einkaufen, und nach einer letzten Nacht im Morgengrauen aufbrechen. Er würde seine Tasche mit der Makarow aus dem Versteck holen und die Gartenkolonie für immer verlassen. All die ausgekundschafteten Fluchtwege konnte er dann wieder vergessen, die Namen der Kleingärtner, ihre Hinweise, was bei ihnen auf den Komposthaufen gehörte und was nicht und wie er am besten umzugraben habe und wo die hölzernen Stiegen mit den Äpfeln gelagert werden sollten und welche Vögel schon einmal bei ihnen genistet hatten. Es würde unwichtig werden, wer beim Skat zu schummeln versuchte, ständig von den Enkeln erzählte oder gern die Streusel vom Kuchenstück der anderen stahl. Die Reise war eine Zäsur, sie würde über sein Leben entscheiden.

»Deine Freundin ist hier«, sagte Uwe.

Er hob den Kopf vom schwarzen Regenwasser. »Wie bitte?«

Uwe war in Karlas Garten getreten. »Sie will mit dir sprechen.«

Sein Puls stolperte. Dann begann das Herz, wild zu schlagen. »Wo ist sie?«

Uwe deutete zum Gartentor und trat zur Seite.

Eine Frau stand dort, kurz geschnittene dunkle Haare, dunkle Augen. »Hallo Alexander«, sagte sie. Den spöttischen Unterton hörte wohl nur er.

In ihre Handtasche passte eine Makarow PB mit Schalldämpfer. Der Reißverschluss der Tasche war offen. Die Hand der Frau hing lässig am Lederriemen, ein Griff, ein Schuss, tot, er sah es bereits wie einen Film vor sich, wie sie ihn hinrichtete.

Er hechtete hinter die Laube.

Fluchtweg vier. Die Laube zwischen sich und der Frau, sprang er auf den Hackklotz und von dort über den Gartenzaun, lief gebückt den Pfad zwischen den Gärten entlang, wandte sich nach links Richtung Nordgraben, wieder nach rechts, durchquerte einen fremden Garten. Er sah sich nicht um, aber er hörte das Bersten von Holz hinter sich und Uwes erschrockenen Ruf.

Eine Frau?, dachte er. So schwach bin ich nicht gebaut, sie hätte doch im Handgemenge, wenn der erste Schuss danebengeht, keine Chance gegen mich.

Etwas stimmte nicht. Die Angst hinderte ihn daran, zu denken, aber sie durfte ihn nicht hindern.

Sie ist der Treiber! Eiskalt fiel der Gedanke in seinen Verstand. Der Angstmacher ist sie. Er sah sich um. Sie kam ihm nach, aber nicht mit vollem Einsatz, sie kletterte behände über Zäune, statt zu springen.

Die wussten, dass er als ausgebildeter Agent auf seine Rückendeckung achtete, auf die Flankendeckung. Aber er konnte nicht wissen, was vor ihm lag, wenn er sich in Bewegung befand.

So handelten erfahrene KGB-Killer: Der Angstmacher scheuchte das Ziel von hinten, der Killer lauerte unentdeckt vorne, bis das Ziel ihm direkt in die Schusslinie hineinrannte. Ein Idiot war er! Sie musste gewusst haben, dass er die Laube zwischen sie und sich bringen würde. Damit hatte sie über seine Fluchtrichtung entschieden.

Eine Bewegung links, in der Nebenparzelle, ein Mann trat hinter dem Schuppen hervor, Sascha wusste sofort, dass es der

Killer war. Er trug gute Schuhe, keine Gartenschlappen, und sein Blick war fokussiert. Schon hob der die Hand, Sascha sah dunkles Metall, den Lauf einer Waffe.

Er warf sich hinter eine alte Wanne, die zum Auffangen von Regenwasser aufgestellt worden war. Ein schallgedämpfter Schuss, ein leises Keuchen nur, und fast zeitgleich der Knall, als die Kugel die Wand der Wanne durchdrang und anschließend die gegenüberliegende Wand. Leise plätscherte das Wasser hinaus. Der Schuss hatte ihn verfehlt. Er hätte ihn auch nicht stark verletzt, Wasser bremste eine Pistolenkugel hervorragend. Er machte einen weiteren Sprung hinter das Haus. Zu seinem Glück nicht bloß eine der hölzernen Lauben, sondern ein Bungalow mit Wohnzimmer, Schlafraum und Küche, wie ihn Uwe besaß. Die Wände waren dick genug, um ihn zu schützen.

Eine Harke lehnte an der Wand. Er packte sie, stellte sich an die Ecke und wartete. Um den Killer zu täuschen, atmete er stoßweise, wie unter starken Schmerzen. Als der Arm des Mannes mit der Waffe in sein Sichtfeld kam, stieß er mit der Harke danach. Ein Schuss löste sich, die Waffe flog zu Boden. Der Mann griff nach der Harke, riss sie ihm mit übermenschlicher Kraft aus der Hand und zerbrach den Stiel über seinem Knie. Entsetzt wich Sascha zurück. Offenbar hatte der Killer Mesocarb genommen, das Aufputschmittel der Speznas-Soldaten, das kurzzeitig die körperliche Leistungsfähigkeit steigerte.

Jetzt drosch er mit den zwei Harkenteilen auf ihn ein. Greller Schmerz schoss ihm durch die Rippen, den Oberarm, den Kopf. Er fiel.

Der Mörder war über ihm.

Panisch versuchte Sascha, rückwärts zu robben, er sah sich

um, rechts, links, versuchte, sich mit den Armen vor den Hieben zu schützen. Die Harkenzähne zerrissen ihm das Hemd und furchten sein Fleisch.

Dort, unter der Sitzbank, eine spitz zulaufende Pflanzkelle. Er schnappte sie und stieß mit ausgestrecktem Arm nach vorn, in Richtung des fremden Halses. Sie bohrte sich tief in die Kehle des Gegners. Blut quoll heraus, der Mörder gurgelte, er fasste nach seinem Hals.

Sascha rappelte sich auf und hinkte zur Waffe. Er stellte sich an die Hausecke. Er spürte, wie ihm das Blut warm am Arm hinunterrann. Als er Schritte hörte, hielt er den Atem an. Die Schritte wurden langsamer. Ihm platzte bald der Kopf vor Atemnot, aber er bezwang sich, hielt still. Einen Sekundenbruchteil, nachdem der Kopf der Angstmacherin erschien, drückte er ab. Sie fiel, aus nächster Nähe getroffen, ihre eigene Waffe noch in der Hand.

Er humpelte aus der Anlage. Unterwegs riss er Geschirrtücher von einer Wäscheleine und drückte sie sich auf die Wunde am Arm.

Die Wachposten auf den Türmen an der Grenze konnten etwas gesehen oder die gedämpften Schüsse gehört haben. Womöglich hatten sie die Polizei benachrichtigt. Er musste rasch fort von hier. Dann die Wunden versorgen. Neue Kleidung beschaffen. Oleg in Moskau kontaktieren. Das Land verlassen.

Er war leichtsinnig gewesen. Jemand war ihm in den Rücken gefallen. Jemand, der ihm Kirschkuchen gebacken hatte, ein Skatfreund, jemand, dessen heruntergefallene Pflaumen er aufgelesen hatte.

Du warst unvorsichtig, Sascha Nikolajewitsch.

Er wünschte sich Valya herbei, wünschte sich, dass sie seine Wunden pflegte. Dass sie ihm zärtlich über die Brust strich und ihn um Vergebung bat dafür, dass sie einen anderen geheiratet hatte.

Noch besser wäre es, wenn die letzten Jahre gar nicht geschehen wären. Wenn er noch in Kaliningrad lebte, vielleicht als Straßenbahnfahrer oder Lehrer oder Buchhändler, jeden Tag ein paar kleine Herausforderungen, die zu meistern waren, und abends ein Fernsehfilm und ein Teller Suppe. Die Wochenenden bei der Großmutter oder im Grünen. Der KGB als ferne Bedrohung, fremd, unbekannt, Vaters Welt und Vaters allein.

13

Torsten Breuer war schon wieder am Futtern. Er machte sich über eine Dose Fleischklöße her, aus dem Feinkostladen. An den Dosenöffner hatte er gedacht, aber nicht an eine Gabel. Ingo sah angewidert, wie Torsten mit den Fingern Fleischklöße herausfischte und sie sich in den Mund steckte.

Den ganzen Tag aß Torsten. Jetzt schleckte er sich auch noch die Fettfinger ab. Ingo konnte ihn eigentlich gut leiden, aber wenn man stundenlang zusammen im Auto saß, ging der Gesprächsstoff irgendwann aus, und dann blieben beim Observieren nur die Kaugeräusche und das Geschmatze, das ging an die Substanz.

Ingo versuchte, sich abzulenken, er stellte sich vor, wie Annie Temme sich dankbar an ihn hängte und ihm hundertmal das Gesicht abküsste, weil er sie zur Freundin genommen hatte.

Natürlich war es Unsinn, er sah nicht aus wie einer, den so eine Frau lieben könnte. Aber wie sie ihn staunend angesehen hatte, als er sie laufen ließ, war da nicht auch Bewunderung in ihrem Blick gewesen? In seiner Vorstellung gingen sie zusammen spazieren, Annie hatte sich bei ihm eingehakt, und sie sah immer wieder verliebt herüber. Unter jeder Laterne blieben sie stehen und küssten sich, und einmal presste sich Annie sogar vor Verlangen an ihn. Er hob sie hoch, hielt sie und drehte sich, drehte sich, und sie lachte hell.

Torsten hörte auf zu kauen. Er starrte durch die Scheibe nach draußen. »Du, der is aus'm Westen. Ich sage dir, das hab ich im Gespür.«

»Meinst du, der ist nicht gemeldet?« Ingo sah ihn an. Der Mann war groß und etwas korpulent. Seine Haare waren vom Wind frisiert, graue Locken und Strähnen, die wild durcheinanderflogen wie bei einem Kind.

»Wir könnten das Hausbuch kontrollieren.«

Aber der Mann ging zielstrebig auf den linken Eingang des Neubaublocks zu. Annie wohnte in der Mitte. Enttäuschend. Wäre es Besuch für Annie gewesen, hätten sie einen Grund gehabt, später in ihrer Abwesenheit die Wohnung zu durchsuchen. Der Operativgruppenleiter hatte keine Order dazu gegeben, da brauchte es schon einen speziellen Anlass. Zu gern hätte er ihre Wohnung von innen gesehen, wie sie sich eingerichtet hatte, ob sie ordentlich war oder eher chaotisch, wo sie schlief.

Er sagte: »Könnte es nicht oben im Wohnblock eine Querverbindung geben? Trockenräume oder so etwas?«

»Die gibt es.« Torsten schluckte runter. »Bei den Elfern ist oben alles miteinander verbunden.«

Sie stiegen aus. Torsten putzte sich mit einem Taschentuch den Fettrand vom Mund. Er steckte sich das Hemd in die Hose, schloss den obersten Knopf. Sie zogen ihre Jacken an. Ingo schloss den Wagen ab.

Als sie auf das Haus zuliefen, kam der Mann schon wieder heraus.

Torsten hielt Ingo zurück. »Der war zu kurz drin. Rein, Fahrstuhl hoch, rüber, in ihrem Haus wieder runter, bei ihr klingeln, wieder hoch ... Es haut nicht hin. Er war doch höchstens fünf Minuten im Haus.«

»Trotzdem. Den schnappen wir uns.«

Verwundert sah Torsten ihn an. »Du bist ja richtig scharf heute. Eine geladene Waffe. Donnerwetter.«

Sie traten dem Mann in den Weg. Ingo sagte: »Weisen Sie sich aus!«

Der Mann sah ihn aus grauen Augen an. Ein feiner Schweißfilm glänzte auf seiner Stirn. Umständlich zog er einen Ausweis aus der Innentasche seiner Jacke. Es war kein blauer PA, sondern ein grüner Westberliner Personalausweis.

Ingo durchblätterte das Büchlein sorgfältig. Jens Fichtner. Er las den Namen vor, glich das Gesicht mit dem Passfoto ab, zweimal, dreimal, als hätte er bereits eine Straftat festgestellt, als ginge es hier um eine Festnahme. Dann studierte er das Einlegeblatt von der Einreise. Aber er sprach nicht, er ließ sich Zeit. Torsten machte mit und schwieg ebenfalls.

Der Mann wurde sichtlich nervös.

Der Boden war bereitet. Er sagte streng: »Zeigen Sie mir mal Ihre Tasche.«

Zögerlich gab der Mann seine Tasche her. »Seien Sie bitte vorsichtig. Da ist meine Kamera drin.«

Ingo stellte sie am Boden ab, kauerte sich über sie und sah ihren Inhalt durch. Eine Nikon F4, alle Achtung, so eine hätte er auch gern gehabt. Das Objektiv hatte der Mann abgeschraubt und in einen Lederlappen gewickelt, so hatte er Kamera und Objektiv gut in der Tasche unterbringen können. Aber es gab doch spezielle Taschen für solche Fotoapparate. Hatte er vermeiden wollen, dass man ihn enttarnte? »Sind Sie Sportfotograf?«, fragte er. »Oder Reporter?«

»Weder noch. Ich fotografiere nur für mich.«

Das war gelogen, ganz gewiss. »Mit so einer teuren Kamera?«

Der Mann schwieg.

»Zu wem wollten Sie denn gerade?«

»Ich weiß nicht, warum ich Ihnen das sagen muss. Und dass Sie hier auf offener Straße meine Tasche durchsuchen …«

Ingo stand auf, zückte seinen Dienstausweis und ließ ihn kurz aufblitzen. »Staatssicherheit. Wenn Ihnen das hier unangenehm ist, können Sie uns gern nach Rummelsburg in die Untersuchungshaft begleiten.«

»Haft? Aber wieso denn?«

Torsten hatte währenddessen den Ausweis übernommen und sah noch mal alles nach. Er sagte: »Tagesvisum. Und dann schnell rein ins Haus und wieder raus. Ihr Verhalten ist verdächtig, Herr Fichtner.«

Bestimmt sagte er gleich etwas wie: Ich wollte meine Mutter besuchen, und sie ist nicht da. Als würde man einen Besuch nicht vorher absprechen! Aber von dort war es nur noch ein kleiner Sprung, bis sich der Mann in Widersprüchen verhedderte, Ingo würde einfach nur nachhaken müssen, würde fragen, wie die werte Mutter denn hieß, und das im Haus überprüfen, und dann hatten sie ihn.

Der Mann sagte: »Ich wollte ein Foto machen. Von weit oben, aus dem Hochhaus. Ich fotografiere, das ist meine Leidenschaft.«

Ingo stutzte. »Und wie sind Sie ins Haus gekommen, bitte?«

»Ich hab geklingelt. Jemand hat mich reingelassen.«

»Name?«

»Wie?«

»Bei wem haben Sie geklingelt!«

»Bei Krause. Glaub ich.«

Torsten sagte: »Sie wollten also ein Foto machen, von ganz oben. Bis in welche Etage fährt denn der Fahrstuhl?«

Das war listig. Damit würden sie ihn kriegen.

Ohne zu zögern sagte der Mann: »In die zehnte. Für die elfte Etage musste ich noch Treppen steigen.«

Es war korrekt. Vielleicht täuschten sie sich, und er hatte wirklich nur ein Foto gemacht.

Torsten blieb hartnäckig. »Was haben Sie denn fotografiert?«

»Die Häuser natürlich! Die Struktur.«

»Und jetzt? Fahren Sie wieder rüber, oder was?«

»Ich würde mir gern die neue Altstadt ansehen, das Nikolaiviertel. Na ja, und meinen Zwangsumtausch in Musiknoten oder Bücher verwandeln.«

»Wie bitte?«

»Den Mindestumtausch, meinte ich.«

Ingo nahm den Ausweis. Er sagte leise zu Torsten: »Den überprüfen wir. Die Sache stinkt doch.« Er ging zurück zum Auto, setzte sich hinein und funkte das Operative Leitzentrum an. Statt denen den Fall zu erläutern, bat er darum, mit Major Dierks von der Abteilung AKG verbunden zu werden. Der Westberliner hatte zwar sicher nichts mit Annie Temme zu tun, aber immerhin betraf es ihren Häuserblock, und es war an der Zeit, Major Dierks mal einen Brocken hinzuwerfen. Sie sollte glauben, dass er ihr alles zu diesem Fall berichtete. Diese Frau würde sonst für gehörigen Ärger sorgen.

Es dauerte nur Sekunden. Major Dierks schien am Apparat gelauert zu haben. Er berichtete.

»Jens Fichtner, sagst du?«

»Ja. Er hat einen grünen Westberliner Personalausweis. Und in der Tasche eine Nikon F4.«

»Vergiss die Kamera. Die ist nur zur Ablenkung da.«

»Zur Ablenkung?«

»Wie bei einem Bühnenmagier. Bling-Bling. Sie soll die Blicke auf sich lenken, um von etwas anderem abzulenken. Habt ihr sonst nichts bei ihm gefunden? Ihr habt ihn doch gründlich durchsucht?«

»Haben wir«, log er. »Aber da war nichts.« Meine Güte, diese Dierks sprang aber auch auf alles an. Hätte er ihr von einem alten Mütterchen erzählt, hätte sie die für eine getarnte CIA-Agentin gehalten. Die Frau war nicht ganz bei Verstand. Sie war eine tickende Zeitbombe.

»Dann hat er nichts geholt, sondern ihr etwas gebracht«, sagte Marga Dierks. »Er ist jedenfalls nicht ohne Grund gekommen. Der Mann belügt euch. Ist Annie zu Hause?«

»Wissen wir nicht. Es gab einen Ausfall bei der Schicht davor, wir haben heute früh ohne richtige Übergabe übernommen.«

»Hat denn das Licht gebrannt bei ihr? Muss man dir jeden Denkschritt abnehmen?«

Allmählich reichte es ihm mit den Beleidigungen. »Es hat kein Licht gebrannt.«

»Also ist sie vermutlich nicht da. Jens Fichtner könnte aber einen Schlüssel zur Wohnung haben. Oder er hat ihr etwas in den Briefkasten geworfen. Die Briefkästen konntet ihr nicht sehen, richtig?«

»Sie sind im Erdgeschoss im Hausinneren. Von draußen nicht zu observieren. Aber er war gar nicht lange genug im Haus, um –«

»Unterschätze den Gegner nicht.«

Er seufzte. »Sollen wir ihn vorläufig festnehmen? Wir könnten ein Ermittlungsverfahren mit Untersuchungshaft einleiten. Irgendeinen Grund werden wir schon finden, notfalls konstruieren wir einen.«

»Willst du deine Karriere auf Biegen und Brechen ruinieren? Schaltest du überhaupt mal den Kopf ein? Jens Fichtner ist Journalist. Er schreibt beim Gegner für die großen Blätter. Ein Mann wie er ist bestens vernetzt. Wenn er bei uns verschwindet, und sei es nur für Tage, schlägt das Wellen. Seine Kollegen bei allen Zeitungen würden darüber schreiben, und nach seiner Rückkehr würden sie ihn interviewen, und es gäbe eine große Berichterstattung. Glaubst du, das will Erich Honecker haben, kurz vor dem Republikgeburtstag? Glaubst du, man wird sich bei dir bedanken? Ein Ehrenabzeichen wäre doch nett, ein hübscher Geldbetrag dazu, oder ›Held der DDR‹?«

Langsam wurde es ihm zu bunt mit dieser Furie. Aber sie erschreckte ihn auch. Woher wusste sie, dass Jens Fichtner Journalist war? Wie konnte sie ihm immer einen Schritt voraus sein? Am Ende steckte sie selber mit drin und wollte *deshalb* ständig informiert werden? »Was sollen wir denn tun?«

»Ihn gehen lassen. Er muss glauben, dass er davongekommen ist.«

»In Ordnung.«

»Ihr bleibt vor Ort«, sagte sie. »Ich bin gleich bei euch. Sobald wir Beweise gefunden haben, lassen wir die Falle zuschnappen. Annie und dieser Schmutzschreiber werden sich wünschen, sie wären nie geboren worden.«

Er hasste ja den Klassenfeind auch. Aber bei Marga Dierks schien es etwas Persönliches zu sein. Es gruselte ihn, zu hören, wie sie mit leiser Stimme Drohungen ausstieß.

Von der Krause erfuhren sie nichts. Sie hatte ihn überhaupt nicht gesehen, es hatte geklingelt, sie hatte auf den Summer gedrückt, aber es war niemand gekommen. Ingo mahnte sie, keinen Wildfremden die Haustür zu öffnen, wozu gebe es eine

Gegensprechanlage? Sie trage in solchen Momenten Verantwortung für die ganze Hausgemeinschaft.

Die Krause versprach Besserung.

Sie nahmen den Fahrstuhl hinauf und liefen die letzte Treppe. Als sie oben waren und sich umgesehen hatten, sagte Torsten: »Es gibt doch diese Trockenräume hier, in der neunten. Vielleicht hat er da etwas hinterlegt.«

Sie rannten runter. Die Luft in den Trockenräumen war abgestanden. Jemand hatte dort gekokelt, der Fußbodenbelag war in einer Ecke bräunlich verfärbt. Außerdem war auf den Boden gespuckt worden. Er konnte sich schon vorstellen, welche Elemente hier ihr Unwesen trieben.

»Gehen wir.« Nicht, dass Marga Dierks gerade eintraf und sie nicht am Wagen vorfand.

Zu seinem Schrecken stand die kleine Frau bereits am Auto, als sie das Haus verließen. Sie erwiderte ihre Begrüßung nicht, sondern ging stracks zum Klingelfeld bei Annies Eingang. Sie drückte den Knopf neben dem Schriftzug »Temme«.

Niemand öffnete.

Möglicherweise hatte Annie die Klingel bei der letzten Nachtschicht abgestellt und nur vergessen, sie wieder zu aktivieren?

Marga Dierks winkte ihn heran. »Aufmachen.«

Er zögerte.

»Was denn? Gehört ihr zur Abteilung VIII oder nicht?«

Torsten sagte: »Ich hole das Werkzeug aus dem Auto.«

Ingo wünschte, er wäre selbst gegangen. Jetzt stand er mit der Furie vor der Tür und musste ihren stechenden Blick ertragen.

»Sollte doch ein Klacks sein für euch«, sagte sie mit spöttischem Unterton.

»Natürlich. Es ist nur … Wir haben nicht den Auftrag in diesem Fall, also, sollen wir dann auch keinen Bericht …?«

»Wenn wir etwas finden, schreiben wir einen Bericht. Wenn nicht, dann nicht. So einfach ist das.«

Torsten kehrte zurück und öffnete die Tür.

»Vierter Stock«, sagte er. Die Dierks reagierte nicht darauf. Vielleicht hatte sie es auch schon gewusst. Sie nahmen die Treppe. Oben gab er Torsten gegenüber den Türspionen der anderen Wohnungen Deckung. Torsten brauchte nur wenige Sekunden.

Sie betraten Annies Wohnung und schlossen leise die Tür hinter sich. Marga Dierks ging ohne zu zögern die Räume ab. In der Küche tschilpte ein Wellensittich. »Nicht zu Hause«, sagte sie. Er schlüpfte aus den Schuhen und stellte sie ordentlich neben die Haustür, eine Gewohnheit, der Torsten inzwischen folgte, er stellte seine Schuhe stumm daneben.

Torsten reichte ihm die dünnen schwarzen Handschuhe.

Er zog sie über. Hunderte Male schon hatten sie gemeinsam Wohnungen durchsucht. Waren durch die Zimmer gegangen wie durch ein fremdes Leben. Heute aber war er eigenartig berührt von allem.

Mit besonderer Sorgfalt zog er die Schubladen auf, tastete durch die Wäsche, blätterte die zwei Bücher durch, die auf dem Nachttisch lagen. Wie kam eine Kinderkrankenschwester dazu, Gedichte zu lesen? Erwin Strittmatter. Hilde Domin. Er würde die Namen nachschlagen. Vielleicht kaufte er sich die Gedichtbände auch, Katrin würde staunen, aber er würde sich heimlich mit Annie verbunden fühlen, wenn er darin las.

Torstens Kamera klickte leise, während er im Flur Seite für Seite das Adressbuch abfotografierte.

Ingo bückte sich und sah unter das Bett. Dann fühlte er an

den Rändern der Matratze entlang. Die Dierks drehte die Glühbirne aus der Nachttischlampe. Er sah ein Haar auf dem Kissen liegen. Wie gern hätte er es als Andenken mitgenommen. Aber er fürchtete, die Dierks könnte es sehen. Er würde warten müssen, bis sie das Zimmer verließ. Jetzt prüfte sie die Kleider im Schrank.

Sie alle verharrten plötzlich. Draußen im Treppenflur hatten sich die Fahrstuhltüren auf ihrer Etage geöffnet. Er schlich strumpfsockig in den Flur, lauschte. Selbst der Wellensittich schwieg.

Im Treppenhaus stritten sich lautstark ein Mann und eine Frau. Dann wurde es still. Torsten nahm sich den Kalender vor und fotografierte ihn. Später würden die Briefe folgen, wenn sie welche fanden, und die Rechnungen.

Ingo kehrte ins Schlafzimmer zurück.

Die Dierks sah unzufrieden aus. »Wir suchen zu oberflächlich. Es handelt sich um ein wohlbedachtes Versteck. Ich weiß es, er war hier. Er muss hier gewesen sein!«

Fächer in Wänden und Böden konnte es nicht geben, der Plattenbau bestand aus hartem Beton, da ließen sich allenfalls mit der Schlagbohrmaschine Löcher hineinbohren, und auch die nur mit Mühe. »Vielleicht in einer Verpackung oder einer Tube«, sagte er.

»Ich übernehme die Küche, du das Bad«, befahl sie.

Ihre Zahnbürste. Er drückte an der Zahnpastatube herum und sah dabei wie gebannt auf ihre Zahnbürste. Wenn er die küsste, dann war es, als würde er Annie Temme küssen.

In dieser Badewanne hockte sie, wenn sie sich abbrauste. Und in diesem Spiegel sah sie sich jeden Morgen an, kämmte sich, schminkte dezent die Wimpern und den Mund. Katrin schminkte sich nie. Hier aber standen Lippenstift und Wimperntusche. Er zog die Kappe vom Lippenstift und drehte ihn heraus. So eine schöne Farbe.

»Habt ihr was?«, fragte Dierks ungeduldig.

»Nichts«, sagte er.

Die Dierks rief: »Stopp! Abbruch.«

Er stellte alles wieder so hin, wie er es vorgefunden hatte. Enttäuscht trat er in den Flur, er hätte gern noch eine Stunde in Annies Wohnung verbracht.

»Wir müssen das Ganze neu denken. Vielleicht hat er gar nichts gebracht, sondern etwas abgeholt. Wie gründlich habt ihr ihn durchsucht?«

»Schon gründlich«, sagte Ingo, und fing sich einen fragenden Blick von Torsten ein.

»Offenbar nicht gründlich genug. Vielleicht ist er noch auf unserer Seite der Stadt. Er macht zum Schein Fotos im Nikolaiviertel, richtig? Ich sage euch, er trägt etwas bei sich, ganz sicher. Wir rufen die Grenzübergangsstelle an, durch die er gekommen ist. Die sollen ihn beim Rückweg aufhalten.«

In der S-Bahn, die aus dem Osten kommend am Lehrter Bahnhof hielt, saßen nur wenige Menschen, und kaum jemand von ihnen stieg aus. Die meisten fuhren weiter zum Zoo oder nach Charlottenburg. Ria ging den Bahnsteig auf und ab. Alle zwanzig Minuten fuhr eine Bahn ein, öffnete ihre Türen und gab Anlass zu jäh erwachender Hoffnung. Mit jeder Bahn, die Jens nicht brachte, wuchs das beklemmende Gefühl in ihr.

Der Übergang von der einen Welt in die andere war strikt geregelt. Während man ihren Schwager niedergeschossen hatte, brachte die S-Bahn Auserwählte unverletzt über die Grenze. Jens besaß einen Westberliner Pass, ihn mussten sie aus dem Gefängnisland herauslassen. Andererseits, was scherten sie

Gesetze, wenn es darum ging, eine alte Feindin zu fangen? Er lebte mit ihr zusammen, einer Verräterin und Spionin. Wie hatte sie so unvorsichtig sein können, ihn nach Ost-Berlin fahren zu lassen?

Hatte die Kamera die Grenzer stutzig gemacht? Vor dem Aufbruch hatte sie den Camcorder mit einem Markstück zerkratzen wollen, damit er gebraucht aussah, aber Jens hatte sich so darüber aufgeregt, dass sie es gelassen hatte. Er war ungebraucht, das verriet sowieso der metallische Geruch, der neuen technischen Geräten eigen war. Dennoch bereute sie, nicht wenigstens einen Kratzer angebracht zu haben.

Wieder fuhr eine S-Bahn ein. Die Türen öffneten sich. Rentner stiegen aus. Von Jens nichts zu sehen. Gegen das Ausreisen der Rentner hatte die DDR nichts, sie kosteten bloß Geld. Wenn es nach der DDR ging, konnten sie gern in den Westen übersiedeln. Was habt ihr mit Jens gemacht?, dachte Ria bitter. Vielleicht saß er verzweifelt in einer Zelle der Staatssicherheit und bereute, sich in diese Sache mit Annie reinziehen lassen zu haben.

»Ria.«

Sie drehte sich um. »Wo warst du?«

Jens hob entschuldigend die Tasche mit der Fotokamera. »Ich hab mich rausgeredet, dass ich das Nikolaiviertel fotografieren will. Also musste ich das auch machen.«

»Rausgeredet?«

»Sie haben mich bei Annie gefilzt. Und ich wusste nicht, ob sie mir folgen oder mich beobachten.«

»Ich bin fast gestorben vor Angst.« Sie umarmte ihn fest.

»Lass mir Luft«, stöhnte er, »sonst wird deine Befürchtung wahr, und ich krepiere.«

Hand in Hand verließen sie den S-Bahnhof. Jens hatte ohne

zu murren viertausend Mark vom Konto abgehoben und einen Camcorder für Annie gekauft. Er hatte seine Reise abgeblasen. Und er hatte für ihre Tochter und um sie, Ria, zu schützen, sein Leben aufs Spiel gesetzt. Sie hielt seine große Hand und dachte: Die lasse ich nie wieder los. »Es hätte so schlimm schiefgehen können«, sagte sie.

»Eine kluge Frau hat mir ein paar Tipps gegeben, und die habe ich befolgt.« Er löste seine Hand und legte ihr den Arm um die Schulter. »Mit kleinen Abweichungen.«

Gleich nach der Heimkehr ging Annie im Haus nach oben. Sie wohnte hier bereits seit vier Jahren, aber die oberen Etagen des Hauses waren ihr immer noch fremd: die Fußmatten, die Namen auf den Klingeln, die groß angemalte Ziffer auf der Wand gegenüber dem Fahrstuhl. Je höher hinauf sie kam, desto sauberer war die Treppe. Aber es roch auch nicht besser als bei ihr unten. Alle zwei Etagen stank es aus dem Müllschlucker scharf-säuerlich nach vergorenen Essensresten ins Treppenhaus.

Sie nahm die Treppe in den neunten Stock und besah jeden der Trockenräume. Sie waren leer, niemand hängte hier seine Wäsche auf; wenn einem schon aus dem Kellerverschlag das Fahrrad gestohlen wurde, wer würde dann seine Wäsche unbewacht ins Haus hängen? Die Räume waren vergessene Orte, wie eine Wohnung, in der niemand lebte.

Versteckt war nirgendwo etwas, auch nicht im langen Verbindungsflur, der zum benachbarten Hausaufgang führte. Hatte sie Rias kryptischen Brief falsch verstanden?

Sie ging wieder abwärts. Verharrte auf halber Treppe, dachte nach. Einem Impuls folgend, öffnete sie die Tür des Müllschluckerschachts in der nächsten Etage. Die Trommel des

Müllschluckers war verschmiert mit klebrigen dunklen Resten. Es stank scharf im Raum, niemand würde sich hier länger als nötig aufhalten. Sie atmete flach. Bei der Müllschluckertrommel stand auch nichts. Der Boden unter ihr war bräunlich verfärbt.

Sie machte kehrt. Da sah sie die Tasche neben der Tür, in den Winkel geschoben. Sie nahm sie. Ging mit Herzklopfen treppab, die Tasche wie ein lebendiges Kaninchen behutsam vor dem Bauch.

In der Küche packte sie das schwarze Gerät aus und stellte es auf den Tisch.

Jack hüpfte im Käfig herum und tschilpte laut, als wollte er ihr etwas sagen.

Das Gerät hatte viele Knöpfe, einen roten sogar. An der Seite stand mit silbernen Lettern »Handycam«. Sie hob es vorsichtig an. Unfassbar, dass man mit einem derart leichten, kleinen Gerät filmen konnte.

Ein weiterer Beweis für die Unterlegenheit der DDR. Der Westen konnte solche Wunder erschaffen. Und westliche Menschen konnten sie sich kaufen.

Am nächsten Morgen wickelte sie die Kamera zur Tarnung in alte Zeitungen und legte sie neben zwei Kohlrabi in einen Einkaufsbeutel aus bunt bedrucktem Dederon. Den Beutel nahm sie mit in die Klinik für den Fall, dass die Staatssicherheit in ihre Wohnung eindrang, während sie fort war.

Am Nachmittag, nach der Arbeit, fuhr sie zu Michael. Männer mit Handgelenktaschen sah sie nicht, aber jemanden, der den Vorgarten machte und ihr nachblickte. Vermutlich einer von ihnen.

Michael begrüßte sie oben fröhlich. Er erzählte etwas von einer neuen Kassette, die er sich von einem Freund überspielt habe, und schaltete die Musik ein. Er lachte ein paarmal, dann führte er sie ins Schlafzimmer und zog die Vorhänge zu.

Sie holte die Filmkamera aus dem Beutel, wickelte sie aus der Zeitung und reichte sie Michael.

Behutsam nahm er sie aus ihren Händen. »Unfassbar«, sagte er. »Weißt du, was das ist?«

Sie schüttelte den Kopf.

»Die Handycam.« Er hauchte es wie den Namen einer Gottheit. »Die kann drei Stunden am Stück aufnehmen. Bild. Und Ton in Hifi-Qualität.« Er schob seine Hand unter die Lederschlaufe und tat so, als würde er filmen. »Ich muss damit üben. Das Ding ist unglaublich.«

»Sie werden unsere Wohnungen durchsuchen. Und im Freien beobachten sie uns auch. Wir haben keine Zeit zu üben. Es ist nur eine Frage der Zeit, bis sie uns erwischen.«

»Eine Doku dreht man nicht an einem Nachmittag. Das dauert Wochen. Wir müssen das Risiko eingehen.«

»Und am Ende war alles umsonst? Nein.« Sie redete leise, damit die Musik aus dem Nebenzimmer sie übertönte. »Wir drehen kleine Stücke, und die spielen wir den Westnachrichten zu. Dann haben sie gleich Wirkung. Was im Westen ist, kann uns keiner mehr nehmen. Und am Ende machst du eine Doku daraus.«

Er dachte nach. Sah auf die kostbare Handycam. »Also gut. Wo fangen wir an?«

»Irgendwo, wo man uns nicht kennt. Im Friedenskreis wirst du gleich verpfiffen, da sind Stasispitzel.«

Er sah sie lange an.

»Was ist?«, fragte sie verunsichert.

»Ich musste nur an früher denken.«

Sie schluckte.

»Ist alles lange her. Aber irgendwie auch, als wäre es gestern gewesen.«

»Gehst du später noch zu Franziska?«, fragte sie. Es klang verletzlicher, als sie beabsichtigt hatte.

»Mittwochs ist sie mit Christopher bei ihren Eltern.«

»Warum kommt sie eigentlich nicht mehr mit zum Friedenskreis?«

»Das ist nichts für sie.«

Auf dem Heimweg schalt sie sich. Warum hing sie so an Michael? Wie konnte es sein, dass sie ihn sah und ihr Mund wurde trocken und das Herz schlug ihr bis in den Hals? Nach all den Jahren sollte sie vernünftiger geworden sein.

Er war ein Mann, und es gab andere Männer, hübschere Männer, und vor allem Männer, die nicht vergeben waren.

In der Straßenbahn steckte jemand Fahrgeld in den metallisch grünen Blechkasten. Durch das Sichtfenster der Zahlbox sollten die Mitpassagiere kontrollieren, ob der passende Betrag eingeworfen worden war, aber niemand sah hin, nur Annie beobachtete, wie die Münzen klimperten, als die Frau den Hebel bis zum Anschlag nach vorn zog, damit sich ein Stück der papiernen Rolle mit Fahrausweisen aus dem Schlitz schob und sie sich ihren Abschnitt abreißen konnte. Auch ein Hosenknopf war im Sichtfenster zu sehen, er wurde um eine Sechstelumdrehung weitergetragen und würde beim nächsten Bezahlvorgang in die Kasse fallen. Der Kasten sah aus, als hätte ihn jemand in seiner Freizeit zusammengelötet. Zum ersten Mal in ihrem Leben mochte sie ihn, bestaunte ihn. Die Schuhe der alten Frau gefielen ihr. Die braunlederne Tasche, die der Herr dort drüben auf dem Schoß hielt.

Alles, was sie betrachtete, leuchtete und war mit Bedeutung aufgeladen. Sie hatte Michael wiedergefunden.

Was nützte es, dass sie mit sich schimpfte? Dass sie ihn sich auszureden versuchte? Ihr Herz hörte nicht zu, ihr ganzes Wesen lachte über die läppischen Argumente.

Dass er ihre Zuneigung abwies, schmerzte. Aber selbst den Schmerz betastete sie neugierig in sich, fühlte seine scharfen Kanten, hielt ihn behutsam in den Händen wie ein Geschenk. Er konnte nur vorübergehend sein. Sie waren einander bestimmt. Schon damals hatte sie das gewusst, hatte es gespürt bis in die letzte Faser ihres Körpers.

In der Allee der Kosmonauten tauchten sie in das Meer der Hochhäuser ein. In vielen Fenstern brannte Licht, jedes Licht ein Leben, ein Alltag, ein Zuhause.

Franziska konnte ihr nicht nehmen, dass sie die Erste gewesen war, deren Hand er gehalten hatte. Ihr Mund war der erste gewesen, den er mit jugendlicher Nervosität und Hingabe geküsst hatte.

14

Sascha sah in der Zugtoilette in den Spiegel und erschrak. Ein fremder Mann blickte ihm aus dem Spiegel entgegen mit blutunterlaufenen Augen, graufleckiger Haut und rissigen Lippen. Das Gesicht eines Mörders. Er bleckte die Zähne. Der Mann lächelte schief zurück.

Das bin ich nicht, dachte er.

Valya hatte recht gehabt. Sie hatte ihn angesehen mit ihren schönen grünen Augen und erkannt, dass er ein schlechter Mensch war. Sie hatte es gewusst, schon damals, schon bevor er es selbst herausgefunden hatte.

Diese eine kleine Absicherung, diese kleine Neugier, bei Putin in den Stahlschrank zu sehen. Dieser eine Blick in sein Arbeitsbuch. Das konnte doch nicht genügt haben, um ihn zum Gegner des KGB zu machen.

Er kehrte ins Abteil zurück. Alle starrten ihn an. Sie sahen es, dass er Menschen auf dem Gewissen hatte. Sie verabscheuten ihn.

Dieses Verlangen, sich mitzuteilen! Er wollte sagen, dass es Notwehr gewesen war, dass er ein friedliebender Mensch war. Aber er würde es nie irgendjemandem erklären dürfen. Wenn er entkam, wenn er überlebte, würde er zeitlebens über die schrecklichen Momente schweigen müssen, in denen man ihn hatte töten wollen und in denen er getötet hatte. Er würde über das Gesicht der Angstmacherin schweigen, als sie die Mündung der Waffe sah, und über den röchelnden Auftragsmörder, dem er die Pflanzkelle in die Kehle gestoßen hatte. Und weil er schwieg, würden diese Bilder immer seine Bilder bleiben, unerbittliche Erinnerungen, die wie mit Widerhaken in seinem Fleisch saßen.

Der KGB verfügte in Ostdeutschland über rund eintausend Mitarbeiter, viele davon geschult wie er. Er war jetzt deren Problem. Sie versuchten, das Problem zu lösen wie eine mathematische Gleichung. Man wollte ihn auf null runterrechnen. Die angestrebte Lösung bestand in seinem Ableben.

Aber es hatte sich eine Fluchtmöglichkeit aufgetan. Er sah aus dem Zugfenster auf die Lichter der Stadt Dresden. O Gott, war er müde. Sein Körper war angespannt. Er bebte regelrecht. Die anderen im Abteil sahen ihn verwirrt an, wie einen Kranken. Sie wussten nicht, dass sie Teil seines Plans waren.

Der Zug fuhr in den Hauptbahnhof ein. Und darin saß er, der Falter, der von selbst in die Kerzenflamme flog. Er war Teil eines ganzen Schwarms von Faltern, und er würde aufpassen, dass es ihn nicht erwischte.

Der Bahnsteig war voller Menschen. So überfüllt hatte er den Dresdner Hauptbahnhof noch nie gesehen. Viele junge Leute trugen nur Rucksäcke oder kleines Gepäck. Sie drängten in seinen Zug.

Weitere Falter.

Vor Wochen noch hätte er es nicht wagen dürfen. Jetzt war die Lage verändert. In den DDR-Zeitungen wurde von »feigem Verrat« gesprochen, von Verantwortungslosigkeit. Angeblich könne jeder einen Ausreiseantrag stellen, und wenn objektive und akzeptable Gründe vorlägen, würde dem Antrag stattgegeben, behaupteten sie. Soweit er es verstand, war das eine Lüge. Man schikanierte die Antragsteller über Jahre und wies sie wieder und wieder ab, nur ein Rinnsal an Übersiedlern ließ man weichen. Dass jetzt Menschen einfach über Ungarn flohen, ohne die Wartezeit und die Schikanen, erzürnte die Regierung.

Fakt war, dass Mitte September an den Straßen, die aus der Tschechoslowakei nach Ungarn führten, Kontrollstellen errichtet worden waren, zwanzig Kilometer vor der Grenze. Er hatte das bei einem Rückkehrer genau erfragt: Die Fahrbahn war auf eine schmale Durchfahrt verengt, die auf eine Schranke zuführte. Dort warteten Sicherheitskräfte mit Maschinenpistolen und hinter der Schranke ein schwerer Lastwagen, mit dem die Straße zusätzlich abgeriegelt werden konnte. Man nahm potenzielle Flüchtlinge fest und schob sie in DDR-Haft ab.

Neuerdings hatten sich Tausende DDR-Bürger, die nicht mehr nach Ungarn und zur österreichischen Grenze gelangen konnten, in der deutschen Botschaft in Prag eingefunden. Über die schimpfte die DDR-Presse, veröffentlichte große Artikel über den von den Flüchtlingen auserwählten stellvertretenden Sprecher Christian Bürger aus Karl-Marx-Stadt, zählte seine Straftaten auf, verbrecherischer Diebstahl, asoziales Verhalten, Betrug, Urkundenfälschung. Anhand dieses Einzelbeispiels stellte man klar, was man von Menschen hielt, die der DDR den Rücken kehrten. Sie waren aus Sicht des Staates Asoziale und Kriminelle.

So wie er.

Aber er konnte rechnen. Die Jubelfeier zum 40. Jahrestag der DDR stand bevor. Die SED-Führung würde in diesen Tagen keine negativen Pressemeldungen in westlichen Medien zulassen wollen.

Gleichzeitig konnte sie nicht dulden, dass sich die Botschaft weiter füllte, sonst sah es aus, als liefe ihr die Bevölkerung weg. Die Grenzer würden den Zug also nach DDR-Bürgern filzen, die so wirkten, als planten sie eine Flucht. Von denen gab es jede Menge. Er hatte sie auf den Bahnsteigen gesehen, während sie in den Zug drängten: Menschen mit Kind und Kegel, die sich nervös umsahen, die Angst im Blick, als würden sie vor einer Naturkatastrophe fliehen.

Auf die würden sich die Grenzer konzentrieren. Es war wie beim Pilzesuchen. Wer durch den Wald ging, um Maronen zu finden, fand Maronen. Wer den Kahlen Krempling suchte, fand den Kahlen Krempling.

Der IEx 77 Berlin–Prag fuhr wieder an. Sie verließen den Bahnhof und krochen durch die Stadt. Dann folgten sie dem nachtdunklen Elbtal in Richtung Bad Schandau. Jeder Sitzplatz im Abteil war besetzt, vier weitere Personen hatten sich in die Mitte gestellt. Niemand achtete mehr auf ihn. Die Menschen starrten auf ihre Uhren. Er machte es ihnen nach, schob die Manschette seines Hemdes hoch und sah auf das Ziffernblatt seiner Raketa. Kurz nach neun.

Pünktlich fuhr der Zug in ein Feld aus Licht und stoppte. Die taghellen, kalten Strahler draußen bedeuteten: Bad Schandau. Die Grenzübergangsstelle.

Schwere Schritte im Gang. Im Abteil wurden sie unruhig. Unweigerlich fragte er sich, ob sie seinetwegen kamen, ob der KGB den Zug hatte anhalten lassen und man kam, um ihn zu holen.

Die Tür des Nachbarabteils wurde aufgerissen. Eine Stimme brüllte: »Die visafreie Einreise in die ČSSR ist nicht mehr möglich. Reisende ohne gültiges Visum haben sofort den Zug zu verlassen.«

Die Mitreisenden erschraken. Sie klammerten sich an ihr Gepäck.

Auch für ihn war das keine gute Nachricht. Keine überforderten Grenzer, die sich auf die offensichtlichen Fälle von geplanter Republikflucht konzentrierten. Sie schienen hart durchzugreifen.

Aber er hatte für diesen Fall einen Plan B erdacht. Er würde seinen KGB-Ausweis vorzeigen mit der Behauptung, er folge einer Person und überwache deren Infiltrierung.

Draußen Geschrei. Schläge. Jetzt wurde auch die Tür ihres Abteils geöffnet. Ein Uniformierter donnerte: »Reisende ohne gültiges Visum verlassen sofort den Zug.«

»Ich steige nicht aus«, sagte ein Mann.

Eine Frau klammerte sich an ihr Kind. »Bitte, wir wollen doch nur in den Urlaub.«

Die Uniformierten griffen nach ihnen, zerrten sie nach draußen. Weitere Uniformierte kamen: »Raus!«

»Ich bin«, sagte Sascha und grub nach seinem KGB-Ausweis – aber sie hörten nicht zu, sie griffen ihn an den Armen, zogen ihn hoch und stießen ihn aus dem Abteil.

»Vorwärts!«, brüllte es hinter ihm. Ein Knüppel krachte auf seinen Rücken. Es fühlte sich an, als wäre ihm das Muskelfleisch aufgeplatzt. Er stolperte durch die Waggontür und landete hart auf dem Bahnsteig.

Am gegenüberliegenden Gleis stand ein Güterzug. Die großen Stahltüren der Waggons wurden aufgeschoben. Man trieb die Leute dort hinein, Weinende und Menschen mit verängstigten blassen Gesichtern.

So wie die Lage war, würde man seinem KGB-Ausweis nicht trauen. Man traute nichts und niemandem, schien es. Sie würden nach Dresden oder nach Berlin telefonieren, um zu überprüfen, ob er tatsächlich dem KGB angehörte. Und von dort käme das Kommando, ihn festzuhalten.

Konnte er zwischen zwei Güterwaggons hindurchschlüpfen? Im hellen Scheinwerferlicht sah man jede Bewegung frühzeitig, und alle paar Meter stand ein Bewaffneter. Ein Fluchtversuch wäre mit hohem Risiko verbunden.

Also blieb er besser im Schwarm der Falter. Er ließ sich mit den anderen in einen Waggon drängen. Als der Waggon voll war, wurden die Stahltüren zugeschoben.

Sie standen im Dunkeln. Ein Ächzen ging durch die eiserne Hülle, ein Knirschen, auch vom Nachbarwaggon hörte er es, und vom nächsten und übernächsten, es entfernte sich. Sie fuhren an, sie rollten.

Die Menschen begannen leise zu reden. Eine Frau sagte: »Das machen die wegen der Botschaftsflüchtlinge in Prag.«

»Eine Bankrotterklärung der Regierung!« Der Mann spuckte die Worte aus.

Ein anderer sagte: »Sie müssen die letzten Schlupflöcher stopfen. Anders können sie uns nicht mehr halten. Leute, bis in die Achtziger konnte man noch einfach so nach Polen fahren! Jetzt ist nur die Tschechoslowakei geblieben.«

»Ist passé. Wir sind vollkommen eingesperrt.«

»Was glaubt ihr, warum sie für die visafreien Länder die ›Reiseanlage‹ erfunden haben. Das ist doch bloß ein anderer Name für ein Visum, wenn man ohne ›Reiseanlage‹ nicht nach Ungarn, Bulgarien oder Rumänien fahren darf! Und die Tschechoslowakei, da haben wir jetzt alle diesen Leporello hinten im Personalausweis und kriegen die Stempel rein beim Geldumtausch. ›Einfach so fahren‹, das ging schon lange nicht mehr.«

»Schönes Geschenk zum Republikgeburtstag.«

»Ach, die haben bestimmt wieder eine Erklärung für alles, feindliche Kreise in der BRD haben Provokationen zum 40. Jahrestag der DDR geplant oder so etwas.«

Die unverhohlene Wut der Leute wunderte ihn. Dass sie

ihre Kritik so ungefiltert aussprachen! Fürchteten sie denn keinen Stasi-Spitzel als Mithörer? Wenn sie wüssten, dass er einen KGB-Ausweis in der Jackentasche hatte, würden sie vor Schreck verstummen.

Wo brachte man sie hin? Das war die wichtigere Frage, und endlich wurde sie auch von den anderen gestellt. Sascha stemmte sich gegen die Stahltür. Erleichtert bemerkte er, dass sie etwas nachgab. Eingesperrt waren sie also nicht. Durch den entstandenen Spalt atmete er die kalte Nachtluft und verfolgte ihren Weg mit. Kein Zweifel, es ging zurück nach Dresden. Wenn der Zug einmal abbremste und die Böschung nicht allzu steinig war, fand er vielleicht eine gute Gelegenheit, abzuspringen und sich –

Erschrocken wich er vom Spalt zurück. Da standen Menschen im Dunkel an der Strecke. Er spähte erneut hinaus. Manche versteckten sich im Gebüsch, er sah nur ihre Schemen im Sternenlicht. Andere standen offen da.

Der Mann neben ihm sah ebenfalls durch den Spalt. »Die wollen aufspringen«, sagte er.

Da begriff Sascha. Sie wollten nicht nach Prag, sondern warteten auf Züge von dort! Letzte Woche hatte Hans-Dietrich Genscher vom Balkon der bundesdeutschen Botschaft aus zu den Geflüchteten in Prag gesagt: »Liebe Landsleute, ich bin heute zu Ihnen gekommen, um Ihnen mitzuteilen, dass heute Ihre Ausreise –«

Der Rest des Satzes war im Jubel der über sechstausend Geflüchteten auf dem Botschaftsgelände untergegangen.

Am selben Tag noch waren die Sonderzüge gestartet. Das hatte sich natürlich herumgesprochen.

»Man hätte es gleich machen sollen, vor drei Tagen«, sagte ein anderer. »Ein Kumpel von mir ist hier runter mit dem

Moped und hat es geschafft, als die ersten Züge durchkamen. Er hat aus dem Westen bei seiner Mutter angerufen und hat's ihr erzählt: Die haben im Zug die Tür aufgemacht und ihn reingezogen.«

»Tja, aber uns fahren sie bestimmt nicht in den Westen.«

Sarkastisches Lachen im Waggon.

»Vielleicht lassen sie uns in Dresden raus. Und dann gleich rauf, wenn die Züge durchkommen. Also ich versuch's. Die halten doch in Dresden an, in so einem großen Bahnhof müssen die doch anhalten.«

»Nee, die fahren ohne Halt in den Westen.« Die Frau mit dem etwa dreijährigen Kind auf dem Arm, die das gesagt hatte, wiegte ihr Kind hin und her, um es zu beruhigen.

»Das können Sie nicht wissen.«

Die Frau sagte: »Ich wette, die haben das beobachtet, dass Leute aufgesprungen sind, und haben diesmal alle Türen verriegelt.«

»Und wenn im Zug Feuer ausbricht oder so etwas?«

»Das ist der Regierung egal«, sagte sie. »Aber sie müssen unbedingt noch mal über die DDR fahren aus lauter Stolz oder weil sie im Zug noch Pässe abstempeln wollen oder so.«

Der Mann, der neben ihm am Spalt stand, reichte ihm die Hand: »Manfred. Aus Görlitz.« Er sagte es leise, verschwörerisch. Sein Haar war bereits ergraut, er gehörte zu den Älteren hier. Der Kinnbart war gestutzt, das Gesicht etwas aufgeschwemmt, aber nicht unsympathisch. Vermutlich ein Lehrer, Mathe und Physik oder so etwas.

Er ergriff die Hand. Nein, das war eine Handwerkerhand, schwielig, groß. Also kein Lehrer.

Sascha verwendete den gleichen falschen Namen wie in der Gartenkolonie. Ein tückisches Gefühl der Verbrüderung setzte ein, das sich durch das gemeinsam Erlittene im Waggon speiste. Er mahnte sich zur Vorsicht.

»Alexander? Klingt russisch, wie du das aussprichst.« Er raunte: »Aber du bist nicht von den sowjetischen Truppen ausgebüxt, oder?«

»So was in der Art.«

»Lieber Scholli. Früher oder später musste es so weit kommen, dass ihnen die Truppen weglaufen. Respekt, Alexander. Ich meine, wir riskieren Haft, aber du, für dich steht ja das Leben auf dem Spiel! Wenn ich dir irgendwie helfen kann …«

Sascha war dankbar, dass er die vermeintliche Neuigkeit nicht laut im Waggon verbreitete. »Behalte es unbedingt für dich«, sagte er.

»Du hast recht, man weiß nie.« Manfred blickte sich um. »Saßen die alle im Zug, oder haben sie uns in Bad Schandau jemanden untergeschoben?«

Sascha sah durch den Spalt Pirna. Dann Heidenau. Vielleicht war es doch klüger, sich unbedarft zu geben und weiter mitzufahren. Nur den KGB-Ausweis sollte er entsorgen. Oder besser nicht? Wenn er den durch den Spalt nach draußen warf, durfte er auch die Makarow nicht behalten. Er brauchte den Ausweis zur Erklärung der Waffe. Ohne Waffe aber konnte er sich weiteren Auftragsmördern nicht entgegenstellen, die sich ihm an die Fersen heften würden.

Der Zug schlich in den Dresdner Hauptbahnhof ein. Er blieb mit metallisch quietschenden Rädern stehen. Eine Weile passierte gar nichts. Dann schob man von außen die Stahltüren auf und ließ sie aussteigen. Im Angesicht der Uniformierten verkniffen sich die, die eben noch geschimpft hatten, jeden Kommentar.

Man ließ sie gehen. Also hatte er gut entschieden. Kaum

waren sie auf der Treppe, sagte Manfred: »Guck dir das an. Der Bahnhof ist noch voll. Also sind die Züge noch nicht durch.«

Tatsächlich waren die Gänge überfüllt mit Menschen, obwohl es längst nach elf Uhr abends war. Sprechchöre und Pfiffe hallten vom Bahnhofsvorplatz herüber. Aus den Bahnhofslautsprechern tönte blechern eine Frauenstimme: »Ich fordere Sie zur Ruhe auf. Bleiben Sie ruhig.«

Sascha schob sich ins Gewühl. In Kaliningrad hatte ihm ein Imker erzählt, was geschah, wenn ein Bienenvolk seine alte Königin und die älteren Bienen rauswarf. Für die ältere Generation bedeutete das, dass sie sich ein neues Zuhause suchen musste. Sie flogen fort, um sich in einem Baum ein Nest zu bauen. Starb allerdings kurz nach dem Auszug die alte Königin, versuchten die ausgebürgerten Bienen, stattdessen in den Kasten zu ihrem früheren Volk zurückzukehren. Sie wussten, dass die Wächter des jungen Volks sie am Eingang töten würden, denn die Ausgeschwärmten hatten einen neuen Geruch angenommen. Aber vor dem Rauswurf hatten sich die Bienen den Bauch mit Honig vollgeschlagen, damit sie Reserven hatten für die Suche nach einem neuen Heim. Den boten sie jetzt, während sie im Einflugloch landeten, auf der ausgestreckten Zunge den Wächtern an. Die schleckten das Geschenk ab, und währenddessen rieben sich die Bienen am Wächter und nahmen seinen Duft an. So kamen sie wieder rein.

Er stand Schulter an Schulter mit fremden Menschen. Sie wussten nicht, wer er war und was er getan hatte. Aber er selbst wusste es. Vor sich selbst konnte er nicht davonlaufen, sein eigenes Gewissen klagte ihn an, dass er in der Lage gewesen war, die Pflanzkelle in eine menschliche Kehle zu stoßen.

Er nahm den Geruch des Volks nicht an, er blieb verstoßen. Ging es Soldaten, die im Krieg töteten, auch so? Wenn man mit offiziellem Auftrag etwas tat, war es anders, man folgte Befehlen, man hatte sich einem höheren Gewissen untergeordnet.

Sascha Nikolajewitsch Gandorin existierte nicht länger. Es war nur die traurige Hülle geblieben, ein Wrack, in dem mühevoll das alte Herz schlug.

Er ging nach draußen. Auch dort waren Tausende. Er sah parkende Autos mit Kennzeichen weit entfernter Kreise, Rostock oder Neubrandenburg, sie hatten hier das Auto stehen gelassen und wollten sich selbst in den Westen rüberretten.

Weitere Mannschaftswagen mit Polizisten trafen ein, dabei standen schon Hunderte bereit, manche in dunkelblauer Uniform, andere in grüner. Zwei Polizisten erwiderten seinen Blick.

Rasch wandte er sich um und schob sich zurück in die Bahnhofshalle. Die Grenze zur Tschechoslowakei war dicht. Die Route über Prag musste er sich aus dem Kopf schlagen. Also etwas mit höherem Risiko. Was, wenn er sich eine Uniform beschaffte? Vielleicht kam er so in Berlin über die Grenze. Nur genügte dafür nicht die Uniform eines einfachen Muschiks, es musste die eines hohen Offiziers sein. Wenn er an die gelangte … Generäle ließ man am Grenzübergang sicher mit einem zackigen Gruß passieren. Er war zu jung für einen General, aber mit etwas Kosmetik ließ sich da sicher tricksen. Vielleicht prüfte man bei denen nicht mal die Papiere. Andererseits gingen Generäle nicht zu Fuß, sie wurden gefahren, und das hieß, dass er es nicht allein durchziehen konnte.

Gefälschte Papiere würden alles leichter machen. Es war ärgerlich. Er wusste ja, wo an solche Papiere heranzukommen war: In der Angelikastraße, in der Villa, in der er Seite an Seite mit Putin gearbeitet hatte, Utin-Putin, der ihn jetzt tot sehen wollte.

Zu zweit war es vielleicht auch ohne gefälschte Papiere zu machen. Er sah sich um. Viele waren völlig verschwitzt, sie hatten sich seit Tagen nicht die Haare gewaschen und nur wenig geschlafen. Eine ältere Dame schenkte den Umstehenden Tee aus einer Thermoskanne ein. Auch Sascha nahm einen Becher und trank ihn leer. Sie sagte: »Sie können zu mir nach Hause kommen und dort duschen.«

Er lehnte ab. Stattdessen drängte er tiefer in den Bahnhof hinein. Wo es zu den Gleisen von und nach Prag ging, am Schienenstrang nach Südosten, würden die Verzweifelten stehen, die für ein solches Wagnis zu gewinnen wären. Schon wurde die Menschenmenge dichter. Plötzlich Bewegung. Ein Zug, rief es. Richtung Prag! Ein großes Gedränge zur Treppe begann, wie in Panik schoben die Menschen voran, nur hoch, nur den Zug nicht verpassen. Familien fassten sich an den Händen, um sich nicht zu verlieren. Ein Baby weinte.

Er sah Manfred. Der war die Lösung. Er konnte den Fahrer mimen, so würden sie gemeinsam über die Grenze nach Westberlin gelangen. Jeder hier konnte ein Spitzel der Stasi sein, der ihn sofort festnahm, wenn er ihm den Plan anvertraute. Aber Manfred war Handwerker, kein Geheimpolizist. Er sah es vor sich, wie sie gemeinsam über die Grenze gelangten.

Sascha folgte ihm die Treppe hinauf.

Ein kleiner Junge, fünf oder sechs Jahre alt, klammerte sich mit angstvoll geweiteten Augen an seinen Vater. Sascha war genauso gewesen, als er damals mit seinem Vater eine Militärübung besucht hatte, der Lärm der Panzer, die Schüsse, all das hatte ihn erschreckt, und der Vater hatte ihn auf den Arm nehmen müssen.

Von oben die Entwarnung. Eine Rangierfahrt bloß. Die Menge stöhnte. Sie spülte die Treppe wieder hinab.

Jetzt tönte eine männliche Stimme durch die Lautsprecher: »Bürger, räumen Sie den Bahnsteig! Es beginnen polizeiliche Maßnahmen. Räumen Sie das Bahnhofsgelände!«

Er hielt Manfred am Arm fest. »Hoffst du wirklich noch, nach Prag zu kommen oder auf die durchfahrenden Züge Richtung Westen?«

Manfred sah ihn an. »Ich hab mit dem Mist in diesem Land abgeschlossen.«

»Sie werden uns einkesseln. Es wird Festnahmen geben.« Er bemühte sich, Manfred von der Treppe wegzuziehen.

»So eine Chance kommt nicht wieder.«

»Ich hätte eine andere Idee. Ich spreche fließend Russisch. Wenn wir an ein Auto –«

Wieder ein Zug. Er fuhr auf Gleis 5 ein, wo es Richtung Tschechoslowakei ging. Die Menge kochte. »Komm!« Manfred hastete die Treppe hinauf.

»Warte, lass mich ausreden.« Sascha folgte ihm, um ihn nicht zu verlieren. Der Zug war sicher wieder eine Niete. Aber Manfred war verzweifelt. Das war gut. Er würde bereit sein für einen gewagten Plan.

Die Polizistenketten oben am Gleis wurden vom Gewoge überspült. Trotz Lautsprecherdrohungen stürmten Männer, Frauen und Kinder den Zug. Mit Fäusten und Schlagstöcken bearbeiten die Polizisten die Menge, jagten die Menschen Waggon für Waggon aus den Abteilen. Bahnmitarbeiter schlossen die Türen ab. Der Zug fuhr an, Menschen hängten sich von außen daran, auch Manfred sprang und klammerte sich an einen Türgriff. Er rief nach Sascha und hielt ihm die Hand hin.

Sascha nahm die Hand und kletterte hinauf. Das würde sie immerhin aus diesem Hexenkessel herausbringen. Nie und nimmer würden sie den Zug so die Grenze zur Tschechoslowakei passieren lassen. Am besten sprangen Manfred und er außerhalb der Stadt ab und tauchten in einem Vorort unter, bis sich die Lage in Dresden beruhigt hatte. Dann nach Berlin, die Uniformen und einen Wolga mit den passenden Nummernschildern besorgen, bevor sie die halsbrecherische Aktion versuchten. Halsbrecherisch war gut, es konnte gelingen.

Ein Dritter sprang an ihre Tür, es wurde zu eng. Manfred stieß den Ellenbogen nach ihm. Der Mann wehrte sich. Jetzt rutschte Manfred selber ab. Sascha packte ihn, versuchte, ihn zu halten. Er entglitt ihm. Verzweifelt versuchte Manfred, zwischen den Waggons Halt zu finden. Er stürzte ab, wurde unter den Waggon gerissen. Es gab ein furchtbares knirschendes Geräusch, Manfred schrie, er lag da im Gleisbett, das hinter ihnen zurückblieb, und stieß tierische Laute aus.

Sascha sprang vom fahrenden Zug auf die Böschung hinunter. Er eilte zurück. Er nahm Manfred bei den Achseln und zog ihn von den zermahlenden Eisenrädern fort. Wo die zerrissene Hose endete, schoss dunkles Blut auf den Schotter. »Hilfe!«, rief Sascha. »Hierher, Hilfe!«

Er presste die Wunde zusammen, um zu verhindern, dass Manfred verblutete. Ein Teil des Beines fehlte. Mit aller Kraft drückte er auf den Stumpf im warmen, klebrigen Hosenbein. Der Zug fuhr an ihnen vorüber. Manfred kämpfte keuchend um sein Leben.

Endlich kam Polizei, kamen Sanitäter. Sie übernahmen den Griff am Bein, schoben ihn weg, umringten den vor Schmerzen wimmernden Mann. Nachdem sie ihn notdürftig verbunden hatten, hoben sie ihn auf eine Bahre.

»Wird er überleben?«, fragte Sascha.

»Sieht übel aus«, sagte ein Polizist. »Aber vielleicht schafft er es.«

Sie trugen ihn fort. Sascha stand da. Das Blut an seinen Händen wurde zäh in der kalten Luft, und seine blutdurchnässte Kleidung wurde hart.

Grüppchen von Leuten liefen entlang der Schienen ins nächtliche Dunkel Richtung Südosten. Nach den Polizisten, die ihnen folgten, um sie aufzuhalten, warfen sie Schottersteine.

Ein Polizist rief: »Seid ihr wahnsinnig? Wisst ihr nicht, wie weit es bis zur Grenze ist? Ihr kommt höchstens bis Niedersedlitz. Bis Pirna seid ihr doch umgekippt! Und da fängt das Elbsandsteingebirge erst an!«

Die Menschen ließen sich nicht aufhalten, sie würden an der Strecke lauern, die die Ausreisezüge nehmen mussten, und versuchen aufzuspringen.

Erschüttert stand er da. Er hatte Manfreds Schmerzensschreie noch im Ohr.

»Kommen Sie mal mit«, sprach ihn ein Polizist an.

»Ich habe einem Mann geholfen, der unter den Zug geraten ist.«

»Keine Angst, ich nehme Sie nicht fest. Der Zentrale Zuführungspunkt ist sowieso schon überfüllt. Wohnen Sie in Dresden?«

»Radeberger Straße.«

»Und was wollten Sie hier?«

»Ich ... war nur neugierig. Wollte gucken, was am Bahnhof los ist.«

Der Polizist musterte seine blutverschmierte Kleidung. »So kann ich Sie nicht in die Stadt lassen. Westliche Journalisten haben Stadtverbot, aber man weiß nie, nachher schießt einer ein Foto, und sie bringen das in der Westpresse und behaupten, wir hätten Sie so zugerichtet. Beim Roten Kreuz hier im Bahnhof finden wir bestimmt Ersatzkleidung für Sie.«

In den frühen Morgenstunden gelang es der Polizei, den Bahnhof zu räumen. Müde, übernächtigte Menschen wurden in die Stadt gespült, die Verzweiflung tief ins Gesicht gegraben. Die Züge waren nicht gekommen.

Sascha, in fremder Kleidung, ging mit ihnen. Er frühstückte in einer Kneipe bei kaltem Rauchgeruch und hörte, wie sie am Nebentisch den Plan fassten, zum Bahnhof zurückzukehren. Sie wollten sich zum Schein Fahrkarten für die S-Bahn kaufen und so durch die Polizeisperre auf den Bahnsteig gelangen.

Misstrauisch spähte er nach einem potenziellen Fahrer. Einer von euch, dachte er, wird es tatsächlich in den Westen schaffen.

»Woran denkst du?«, fragte Michael.

Vor dem schmutzigen Fenster ihres Zugabteils zog die herbstliche Landschaft vorüber. Hatte er Franziska gesagt, wohin sie fuhren und dass sie dort gemeinsam übernachten würden? »An Kathleen«, log Annie, »und an die anderen Kinder auf Station. Ich frage mich, ob sie mich vermissen.«

»Aber du musst doch auch mal fehlen dürfen. Was, wenn du erkältet wärst?«

»Du meinst, wirklich, und nicht nur auf dem Papier?« Sie warf einen kurzen prüfenden Blick auf die anderen Fahrgäste im Abteil. Die hatten sehr wohl verstanden. Eine ältere Frau hob die Augenbrauen und spitzte den Mund, während sie weiter aus dem Fenster sah.

Die anderen taten, als hätten sie nicht zugehört. Ein unwürdiges Theater. Natürlich hörten sie zu. Annie versuchte, es auszublenden. Sie war jetzt drei Stunden mit Michael zusammen, und diese kostbare Zeit würde sie sich von den Unbekannten im Abteil nicht vermiesen lassen.

Sie fragte ihn nach den Klassenkameraden an der Sportschule. Dann kamen sie auf Filme, die sie gesehen hatten. Die Unterhaltung war elektrisierend, nicht wegen der Themen, um die es ging, die waren unbedeutend, sondern wegen des Verborgenen, das in ihrem Wortwechsel mitfloss wie eine tiefe und tückische Strömung.

»Entschuldigen Sie«, sagte er mit höflichem Lächeln zu ihr, als würde er sie das erste Mal sehen. »Sind Sie zufällig Krankenschwester? Mir blutet das Herz, wenn ich von Ihrem Filmgeschmack höre.«

»Oh, ein blutendes Herz? Dafür gibt es eine spezielle Behandlung.«

»Die würde es nur schlimmer machen.«

Flirtete er etwa mit ihr? Sie raunte: »Entschuldigen Sie, sind Sie zufällig Filmemacher? Ich habe einen jungen Mann getroffen, der wäre der perfekte Schauspieler für einen großen Liebesfilm.«

Michael musterte sie. Ein Funke glomm in seinem Blick. »Ich hab immer an dich gedacht.«

»Wirklich?«

»Mit schlechtem Gewissen.«

Auf keinen Fall durfte sie sich anmerken lassen, wie sehr seine Worte sie berührten.

»Ich schulde dir eine Erklärung«, sagte er. »Und ich muss mich bei dir entschuldigen. Ich weiß nur nicht, wie.«

»Es gibt nichts, wofür du dich entschuldigen müsstest, Michael.«

»Das sehe ich anders.« Er senkte den Blick.

Warum hast du damals Schluss gemacht?, wollte sie fragen. Aber sie konnte es nicht. Stattdessen fragte sie: »Bist du glücklich mit Franziska?«

»Wir haben Schwierigkeiten wie jedes Paar.« Er zögerte. »Aber oft sind wir glücklich.«

Sie war so dankbar für dieses Zögern, sie hätte juchzen mögen vor Freude. »Denkst du auch manchmal: Das soll jetzt alles gewesen sein? Mal gibt's Erdbeeren, dann blüht eine Blume, man geht in die Schwimmhalle oder füttert seinen Wellensittich. Das ist ja schön und gut, aber das kann doch nicht alles gewesen sein an Freude im Leben.«

Die Reisenden holten ihre Taschen aus den Gepäcknetzen. Es begann ein Geschiebe und Gedränge. Annie nahm sich fest vor, an das Gespräch anzuknüpfen, sobald sie ausgestiegen waren. Der Zug hielt am Dresdner Hauptbahnhof. Annie und Michael spürten nach dem Aussteigen sofort die eigenartige Atmosphäre im Bahnhof. Reisende, die übernächtigt wirkten, frustriert und zornig, Tausende von ihnen. Und überall Polizisten.

»Siehst du?«, sagte sie.

»Ja, ich seh's.«

Das waren die Bilder, die sie brauchten. Hier zeigte sich der Fluchtwille der Bevölkerung, ein stummer Widerstand gegen die Regierung, die sich auf Transparenten an Fabrikmauern und Schulen zum »Sieger der Geschichte« erklärt hatte.

Letzte Woche in der Samariterkirche beim Gebet für die politischen Gefangenen hatte es geheißen, dass sich in Leipzig mindestens siebzehn Oppositionelle in Haft befanden. Außerdem hatten die Behörden gegen zweiundzwanzig Teilnehmer der Leipziger Friedensgebete Ordnungsstrafen von über 60 000 Mark verhängt.

Derweil besuchte Egon Krenz, Honeckers Stellvertreter, China. Ausgerechnet! Er hatte dort erst vor wenigen Tagen den mitreisenden Journalisten gesagt, Klassensolidarität sei für die

Kommunisten der DDR »eine Sache der Klassenehre und Klassenpflicht«. Man stehe »auf der Barrikade der sozialistischen Revolution« dem gleichen Gegner gegenüber.

Eine unverhohlene Drohung an die Widerständler im eigenen Land, nachdem sie in China die Panzer gegen die Rebellen geschickt hatten. Auch hier gab es Panzer, russische, jede Menge.

Die Situation in Dresden hatten sie richtig eingeschätzt, gut, dass sie gleich losgefahren waren. »Das kannst du gut filmen, oder?«, sagte sie.

»Vergiss es. Nicht im Hellen. Die lochen mich ein, und die Kamera ist weg.«

Sie traten aus dem Bahnhofsgebäude. Michael sah sich kurz um, dann zog er Annie zur Straßenbahnhaltestelle. »Lass uns herumfahren, bis es dunkel wird.«

Sie stiegen in eine Tram ein. Kaum hatten sie den Bahnhof und die vielen Polizisten hinter sich gelassen, zog Michael verstohlen die Kamera heraus, klappte sie auf und machte erste Aufnahmen.

15

Oberstleutnant Wladimir Putin tunkte das Weißbrot in die Soljanka und rührte damit den Sauerrahm zu einer Spiralgalaxie. Er biss ab. Noch einmal tunkte er das Brot ein und aß ein vollgesogenes Stück davon. Dann legte er das Brot weg und begann, die Suppe zu löffeln. Das Restaurant »Picknick« war gut besucht. Seit er eingetreten war, waren sieben neue Gäste gekommen. Er prägte sich ihre Gesichter ein, ihre Kleidungsstücke, Brillen, Schuhe.

Als er die Suppe ausgelöffelt hatte, wischte er die Schüssel mit dem restlichen Brot aus. Er bezahlte, verließ das »Picknick« und lief Richtung Pirnaischer Platz. Er überquerte den Platz, betrat die Thälmannstraße. Der Altmarkt bot eine gute Gelegenheit für einen Richtungswechsel. Er wandte sich nach Südost, passierte das Hygienemuseum, ging entlang des Bürgerparks und wechselte erneut die Richtung, indem er in die Richard-Sorge-Straße einbog. Richard Sorge, ein Mann, der für seine Geheimdienstarbeit den Titel »Held der Sowjetunion« verliehen bekommen hatte. Wie passend.

Gab es Überwacher, waren sie gezwungen, nahe an ihm dranzubleiben. Aber keines der eingeprägten Gesichter tauchte wieder auf, und auch sonst wiederholten sich keine Begegnungen. Vor dem Dynamo-Stadion holte er eine leere Bierflasche aus seiner Aktentasche und stellte sie gut sichtbar unter eine Bank.

Er spazierte weiter, langsamer jetzt. Nach einigen Minuten gesellte sich Gennadi Timtschenko zu ihm. Er trug einen dunkelgrauen Mantel aus feinem Wollstoff, zu fein, um als Produkt der Länder des Warschauer Pakts durchzugehen. Putin ärgerte sich. Er fragte auf Russisch: »Irgendwelche Sicherheitsbedenken?«

»Ich bin sauber«, sagte Timtschenko.

»Gehen wir ein Stück.«

Es hingen schon Spruchbänder und Transparente. Emsig bereitete die DDR ihren 40. Republikgeburtstag vor. Die Regierenden begriffen es nicht. Ihnen blieb, wenn es hochkam, noch ein halbes Jahr. Die Sowjetunion war am Ende, und damit über kurz oder lang auch die DDR.

Sie tanzten an Deck, das Orchester spielte, die Sterne funkelten, und sie verdrängten, dass das Schiff einen Eisberg gerammt hatte. Dabei war es Zeit, Vorsorge zu treffen. Die Schätze aus dem Schiffsbauch mussten verladen und fortgeschafft werden, bevor es versank.

Die größten Schätze gab es in der Sowjetunion. Allerdings würden die neuen Machthaber dort den KGB fürchten. Sie würden keinen Geheimdienst dulden, den sie schwer kontrollieren konnten und der alle Bereiche der Gesellschaft durchdrungen hatte. Also würden sie versuchen, den KGB abzuschütteln. Alte Geschichten würden aufgewärmt werden, man würde Prozesse anstrengen und dem KGB Ungesetzlichkeit vorwerfen, und feige Überläufer wie Sascha Nikolajewitsch Gandorin würden auspacken.

»Wie gut ist dein Deutsch?«, fragte Putin. Timtschenko hatte, als er Kind war, einige Jahre in der DDR gelebt. Sein Vater war als ranghoher Militär hier stationiert gewesen.

»Warum?«

»Wir werden gleich auf Deutsch weiterreden. Wenn der dritte Mann da ist.«

Timtschenko schnalzte missbilligend mit der Zunge.

»Ein fähiger Mann. Du wirst sehen.«

»Ich traue ihm nicht. Und wenn ich's mir recht überlege, traue ich auch dir nicht, товáрищ.«

»Gut so. Ich kann bei dieser Operation niemanden gebrauchen, der blauäugig ist.«

Sie gingen noch eine Weile, dann traf der dritte Mann ein. Matthias Warnig war klein. Sein rundes Gesicht ließ ihn harmlos erscheinen. Ohne Timtschenko und Putin die Hand zu geben, gesellte er sich zu ihnen.

Warnig war ein Risiko, das wusste er. Mit Timtschenko hatte er am Rotbanner-Institut studiert, bevor er selbst nach Dresden und Timtschenko nach Wien und Zürich entsandt wurde. Auf ihn konnte er sich verlassen. Aber Warnig hatte die letzten Jahre in Westdeutschland gelebt, es hatte wenig Möglichkeiten gegeben, ihn zu überprüfen.

»Wer ist er?«, fragte Timtschenko missgelaunt. Immerhin hatte er Deutsch gesprochen, das war schon ein Entgegenkommen.

Putin sagte: »Niemand kann so gut Leute gewinnen wie er.« Timtschenko würde wissen, was das hieß. Warnig war vor fünfzehn Jahren von der Stasi rekrutiert worden und steil aufgestiegen. Er hatte mehr als zwanzig Undercoverleute im Westen angeworben, die militärisch relevante Kenntnisse aus dem Luft- und Raumfahrtsektor beschafften. Ein solches Netz aufzubauen, das gelang nur mit immenser Menschenkenntnis. Geschick und Überzeugungskraft gehörten dazu, in einem Ausmaß, das seinesgleichen suchte. Offiziell war er wissenschaftlicher Mitarbeiter der DDR-Handelsmission in Düsseldorf gewesen, während er in Wahrheit mit seinen Undercoverleuten die westliche Wirtschaftselite ausspionierte. Dass er vor Kurzem ins Visier des Verfassungsschutzes gekommen war und man ihn nach Ostberlin hatte abziehen müssen, schmälerte seine Erfolge nicht. »Wir brauchen ihn.«

Nun fragte Warnig seinerseits: »Und er?« Der frostige Empfang durch Timtschenko schien ihn nicht zu stören, er wirkte entspannt.

»Ich bin Handelsexperte«, sagte Timtschenko.

»Gute Tarnung. Österreich? Schweiz?«

Timtschenko hob verblüfft die Brauen.

Ja, dachte Putin. Er geht ran, ohne Beißhemmungen.

»Ich hoffe, es ist die Sache wert«, sagte Warnig. »Dresden ist derzeit etwas … ungünstig zu erreichen.«

»Zumindest wird euch in diesem Chaos niemand bemerken«, sagte Putin. »In fünf Minuten wisst ihr, wozu ich euch brauche, und ihr könnt eure Entscheidung treffen.«

Timtschenko brummte: »Du hast es geschafft, äußerst geheimnisvoll zu klingen.«

Von den nächsten Minuten hing viel ab. Eigentlich hatten die beiden keine Wahl mehr, sobald er ihnen alles offenbart hatte. Er sagte: »Der Sowjetunion geht im Kampf gegen den Westen die Kraft aus. Wir müssen uns auf eine neue Zeit vorbereiten. Bevor sie den KGB zerschlagen, müssen wir Kraftreserven gebildet haben. Im Ausland, wo es schwierig nachzuverfolgen ist.«

Timtschenko blieb stehen. »Das ist Verrat.«

»Wir sichern die Gelder der Partei für die Zeit nach dem Zusammenbruch.«

»Das sollte die Partei selbst entscheiden. Sonst ist es Hochverrat und Diebstahl.«

»Verstehst du nicht? Der Abstand zum Westen wird immer größer. So wie wir technologisch hinterherhinken, sind wir längst zur Lachnummer geworden.«

Dass Warnig schwieg, irritierte ihn mehr als Timtschenkos Aufbegehren. »Es gibt eine Gruppe progressiver Leute im KGB«, sagte Putin, »die arbeiten schon seit Anfang der Achtziger daran, wie sich Elemente der Marktwirtschaft in die sowjetische Wirtschaft einbauen lassen könnten, um einen Wettbewerb zu schaffen.«

Timtschenko lachte heiser. »Ich habe nicht hinter dem Mond gelebt, Genosse. Glaubst du, ich habe nie vom Institut für Weltwirtschaft gehört?«

»Du weißt davon, aber du kennst nicht die ganze Wahrheit.«

»Auf deren Ideen hat Gorbatschow seine Reformen aufgebaut, ›Glasnost‹, ›Perestroika‹ und so weiter. Ich stimme dir zu: Wir müssen die Kontrolle des Staates über Wirtschaft und Politik ein wenig zurückfahren. Davon habe ich ja selbst auch profitiert.« Timtschenko kniff die Augen zusammen. »Aber das ist es nicht, worauf du hinauswillst. Du willst keine Reformen.«

»Ein Teil der Progressiven im KGB ist der Auffassung, dass es trotzdem zu einem Kollaps kommen wird.«

»Ein Kollaps …«

»… der gesamten Sowjetunion.«

Timtschenko sagte: »Das sind nur Prognosen, Wolodja.«

»Richtig. Niemand kann die Geschichte voraussagen.«

»Wie bitte? Niemand kann die Geschichte voraussagen? Der Historische Materialismus hat bewiesen, dass sich die menschliche Gesellschaft gemäß gesetzmäßiger Prozesse entwickelt.«

»Wir halten es für wahrscheinlich, dass ein Zusammenbruch kommen wird.«

»Wer ist wir?«

Putin schwieg.

»Ist jemand von den Ostdeutschen eingeweiht?« Timtschenko warf einen flüchtigen Blick auf Warnig.

»Bisher nicht. Und so würde ich es gern belassen.« Putin räusperte sich. »Das sowjetische System des Sozialismus hat die Prüfung nicht bestanden. Nicht mal die Leitung der Landwirtschaft funktioniert, es muss fortwährend im Westen Getreide zugekauft werden. Und die Greise, die unsere Bürokratie anführen, fahren alles ins Verderben. Sie sind skrupellos und korrupt, und sie begreifen den Westen nicht. Das sowjetische System verfault von innen heraus. Also müssen wir handeln.«

»Augenblick, du Schwarzmaler. Menschen haben ihr Leben gelassen! Sie haben ihrem Land aufrichtig gedient. Und unterschätze Michail Gorbatschow nicht. Er sieht ziemlich klar, was die Stunde geschlagen hat.«

»Aber er unternimmt nicht die richtigen Schritte. Er hat Krjutschkow als KGB-Vorsitzenden eingesetzt, und der hat den Botschafter der Vereinigten Staaten in seinem Büro empfangen, im Büro des KGB! Das sagt doch schon alles. Er hat sich von westlichen Korrespondenten interviewen lassen! Längst werden im Apparat Forderungen laut, den KGB zu verkleinern. Und ihr seht, was hier in Dresden los ist, und in Leipzig und Berlin. Der KGB wird bald nicht mehr auf einen ostdeutschen Geheimdienst zählen können, der uns bei Operationen gegen die BRD und die NATO unterstützt. Fällt die DDR, verlieren wir unsere größte Auslandsbasis, die Station in Berlin-Karlshorst. Selbst das zentrale Datensystem im KGB-Zentrum in Moskau, SOUD, läuft auf einem ostdeutschen Computer. Wie eine Welle wird sich das Chaos ausbreiten.«

Timtschenko lachte. »Du hättest Untergangsprophet werden sollen.«

Warnig blieb ernst. Er fragte: »Markus Wolf, was ist eigentlich aus dem geworden?«

Warnig stellte die richtigen Fragen.

Timtschenko brummte: »Leitet er nicht mehr den Auslandsgeheimdienst? Es lief doch großartig für ihn bei der Hauptverwaltung Aufklärung, was ich so gehört habe.«

Putin sagte: »Er ist ausgestiegen. Hilft jetzt seinem Bruder Konrad dabei, seine Memoiren über die gemeinsame Kindheit in Moskau zu schreiben.«

Warnig fuhr sich mit der Hand über die Stirn. Eine kleine Geste war es nur, ein kurzes Wischen. »Der Tiger frisst jetzt also Gras«, sagte er leise.

Er glaubte es nicht. Binnen Sekunden hatte er alles durchschaut.

Warnig war der richtige Mann. Auch Timtschenko hätte er gern eingeweiht in die geheimen Treffen, die in Wolfs Wohnung in Berlin stattfanden. Aber er hatte keine Freigabe dafür. Noch nicht. Warnig jedenfalls hatte sich schon selbst Gedanken gemacht, das war deutlich. Er passte in den Kreis.

»Machen wir es konkret. Vordergründig muss es um Demokratie und Reformen gehen. Hinter den Kulissen aber muss der KGB die Kontrolle behalten. Wie schaffen wir das Geld ins Ausland? Da kommst du ins Spiel, Timtschenko, und dein Unternehmen in Leningrad. Gorbatschow hat dir gestattet, Produkte im Ausland zu vertreiben, richtig?«

Timtschenko widersprach nicht.

»Wir werden dafür sorgen, dass man deiner Киришинефтехимэкспорт* zu Spottpreisen sowjetisches Erdöl verkauft.

---

* Kirischineftechimexport, auch Kinex: Außenhandelsgesellschaft und Tochter der Kirischi-Raffinerie

Du musst nicht in bar bezahlen. Wir vereinbaren, sagen wir, ein Tauschgeschäft mit der Stadt – im Gegenzug für das Erdöl sollst du Leningrad Lebensmittel liefern. Ob du das am Ende wirklich tust, überwacht ein Mitarbeiter der Stadtverwaltung, den wir auf unserer Seite haben. Er wird die Sache unter den Tisch fallen lassen, während du, um den Schein zu wahren, einen winzigen Bruchteil der vereinbarten Mengen lieferst. Du hingegen verkaufst das Erdöl, das du zu einem Hundertstel des Weltmarktpreises erhalten hast, mit der Sonderlizenz des Außenhandelsministeriums auf dem internationalen Markt. Die immensen Profite gehen komplett an dich. Du bewahrst sie sozusagen für den KGB auf. Später dehnen wir das Ganze auf weitere Rohstoffe aus, Seltene Erden, Kupfer, Aluminium, und bauen ähnliche Handelswege mit weiteren Geschäftsleuten auf.«

»Ich soll also mein Vaterland bestehlen.«

»Du stiehlst heute, aber wir geben morgen zurück.«

»Wir … das heißt, der KGB?«

»Ein kluger Plan«, sagte Warnig.

»Ach so, und warum?«, fragte Timtschenko gereizt.

»Man könnte das Geld auch in Firmen im Ausland investieren«, erklärte Warnig, »oder Aktien kaufen. Aber das hinterlässt Spuren. Jede Banküberweisung ins Ausland lässt sich zurückverfolgen. Rohstoffe dagegen hinterlassen keine Spur, man kann sie ohne Papierkram aus dem Land schaffen. Die Sowjetunion hat gewaltige Rohstoffbestände, vor allem das Militär besitzt Berge an Aluminium, Kupfer, Stahl, Titan und anderen Metallen, gehortet für den Notfall. Außerdem gibt es Erdgas und Nickelvorkommen, Öl und Waffen. Wenn wir es geschickt anstellen, können wir sie ins Ausland verkaufen, ohne allzu große Spuren zu hinterlassen.«

Timtschenko klang plötzlich heiser. »Ihr wollt Milliarden aus der Sowjetunion abpumpen.«

»Und dazu brauchen wir Leute wie dich, denen wir vertrauen können. Treuhänder.«

»Ich soll eine общак führen«, sagte er leise.

Obschak, so bezeichneten Kriminelle die Bandenkasse. Sie überließen engen Verbündeten große Mengen Geld, um es für sie zu verwalten. »Du wirst reich werden. Steinreich. Und irgendwann gibst du einen Teil des Geldes zurück.«

»Wer ist in der KGB-Führung in die Sache involviert?«

Er schwieg.

Timtschenko insistierte. »Sag mir einen Namen. Wenn ich meinen Kopf hinhalten soll, muss ich mehr wissen.«

Putin zögerte. Dann sagte er: »In Ordnung. Du bekommst einen Namen. Gorbatschows stellvertretender Generalsekretär ist dabei, Wladimir Iwaschko.«

Vom Fučikplatz her kam eine Straßenbahn, Linie 10. Sie hielt gegenüber der Zufahrt zum Hygienemuseum. Fuhr wieder an. Er sah in die erleuchteten Fenster der Tram.

Ein junges Pärchen fiel ihm auf. Der Mann hielt seine Hand in eigenartiger Pose erhoben. Es sah aus, als hinge ein dunkler Gegenstand an der Handfläche. War das eine Kamera? Der Mann filmte mit einem westlichen, kleinen Camcorder. Er hielt die Linse geradewegs auf sie gerichtet.

Putins Herz schlug schneller. War das ein Zufall? Aber was filmte er hier? Die Bäume? Die Pioniereisenbahn war nicht zu sehen, und das Dynamo-Stadion befand sich auf der anderen Straßenseite. Er filmte in den Großen Garten hinein. Er filmte sie.

Die Tram verlangsamte für die nächste Haltestelle ihre Fahrt. »Denkt darüber nach. Ich stopfe währenddessen ein

Sicherheitsloch.« Er spurtete der Tram nach. Als er ankam, schloss sie bereits wieder die Türen und fuhr an. Er rannte ihr hinterher. Sie bog um die Ecke Richtung Hauptbahnhof, er sah, dass der Mann die Hand mit der Kamera senkte, um unauffälliger aus der Hüfte zu filmen.

Alle ausländischen Korrespondenten waren wegen der Unruhen aus der Stadt gewiesen worden. Es sollte keine Berichte darüber geben. Wenn die beiden keine Journalisten waren, wer waren sie dann? Hatten feindliche Geheimdienste sie geschickt?

Er bog in die Wiener Straße ein und sah, wie die Bahn beschleunigte, sie fuhr vor gen Leninplatz. Dort verlangsamte sie und hielt. Sein Hals schmerzte vom hart stoßenden Atem, und er spürte seine Beine schwerer werden. Trotzdem gönnte er sich kein Nachlassen. Sie würden aussteigen, am Hauptbahnhof würden sie untertauchen wollen in der Menschenmenge. Es gab dort viele Ein- und Ausgänge, jede Menge Möglichkeiten.

Annie gab Michael Deckung gegenüber den anderen Fahrgästen in der Straßenbahn, damit der Camcorder kein Aufsehen erregte. Immer noch konnte sie kaum fassen, dass in dem kleinen Kasten all die Bilder gespeichert wurden, die das »Auge« der Kamera gerade sah.

»Das können wir alles für die Doku verwenden«, sagte Michael leise, ohne den Blick von draußen abzuwenden.

Polizisten mit weißen Schilden und Helmen rückten an. Michael filmte jetzt aus der Hüfte, am unteren Rand des Straßenbahnfensters.

Die Straßenbahn hielt vor dem Hauptbahnhof, die Türen gingen auf. Jemand im Waggon rief: »Scheißbullen!«

Draußen wendeten sich behelmte Köpfe. Am Rande der »Sturmtruppen« standen Volkspolizisten mit einfachen Schirmmützen. Die traten sofort in die offenen Straßenbahntüren. »Wer war das?«

Die Fahrgäste schwiegen betroffen.

Rechts und links der Bahn stellten sich Polizisten mit Hunden auf.

Konnte der Fahrer die Bahn nicht einfach abklingeln? Annie hielt die Luft an. Sie sah, dass Michael die Kamera in seiner Umhängetasche verschwinden ließ.

Ein Polizist kam auf ihn zu. »Warst du das?«

Er verneinte.

»Wolltest deiner Kleinen hier imponieren, hm?«

»Ich war es nicht«, sagte er.

»Dann zeige auf den, der es war.«

Michael rührte sich nicht.

Der Polizist brüllte: »Ihr haltet euch wohl für besonders schlau, wie?« Er drehte sich zur Länge des Waggons um. »Die Straßenbahn wird geräumt! Alle steigen aus und legen sich flach auf den Boden!«

Zögerlich erhoben sich die Ersten.

Er wiederholte den Befehl. »Raus und hinlegen!«

Sie standen auf, verließen zitternd die Bahn. Die Hunde an den Türen warfen sich in die kurzen Leinen und bellten böse. Männer, Frauen und Kinder legten sich auf den Boden, das Gesicht nach unten, kreuzweise lagen sie da, wie niedergemäht. Annie legte sich neben Michael auf die kalten Steine des Straßenpflasters.

Vorsichtig drehte sie den Kopf zur Seite, sah die schwarzen Schuhe der Polizisten. Daneben Hundebeine. Eine Frau schluchzte. Eine andere versuchte, ihr Kind zu beruhigen. Die Männer schwiegen.

Annie hob den Kopf und spähte zur Straßenbahn. Eine alte

Frau stand dort, die als Letzte ausgestiegen war und jetzt verzweifelt um sich blickte.

Annie nahm Michaels Beutel, stand auf und ging zur Frau. Niemand hielt sie auf. Sie führte die Alte zu einer der Türen. Die Frau war völlig verängstigt, Annie spürte, dass ihr Arm zitterte.

Ein Polizist trat auf sie zu.

Annie sagte: »Bitte, wir möchten mit der Straßenbahn weiterfahren.«

Er sah die Alte an, dann Annie. Wortlos machte er ihnen Platz.

Als sie im Wagen saßen, schlossen sich die Türen. Die Bahn fuhr mit ihnen ab. Annie sah aus dem Fenster. Zwanzig, dreißig Menschen lagen am Boden, darunter Michael. Aber man konnte bei ihm keine Kamera mehr finden.

Es war feige, von hier zu verschwinden. Nur wem nützte es, wenn sie gemeinsam festgenommen wurden?

Die alte Frau sagte: »Ist das nicht schrecklich? Es erinnert mich an Nazideutschland.«

Die Tram hatte ungewöhnlich lange auf dem Platz vor dem Hauptbahnhof gestanden, bevor sie abfuhr. Etwas stimmte nicht.

Als er ankam, sah er Menschen auf dem Boden, das Gesicht auf dem Straßenpflaster, die Hände hinter dem Kopf. Polizisten gingen von einem zum anderen und brüllten sie an, sie sollten Männer sein und zu ihrer Tat stehen.

Putin ging auf einen der Polizisten zu. Er zeigte seinen KGB-Ausweis. »Ich suche ein Pärchen, das im hinteren Straßenbahnwagen saß.«

Der Polizist sah sich um. »Die hier sind aus dem hinteren

Waggon. Aber ich sehe kein Pärchen.« Er rief: »He, ihr da – wer saß hinten und ist zu zweit hier?«

Niemand rührte sich. Putin ging die Liegenden ab. Sie war klein gewesen, mit halblangen glatten Haaren, er breitschultrig, dunkel, womöglich gelockt. Aber die Kleine war nicht da, nur der da, der ihr Partner gewesen sein könnte. Putin ging zu ihm. »Aufstehen.«

Der Mann erhob sich.

»Wo ist Ihre Tasche?«

»Ich habe keine. Ich fahre bloß zu einem Freund.«

Er tastete ihn ab. Die Kamera war klein gewesen, aber so klein auch wieder nicht. Er hatte sie nicht bei sich.

War er es doch nicht gewesen, und das Pärchen war in den Bahnhof entkommen? Er wandte sich zum Polizisten um. »Waren das alle? War da nicht noch eine Kleine mit halblangen Haaren?«

»Da war eine Alte mit ihrer Enkelin. Die haben wir weiterfahren lassen. Die Beschreibung könnte ... ja, die könnte eventuell auf die Enkelin passen.«

Es machte ihn wütend. Ein Geheimdienst, der ostdeutsche Oppositionelle für sich instrumentalisierte? Die hatten das Treffen auf Band, verdammt. »Hat sie gesprochen? Haben Sie sie reden gehört? War es Sächsisch?«

»Nein. Hochdeutsch. Oder, na ja, ein Dialekt aus Brandenburg oder Berlin, möglicherweise.«

Das passte. Der Typ in der Cordjacke redete auch so. »Wer ist der Einsatzleiter hier? Ich will ihn sprechen.«

Man brachte ihn zu einem Polizisten mit drei goldenen Rangsternen auf den Schulterstücken der Uniform. Er unterwies gerade einige Untergebene. Der Schweiß stand ihm auf der Stirn.

Putin stellte sich vor. Er verlangte ein Gespräch unter vier Augen.

Nach kurzem Zögern schickte der Einsatzleiter seine Männer fort. Er musterte Putin. »Sagen Sie nicht, es gibt noch mehr Probleme.«

»Sie haben dort hinten einen Gefangenen. Ich möchte, dass Sie ihn für zwei Stunden wegsperren. Anschließend benachrichtigen Sie mich und lassen ihn frei.«

»Hören Sie, ich habe hier eine Lage, die sich gewaschen hat. Ich kann nicht noch auf Sonderwünsche –«

»Sie können. Und Sie werden. Die Haftbedingungen sollen sich nicht von denen der anderen Rowdys unterscheiden. Außerdem werden Sie und Ihre Männer Ausschau nach seiner Komplizin halten. Sie ist klein, hübsch, mit halblangen Haaren und trägt eine blaue Kapuze mit Kunstpelzbesatz.«

Die Augen des Einsatzleiters wurden klein. »Wie ich schon sagte, wir haben im Moment anderes zu tun.«

Putin rührte keine Miene. »Sie werden ein kluger Mann sein und tun, was ich Ihnen gerade gesagt habe.«

»Wenn Sie ein dringendes Anliegen haben, wenden Sie sich bitte an Generalleutnant Willi Nyffenegger.«

»Ihr Generalleutnant interessiert mich einen Dreck«, sagte er leise. »Ein Anruf in Moskau, und Sie sind noch heute Nacht Ihren Posten los. Legen Sie Wert darauf, unehrenhaft entlassen zu werden nach all den Jahren?«

Der Einsatzleiter wurde rot vor Wut. Er kaute auf Worten. Dann aber sagte er zu, seine Leute entsprechend anzuweisen.

Putin schrieb ihm die Büronummer auf. »Dort erreichen Sie mich. Eine halbe Stunde, bevor Sie ihn freilassen, muss ich Bescheid bekommen.«

Er verzichtete auf jede Form der Verabschiedung. Leute wie

dieser Polizist verstanden Befehle. Besser noch, er begriff gleich, wer wem gegenüber weisungsbefugt war.

Timtschenko und Warnig empfingen ihn im Großen Garten mit professioneller Kühle. »Probleme?«, fragte Warnig.

»Nichts, was sich nicht lösen lässt«, sagte er. »Verlieren wir keine Worte mehr darüber.« Fokussieren war jetzt die Devise. Er machte ihnen noch einmal deutlich, dass die Sache, über die sie vorhin gesprochen hatten, in seinen Augen alternativlos war.

Zu seiner Überraschung hatte Warnig sich bereits entschieden. Sie verbrachten gemeinsam zehn Minuten damit, Timtschenko zu bearbeiten. Dann hatten sie auch ihn soweit.

Er stimmte nicht gern zu, das war deutlich. Aber ihm war wohl unangenehm bewusst geworden, dass ein Nein ihn nicht davon befreite, Mitwisser zu sein, und dass die Mitwisserschaft mindestens genauso große Gefahren mit sich brachte.

Im Büro war er um diese Uhrzeit allein. Putin wählte einen beigefarbenen Schal und eine Wollmütze, die er tief über die Ohren zog. Dazu klebte er sich ein dunkles Muttermal auf die Wange, und setzte eine dickrandige Brille auf. Er besah sich prüfend im Spiegel. Der Filmer würde ihn nicht wiedererkennen. Nicht mal Ljudmila würde auf Anhieb wissen, wer er war.

Der Filmer hatte die Tasche mit der Kamera seiner Freundin mitgegeben. Bevor sie nach Berlin zurückkehrten, würden sie sich an einer vorher verabredeten Stelle treffen. Ob er dort zugreifen oder besser abwarten und noch beobachten sollte, wem sie den Film lieferten?

Das Telefon klingelte. Das konnten sie unmöglich schon sein. Zwei Stunden, hatte er gesagt. Konnten sie nicht mal eine simple Anweisung befolgen? Er nahm ab.

Eine tiefe Männerstimme begrüßte ihn knapp. Klose, sein Mann bei der K1, dem Bereich der Kriminalpolizei, der sich um die Überwachung der DDR-Bürger kümmerte. »Wir haben jemanden, auf den die Beschreibung passt.«

Putin sprang auf. Er riss sich Mütze und Brille vom Kopf. »Halten Sie ihn fest. Höchste Vorsichtsmaßnahmen. Der Mann ist gefährlich.«

»Verstanden.«

Die Verkleidung stopfte er in einen Beutel. Er würde den Zentralen Zuführungspunkt von der K1 aus anrufen.

Unterwegs kam ihm eine Idee. Wie wäre es, wenn er *ihn* die Drecksarbeit erledigen ließ? Die Sache war schließlich nicht ungefährlich. Womöglich arbeitete das Pärchen für die CIA oder den BND. Wer ihnen nachstellte, riskierte, enttarnt zu werden. Und war man einmal verbrannt, waren Reisen in den Westen für die Zukunft passé. Man landete in der Verwaltung, bekam einen Rentnerjob.

Zudem würde es Fragen nach sich ziehen, wenn er schon wieder tagelang verschwand. Er hatte hier genug auf dem Tisch. General Schirokow war bisher nachsichtig gewesen. Er durfte den Bogen nicht überspannen.

In der K1 wollten sie ihn zur Zelle führen, aber er sagte: »Nein. Bringen Sie ihn in einen Verhörraum. Und dann lassen Sie mich dort mit ihm sprechen.«

Als sie ihm nach einigen Minuten Bescheid gaben und ihm den Raum wiesen, zögerte er. Ihre Ausbildung war dieselbe. Sie waren in denselben Methoden geschult worden. Wie konnte er sicher sein, dass er nicht getäuscht wurde?

Er betrat den Verhörraum. Der Stiernacken, der kurze Haarschnitt, alles passte. Also war er tatsächlich nach Dresden zurückgekehrt. Putin schlug ihm mit Wucht ins Genick.

Der Stämmige drehte sich mit schmerzverzerrtem Gesicht um und erschrak.

Putin hatte längst die Makarow gezogen. Er drückte ihm die Mündung an die Schläfe. »Glaubst du, wir wissen nicht, wo du bist? Hast du gedacht, du pfuschst in meinen Sachen herum und verschwindest dann einfach?«

Sascha hob die Hände. »Ich bin kein Verräter. Ich hab niemandem was gesagt.«

»Tja, wer weiß, vielleicht hast du es noch vor. Wir wollen doch kein Risiko eingehen, nicht?«

Saschas Schultern verkrampften sich. »Du hast dich merkwürdig verhalten. Und mein Vorgänger hatte einen ›Autounfall‹! Du hättest genauso nachgeforscht. Das ist purer Überlebenswille. Mehr steckt nicht dahinter, wirklich.«

Lügen! Den Anruf in Moskau verheimlichte er vor ihm. Und das Gespräch mit Müller von der Staatssicherheit. »Du stehst also noch auf unserer Seite?«

»Das tue ich!«

»Beweise es.«

»Wie?«

Die Angst war echt. Angst war ein starker Faktor. Zu trauen war ihm nicht, aber womöglich war er in seiner Verzweiflung noch einmal nützlich, bevor sie ihn ausschalteten. »Ich will, dass du jemandem folgst, der eine westliche Kamera hat. Er bringt sie mit seiner Freundin vermutlich nach Berlin, in Oppositionskreise. Es sind schädliche Aufnahmen gemacht worden. Bring mir das Band und die Namen der Täter. Dann wirst du strafversetzt, und die Sache ist geklärt. Die Speznas nehmen dich wieder von der Todesliste. Voraussetzung ist, dass du das ordentlich erledigst.«

Sascha überlegte. Die Leute, die ihn im Schrebergarten aufgespürt hatten, waren garantiert nicht von den Speznas gewesen. Die gehörten zur Abteilung 13. Schon wegen der Frau. Bei den Speznas gab es keine Frauen. Vielleicht kümmerten Putin solche Details nicht. Oder er versuchte, ihn zu täuschen und die Schuld von sich abzuwaschen, um seine neue Rolle als Verbündeter zu stützen.

Sein Tod war immer noch geplant. Man würde ihn nicht rehabilitieren. Einen Mordauftrag wandelte der KGB nicht einfach in eine Strafversetzung um. Er war Putin nur noch einmal für kurze Zeit nützlich.

Das Gesicht, das sonst nie etwas verraten hatte, war angespannt. Die Filmaufnahmen, die jemand gemacht hatte, mussten tatsächlich von Bedeutung sein. »In Ordnung«, sagte er. »Ich finde das Band.«

»Und die jungen Leute, die gefilmt haben. Er ist gerade in Polizeihaft. Das Mädchen hat das Band. Er ist groß, sportlich, dunkelhaarig. Sie kleiner, hübsch, mit halblangen Haaren. Er trägt eine Cordjacke, sie eine blaue Kapuze mit Kunstpelzbesatz. Wenn er freikommt, stehst du schon parat.«

Also war nicht nur entscheidend, dass sie Filmmaterial hatten, sondern auch, was sie selbst gesehen hatten. Es musste etwas sein, das Putin gefährlich werden konnte. Genau aus diesem Grund würde er den Auftrag annehmen und die beiden finden: nicht um Putins Weste reinzuwaschen, sondern um etwas gegen ihn in der Hand zu haben. Womöglich konnte er sich damit den Weg in den Westen freikaufen.

Putin nahm die Waffe herunter. »Das Band gegen dein Leben. Ist ein gutes Geschäft. Vermassel es nicht.«

»Was haben sie gefilmt?«, fragte er. Sicher waren es nicht nur die Proteste am Hauptbahnhof gewesen.

»Unwichtig.«

Sie beide wussten, dass das nicht stimmte. »Du meinst, es ist geheim. Aber ich brauche mehr Informationen. An wen werden sie es verkaufen wollen?«

»Genau das muss ich wissen. Du folgst ihnen nach Berlin oder wohin auch immer sie fahren. Verhindere die Übergabe. Und finde heraus, wer die Auftraggeber sind. Du bringst mir das Band und alle Informationen und erhältst im Austausch dafür dein Leben.«

Die Auftraggeber wollten Putin schaden. Damit standen sie auf seiner Seite. Je weniger Macht Putin besaß, desto eher würde die Jagd erlahmen. Andererseits konnte der Besitz des Bandes ihm nicht zu unterschätzende Einflussmöglichkeiten gegenüber Putin verschaffen. Es gab also Argumente dafür, die Übergabe nicht zu stören, und Argumente dafür, bereits vorher einzugreifen und das Band in seinen Besitz zu bringen. »Was, wenn ich die beiden verliere?«

»Dann fährst du nach Berlin und fängst sie wieder ein. Es gibt nicht viele Oppositionelle. Die Leute, die hier in Leipzig oder in Berlin auf die Straße gehen, sind Krethi und Plethi. Die wollen verreisen und bessere Autos und Westschokolade. Du suchst zwei von einem anderen Kaliber. Von denen gibt es nicht viele. Hör dich um, stell ihnen eine Falle. Das Band darf nicht in unbefugte Hände geraten.«

Er stand unter Druck, anders war es nicht zu erklären. Zum ersten Mal hatte Putin einen Fehler gemacht. Er hatte ihm eine schwache Flanke offenbart.

16

»Wir fahren nicht nach Hause«, sagte Michael grimmig. »Wir ziehen das durch.«

Sie mussten ihn arg gedemütigt haben, bevor sie ihn laufen ließen. Annie zog ihn tiefer in den Hauseingang. »Und wenn dich dieselben Polizisten in die Mangel kriegen? Die erkennen dich wieder.«

»Das könnte denen so passen.« Er sah sie nicht an, blickte an ihr vorbei in die Nacht.

Sie gab ihm den Beutel mit der Kamera. »Ich hoffe, wir bereuen das nicht.«

»Die Aufnahmen im Dunkeln werden nicht gut, da säuft uns das Bild ab. Aber dafür können wir näher ran, ohne dass sie uns bemerken.«

Eine Kette von Polizei-Mannschaftswagen fuhr mit Blaulicht die Prager Straße entlang.

Sie verließen den Hauseingang. Ihr klopfte das Herz. Sie hatte das deutliche Gefühl, dass sie einen Fehler machten.

Als sie sich dem Hauptbahnhof näherten, sahen sie die Polizeiwagen wieder. Dahinter, verdeckt durch die Wagen, fand etwas Gespenstisches statt. Sie hörte die Pfiffe der Demonstranten und ihre heiseren Rufe. Es mussten Tausende sein. »Wir wollen Freiheit«, riefen sie. Sie beschimpften die Polizisten als »Schönhubers Knüppelpolizei«, skandierten »Faschisten raus« und »Wir wollen Gorbatschow«. Glas zersplitterte.

Michael zückte die Kamera. Zwischen den Polizeiwagen hindurch filmte er. Annie sah die weißen Helme der Polizisten, ihre Schutzschilde, die Schlagstöcke an ihrer Seite.

Eine jugendliche Demonstrantin hob einen Stein auf und gab ihn ihrem Freund. Der schleuderte ihn auf die Polizisten.

Andere unter den Demonstranten machten es nach, sie gruben Pflastersteine aus und warfen sie.

Die Polizisten hoben ihre Schilde, die Steine polterten dagegen. Jetzt hoben einige der Polizisten die heruntergefallenen Steine auf und warfen sie zurück. Die Demonstranten hatten keine Schilde. Zwei Menschen brachen zusammen.

Wütend antworteten die Demonstranten mit weiteren Steinen. Eine brennende Flasche flog, die Polizisten wichen zurück. Sie zerbarst auf dem Boden. Feuer leuchtete auf.

Diese Männer waren trainiert für den Einsatz gegen Menschen. Dicht an dicht rückten sie zusammen. Hinter ihnen die Offiziere, manche in Uniform, andere in Zivil, sie riefen Befehle, die Bereitschaftspolizisten sollten dichter stehen, aufschließen. Jetzt schlugen sie ihre Knüppel gegen die Schilde, sie machten sich Mut durch Gleichschritt und Lautstärke, es hatte etwas Mythisches, der Einzelne verlor die Gewalt über sich, sie wurden zur Schlachtreihe. Hinter Schutzhaube und Schild waren sie nicht mehr zu erkennen, und ihre Laute, das Donnern der Knüppel gegen die Schilde, waren nicht die von Menschen.

Das Knüppelschlagen wurde schneller. Schneller.

Schließlich ein Befehl. Sie gingen auf die Demonstranten los, den Gummiknüppel nach vorn gestreckt, stürzten sie auf sie zu, schlugen auf sie ein, ein Teil der Demonstranten floh, ein Teil blieb und ließ sich zusammenschlagen.

Michael nahm die Kamera runter, sie eilten jetzt zur Seite

der parkenden Wagen, hielten sich im Dunkeln. Er filmte wieder. Die Sturmtruppen zogen sich zurück, formierten sich neu. An ihrer Stelle stürmten nun Greiftrupps in Zivil nach vorn, sicher Staatssicherheit. Die Demonstranten rannten. Die Greifer erwischten einen. Wie Raubtiere ein vereinzeltes Gnu erlegten, prügelten sie ihn zu Boden und trugen ihn an Armen und Beinen davon. Er wand sich angstvoll.

Wütend wogte nun ihrerseits die Menschenmenge vor. Sie erreichten einen Polizeiwagen auf dem Bahnhofsvorplatz. Mit vereinten Kräften schaukelten ihn Dutzende junge Männer, bis es ihnen schließlich gelang, ihn umzukippen. Sie übergossen ihn mit einer Flüssigkeit und zündeten ihn an.

Wie konnte eine Menge so aufgeputscht werden? Das hatte es in der DDR noch nie gegeben.

Jemand sprach in ein Funkgerät. Annie tippte Michael an. »Hörst du das?«, flüsterte sie. »Hier muss der Einsatzleiter sein, ganz in der Nähe. Hinter dem Auto vielleicht.«

Michael nickte.

Sie lauschte. Die Stimme sagte: »Die feindlichen Kräfte haben einen Funkstreifenwagen der Trapo angezündet. Stimmung ist weiterhin aggressiv. Einzelne versuchen es über die Zufahrtsgleise. Ich hab die Kräfte entsprechend umgruppiert, um dort abzuriegeln.«

Das Gegenüber aus dem Funkgerät sagte etwas, das sie nicht verstand.

»Wurde höchste Zeit«, erwiderte die Stimme des Einsatzleiters. »Ich gebe entsprechende Anweisungen.« Das Funkgerät knackte, und er befahl laut: »Mit dem Hydromil vorrücken. Einsatz des Wasserwerfers.«

Ein klobiges Fahrzeug mit einem Geschützturm fuhr vor. Aus dem Geschütz donnerte Wasser auf die Menschenmenge herab. Es löschte das brennende Auto, dann zielte es auf die Demonstranten und fegte die Männer vom Platz.

Die Polizisten waren organisiert, sie hatten eine Führung, die Befehle gab, hatten trainiert für solche Situationen. Die Menge war führerlos. Ihr einziger Schutz war ihre schiere Größe. Nichts war organisiert, es gab niemanden, der voranging, das hier war einfach das Volk, es waren Menschen mit Wut im Bauch und Angst und Erwartungen.

Als der Wasserstrahl nachließ und das Hydromil sich zurückzog, kehrte die Menge auf den Platz zurück.

Der unsichtbare Einsatzleiter klang angespannt. Auch er hatte Angst. Er erklärte dem Gegenüber durch das Funkgerät, dass sich manche Wehrpflichtigen bei der VP-Bereitschaft nicht so recht mit dem Vorgehen gegen die Demonstranten identifizierten.

Die leise Antwort aus dem Funkgerät konnte sie nicht hören.

»Zustimmung zum Einsatz von Reizwurfkörpern erbeten«, sagte der Einsatzleiter ins Funkgerät.

Kurz darauf redete er vor Ort väterlich auf einen nervösen Polizisten ein, dass zwei Bataillone der 7. Panzerdivision alarmiert seien, dazu Dutzende Hundertschaften der Kampfgruppen, und wenn die erst kämen mit ihren Maschinenpistolen, würde Ruhe einkehren. Außerdem werde Generalleutnant Gehmert gerade per Hubschrauber von Berlin hierher geflogen.

Das hörte sich nicht gut an. »Wir müssen die Demonstranten warnen«, flüsterte sie.

Michael nahm die Kamera herunter.

Wieder hagelte es Steine. Ein Polizist sank um, sein Visier war zersplittert. Er wurde von anderen Polizisten umringt.

Man brachte eine Trage. Der Verletzte wurde zu einem bereitstehenden Krankenwagen gebracht, den Helm hatte man ihm abgenommen, das Gesicht war blutüberströmt.

Annie und Michael nutzten den Moment der Ablenkung. Sie schlichen im Bogen zu den Demonstranten.

»Leute«, rief Annie in die Menge, »die kommen hier bald mit Truppen von der Panzerdivision! Und mit Tränengas!«

Man hörte nicht auf sie. Nur zwei Frauen sahen sie bestürzt an und wollten wissen, woher sie das habe.

Die Menge zog Vorteil aus der Verwirrung bei den Polizeikräften und stürmte den Bahnhofseingang. Michael und Annie wurden mitgespült. Drinnen hatten Polizisten zwei Durchgänge mit Elektrokarren und Verkaufswagen verbarrikadiert. Es waren nur etwa vierzig, und sie sahen sich Hunderten gegenüber. Aber sie hatten Schilde und Schlagstöcke. Sofort formierten sie sich zu einer wehrhaften Wand.

Am Boden der Bahnhofshalle lagen Scherben, Pflastersteine und leere Flaschen. Die Schlacht wogte sicher schon Stunden. Der Intershop war verwüstet, die Scheiben der anderen Geschäfte eingeschlagen. Annie blickte auf zertrümmerte Vitrinen und herabhängende Regale. »Filmst du gar nicht?«, fragte sie.

Michael wies unauffällig nach oben.

OR // WO stand in riesigen Lettern an der Wand, darunter: FILME FOTOPAPIERE FOTOCHEMIKALIEN MAGNETBÄNDER. Jetzt sah sie, was Michael meinte. Auf dem Rang in der ersten Etage standen Männer in Zivil mit Fotoapparaten.

Er sagte: »Wir sollten hier abhauen. Die Stasi hält alles fest. Und am Ende kommen wir nicht mehr raus mit der wertvollen Fracht.«

Annie nickte. Sie ging jetzt zielgerichtet zu den Frauen in

der Menge und warnte sie vor dem, was kam. Die Frauen hörten zu. Manche zogen ihre Männer aus dem Gedränge. Bald waren sie eine Gruppe von zwanzig oder dreißig, die sich zum Ausgang wandte.

Aber als sie nach draußen traten, war der Platz eingekesselt. Nur noch ein paar Hundert Aufrührer und Schaulustige waren da, der Rest war offenbar im Bahnhof oder abgedrängt worden.

Überall Polizei und Stasi in Zivil. Annie rief laut: »Zurück!« und machte kehrt. Im Bahnhof verkündete sie: »Wir sind eingekesselt. Draußen ist alles voller VoPo!«

Die Leute sammelten Flaschen auf und Steine. Mit neuer Wut stürmten sie raus und schleuderten ihre Munition auf die Belagerer. Die vordere Reihe der Polizisten ging in die Knie und hielt ihre Schilde vor sich, die dahinter stehenden Polizisten hielten die Schilde darüber, um den Angriff abzuwehren.

Was dröhnte da so? Hinter der Wand von Polizisten näherte sich ein mächtiges Armeefahrzeug in dunkelgrünen Tarnfarben. Annie bemerkte, dass die Polizisten sich Schutzmasken aufsetzten. Schon kamen aus dem Fahrzeug qualmende Gegenstände geflogen.

Vorne begannen die Demonstranten zu husten und zu würgen. Polizisten und Stasi-Offiziere mit Masken kamen, um sie abzusammeln. Das Tränengas breitete sich auch nach hinten aus. Michael riss sich die Jacke und den Pullover herunter. Er hielt ihr den Pullover hin. »Hier. Halt ihn dir vors Gesicht. Siehst du den Blumenladen? Lauf immer weiter in diese Richtung. Nicht stehen bleiben. Und nicht die Richtung ändern, auch wenn du blind bist.« Er zog die Jacke wieder an, nestelte ein Taschentuch hervor und presste es sich vors Gesicht. »Los!«

Sie rannten. Bald waren sie von weißlichem Rauch umgeben, der nach Pfeffer roch und sich seltsam kalt auf die Haut legte.

Auch die anderen, die nach Annies Warnung nach Hause gehen wollten, stürmten in Richtung der Lücke beim Blumenladen.

Stasi-Leute bemerkten sie und rannten nun ebenfalls zur Lücke. Schon wurden die Ersten gefangen und abgeführt. Annie lenkte Michael näher zur Wand der Polizisten, ein Risiko, aber er schien zu verstehen, was sie vorhatte. Er presste das Taschentuch auf sein Gesicht und rannte neben ihr mit tränenden Augen.

Hinter den Polizisten schien ebenfalls die Staatssicherheit zu lauern. Aber hier war es dunkler. Als sich zwei Greifkommandos in ihren Weg stellen wollten, wichen Annie und Michael im letzten Moment in Richtung der Mitte ab, wo gerade einige Demonstranten abgeführt wurden, und rannten durch die Lücke.

Trotz des Pullovers brannten ihr der Mund und die Nase. Sie hatte plötzlich das Gefühl, nicht mehr das Gleichgewicht halten zu können. Die Augen tränten wie verrückt. Auch die Nase lief ihr.

Michael merkte, wie sie torkelte, und nahm sie am Arm. Sie entkamen in das nächtliche Dresden. Als sie den Bahnhof weit hinter sich gelassen hatten, wagten sie, unter einer defekten Straßenlaterne, im Halbdunkel, stehen zu bleiben. Sie husteten.

»Wir müssen … runter … von der … Straße«, keuchte Michael.

Wegen der Polizei, natürlich. Wer durch die Nacht streunte, lief Gefahr, angehalten und überprüft zu werden. »Ein Hotel?«, fragte sie.

»So spät noch? Das ist … auch … auffällig.«

Sie tastete nach ihren geschwollenen Augen. »Wo kriegen wir Wasser her? Ich muss mir die Augen auswaschen.«

»Wasser ist eher schädlich.«

»Woher weißt du das schon wieder?«

Allmählich kam er zu Atem, auch wenn sein Gesicht furchtbar aussah. »Tränengas ist eigentlich kein Gas. Es ist ein Pulver. Du hast doch den weißen Rauch gesehen, oder? Wenn das Pulver mit Feuchtigkeit in Berührung kommt, wird es aktiv. Am besten stellen wir uns in den Wind und bewegen uns. Dann weht das Pulver weg. Wir schütteln es ab.« Er lehnte den Beutel vorsichtig an den Laternenpfahl. Dann richtete er sich auf und bewegte die Arme wie ein Hampelmann und sprang auf und ab.

Sie hielt sich die stechenden Seiten. »Wir haben's überlebt, Michael.«

»Ja.« Er ging wieder in die Hocke und tastete im Beutel nach der Kamera. »Hoffentlich hat die Handycam keinen Schaden abbekommen.«

Sie liefen weiter. Nach einigen Minuten brannten die Augen nicht mehr so schlimm, auch wenn sie weiterhin tränten.

Sie versuchten es bei den Haustüren, bis sie eine fanden, die sich aufdrücken ließ. Es war kalt im Treppenhaus.

»Hier kriegen wir die Nachtstunden herum«, raunte Michael.

Anfangs flüsterten sie noch. Dann froren sie schweigend.

Am frühen Morgen, als der erste Schichtarbeiter das Haus verließ, gingen auch sie. Sie kehrten nicht zum Hauptbahnhof zurück, sondern irrten durch die Straßen, bis sie Dresden-Neustadt gefunden hatten. Dort nahmen sie um 5:31 Uhr den ersten Zug nach Berlin.

Peter Rößlich, akkreditierter *Stern*-Korrespondent in der DDR, schluckte hart. Er hatte schon Manuskripte ostdeutscher Autoren in den Westen geschmuggelt und Briefe von verzweifelten Ausreisewilligen, die an den Augen der Stasi vorbei an westliche Diplomaten gehen sollten. Aber das heute war etwas anderes. Es war ein Frontalangriff auf die DDR. Die kleine Filmkassette im Schaft seiner rechten Socke brannte wie Feuer auf der Haut.

Er fuhr auf die Grenzübergangsstelle Heinrich-Heine-Straße zu. Vor ihm hielt ein 7er BMW an der Schranke. Er reichte den Pass hinaus. Weiter vorn stieg ein anderer Fahrer aus und eilte beflissen um den Wagen herum, um die Kofferraumhaube zu öffnen. In der Nebenspur klappte ein Audi-Fahrer die Rückbank seines Autos hoch. Was die Grenze mit den Menschen machte! Selbstbewusste Männer und Frauen wurden plötzlich unterwürfig.

Die Schlange rückte weiter vor. Jetzt hielt er selbst am Häuschen des Vorpostens. Aus purer Schikane standen die Grenzer immer rechts, sodass er sich im Auto verrenken und über den Beifahrersitz beugen musste, um die Scheibe runterzukurbeln.

»Ihre Reisedokumente bitte«, sagte der Uniformierte streng.

Peter Rößlich reichte ihm den grünen Pass mit der Zählkarte und die »Grenzempfehlung«. Sie war seine Hoffnung, eine mit dem Hammer-und-Zirkel-Emblem verzierte Empfehlung, ausgestellt vom Ministerrat der DDR, die Grenzer und Zöllner ersuchte, ihn an der Grenze »bevorzugt abzufertigen«. Meistens bedeutete das, dass man ihn ohne genaue Untersuchung des Wagens passieren ließ. In letzter Zeit war er allerdings trotzdem öfter durchleuchtet worden, einmal hatten sie ihn mit seinem Wagen sogar in eine Garage zur Sonderinspektion dirigiert.

Der Uniformierte ging in die Knie, um das Gesicht mit dem

Foto im Pass zu vergleichen. »Den Kopf nach links wenden«, befahl er.

Peter Rößlich gehorchte.

»Nach rechts.«

Er tat es.

Der Offizier reichte ihm die Dokumente zurück. Die Ampel sprang auf Grün, und der Schlagbaum öffnete sich.

Er kurvte um die betonierten Hindernisse, die Grenzdurchbrüche verhindern sollten. Heute war ein Grenzdurchbruch gelungen. Er brachte den Kollegen von der Tagesschau eine Filmkassette, die den verzweifelten Ruf der DDR-Bürger nach Freiheit transportierte.

Der Staat hatte die Grenze fest im Griff, er bestimmte, wer sie passieren durfte, und hielt sie für die meisten geschlossen. Aber durch die Luft flogen ungehindert Radiowellen und Fernsehprogramme. Die DDR-Bürger hörten Lieder im Radio, zu denen es im Osten keine Schallplatten gab, und Buchrezensionen zu Werken, die in keiner Ostberliner Buchhandlung zu haben waren, und abends saßen sie vor den Fernsehprogrammen von ARD, ZDF, RTL und Sat1, sahen die Werbespots aus dem Westen und amerikanische Filme.

Millionen Menschen hatten ihre Fernseher eingeschaltet. Die Tagesschau begann mit dem Gong. »Hier ist das Erste Deutsche Fernsehen mit der Tagesschau«, sagte eine Stimme, und der gewohnte Schriftzug flog von oben auf die Weltkarte, zur Melodie: Taa-taa, ta-ta-ta-taaa.

Jan Hofer begrüßte. Dann ging es zur Sache. Man sah den Dresdner Hauptbahnhof, hörte wütende Rufe, die in verzweifeltes Schreien übergingen. Menschen wurden gepackt und weggeschleppt. Polizisten knüppelten.

Ria fasste ruckhaft nach Jens' Hand und packte sie. »Das war Annies Stimme.«

»Da schreien doch so viele.«

»Sie hat nicht geschrien. Sie hat gesagt: ›Schnell, weg hier.‹ Hast du das nicht gehört?«

»Das war Annie, meinst du?«

Nicht zu wissen, wie es ihr ging, ob sie inzwischen auch gefangen war und geschlagen wurde, presste Ria die Brust zusammen. »Sie waren beide da, hat dein Freund gesagt?«

»Peter? Ja, es sind beide zum Parkplatz gekommen. Annie geht es gut, Ria.«

»Das weißt du nicht. Die Stasi kann sie inzwischen geholt haben. Und wenn sie es bisher nicht getan hat, wird sie es noch tun. Verstehst du nicht? Was wir da gerade sehen, das ist eine Kriegserklärung. Das kann die Stasi nicht auf sich sitzen lassen.«

Jan Hofer sagte etwas von einem italienischen Filmteam, dem es gelungen sei, diese Aufnahmen in Dresden zu machen. Das war gelogen, natürlich. So wollten sie Annie schützen. Aber genügte es? Glaubten die daran?

Die Ankunft von Zügen mit Flüchtlingen wurde gezeigt. Bisher seien über Ungarn und über die Botschaften in Prag und Warschau 46 000 Menschen aus der DDR geflohen.

»Paragraf neunundneunzig, ›Landesverräterische Nachrichtenübermittlung‹«, sagte sie. »Für die Weitergabe von Nachrichten zum Nachteil der DDR, auch wenn sie nicht geheim waren, verhängen sie eine Gefängnisstrafe von bis zu zwölf Jahren. Was, wenn Annie dafür ins Zuchthaus geht? Zwölf Jahre sind eine lange Zeit. Eine sehr lange.«

Jens stand auf und kam zu ihr herüber. Er hockte sich vor sie und hielt ihre Hände. Aber er sagte nichts, er suchte ihren Blick.

Es kam alles in ihr hoch. Die schlaflosen Nächte. Die ständige Angst, enttarnt zu werden. Schalck war klug. Sie hatte sich oft gefragt, ob er sie nicht durchschaut hatte, und ob man ihr Fallen stellte. Überall hatte sie Überwacher von der Staatssicherheit vermutet, in der Wohnung gegenüber, an der Straßenbahnhaltestelle, beim Einkaufen. Sie hatte die Verhörspezialistin vor sich gesehen. Ihre Lust am Quälen und ihr harter Zug um den Mund hatten sie bis in die Träume verfolgt.

Jens stand auf und zog sie in seine Arme. »Wir werden ihr helfen«, sagte er. »Wir lassen Annie nicht im Stich.«

Oberst Herbrich betrat das Büro und grüßte, indem er die Finger an die Stirn legte und sie mit einem Ruck nach vorn wegbewegte.

Alexander Schalck entschloss sich zu einer provozierend zivilen Antwort. »Tachchen.«

Herbrich setzte sich. »Wie haben deine Mitarbeiter es aufgefasst?«

»Du meinst den Fernsehbeitrag gestern Abend?«

»Eigentlich hatten wir alle ausländischen Journalisten aus der Stadt geworfen.«

»So etwas darf einfach nicht passieren.« Schalck musterte den Stasi-Offizier. »Und wir wissen beide, dass es wahrscheinlich keine Italiener waren.«

»Aber es muss westliche Technik gewesen sein. Ich habe die feindlichen Geheimdienste im Verdacht.«

Schalck seufzte. Herbrich begriff es nicht. Auch nach Jahren ihrer Gespräche – und sie hatten sich immer recht offen ausgetauscht – verstand er die Zusammenhänge nicht. »Vielleicht haben sie ihre Finger bei den Filmaufnahmen mit im Spiel. Aber darum geht es nicht.«

»Worum dann?«

»Lassen wir das. Die westlichen Handelspartner werden uns die Sache um die Ohren hauen. Möglicherweise springt ein großes Versandhaus ab. Aber meine Mitarbeiter sind stabil. Das wolltest du doch wissen.«

»Du hast meine Frage nicht beantwortet. Worum geht es deiner Meinung nach?«

Schalck zögerte. Schließlich sagte er: »Darum, dass solche Aufstände überhaupt passieren.«

Herbrich glotzte ihn an.

»Du, ich habe zu tun. Für eine Grundsatzdebatte habe ich momentan keine Zeit.«

»Ach ja?« Ein feindseliges Kratzen war in Herbrichs Stimme aufgetaucht. »Was gibt es denn so Wichtiges?«

»Waffenexporte. Assad in Syrien braucht Handgranaten. Außerdem wollen sie die Strela-Drei, schultergestützte Boden-Luft-Raketen mit Wärmesuchkopf, neunhundert Stück. Der Lieferweg ist nicht ohne. Das muss über Budapest gehen, und offiziell sollen die Papiere auf Nordkorea ausgestellt sein. Ich muss eine Firma in Österreich einschalten, die den Transport für uns übernimmt.«

»Und wenn doch Zeit wäre für eine Grundsatzdiskussion, was würdest du dann sagen? Spuck es aus.«

Schalck schwieg.

»Du wolltest sagen, man kann nicht die Grenze zur ČSSR dichtmachen und dann die Züge mit den Botschaftsflüchtlingen durch unser Land fahren lassen. Du wolltest sagen, dass wir die Sache in Dresden selber provoziert haben. Dass wir mit einer Fackel durch die Scheune gerannt sind und uns jetzt nicht wundern müssen, dass sie brennt.«

Herbrich hatte nicht die Größe eines Heinz Volpert oder

eines Hans Fruck. Volpert und Fruck waren wie Väter für ihn gewesen, der eine in der Staatssicherheit, der andere im Auslandsgeheimdienst, der HVA. Herbrich hingegen war bloß hier, um ihm auf die Finger zu sehen. Und er begriff nicht, was Schalck mit der KoKo leistete.

»Ich muss darauf vertrauen können, dass wir offen zueinander sind«, bohrte Herbrich nach. »Also?«

Es war besser zu schweigen. Was sich im letzten halben Jahr in ihm angestaut hatte, war bei jedem anderen Menschen besser aufgehoben als beim Oberst der Staatssicherheit Karl-Heinz Herbrich.

Andererseits: Wenn er etwas nicht ertragen konnte, dann waren es Scheuklappen, Dummheit und Selbstgerechtigkeit. Er sagte: »Ich weiß nicht, ob ihr das mitbekommt bei euch in der ›Firma‹, aber die Scheune ist längst runtergebrannt.«

»So?«

»Seit zwanzig Jahren verbrauchen wir mehr, als wir produzieren, und finanzieren uns über Kredite. Unsere Verschuldung im Westen steigt fortwährend, vor drei Jahren lag sie bei fünfundzwanzig Milliarden, heute liegt sie bei einundvierzig Milliarden Valutamark, und für nächstes Jahr hat man den Anstieg der Westschulden auf neunundvierzig Milliarden Valutamark geplant. Das würde zu einer Schuldendienstrate von hundertfünfzig Prozent führen. Mit dieser Quote würde die DDR hoch verschuldete Länder wie Mexiko und Brasilien um das Zwei- bis Dreifache übertreffen. Wenn ich daran erinnern darf, als kreditwürdig gilt ein Land, wenn die Schuldendienstrate nicht mehr als fünfundzwanzig Prozent beträgt.«

»Das ist ja ein schöner kleiner Vortrag, den du mir da hältst, aber –«

»Ich bin noch nicht fertig. Die Schulden bedeuten, wir

stecken fest. Wir strampeln uns ab, um die Zahlungsunfähigkeit der DDR zu verhindern. Dabei müssten wir investieren. Ganze Industriezweige verrotten. Die Infrastruktur, die Städte und Dörfer verfallen. Wir haben eine zu niedrige Arbeitsproduktivität. Die Resignation im Land sorgt für Leistungsverfall und Arbeitsbummelei, gleichzeitig will es keiner gewesen sein, und leitende Wirtschaftskader greifen zu Manipulation und Falschberichterstattung. Dabei sind die Maschinen in der Industrie längst verschlissen, vom katastrophal hohen Kostenniveau in der Mikroelektronik ganz zu schweigen.«

»Du klingst wie die alten Herren im Politbüro.«

»Eben nicht!« Er sprang auf. »Eben nicht! Die alten Herren im Politbüro sehen das nicht!«

Herbrich sah ihn erschrocken an.

»Um den neuen Fünfjahresplan zu schaffen, müssten wir siebenmal mehr in den Westen exportieren als bisher. Das ist unmöglich. Aber um es in einer gewaltigen Kraftanstrengung überhaupt zu versuchen, müssten wir den Wohnungsneubau reduzieren, die Ausgaben für Bildung und Gesundheit senken, die Militärausgaben kürzen und die Preise für Konsumgüter erhöhen. Das ist Irrsinn! Das wissen die Experten. Trotzdem hat das Politbüro der Vorlage einstimmig zugestimmt. Und zugleich hat Erich Honecker jegliche Preiserhöhungsvorschläge und eine Verlangsamung des Wohnungsneubauprogramms vehement zurückgewiesen. Danach hat er Gerhard Schürer das Wort erteilt, und der hat klar gesagt, dass dann die Verschuldung monatlich um fünfhundert Millionen Valutamark zunehmen würde und die DDR 1991 zahlungsunfähig wäre. Aber niemand im Politbüro will sich der Aufgabe stellen, den Lebensstandard der Bevölkerung einzuschränken. Stattdessen sollen wir weiter über unsere Verhältnisse leben.«

»Nun mach mal halblang. Wir werden mit der Sowjetunion reden. Die Freunde werden uns nicht im Stich lassen.«

Schalck konnte ein kurzes böses Auflachen nicht unterdrücken. »Gorbatschow steht selber das Wasser bis zum Hals. Wirtschaftshilfe für uns ist nicht mehr drin.«

Herbrich stand auf. »Also, abgesehen davon, dass du mir wirtschaftliche Vorträge hältst und hartnäckig versuchst, mir die Laune zu verderben: Was genau willst du mir sagen?«

»Ihr packt es falsch an. Ihr geht davon aus, dass es einzelne feindliche Personen im Volk gibt und ihr sie nur unschädlich machen müsst, und dann ist alles wieder gut. Aber das reicht nicht mehr. Wenn wir den Lebensstandard senken – und das werden wir müssen, um ein ganzes Drittel, wenn wir überleben wollen –, dann müssen wir den Leuten erklären, warum. Wir müssen anfangen, ehrlich zu ihnen zu sein. Es muss ein offener Austausch stattfinden. Schluss mit der Schönfärberei.«

Oberst Herbrichs Lippen wurden schmal. »Ach ja? Und wer macht der Bevölkerung den Mund wässrig mit den Intershops und der Genex? Du bist es. Du gibst ihnen Westwaren in die Hand, und durch den ständigen Vergleich mit unseren Sachen werden sie unzufrieden.«

»Die Westwaren kennen sie längst aus den Paketen ihrer Verwandten. Außerdem kriegen sie jeden Abend stundenlang eingetrimmt, was es Neues im Westen gibt. Wenn ihr verhindern wollt, dass sie uns mit dem Westen vergleichen, dann müsst ihr ihnen das Fernsehen verbieten.«

Oberst Herbrich sog scharf die Luft ein. »Ich weiß«, sagte er leise, »dass du uns nicht gern bei dir in der KoKo-Zentrale hast. Denkst du, ich bekomme das nicht mit, wie du versuchst, unseren Einfluss zu unterbinden?«

»Schon wieder.« Schalck ächzte. »Es ist immer dasselbe. Ihr

fühlt euch angegriffen, anstatt für die wahren Ursachen die Augen zu öffnen.« Wenn Herbrich mit dieser drohenden, leisen Stimme bei anderen Angst schürte – bei ihm zog das nicht. Er war nicht irgendein Kombinatsdirektor.

Herbrich sagte: »Deine Kommerzielle Koordinierung hat dreitausend Beschäftigte, zehn Prozent davon sind aktive Westreisekader. Jedes Informationsleck und jede Flucht verursachen millionenschwere Schäden für unser Land, von den politischen Schäden gar nicht zu sprechen. Und du bildest dir ein, die Sache im Griff zu haben, ohne die Hilfe der Staatssicherheit?«

»Das habe ich. Mit Augenmaß und Menschenkenntnis.«

»Ach ja? Wie hieß gleich deine Sekretärin, die fleißig dem Bundesnachrichtendienst zugearbeitet hat?«

»Ria Nachtmann. Hast du nicht damals noch für die Spionageabwehr gearbeitet? Euch ist offenkundig auch nichts aufgefallen.«

Hasserfüllt wandte sich Oberst Herbrich zum Gehen. In der Tür drehte er sich noch einmal um. »Du sprichst von ›ihr‹ und ›euch‹, als würdest du nicht dazugehören. Aber ohne uns würde es dein ganzes Schattenreich nicht geben. Die Kommerzielle Koordinierung wurde mithilfe der Staatssicherheit gegründet, vergiss das nicht. Sie wird mit unserer Hilfe betrieben. Auch wenn du es gern verdrängst, du selbst, Alex, bist Oberst der Staatssicherheit. Wenn wir untergehen, gehst du mit uns unter. Also streng dich gefälligst an, und finde einen Ausweg.«

17

Als der offizielle Teil im Friedenskreis vorüber war, wollte niemand nach Hause gehen. Das Video war das große Gesprächsthema. Man hatte gewusst, dass in Leipzig und Dresden etwas los war, aber dass es solche Ausmaße angenommen hatte und der Staat regelrecht in die Schlacht gezogen war gegen diejenigen, die Veränderung wollten, erschreckte die Friedenskreisteilnehmer.

Die Aufnahmen würden auch außerhalb des Friedenskreises Menschen wachrütteln. Bei zukünftigen Aktionen könne man mit deutlich mehr Beteiligung rechnen. Die Tagesschau guckte beinahe jeder. Die Aktuelle Kamera mit ihrer Beweihräucherung von Staat und Partei war ja nicht zu ertragen.

Sandy kam und raunte Annie zu: »Ich hab deine Stimme gehört. Und Michael ist doch Filmemacher.« Sie forschte in Annies Augen. »Ich glaube, dass ihr das wart.«

Annie runzelte die Stirn.

»Du zögerst. Also wart ihr es. Mensch, Annie, ihr seid unglaublich!«

Annie bekam es mit der Angst zu tun. »Schwöre, dass du mit niemandem darüber sprichst.«

Sandy versprach es. Und sie hielt sich daran. Nur dem Künstler erzählte sie es unter dem Deckmantel der Verschwiegenheit. Der Pfarrerin gegenüber machte sie eine Andeutung, dass es jemand aus ihrem Kreis gewesen sei und man es sich eigentlich zusammenreimen könne, wenn man eins und eins zusammenzähle. Sie werde aber nicht darüber reden. Sie habe ihr Wort gegeben.

Auch der Künstler hielt sich an die Zusage, die er Sandy gegeben hatte, und teilte das Geheimnis mit niemandem – oder fast niemandem. Er beschränkte sich auf seine zwei besten Freunde im Friedenskreis. Im Gespräch mit ihnen warf er bedeutungsvolle Blicke zu Annie und Michael und machte eine Geste, die sagte, seine Lippen seien verschlossen.

Bald traten Einzelne an Michael heran und schüttelten ihm mit anerkennendem Blick die Hand. »Ohne Worte«, sagten sie, »ohne Worte«.

Andere lobten Annie, ebenfalls stolz darauf, nichts zu verraten. Sie sagten nur: »So muss man es machen.«

Annie schnürte es die Kehle zu. Wenn das so weiterging, wussten oder ahnten es bald alle. Sie mussten verschwinden, bevor die Stasi sie abholen kam.

Sie nahm Michael am Arm und führte ihn hinaus. Im Gehen griff sie sich ihrer beider Jacken und hoffte, dass es nicht nach Flucht aussah, sondern nach der Art, wie ein Pärchen sich für eine Weile verzieht, um rumzumachen. »Mist«, sagte sie draußen. »Das ist gründlich schiefgegangen.«

Michael war etwas grün im Gesicht. Seine Augen lagen in tiefen Höhlen. »Wir müssen verschwinden. Wir müssen jetzt schnell sein. Schneller als die Stasi. Nimm dir am besten ein Taxi. Pack nur das Nötigste. Wo treffen wir uns?«

»Wo wir uns zuerst geküsst haben.«

Er sah sie merkwürdig an. »In Ordnung.«

Sie stellte sich an die Breite Straße, Michael überquerte sie und versuchte es an der Gegenfahrbahn, ein Stück weiter zur nächsten Kreuzung hin.

Ein freies reguläres Taxi zu erwischen, darauf konnten sie in Berlin nicht hoffen. Aber jetzt am Abend würden genügend »Schwarztaxis« unterwegs sein. Annie winkte am Straßenrand. Es dauerte nicht lange, und ein Lada hielt.

Sie stieg ein und sagte: »Marzahn, Eichhorster Straße 8.«

»Das ist hinten am S-Bahnhof Ahrensfelde, richtig?«

Sie bestätigte. »Was macht das?«

»Geben Sie mir, was Sie für angemessen halten.« Die Standardformel. Die Taxifahrer ohne offizielle Zulassung vermieden es, einen festen Preis zu sagen für den Fall, dass der Kunde ein Polizist oder eine Polizistin in Zivil war.

Auf der Fahrt presste sie schmerzhaft die Fäuste ineinander und betete, dass die Spitzel aus dem Friedenskreis erst noch einen Bericht schrieben, bevor die Order gegeben wurde, Michael und sie festzunehmen. Oder dass zumindest, falls sie gleich einen telefonischen Bericht gaben, im Ministerium für Staatssicherheit eine Beratung über das weitere Vorgehen stattfand, bevor man ausrückte, um sie zu suchen.

Sie war eben unerfahren mit Filmkameras! Sie hatte nicht bedacht, dass die Kamera nicht bloß nach vorn filmte, sondern auch ringsherum alle Stimmen aufnahm.

Sie hatte Michaels Leben zerstört. Erst mit der Idee, den Widerstand zu filmen. Und jetzt durch ihren Patzer bei den Aufnahmen.

Und wenn sie den Fahrer bat, sie aus der Stadt zu bringen, immer weiter zu fahren, immer weiter? Weg aus ihrem Leben. Fort aus der Welt.

Als sie nach Marzahn hineinkamen, versuchte sie, ihre wild umherzuckenden Gedanken auf eine gerade Spur zu zwingen. Wohin konnten sie gehen? Bei wem rechnete die Stasi nicht mit ihnen, wem konnten sie vertrauen? Gesine hatte sie seit dem Ausscheiden aus der Sportschule nicht mehr gesehen. Trotzdem würde sie sich trauen, bei ihr zu klingeln. Aber wo lebte sie jetzt? Um die Adresse herauszufinden, würde sie zuerst bei Gesines Eltern klingeln müssen, und die waren Parteimitglieder, die würden sie glatt verraten. Außerdem, was wusste sie schon? Vielleicht hatte Gesine einen Parteisekretär geheiratet und sie liefen direkt in die Falle. Michaels Eltern und seine Schwester fielen ebenfalls aus, dort würde die Stasi zuerst suchen. Wussten sie von Franziska?

Sie bezahlte zwanzig Mark. Den Fahrstuhl mochte sie heute nicht nehmen, darin wäre sie eingesperrt, die Stasi könnte einfach den Strom abstellen, und sie säße in der Falle. Sie stieg hastig die Treppe hoch.

Auf den letzten Stufen blieb sie abrupt stehen.

Im Treppenhaus, vor ihrer Wohnungstür, wartete ein Mann. Gedrungener Körperbau, fleischiger Hals. Kaltblaue Augen. Die Haare kurz geschnitten. Er sah nach Stasi aus. Aber das war unmöglich. So schnell konnten sie nicht gewesen sein!

Sie bekam keine Luft mehr.

»Ihr Vogel ruft die ganze Zeit nach Ihnen«, sagte der Mann. Er hatte einen Akzent.

»Was?«, brachte sie heraus. Tatsächlich hörte man Jack tschilpen.

Der Mann stand im Weg, sie konnte nicht zu ihrer Wohnungstür. Sie überlegte, die Treppe hinunterzurennen, zu fliehen. Aber der Mann sah sie sehr aufmerksam an. Es wirkte, als wartete er auf das erste Anzeichen eines Fluchtversuchs.

Er sagte: »In gewissen Kreisen sind Sie gerade dabei, eine Berühmtheit zu werden.«

»Ich verstehe nicht.«

Er zog einen roten schmalen Pass hervor und klappte ihn

auf. Zeit, ihn zu lesen, ließ er ihr nicht. Aber sie sah einen wehrhaften Schild und die russischen Buchstaben КГБ. »Wo ist das Band?«, fragte er.

Ihr wurde flau ums Herz.

Er sah übernächtigt aus. Hemd und Jacke waren zerknittert. Sie kannte diese Sorte Mann, kannte diesen irrlichternden Blick. Der Rockmusiker war manchmal so nach Hause gekommen. Außenstehende hatten geglaubt, er hätte gefeiert, aber sie wusste es besser. Das wilde Leben war nur eine Fassade, Martin hatte geprobt bis zum Umfallen, da war dieser Ehrgeiz, der ihn weitertrieb, immer weiter. Sie war damals eifersüchtig gewesen auf seine fanatische Hingabe an die Musik. Zu keiner Zeit ihrer Beziehung hatte sie Grund gehabt, darauf zu hoffen, dass er sie auch nur annähernd so sehr lieben würde wie die Musik.

Dieselbe fanatische Hingabe sah sie jetzt beim KGB-Offizier. Es machte ihr Angst. »Ich weiß nicht, wovon Sie reden.«

Er trat auf sie zu, packte sie am Handgelenk. Mit der anderen Hand griff er nach hinten in seinen Hosenbund. Er zückte eine Pistole. »Denken Sie noch mal scharf nach.«

»Wir … wir haben es nicht mehr.«

»Natürlich nicht.« Er drehte ihr den Arm auf den Rücken und schob sie Richtung Wohnungstür. Die Pistole drückte er ihr in die Rippen. »Aufschließen.«

Sie grub mit der freien Hand nach dem Schlüssel. Als sie ihn gefunden hatte, traf sie das Schloss nicht, ihre Hand zitterte so sehr, dass es ihr nicht gelang, den Schlüssel an der richtigen Stelle anzusetzen.

Er sagte leise, nahe bei ihrem Ohr: »Sehen Sie, ich würde ungern eine Sauerei machen. Das gehört sich nicht, im Treppenhaus eine solche Sauerei.«

»Ich versuch's ja«, sagte sie tonlos.

»Jetzt nehmen Sie sich mal zusammen! In Dresden waren sie doch auch so mutig.«

Sie ließ die Hand mit dem Schlüssel sinken, atmete tief durch, und hob sie dann erneut ans Schloss. Jetzt traf sie es und konnte die Tür aufschließen.

Er schob sie in die Wohnung und schloss die Tür hinter ihnen.

»Es ist doch sowieso zu spät«, sagte sie. »Die Sache wurde ausgestrahlt.«

Er ließ ihr Handgelenk los. Die Pistolenmündung spürte sie weiterhin zwischen den Rippen.

»Wem haben Sie das Band gegeben?«

Sie zögerte.

Er entsicherte die Pistole.

»Einem westlichen Journalisten«, sagte sie rasch. Es rauschte in ihren Ohren, der Flur erschien ihr plötzlich unendlich lang. Jacks Tschilpen kam wie aus weiter Ferne.

»Wem?«

Sie dachte an Michael. Als das nicht half, stellte sie sich Übungen am Barren vor, Handstandüberschlag aus dem Seitstütz vorlings. Kippe, Rückschwung in den flüchtigen Handstand am oberen Holm, halbe Drehung, Abschwingen. Salto vorwärts gegrätscht in den Hang am oberen Holm.

Sie musste kämpfen, musste um ihr Leben kämpfen. »Das bringt doch nichts«, sagte sie. »Er hat das Band an die Tagesschau-Redaktion weitergegeben. Und es wurde ausgestrahlt. Was wollen Sie jetzt noch damit?«

Er blieb erschreckend ruhig. »Beschaffen Sie das Band. Sagen Sie, dass Sie es als Andenken zurückhaben wollen.«

War er hauptsächlich hinter dem Band her? Und sie interessierte ihn womöglich gar nicht? Das konnte ihre Chance sein, heil aus der Sache herauszukommen. Ihre Chance zu überleben. »Ich mach's, wenn Sie mich laufen lassen.«

Er sah sie ununterbrochen an mit seinen hellblauen, kalten Augen. »Das bringt Ihnen nichts. Die Stasi wird jeden Moment hier sein. Wo wollen Sie hin? Man wird Sie im ganzen Land jagen.«

»Wenn das so ist, warum sollte ich Ihnen noch helfen? Vielleicht wäre es dann besser für mich, wenn Sie mich erschießen.« Ihr wurde flau ums Herz, und sie stützte sich am Schuhschrank ab.

»Können Sie haben.«

Etwas an seinem Blick war fürchterlich. Sein Gesicht war in Bewegung, seine Wange zuckte. Dieser Mann hatte bereits getötet. Das begriff sie jetzt. Er würde es wieder tun.

Aber er hob nicht die Waffe. Er sagte: »Bringen Sie Ihren Wellensittich zur Nachbarin. Sie wollen doch nicht, dass er verhungert, oder? Danach gehen wir telefonieren.«

Die Spitzen der Staatsführung erwarteten auf dem Flughafen Schönefeld den Generalsekretär der Kommunistischen Partei der Sowjetunion, Michail Sergejewitsch Gorbatschow. Die Staatsflaggen der DDR und der UdSSR und das rote Banner der Arbeiterklasse flatterten im Oktoberwind. Hinter einer Absperrung hielten Bürger Papierfähnchen.

Schalcks Blick wanderte zu dem Transparent, das vor der Empfangshalle hing. Weiße Buchstaben verkündeten auf rotem Grund: »Es lebe die unverbrüchliche Freundschaft zwischen dem Volk der DDR und den Völkern der Sowjetunion.«

Mochten sie es auch noch so oft auf große Tücher pinseln, mit dieser unverbrüchlichen Freundschaft war es nicht mehr weit her. Sie gingen unterschiedliche Wege, und wenn man ihn fragte, war der Weg der Sowjetunion der klügere.

Ein Reporter rief: »Wie geht es Ihnen heute Morgen, Herr Honecker?« Sonst ignorierte Honecker Zurufe westlicher Journalisten. Heute aber reagierte er, gab sich spontan. »Wunderbar«, rief er. »Totgesagte leben länger.« Er lachte wie über einen albernen Scherz. Jetzt trat er sogar an die Mikrofone heran. »Wissen Sie, Gesundheit ist für mich eine Frage von Disziplin!«

Honecker tänzelte vor den Objektiven der Fotografen und Kameraleute herum. Er trat heute nach seiner Gallenblasenoperation zum ersten Mal wieder in der Öffentlichkeit auf. Er wirkte aufgekratzt, wollte es auf keinen Fall vermasseln.

»Was werden Sie mit Herrn Gorbatschow besprechen?«

»Das möchten Sie gerne wissen, ja?« Honecker lachte. Krenz lachte neben ihm, große Zähne im braun gebrannten Gesicht.

Er übertrieb es. Die Journalisten hoben skeptisch die Brauen. Dass er sich so vital gab, wirkte aufgesetzt. Seine graue Hautfarbe verriet ihn, und seine gestelzten Bewegungen kamen nicht annähernd so locker herüber, wie er meinte.

Genau das ist der Zustand unseres Landes, dachte Schalck bitter. Wir sind krank, aber wir heucheln Lebenskraft.

Die Frage war: Würde es ihm gelingen, gegen Honeckers Willen rechtzeitig die nötigen Maßnahmen einzuleiten, um das Ruder herumzureißen? Freiwillig würde der 77-Jährige seinen Posten nicht verlassen.

Was sie brauchten, war der Anschein von Demokratisierung, fürstlich vom Westen bezahlt, während sie in Wahrheit an der Macht festhielten, so wie das China bei seinem Modell von wirtschaftlicher Öffnung tat. Oder sie leiteten kleine Schritte wirklicher Demokratisierung ein wie in der Sowjetunion, sorgfältig austariert mithilfe der Staatssicherheit.

Er stellte sich vor, wie er diese Ideen vor dem Politbüro referierte und anschließend in Handschellen abgeführt wurde. Die alten Herren begriffen nicht: Der Feind der DDR war der wirtschaftliche und technologische Fortschritt. Sie waren ein Land von der Bevölkerungsgröße Nordrhein-Westfalens, aber mussten versuchen, mit den Entwicklungen der gesamten Bundesrepublik, nein, des gesamten Westens Schritt zu halten. Das betraf Überwachungstechnologie und Computer genauso wie die Produktion von Gütern des täglichen Bedarfs. Waren sie wirtschaftlich schwach, dann waren sie zum Scheitern verurteilt.

Siebenunddreißig Jahre setzte er sich schon für dieses Land ein. Aber außerhalb der Kommerziellen Koordinierung hörte man nicht auf ihn. Er konnte hübsch Technologie aus dem Westen ins Land schmuggeln, Briefkastenfirmen im Ausland führen, Etikettenschwindel betreiben und auf jede erdenkliche Weise Geld ranschaffen. Für die Verwendung des Geldes sahen sich die Greise im Politbüro zuständig. Idioten!

Jetzt standen sie hier, angetreten zur Begrüßung von Gorbatschow, genauso, wie sie vor sieben Jahren Bundeskanzler Schmidt begrüßt hatten, als er auf Staatsvisite in die DDR gekommen war. Damals war angeordnet gewesen, dass alle Mitglieder der DDR-Delegation ohne Kopfbedeckung oder mit russischer Tschapka erscheinen sollten – weil man im Unterschied zum Hut die Pelzmütze nicht lüpfen musste, wenn man den Staatsgast begrüßte.

Bundeskanzler Schmidt hatte seine Prinz-Heinrich-Mütze getragen, sehr geschickt, denn auch die musste man nach dem Protokoll nicht vom Kopf nehmen.

Nur er, »der große Alex«, war renitent gewesen. Er hatte einen Hut aufgesetzt und den auch höflich vom Kopf genommen und einen Diener vor dem BRD-Regierungschef gemacht.

Günter Mittag hatte ihn später angeknurrt: »Ich hatte doch gesagt, dass Mützen zu tragen sind!«

War heute nicht ein viel wichtigerer Anlass, widerständig zu sein? Er musste nur noch entscheiden, wie diese Widerständigkeit aussehen sollte. Sigrid würde ihm womöglich in die Parade fahren, das musste er vorab bedenken. Gute Güte, wie sie hier standen mit ihren Ehefrauen, auch er mit Sigrid: demütige Untertanen, die ihren Herrscher erwarteten.

Neben dem Schriftzug Аэрофлот öffnete sich die Tür der IL 62, und Gorbatschow und seine Frau Raissa stiegen aus dem Flieger, gefolgt von ihrer Entourage. Am Fuß der Fluggasttreppe erwarteten sie Erich und Margot Honecker und begrüßten sie leutselig. Man ging zu den Wagen.

»Alex«, sagte Sigrid, »geht's dir nicht gut?«

»Wieso?« Sie dachte immer gleich an das Herz. Er wusste ja, er musste abnehmen, auch die Schmerzen im Knie rührten vom Übergewicht her. »Muss nur über etwas nachdenken.«

Sie drückte besorgt seinen Arm.

Gar nicht übel. So war sie sonst nicht. Sie kümmerte sich hingebungsvoller um die Parteiführung in Wandlitz und deren Wünsche als um ihn. Wöchentlich fuhr ein Transporter nach Westberlin, und nicht selten fuhr Sigrid mit, um Kleidung für Margot Honecker zu kaufen. Aber wehe, in den Kleidungsstücken war ein westliches Etikett zu finden! Die mussten vor der Übergabe säuberlich herausgetrennt und durch österreichische Etiketten ausgetauscht werden – Österreich gehörte wenigstens nicht zur NATO –, oder durch solche aus den Ländern des Warschauer Pakts. Was waren sie für ein Ehepaar! Beide waren sie beruflich mit Etikettenschwindel befasst.

»Na also«, sagte Sigrid. »Schon lächelst du wieder.«

Heute kam ihm alles so merkwürdig vor. Verwundert blickte er auf die Dinge, die sonst wie selbstverständlich zu seinem Alltag gehörten.

Der Himmel war strahlend blau, nur wenige weiße Wölkchen zeigten sich. Sie stiegen ein. Die Chauffeure lenkten die Wagen vom Rollfeld.

Sigrid sagte: »Nächste Woche lässt du das Training auf dem Fahrradergometer nicht wieder ausfallen. Du kannst Dr. Wuschech vertrauen. Er sagt, der Sport hat vielen Patienten mit Herzrhythmusstörungen geholfen.«

Sie fuhren Richtung Stadtmitte. Die Häuser entlang der Strecke waren beflaggt, selbst an den Straßenbahnen steckten vorn kleine Metallfähnchen, das rote Banner der Arbeiterklasse und die Staatsflagge der DDR. Wer hatte sich darum gekümmert? Solche Details machten viel aus. Gorbatschow durfte nicht den Eindruck bekommen, dass sie ihr Land nicht im Griff hatten. Das Volk feierte den Jahrestag der DDR! Das musste nach was aussehen.

Die Gehwege entlang der Protokollstrecke waren gefegt. Sie standen unter unauffälliger Bewachung. Er drehte sich nach einigen FDJlerinnen um, die fröhlich winkend am Straßenrand standen.

Sigrid fragte: »Worüber grübelst du denn?«

Er seufzte. »Ich stelle mir bloß vor, wie Genosse Honecker nachher auf den Fackelumzug runterguckt, der an uns vorüberzieht, und sich zu den anderen auf der Tribüne umdreht und sagt: ›Da seht ihr es. Die Jugend steht fest zur SED.‹« Wie bitter ironisch er das meinte, hatte der Chauffeur hoffentlich nicht herausgehört.

Sigrid drückte seine Hand. »Lass ihm die Freude«, sagte sie.

Stefan Hähner wusste sofort, dass er in diesem Hotelzimmer keine gute Nacht haben würde. Dem Motorenlärm nach hätte sich das Zimmer ebenso gut auf einer Verkehrsinsel inmitten einer vierspurigen Straße befinden können. Er zog die braun gemusterten Vorhänge zu, auch wenn er wusste, dass das die Geräuschkulisse kaum dämpfen würde.

Neuerdings hatte er Schmerzen beim Gehen, der Arzt sprach von altersbedingtem Verschleiß, gute Güte, er war erst einundsiebzig, und bis auf seine jungen Jahre als Agent im Feld hatte er die meiste Zeit am Schreibtisch gesessen. Wie konnte sich da sein Hüftgelenk verbrauchen?

Bestimmte mechanische Schäden seien irreparabel, hatte der Arzt gesagt. Er müsse jetzt aufpassen. Wärme helfe.

Hähner stellte sich auf den schäbigen Teppich in der Mitte des Zimmers und hob im Wechsel das rechte und das linke Knie, als würde er auf der Stelle marschieren. Eine Übung, die angeblich die Hüftbeugemuskulatur kräftigte. Er war nicht sicher, ob er sie richtig verstanden hatte. Als er ihn gebeten hatte, die Bewegung einmal vorzumachen, hatte der Arzt sie allenfalls angedeutet. Gut, dass er die Vorhänge zugezogen hatte. Auch zu Hause machte er die Übung nur, wenn Ella einkaufen war.

Achtzehn verdeckte Informanten hatte Hähner in seinem Berufsleben geführt, vier davon waren weiblich gewesen. Seltsamerweise verband ihn mit Ria Nachtmann am meisten. Sie war so jung gewesen, so gefährdet und zugleich enorm kostbar für den BND. Zwei seiner Agenten waren erschossen worden, Zeus in einer Kommandooperation der Stasi, Hebel im Leipziger Gefängnis durch den offiziellen Henker der DDR. Fünf andere hatten lange Haftstrafen aufgebrummt bekommen. Es machte ihn jedes Mal betroffen, daran zu denken.

Ria aber hatte er retten können. Warum fand sie keine Ruhe? Vielleicht hatte es mit ihrem Kindheitstrauma zu tun. Wieder und wieder hatte er es sich vorgestellt: Die Familie hatte beim Abendessen gesessen, Ria war zehn Jahre alt gewesen. Es klingelte an der Tür. Der Vater ging, um zu öffnen. Aus dem Flur Männerstimmen, ein Ächzen, ein Klirren. Die Mutter sprang auf. Im Flur schrie sie. Wieder Stimmen. Als Ria ebenfalls in den Flur stürzte, sah sie gerade noch, wie Fremde die Mutter aus der Wohnung zerrten. Am Boden die Brille ihres Vaters. Man brachte Ria und ihre kleine Schwester getrennt voneinander in Pflegefamilien. Sie sollten »Vater« und »Mutter« zu Wildfremden sagen, und wenn sie nach ihren Eltern fragten oder nach der Schwester, wurden sie bestraft. Ein solcher Bruch in dem, was ein Kind als sicher ansah, war nicht zu heilen. Ria vergaß das nicht. Hatte sie etwas erreicht, was nach Familienfrieden aussah, wurde sie unruhig.

Nach ihrem wirren Anruf hätte jeder andere sie zum Psychologen geschickt. Er wusste es besser. Wenn es jemanden gab, den man ernst nehmen musste, dann war es Ria Nachtmann. In ihrem Zusammenbruch verbarg sich eine Wahrheit.

Er betrat das kleine Badezimmer. Es roch nach Putzmittel und Urin. Vor dem Spiegel richtete er sich die Krawatte. So alt hat sie mich noch nie gesehen, dachte er.

Pah! Er tat ja geradezu so, als wäre sie seine Tochter.

War es so so weit? Er sah auf die Armbanduhr. Noch zehn Minuten. Er setzte sich aufs Bett und nahm den Hörer vom Telefon. *Für ausgehende Anrufe die »0« vorwählen.* Sie würden ihm fürs Telefonieren einen happigen Betrag auf die Zimmerrechnung draufschlagen. Trotzdem wählte er.

Ella meldete sich. Dass eine Frau ihn mit ihrer Stimme so bezaubern konnte, hätte er nie geglaubt.

»Ich bin's«, sagte er.

Sie lachte. »Muss ich mir Sorgen machen?«

»Alles in bester Ordnung. Ich hatte nur Sehnsucht.«

»Lass dich nicht mit jungen Berlinerinnen ein, verstanden?«

»Keine Sorge. Und du verwöhne die Katzen nicht so. Denk daran, dass sie draußen auch fressen, Mäuse und Vögel, das sehen wir bloß nicht.«

»Glaubst du im Ernst, dass Tinka einen Vogel fängt?«

»Tinka nicht.«

»Oder eine Maus?«

»Tinka fängt keine Maus. Aber Lucy fängt durchaus Vögel und Mäuse.«

»Soll ich Lucy also weniger füttern als Tinka?«

Nicht nur ihre Stimme bezauberte, sie hatte außerdem auch noch recht. »Mach es auf deine Art. Solange du *mir* nicht das Futter kürzt.«

»Ich denke darüber nach …«

»Wird teuer. Ich leg auf.«

»Auf Wiederhören, Herr Hähner.«

»Auf Wiederhören.«

Er legte die Gabel auf das Telefon. Schlug die Mappe auf, die Informationen zum Hotelaufenthalt bieten sollte. Konnte man ihn direkt anrufen? Ah, hier. *Ersetzen Sie die »0« durch Ihre Zimmernummer.* Er holte sein Notizbuch aus dem Jackett und schrieb die Telefonnummer auf.

Wieder ein Blick auf die Armbanduhr. In einer Stunde waren sie verabredet. Zeit für den Aufbruch.

Er zog den Mantel über, schloss das Zimmer ab und nahm die Treppe. Er hätte in Minuten beim verabredeten Treffpunkt sein können. Aber er hatte einige Umwege eingeplant.

Tauben flogen auf. Das Klatschen der Flügel, wenn die Stadttauben aufflogen, war ein anderes als bei den Tauben auf dem Land, dort sangen die Schwingen leiser. Beide aber beschrieben einen Kreis im Aufflug, der etwas Sanftes hatte.

Diese Tauben konnten hier im Westen die Reste eines Döners aufpicken, und wenn sie noch nicht satt waren, flogen sie einfach über die Grenze nach Ostberlin und fraßen Unter den Linden ein paar Brötchenkrümel. Sie waren die einzigen Bewohner der Stadt, denen beide Hälften gehörten und die ungehindert hin- und herreisten.

Große Plakate warben für Lucky Strike, Sunil und Toffifee. Er gab den alten Zausel, der die Tauben und die Auslagen in den Schaufenstern bestaunte. Er erwartete nicht wirklich, dass sie vom Gegner überwacht wurden. Aber zur Sicherheit und aus alter Gewohnheit überprüfte er es doch.

Für viele hier im Westen war ihre Zwillingsstadt im Osten nicht existent oder zumindest nicht wichtig, wie ein Verwandter, an den man lange Jahre nicht gedacht hatte. Erst die gegenwärtigen Schlagzeilen hatten den Osten wieder ins Bewusstsein gerückt. Sie störten bei Sunil, Lucky Strike und Toffifee.

Er bog in kleine Nebenstraßen ab, dann setzte er sich für einen Milchkaffee in ein von Türken betriebenes Café. Nach einer Viertelstunde machte er sich wieder auf den Weg. Als er auch nach zwei weiteren Runden keine Beschatter bemerkte, ging er zur verabredeten Haltestelle.

Auch Ria kam pünktlich. Sie stellte sich neben ihn, als würden sie sich nicht kennen.

Der Bus Richtung Grunewald war um diese Tageszeit nur spärlich besetzt, deswegen hatte er ihn früher gern für Treffen mit »Max« verwendet. Ria durfte nichts davon ahnen. Ob sie manchmal noch an »Max« dachte?

Da kam der 60er schon. Sie stiegen ein und nahmen die

Treppe hinauf. Das Oberdeck war leer bis auf vier Touristen, die ganz vorn saßen, um die Aufregung zu genießen, mit dem Doppeldecker knapp unterhalb der Ampeln und Brücken hindurchzufahren.

Er setzte sich in die letzte Reihe, eine Buslänge zwischen sich und den Touristen. Ria nahm neben ihm Platz. Er zog die schwarzen Handschuhe aus und gab ihr die Hand.

Ihre Finger waren kalt. Sie sagte: »Danke, dass Sie gekommen sind.«

»Sie klangen besorgniserregend am Telefon.«

»Annie muss da raus. Sofort. Sie wird sich nicht lange verstecken können.«

»Sind Sie denn sicher, dass –«

»Haben Sie den Beitrag in der Tagesschau nicht gesehen?«

»Ja. Beeindruckende Bilder.«

»Die veranstalten eine Hexenjagd auf sie.«

»Aber wie sollen wir sie rüberholen, wie stellen Sie sich das vor? Die Grenze ist gut gesichert. Nicht umsonst gibt es so viele Mauertote.«

»Sie haben es mit mir geschafft. Bitte, retten Sie auch meine Tochter. Und ihren Freund, der wird genauso gejagt.«

»Ihre Flucht damals war ein halsbrecherisches Wagnis.«

»Sie sind es eingegangen. Tun Sie es wieder, bitte.«

Er knetete die Handschuhe. Schließlich sagte er: »Sehen Sie mich an.«

Sie sah herüber.

»Ich bin in Rente. Ich bin nicht mehr geeignet für solche Operationen.«

»Haben Sie mit Ihren Vorgesetzten gesprochen?«

»Ja«, log er. »Sie brauchen einen Beleg dafür, dass Ihre Geschichte stimmt.« In Wirklichkeit hatte er selbst erst einmal herausfinden wollen, ob Ria die Wahrheit sagte oder in ihrer Verzweiflung eine Geschichte erfunden hatte, um ihre Tochter zu sich zu holen.

Ria schoss die Röte ins Gesicht. »Die glauben mir nicht?«

»Den zweiten Teil. Der ist tatsächlich unglaubwürdig. Aber er wäre es, der die Sache ins Rollen bringen könnte.«

»Verstehe.«

»Ich muss mit dem KGB-Offizier sprechen.«

»Begreifen Sie nicht? Jede Stunde wächst die Wahrscheinlichkeit, dass sie meine Tochter fangen. Ich weiß, was eine U-Haft bei der Stasi bedeutet. Annie soll das nicht durchmachen.«

»Nein, das soll sie nicht. Lassen Sie mich mit dem KGB-Offizier sprechen.«

»Es kann Tage dauern, das zu arrangieren!«

»Ria, es gibt keinen anderen Weg.«

Sie schwiegen bis zum Roseneck. Dort stiegen sie aus und liefen in Richtung Grunewald. Er sah, dass Ria sich im Gehen rechts und links die Tränen aus dem Gesicht wischte.

»Wann wird sich Annie wieder melden?«, fragte er.

»Ich weiß es nicht.«

»Wenn sie anruft, versuchen Sie, ein Treffen zu vereinbaren. Wie nennen Sie den KGB-Offizier?«

»Wir sprechen vom ›Nachbarn‹.«

»Sind Sie sicher, dass Sie richtig verstanden haben, um wen es sich handelt?«

Zorn trat in Rias Blick. »Ja, verdammt.«

»Sehr gut. Wissen Sie einen Ort, den Annie versteht, ohne dass Sie ihn konkret benennen müssen? Etwas aus ihrer gemeinsamen Geschichte?«

»Ich kann sagen, sie soll dahin kommen, wo ihr als Kind mal das Eis aus der Waffel gefallen ist.«

»Bestens. Aber das drücken Sie natürlich geschickter aus. Sie lachen gemeinsam über die Erinnerung, und dann sagen Sie: ›Ach, wäre es schön, wenn wir da mal wieder hingehen könnten. Aber es gab nur Kugeln, oder? Dem Nachbarn würde es nicht schmecken. Hast du nicht erzählt, dass er Softeis lieber mag?‹« Er riss die Seite mit der Telefonnummer aus seinem Notizbuch und reichte ihr den Zettel. »Wenn das Treffen vereinbart ist, rufen Sie mich an.«

Er wusste, er war hart zu ihr. Aber er wusste auch: Wenn es eine Möglichkeit gab, Annie und ihren Freund vor der Stasi zu retten, dann war dies der einzige Weg dorthin.

18

Marga Dierks pfefferte sein Gericht und pfefferte noch mal nach. Da musste er durch.

Bunte Katze kochte sie nur, wenn sie schlecht gelaunt war. Die Schichtpfanne aus Kartoffeln, Zwiebeln und Schweinefleisch schmeckte bloß simplen Gemütern, ihr jedenfalls nicht und Jacob ebenso wenig.

Sie streute ihm noch mal Kümmel über den Teller. »Schmeckt's?«, frage sie zynisch.

Die Portion dampfte unversehrt auf dem Teller, und das Besteck lag ordentlich daneben. Der Stuhl war leer.

»Du hast gewusst, dass du mich nicht verlassen sollst«, sagte sie. »Aber nein, du konntest ja deine Augen nicht bei dir behalten.« Sie schlug die Faust auf den Tisch, dass das Gedeck klirrte.

Eigenartigerweise hatte sie nie bedacht, dass die junge Köchin aus dem Ganymed, die Jacob den Kopf verdreht hatte, inzwischen auch älter geworden sein musste. In ihrer Vorstellung hatte sie all die Jahre die Grübchen und die kindliche hohe Stirn behalten und lachte immer noch ihr glockenhelles Lachen.

Die Frau war nicht straffrei ausgegangen. Ihre Strafe war es, ohne Jacob zu altern. Und Jacob? Er hatte seinem Appetit nachgegeben, hatte die Kollegin unbedingt liebkosen müssen. »Ein bisschen Selbstbeherrschung war wohl nicht möglich? Jacob?«

Sie schimpfte zwar, aber sie wusste: Das Gleichgewicht ihrer Liebe war nie gestört gewesen. Ein Boot im Sturm schaukelte kräftiger, doch es schaukelte beide Insassen. Wenn er sich nicht beherrschte, dann beherrschte sie sich eben auch nicht. So blieben sie im Takt. Er hatte ihr mit solchem Horror ins Gesicht geblickt, dann hinunter auf seinen blutüberströmten Leib und erneut, verwirrt und unverständig, in ihr Gesicht. Erst am Schluss erschien der Vorwurf auf Stirn und Mundpartie, Jacobs schmerzlicher Vorwurf ohne Worte: Was hast du mir angetan?

Sie streckte die Hand aus und rührte sanft an seinen Teller. »Ich hätte dich verwöhnt. Ich hätte dir abends ein heißes Bad eingelassen, hätte dir den Rücken eingeseift und dich massiert. Für dich hätte ich mich mit den Nachbarn gezankt, so lange, bis sie jeden Morgen Ruhe gegeben hätten, damit du nach deiner langen Abendschicht ausschlafen kannst.«

Das Telefon klingelte.

Marga fuhr zusammen. Ihr war, als könnte der Anrufer durch die Leitung in ihre Wohnung blicken, als tastete das Klingeln durch die Zimmer, bis es entblößt hatte, dass sie allein vor einem gedeckten Tisch saß und mit einem Toten redete.

Sie hastete zum Telefonbänkchen im Flur und griff nach dem Hörer des Apparats. »Ja?«, sagte sie.

Ingo Beckmeier. Er sagte, es gebe ein Problem mit der Festnahme. Er redete gedämpft, als beschirme er mit der Hand den Mund und die Sprechmuschel.

»Was soll das?« Sie drückte den Rücken durch. Es war lachhaft. Wie schwach sich die »Firma« zuletzt gezeigt hatte, und das bei den provozierenden Zusammenrottungen, die es gegeben hatte, den Hetztransparenten und den absurden Forderungen. Die zügellose Verleumdungskampagne des Gegners und die Einmischungsversuche aus dem Ausland hatten sogar zu kleineren Aufmärschen oppositioneller rowdyhafter Kräfte geführt, die versuchten, die staatliche Ordnung und Sicherheit zu stören. Und mittenmang die Tochter von Ria Nachtmann, die Teufelsbrut. Ungeheuerlich, dass sie Hetzmaterial in den Westen geschmuggelt hatte, Filmaufnahmen, die den heldenhaften Kampf der Polizeikräfte gegen die feindliche, von westlichen Provokateuren aufgestachelte Rotte am Dresdner Hauptbahnhof völlig verfälscht wiedergegeben hatten! Jetzt würde sie büßen. Jetzt war sie dran, und kein Versager in der VIII würde das mit seiner Unfähigkeit verderben. »Was flüsterst du da herum, Genosse?«

»Es gibt Probleme mit der Festnahme.«

»Wie kann es da Probleme geben? Was kann daran bitte schön so schwierig sein? Eine einzelne Frau festzunehmen, das werdet ihr von der VIII doch wohl fertigbringen! Muss ich persönlich vorbeikommen und ihr die Handschellen anlegen?«

»Ich kann das hier am Telefon nicht –«

»Ich bin Major der Staatssicherheit und sehr wohl berechtigt, über diesen Fall informiert zu werden.«

»Aber du bist bei der AKG. Ich dachte, die Regeln der inneren Konspiration würden eigentlich verbieten –«

»Und ihr Freund?« Wenn sie den in der Mangel hatten, war Annie leichter zu manipulieren. Das hatte schon einmal geklappt, damals, als Annie und Michael noch Schüler in der Sportschule gewesen waren. So hatte sie Beweise für Rias Spionagetätigkeit erhalten.

»Ist untergetaucht. Wir wissen nicht, wo er ist.«

»Habt ihr noch nie etwas von Rasterfahndung gehört? Wurde wenigstens ein Wer-kennt-wen-Schema erstellt? Gibt es ein Täterprofil, und wurde die Polizei alarmiert?«

»Wir sind da etwas vorsichtiger, weil zumindest bei Annie Temme, also ...« Er zögerte.

Wie er den Namen hinhauchte! Der war ja ganz hingerissen von ihr! »Was? Raus mit der Sprache!«

»Sie wurde von den ›Freunden‹ übernommen. Und das könnte ja auch bei ihm zutreffen.«

»Sie wurde ... Der KGB hat Annie Temme ...?«

»Wir sollen die Finger von ihr lassen.«

Marga war erschüttert.

In ihrer langen Laufbahn bei der Staatssicherheit war es nur wenige Male vorgekommen, dass aus der zentralen Registratur auf ihre Bitte hin, die Personalien einer Person zu überprüfen, keine Antwort kam. Das geschah immer dann, wenn jemand für den KGB arbeitete, so war es üblich zwischen den zwei Nachrichtendiensten, man bekam es nicht direkt gesagt, aber man sollte sich seinen Teil denken. Klar war: Wenn jemand zu den sowjetischen Tschekisten gehörte, war er unantastbar.

Und jetzt hatten sie ausgerechnet Annie Temme angeworben? Wozu denn? Sollte sie für den KGB die oppositionellen Kreise in der DDR unterwandern? »Wenn du das erfunden hast, Genosse, um dich aus der Verantwortung zu stehlen, dann sorge ich für einen Disziplinarvorgang, aber keinen internen, keine kleine Gardinenpredigt, nein, dann hetze ich dir die HA IX auf den Hals!«

»Wirklich, sie waren persönlich dort, haben den Ausweis gezeigt. Ich denke mir das nicht aus.«

Sie hörte, wie er sich zusammenkauerte, wie er sich wand in seiner Furcht, dieser Hanswurst, dieser Schwächling Ingo Beckmeier. Jacob hätte das nicht getan. Jacob war Koch, er befehligte die Mannschaft in der Küche, er war ein Mann.

Gewesen. Sein Körper war längst zu einem Teil der Farne

und Fichten in den Müggelbergen geworden. Merk dir das endlich, Marga!

Und duckte sie sich nicht ihrerseits vor dem KGB? War das nicht genauso eine Schwäche, jetzt aufzugeben, nur weil die ›Freunde‹ auf Annie hereingefallen waren? Wie Ria und ihre Tochter es immer wieder schafften, sich aus der Affäre zu winden, wie sie ein um das andere Mal ihrer gerechten Strafe entgingen!

Diesmal nicht. Diesmal ließ sie sich nicht reinlegen. »Von wo rufst du an?«

»Aus dem Büro.«

»Köpenick also.«

»Ich will mir wirklich keinen Ärger einhandeln.«

»Dann hör jetzt gut zu. Unser Gespräch hat nie stattgefunden. Verstanden? Wir haben uns niemals über Annie Temme ausgetauscht. Keine Treffen, keine Telefonate.«

Erleichterung machte seine Stimme hell. »Verstanden.«

Schwachkopf. Er würde seine Strafe beizeiten erhalten.

Marga legte auf. Sie wählte die Nummer eines alten Weggefährten in der Zentrale. Als er abhob, sagte sie: »Im Keller unter dem Tschekistenpalast. In dreißig Minuten.«

»Marga, ich kann das nicht –«

Sie warf den Telefonhörer auf die Gabel, schlüpfte in die Schuhe, stürmte im Treppenhaus hinab und zog sich dabei die Jacke an, verhedderte sich im Ärmel, zerrte alles zurecht, stürmte nach draußen.

Das würden sie doch mal sehen, wer hier gewann. Ria und ihre missratene Tochter jedenfalls nicht.

Die Zentrale Auswertung, die ZAIG, residierte in Haus 4 an der Magdalenenstraße. Dort sollte man sie besser nicht sehen. Sie betrat stattdessen den Altbau, nahm das Treppenhaus in den zweiten Stock und ging durch den Verbinder, den in hoher Luft schwebenden Gang zwischen den Gebäuden, hinüber in den »Palast der Tschekisten«.

Hier in der Zentrale tat man eine Menge, um die Angehörigen der »Firma« bei der Stange zu halten. Lehrgänge und Vorträge zur ideologischen Auffrischung, Filmvorstellungen unten im Kino im alten Speisesaal, regelmäßige Auszeichnungen und Geldprämien. Und warum sollten sie nicht vom Staat ein wenig umsorgt werden, wo sie sich doch als »Schild und Schwert der Partei« mit täglichem Einsatz schützend vor den Staat stellten.

Den Block an der Normannenstraße nannten sie im Scherz »Palast der Tschekisten«, weil er mit seiner Außenverkleidung aus braun getönten Glasscheiben (aus Belgien importiert, wie sie gehört hatte) dem Palast der Republik ähnelte. Aber er hatte auch im Inneren etwas von einem Palast. Nirgendwo sonst in der DDR gab es eine Ladenzeile in einem Gebäude, mit Buchhandlung, Friseursalon, Reisebüro, das auch seltenere Theater- und Veranstaltungskarten bereithielt, Souvenirshop des MfS-Sportclubs Dynamo und nicht zuletzt einer Kaufhalle auf sechshundert Quadratmetern. So musste man nicht das Gelände verlassen, um einkaufen zu gehen.

Die Speisesäle hingegen waren mau, wie bei ihnen in der Bezirksverwaltung, das hatte Marga ausprobiert. Vielleicht war ja das Angebot im Speisesaal für leitende Mitarbeiter besser, sie hatte gehört, dass dort die Stellvertretenden Minister und die Leiter der Hauptabteilungen Gerichte nach Speisekarte auswählen konnten und am Tisch bedient wurden.

Die beiden Speisesäle für die Mitarbeiter – im ersten und im dritten Obergeschoss, die Qualität des Angebots war die gleiche, das hatte sie nach kurzer Überprüfung festgestellt –

boten nichts als erbärmliches Kantinenessen. Eine Schande für jeden guten Koch. In langen Schlangen wurde man an Ausgabevitrinen vorbeigeführt, Selbstbedienung, Suppe, fünf Wahlgerichte (davon eines Schonkost, eines Reduktion), Kompott oder Süßspeise, Salat, Obst und alkoholfreie Getränke. Gut, das Obst war nicht übel, auch mal Orangen oder Weintrauben oder Bananen, aber ihr Gaumen war von Jacob verwöhnt worden, sie ertrug die Schwindelei der Massenküche nicht mehr.

Sie nahm die Treppe nach unten, durchquerte das Foyer mit der Buntglaswand »Revolution – Frieden unserem Ehrenrund« und stieg in den Keller hinab.

Es war warm hier unten, fast schon stickig. Die Rohre, die unter der Decke entlangliefen, tickten leise. Hinter Eisentüren brummten die Anlagen für Heizung, Sanitär, Lüftung. Am gewohnten Treffpunkt, neben dem Raum für Aufzugtechnik, wartete Udo bereits.

Er sah aufgebracht aus. »Marga, das geht nicht mehr«, sagte er. »Diese Geheimniskrämerei zerstört uns beiden die Karriere.«

»Es ist dringend.«

»Gerade heute! Ich habe alle Hände voll zu tun.«

Udo war immerhin einer, der durchgriff. Das gefiel ihr an ihm. Jetzt zum Republikgeburtstag hatte man angesichts der erhöhten Gefahr von Provokationen und Anschlägen die Aktion »Jubiläum 40« gestartet: Gezielte Kontrolle der feindlich-negativen Kräfte, die mit der Sammelbewegung »Neues Forum« sympathisierten, umfassende Reisesperrmaßnahmen und Sonderfahndungen.

Sie sagte: »Die Sache betrifft ›Jubiläum 40‹. Erinnerst du dich an den Aufruhr wegen des Beitrags in der Tagesschau zu den Unruhen am Dresdner Hauptbahnhof?«

»Ich gucke keine Tagesschau.«

»Aber du hast davon gehört, oder?«

Er bestätigte.

»Dafür verantwortlich sind eine Frau und ihr Partner. Die Frau, Annie Temme, wurde gerade von den ›Freunden‹ angeworben. Verstehst du? Die machen einen Riesenfehler.«

»Und deine Warnung kann nicht über die offiziellen Kanäle laufen?«

»Doch, selbstverständlich. Nur darf sie nicht von mir kommen. Übernimm du das. Sag ihnen, sie haben eine Frau angeworben, die es faustdick hinter den Ohren hat. Unzuverlässig bis dorthinaus. Ihre Mutter hatte ich im Verhör, sie hat als Sekretärin bei Schalck gearbeitet und erst unser Ministerium für Außenhandel ausspioniert und dann die Kommerzielle Koordinierung. Sie hat für den BND gearbeitet, verstehst du? Und ihren Teufelsbraten wollen sie allen Ernstes bei den ›Freunden‹ engagieren!«

»Warum redest du nicht selber mit dem KGB?«

»Ich muss hinterher sagen können, dass ich nicht gewusst habe, dass sie vom KGB angeworben wurde.«

Er runzelte die Stirn.

»Ich brauche freie Hand, Udo.«

Wie ein feuriger Lindwurm kamen sechzigtausend fackeltragende Jugendliche die Straße entlang. Erich Honecker hob die Hand zum Winken. Neben ihm stand Gorbatschow auf der Tribüne, außerdem der Erste Sekretär der polnischen Partei, Mieczyslaw Rakowski. Alexander Schalck sah ihnen von hinten auf die Hüte. Er hatte Fetzen von Honeckers Festrede noch im Ohr. »Unsere Republik gehört heute zu den zehn leistungsfähigsten Industrienationen der Welt, zu den knapp zwei Dutzend Ländern mit dem höchsten Lebensstandard. … Die DDR ist auch eine Weltnation im Sport.« Und nach anhaltendem starkem Beifall: »Mit unseren Händen und Köpfen haben wir das zuwege gebracht, unter Führung der Partei der Arbeiterklasse.«

Mit keinem Wort hatte er die Unruhen erwähnt, die flüchtenden Bürger, die wirtschaftliche Zwickmühle, in der sie steckten. So langsam fürchte ich, dachte Schalck, dass er diese Dinge gar nicht *sieht.*

Von »Verleumdungen« hatte er gesprochen, die der Gegner gegen die DDR richte, weil sich in vierzig Jahren DDR »die vierzigjährige Niederlage des deutschen Imperialismus« summiere.

Um seinen Gastgeber nicht öffentlich zu brüskieren, hatte Gorbatschow in seiner Rede auf Hinweise zu Glasnost und Perestroika verzichtet. Aber glücklich hatte er dabei nicht ausgesehen.

Gorbatschow musste es durchschauen. Nur ein Wandel der Politik konnte die Sache retten.

Natürlich, die Grenze zur ČSSR war jetzt geschlossen, und man kam auch nicht mehr ohne Weiteres nach Ungarn. Wenn die Bevölkerung begriff, dass sie hierbleiben musste, würde sie sich arrangieren. Aber das wirtschaftliche Problem mussten sie in den Griff bekommen.

Augenblick, was riefen die da unten? Jetzt hörte er es deutlicher. Eine Gruppe von FDJlern schrie: »Gorbi, Gorbi!« Immer mehr fielen dort unten in den Ruf ein.

Honecker nahm irritiert die Hand herunter. Er drehte sich zur Seite, zu Gorbatschow, und lächelte verkrampft. Sicher war er erbost, dass die Jugendlichen mit den Fackeln in der Hand nicht »Honni, Honni« riefen.

Jetzt winkte Gorbatschow.

Endlich verebbten die Rufe. Aber gegen Ende des Fackelzugs rief noch mal jemand: »Gorbi, hilf uns!«

Als das Ende des Lindwurms vorübergezogen war und sie die Tribüne verließen, nahm Margot Honecker ihren Mann am Arm und schimpfte leise, das sei eine Verschwörung.

Honecker stieß zu Egon Krenz vor. »So eine Demonstration hast du organisiert? Du hast das manipuliert, du hast den Zentralrat der FDJ beauftragt. Das lasse ich dir nicht durchgehen.«

Honeckers Ärger wärmte Schalck innerlich. Wach auf, alter Mann, dachte er.

Am nächsten Morgen rief niemand »Gorbi, Gorbi«. Panzer, Kanonen, Laster mit modernen Raketen fuhren die Karl-Marx-Allee hinunter. Fahrzeuge auf Rädern und auf Ketten passierten die Ehrentribüne in einer Choreografie mit exakt 18 km/h. Kanonenrohre, BMP-1-Schützenpanzer, »Friedenspanzer«, so schwer, dass die Häuser vibrierten.

Befehle gellten. Soldaten mit weißen Handschuhen und Stahlhelm riefen mechanisch ein dreifaches Hurra!, dann zogen sie in der »Ehrenparade der NVA und der Grenztruppen der DDR« hinter ihren Fahnen entlang an der Tribüne vorüber, die Stiefel blitzten im Exerzierschritt. Sie zeigten, dass sie immer bereit waren zum Schutz der Errungenschaften der Republik. Die Demonstration der Macht wirkte in diesem Jahr auf eigenartige Weise bedrohlich, nach dem Lob der SED zum chinesischen Angriff auf Oppositionelle in Peking.

Trotzdem waren Hunderttausende aus den Stadtbezirken ins Zentrum geströmt. Nach Betrieben geordnet, liefen sie an der Tribüne vorüber, eine Geste der Unterwerfung. Zwischen ihren Füßen zu Boden gefallene, zertrampelte Papierfähnchen.

Am Straßenrand jubelte ein Banner, weiße Buchstaben auf

einfarbigem Grund: ES LEBE DIE DEUTSCHE DEMOKRATISCHE REPUBLIK – UNSER SOZIALISTISCHES VATERLAND!

Wenige Tausend Meter entfernt stand Sascha Nikolajewitsch Gandorin in der Fernsprechzelle des Postamts und wählte eine Nummer in Moskau.

»Oleg? Ich bin's.«

»Ты с ума сошёл. Du hast Nerven, hier noch anzurufen. Ist die Leitung sicher?«

»Ich wollte nur … Ich habe etwas vor. Es könnte mein Ende sein.«

»Und das erzählst du mir auf einer unsicheren Leitung?«

»Ich muss wissen, ob es Neues zur Operation ›Strahl‹ gibt. Und hast du etwas zu den Aktivitäten von Wladimir Putin herausgefunden?«

»Ruf nie wieder an.«

»Ich …«

»Hast du nicht zugehört? Du sollst untertauchen! Und was machst du?«

»Ich bin wieder im Spiel. Ich habe einen neuen Auftrag. Aber ich muss die Hintergründe verstehen.« Er log seinen Freund an, auf gewisse Weise.

Eigenartig, er hatte seinen Vater nachgeahmt, hatte ein hochdekorierter KGB-Offizier werden wollen, und es hatte ihm nicht gutgetan.

Aber dass er sich dem Weg seines Vaters so entfremdet hatte und ein völlig anderes Ziel in den Blick nahm, zeigte das nicht, dass vielleicht das, was von ihm übrig war, gar nicht die Hülle, sondern der wahre Sascha war, und die Hülle, das war vorher gewesen?

»Die Hintergründe? Operation ›Strahl‹ ist dein kleineres

Problem.« Oleg tuschelte plötzlich nur noch. »Es wird Geld abgepumpt aus der Sowjetunion. In Milliardenhöhe. Es ist nur eine Gruppe innerhalb des KGB, aber sie bereiten irgendetwas Großes vor.«

»Verstehe.«

»Bist du dir sicher, dass sie dir wieder vertrauen?«

»Warum fragst du?«

»Valya ist verschwunden. In Kaliningrad haben sie Angst, alle aus unserer компания, sie fragen sich, wer als Nächstes abgeholt wird.«

Sascha biss lautlos die Zähne aufeinander. Die wussten genau, dass sie die Einzige war, an der ihm etwas lag. Hatte er nicht Putin von ihr erzählt? Wahrscheinlich lebte sie noch, sie war irgendwo in Gewahrsam. So wollte man Druck auf ihn ausüben. Wenn er versagte oder zum Gegner überlief, würde es ihr übel ergehen.

»Bist du noch da?«

»Ich bin da.«

»Verdammt, du liebst sie noch immer, was? Дурак. Trottel.«

»Danke … für deine Freundschaft, Oleg.«

»Schon gut. Pass auf dich auf.«

Sie legten auf. Er schloss die Augen. Der Schmerz war kaum zu ertragen. Diese Schweine. Wie konnten sie Valya dafür leiden lassen! Er sah sie vor sich. Wie sie das erste Mal bemerkt hatte, dass er sie ansah, und befangen lächelte. Wie ihr Blick später weich über sein Gesicht strich, wie sie lachte. Er dachte an die Nacht, in der sie miteinander geschlafen hatten, ganz leise, während Oleg kaum einen Meter neben ihnen auf dem Sofa seinen Rausch ausschlief. Es war seine Geburtstagsfeier gewesen, sie waren leicht angetrunken, aber im Moment der Nähe verflog die Trunkenheit vollkommen.

Es war sein erstes Mal gewesen. Ihr gegenüber log er, er behauptete, andere Mädchen vor ihr geliebt zu haben, aber bei dem Blick, mit dem sie ihn musterte, war ihm klar geworden, dass er Valya nicht belügen konnte.

Wochen später sagte sie, er sei ihr zu ruhig, deshalb heirate sie Maxim. Aber auch sie konnte ihn schlecht belügen. Er wusste, ihr Vater war in der Lubjanka vom KGB übel zugerichtet worden. Offenbar würde er in ihren Augen nie mit einem Schwiegersohn leben können, dessen Vater ein hohes Tier im KGB war.

Aber was konnte er für seinen Vater? Was hatte das mit ihnen beiden zu tun? Bis zum Tag der Hochzeit hatte er noch gelitten und gehofft. Dann war er aus Zorn selbst dem KGB beigetreten.

Er schlug gegen den Telefonapparat. Wenn er jetzt die Zelle verließ und zum Treffen ging, das ihm das Leben rettete, wenn er in den Westen überlief und dort auspackte, dann tötete er sie dadurch. Wie sollte er es ertragen, auch nur eine Minute lang ertragen, dass er ihr Ende verantwortete?

Was würde sie ihm sagen, wenn sie telepathisch miteinander kommunizieren könnten? Geh? Bleib? Rette mich? Rette dich? Er musste es durchziehen – und zwar so, dass sie verschont blieb.

Er trat nach draußen. Annie wartete vor der Fernsprechzelle.

Die Parkbank war kalt. In letzter Zeit fror er so schnell. Hähner zog den Reißverschluss seiner Jacke bis zum Kinn hoch und stopfte den Schal zurecht. Falls dieser KGB-Offizier echt war, verschaffte er dem Bundesnachrichtendienst womöglich mit seinen einundsiebzig Jahren noch mal einen fulminanten

Treffer. Er spürte wieder die Aufregung, dieses angenehme Kribbeln. Wie er es vermisst hatte zu arbeiten! Ein Mensch wollte Bedeutung haben, wollte etwas erreichen. Der Lebensabend mit Ella war eine Freude, natürlich. Sie ahnte nicht, was er hier in Berlin tat. Oder ahnte sie es doch? Zumindest nicht die Gefahr, in die er sich brachte.

Wenn man ihm eine Falle gestellt hatte, würde er den Rest seines Lebens in einem DDR-Gefängnis verdämmern. Sofern man nicht im Westen einen Agenten der HVA festnahm, den man gegen ihn austauschen konnte. In wenigen Minuten würde er es herausfinden: Entweder kamen einige Herren von der Staatssicherheit und brachten ihn in einem Lieferwagen mit der tarnenden Aufschrift »Ostsee-Fisch – frisch auf dem Tisch« in die Untersuchungshaftanstalt, oder er traf tatsächlich Rias Tochter und einen KGB-Offizier.

Er sah hoch. Sofort erkannte er sie. Annie erinnerte ihn mit ihrem herzförmigen Gesicht und den großen dunklen Augen an Ria im Jahr 1973, nur war sie etwas kleiner gewachsen, schmalschultriger. Eine Schönheit wie die Mutter.

Neben ihr der Russe. Gedrungen, breitschultrig, mit den festen Bewegungen eines Militärs. Seine Hose und die Jacke waren zerknittert. Und der Blick! Der Mann war getrieben, nein, ärger noch: gepeinigt. Man sah, dass in ihm eine Schlacht tobte.

Als sich die beiden gesetzt hatten, fragte er den Russen: »Ihr Vater ist beim KGB? Und Ihr Großvater war bei der Armee etwas Höheres, vielleicht sogar General?«

Verblüfft hob der Russe die Brauen. »Woher wissen Sie das?«

»Ich sehe es Ihnen an.« Er machte eine kurze Pause, wog seine nächsten Worte ab. Schließlich fragte er: »Warum wollen Sie Ihr Land verraten?«

Der Russe legte die fleischigen Hände auf die Knie und sah auf sie hinab. »Vor ein paar Monaten hätte ich einen wie mich gejagt und zur Strecke gebracht.«

»Und heute?«

Er hob den Blick. »Ich habe ein paar Dinge herausgefunden, die ich nicht hätte herausfinden sollen.«

»Und darüber konnten Sie nicht mit Ihrem Vorgesetzten reden?«

»Nein. Man versucht, mich loszuwerden.«

Hähner stutzte. »Das ist nicht das übliche Vorgehen. Sie haben eine lange Ausbildung hinter sich. Sie sind kostbar für den KGB.« Was waren das für Geheimnisse? Natürlich wusste der Offizier, dass ihn diese Kenntnisse wertvoll machten. Er würde sie erst preisgeben, wenn seine Bedingungen erfüllt waren. Oder er versuchte nur, sich wertvoll erscheinen zu lassen, und die Informationen existierten überhaupt nicht. »Für welche Abteilung arbeiten Sie?«

»Abteilung ›S‹. Verdeckte Aufklärung.«

Also warb er Quellen an und führte verdeckte Agenten. Wenn er nur schauspielerte, war er gut instruiert worden. Jemand aus der verdeckten Aufklärung war ein kapitaler Fang, selbst wenn er sich weigerte, die Identität seiner Informanten preiszugeben. Aus den Fragen, die ein Geheimdienst stellte, ließen sich gute Schlüsse ziehen. Ein Führungsagent sammelte die Informationen nicht richtungslos, sondern nach den Wünschen der Zentrale. Interessant würde auch sein, wie er sie bearbeitete und analysierte, bevor er sie nach Moskau weiterleitete. Und vielleicht war er bereit, einige seiner Quellen zu offenbaren. »Ihr Rang?«

»Hauptmann.«

Wäre die Sache getürkt, dann hätten sie ihn angewiesen,

sich als Major oder Oberstleutnant auszugeben. Oder wollten sie die Geschichte glaubwürdiger wirken lassen, indem sie ihm bloß einen Hauptmann vorstellten?

Andererseits, es entsprach seinem jungen Alter. Er musste ein verdammt guter Schauspieler sein. »Ich verstehe, dass Sie Ihre Informationen nur für eine Gegenleistung preisgeben werden. Sie wollen in den Westen, und Sie wollen Hilfe beim Neustart, eine Wohnung, einen Arbeitsplatz, finanzielle Unterstützung. All das werden Sie bekommen. Aber wenn ich meine Vorgesetzten davon überzeugen soll, dass sie in Sie investieren – und nicht nur finanziell, eine Schleusung ist auch für uns mit hohen Risiken verbunden –, dann brauche ich genauere Angaben darüber, was Sie uns liefern können.«

Der Offizier wandte sich ab. Wenn Hähner sich nicht täuschte, war der Blick des Russen tränenfeucht geworden. Eines war klar: Es fiel ihm nicht leicht, über diese Sache zu reden.

Der Mann war kein Schauspieler. Mehr und mehr wurde ihm das zur Gewissheit. Sie hätten längst die Falle zuschnappen lassen, er hatte sich doch als westlicher Geheimdienstoffizier offenbart, es gab keinen Grund, länger zu warten. Blieb die Möglichkeit, dass sie einen der Ihren im Westen einschleusen wollten, um falsche Informationen zu streuen. Aber seine Instinkte sagten ihm, dass die seelische Verletzung dieses Mannes echt war.

»Ein kleiner Kreis innerhalb des KGB erwartet den Zusammensturz der Sowjetunion.« Er sprach ohne einen Funken von Begeisterung, ganz so, als läge all das weit hinter ihm, weil etwas Furchtbares geschehen war, etwas, von dem er nichts gesagt hatte bisher. »Sie treffen Vorbereitungen. Solche, die unsere Wirtschaft ruinieren werden, und andere im Bereich der Geheimdienste.«

Hähner nickte. Dann sah er Annie an. »Und für Sie ist dieser Mann die Fahrkarte in den Westen.«

Sie blinzelte irritiert.

»Kein Grund, sich zu schämen«, sagte er. »Sie waren sehr mutig in Dresden.«

»Mein Freund Michael muss auch mit in den Westen. Ihn jagen sie genauso.«

»Dass Stasi und KGB das mit dem italienischen Filmteam nicht geglaubt haben, ist bedauerlich.« Er täuschte ein Zögern vor. »Und was, wenn ich vorerst nur den Offizier mitnehmen kann?«

Ihre Augen wurden groß. »Aber … meine Mutter …«

Der Russe sagte: »Ich gehe nur, wenn sie mitkommt.«

Eigenartig. Was lag ihm an ihr? Wie ein Liebespaar sahen sie nicht aus. Da war noch etwas.

Keine Fragen, sagte das Gesicht des Russen.

Eine weitere offene Variable. Die Sache wurde komplex. Als wäre eine Schleusung von drei Menschen über eine der bestbewachten Grenzen der Welt nicht bereits tückisch genug. Und ihm blieb keine Zeit, sie ordentlich vorzubereiten. »Wie verhindern Sie bisher, dass Annie und Michael festgenommen werden?«

»Die Staatssicherheit geht davon aus«, sagte der Russe, »dass Annie Temme verdeckt für den KGB in den Oppositionskreisen arbeitet.«

Ein pfiffiger Schachzug, solange sie nicht bei der KGB-Zentrale nachforschten. »Wie lange wird das halten?«

Der Russe verzog einen Mundwinkel. »Stunden oder Tage. Es hängt von Menschen ab, die ich nicht kenne und die ich nicht einschätzen kann.«

Hähner konnte es sich vorstellen: Der Offizier hielt sich immer in ihrer Nähe auf, ließ sie nicht aus den Augen, aus Sorge, dass sie ihn verriet, und als Frühwarnsystem vor der Stasi und dem KGB. Nahm man Annie Temme fest, war höchstwahrscheinlich auch er enttarnt, und ihm blieb ein verzweifelter Fluchtversuch.

»Ihre Tarnung, Frau Temme«, sagte er, »muss mir ein paar Stunden Zeit verschaffen. Verhalten Sie sich so, wie die Stasi es von einer Oppositionellen erwartet. Tun Sie, was Sie getan hätten, wenn Sie nicht aufgeflogen wären mit dem Filmbeitrag. Damit halten wir sie etwas hin. Ich kümmere mich um unseren Weg raus.« Er sah beide noch mal an: »Sind Sie sicher, dass Sie das tun wollen? Es wird lebensgefährlich werden. Ein ruppiger Flug. Für eine sanfte Landung bleibt keine Zeit.«

Annie zögerte kurz, dann nickte sie.

Der Russe sagte, ohne ihn anzusehen: »Ich habe keine Wahl.«

19

Der Alexanderplatz war nach Häuserabrissen und Straßenverlegungen viermal so groß wie vor dem Krieg, 80 000 Quadratmeter Leere. Heute aber, am Republikgeburtstag, war er gefüllt mit Bühnen, Verkaufsständen, Würstchenbuden und Menschen. Das Volksfest hatte begonnen. Kinder bekleckerten sich mit Softeis, die Erwachsenen löffelten Erbsensuppe und lauschten den Märschen einer Polizeikapelle.

Aus der Masse der Menschen, Buden und Fahrgeschäfte erwuchs der Fernsehturm, das höchste Gebäude beider deutscher Staaten. Das Restaurant in der glänzenden Kugel oben drehte sich einmal in der Stunde um sich selbst, es verschwieg den Westen nicht, gleichberechtigt zeigte es in unendlicher Abfolge das Panorama jeder Himmelsrichtung. Man sah auch heute, am vierzigsten Republikgeburtstag, weit in die andere Hälfte der Stadt, die man nach dem Wunsch der Regierung am besten vergessen sollte, aber man vergaß sie nicht, man wusste, da gab es die Dinge, die es hier nicht gab, und vor allem Freiheit: Man konnte von dort aus in alle Welt reisen, konnte Bücher schreiben und Lieder singen, wie man es wollte.

Zu Füßen des Fernsehturms juchzten Jugendliche in wilder Fahrt in kleinen Rummelbudenautos. Männer tranken Bier wie sonst auch. Aber das Volksfest hatte etwas Gespenstisches, denn es war der 7. Oktober. Weil die gefälschten Kommunalwahlen am 7. Mai gewesen waren, versammelten sich an jedem

7. des Monats Angehörige von Bürgerrechtsgruppen und Friedenskreisen um 17 Uhr auf dem Alexanderplatz, auch wenn sie abgedrängt oder festgenommen wurden, sie kamen nach ihrer Freilassung jeden Monat wieder.

Gegen 16 Uhr standen im Umkreis der Weltzeituhr einzelne Leute und kleinere Gruppen. Man merkte, sie warteten auf etwas, die fröhliche Musik des Volksfestes schien nicht auf sie zu wirken, sie beäugten die anderen, als fragten sie sich, wer von der Stasi war und wer nicht.

Aus den Lautsprechern tönte: »Tanze Samba mit mir! Samba, Samba, die ganze Nacht …« Auf der Tanzfläche, die zwischen den Buden errichtet worden war, tanzte niemand.

Einige Offiziere der Staatssicherheit erschienen, leicht zu erkennen an ihren Handgelenktaschen und den kurzen Haarschnitten. Sie begannen Diskussionen mit den Wartenden an der Weltzeituhr. SED-Genossen sprangen ihnen bei und bedrängten die Wartenden, der Streit wurde hitziger.

Er lockte weitere Menschen an, auch westliche Kamerateams fanden sich ein. Es ging auf 17 Uhr zu. Zwischen dem Warenhaus und der Urania-Säule zerrten drei Männer in Anoraks einen jungen Mann in Richtung der Polizeiwagen, sie hielten ihn im Polizeigriff, er war blass vor Angst. Die Greiftrupps der Stasi hatten ihr Werk begonnen.

Eine Gruppe junger Erwachsener begann neben der Weltzeituhr im Takt zu skandieren: »Freiheit! Freiheit! Freiheit!«

Jemand rief sogar: »Stasi raus.«

Immer mehr fielen mit ein, bald waren es Dutzende. Weitere Gruppen kamen hinzu, sie liefen zur Weltzeituhr und riefen mit den anderen. Rasch waren es Hunderte, die auf dem Alexanderplatz »Freiheit« riefen. Sie hatten Angst, man sah es an ihren Gesichtern, aber auch Trotzkraft war zu sehen. Mit den Freiheitsrufen übertönten sie die Lautsprechermusik der Buden.

Annie und Michael standen inmitten der Rufenden. Annie stellte sich auf die Zehenspitzen und sagte Michael ins Ohr: »Es ist die einzige Möglichkeit.«

Michael beugte sich zu ihr hinunter. »Wir haben denen einen gehörigen Schlag verpasst. Wir werden jetzt nicht aufgeben! Dass sie uns jagen, zeigt doch nur, dass sie Angst vor uns haben.«

»Willst du dich verstecken, vor der Stasi? Das hat noch keiner geschafft.«

Er sah nicht glücklich aus. »Und wenn ich nicht rauswill?«

»Wo willst du leben? Und wovon? Hast du daran mal gedacht?« Sein Leben und ihres. Als wären sie zusammengeblieben. Die Vorstellung beglückte sie, berauschte sie. Sie würden gemeinsam im Westen neu beginnen. Michael verstand es nur noch nicht. Wenn sie dort eintrafen und das Lager hinter sich gebracht hatten und sich eine Wohnung suchten, natürlich, sie würden mit wenig beginnen, aber nach und nach würden sie sich Möbel kaufen können, sie würden herausfinden, wie das Leben im Westen lief, im Krankenhaus würde sie sicher eine Stelle bekommen, und er beim Fernsehen, und sie würden gemeinsam einkaufen gehen und gemeinsam verreisen, und sie würde ihn ihrer Mutter vorstellen, die ihn gleich ins Herz schließen würde wie einen Sohn, den sie nie gehabt hatte, es wäre der Beginn einer Familie. Weihnachten würden sie zusammen feiern und die Geburtstage, und den Tag, an dem sie es aus der DDR hinausgeschafft hatten.

»Was wird aus Franziska und Christopher? Ich sehe die dann nie wieder. Nach so einer Flucht kann man nicht zurück, nicht mal mit einem Westpass auf Besuch.«

Womöglich würden sie in wenigen Stunden in Westberlin sein! Und er dachte an Franziska? »Ich versteh dich echt nicht«, sagte sie.

Michael nahm sie beim Arm und zog sie an den Rand der Menschenmenge. »Was du hier machst«, sagte er ruhig, »dass du mich so unbedingt willst – du täuschst dich da selber. Du meinst nicht mich. Ich glaube, du meinst, was du nie im Leben hattest.«

»Und was wäre das?«

»Jemanden, der zu dir hält. Eine feste, liebevolle Bindung. Du warst so viel allein im Leben, und auch wenn du immer auf sie geschimpft hast, Annie, letzten Endes meinst du deine Mutter. Denk mal darüber nach.«

Annie wollte etwas sagen, eine unverbindliche Phrase, um ihm ihre Gelassenheit zu demonstrieren, aber ihr fiel nichts ein. Sie war getroffen. Nie hätte sie ihre Distanz zu ihm aufgeben dürfen, sie hatte sich selbst hintergangen, indem sie das getan hatte, hatte sich die Brust aufgerissen und dem Wunsch nachgegeben, kindlich zu sein, verletzlich zu sein. Jetzt bekam sie die Quittung dafür. Sie war nicht mehr gewappnet gewesen.

Er hatte unrecht!

Sollte sie etwa der Mutter sagen: Ich hab dich lieb? Ich vermisse dich? Ich bin verletzt, weil du mich nicht mitgenommen hast in den Westen – und weil dir Jens wichtiger war als ich? Weil schon wieder etwas wichtiger für dich war als ich, dein Kind, so wie damals, als du mich als Säugling weggegeben hast?

Sie sah Michael zurück in die Menge gehen. Er drehte sich nicht mal mehr nach ihr um. Wie betäubt stolperte sie vom Platz. Der Russe war da, er sah sie an aus der Entfernung.

Hatte sie das mit dem Friedenskreis und der Doku wirklich nur gemacht, um Michael an sich zu binden? Vielleicht, ein wenig. Aber dass er sie derart von sich stieß, sie derart verletzte – es machte sie wütend. Das Rufen drang nur noch gedämpft an ihre Ohren. Die Buden waren ihr egal, und die Polizisten und Stasi-Offiziere, sie lief an all dem vorüber. Nur weg hier. Weg von diesem Schmerz.

Er hatte unrecht!

Sie besaß zwei Fotos ihrer Mutter. Nur diese zwei. Auf dem einen blickte Ria distanziert, sie sah den Fotografen so befremdet an, als gehöre er nicht auf diese Welt oder sie selbst gehöre nicht hierher. Auf dem anderen lachte die Mutter, Jens hatte es aufgenommen. Aber ihre Konturen waren auf dem Schnappschuss verwischt, als würde sie verschwinden.

Wer bin ich eigentlich?, fragte sich Annie. Und was ist mein Platz auf dieser Welt? Wenn er nicht bei Michael ist, wo ist er dann? Wüsste Ria die Antwort?

Kannten nicht alle Menschen dieses Gefühl der Entfremdung? In der Jugendzeit zumindest, da machte es jeder durch, man hatte noch keinen Beruf, keinen Partner, oft kein Umfeld, in dem man sich zu Hause fühlte. Diese Phase ging vorüber, man fand Freunde, fand heraus, was man gut konnte, und erlernte einen Beruf, heiratete, und irgendwann verlor sich das Gefühl, man fühlte sich zugehörig, man war angekommen. Nur bei ihr geschah das nicht. Zumindest damit hatte Michael recht. Sie kam nicht an. Alle anderen fanden ihren Platz, sie dagegen trudelte orientierungslos durch die Welt, verzweifelt und einsam.

Vielleicht lag es daran, dass sie in der Kindheit mit dem festen Glauben geimpft worden war, eine Turnerin von Weltrang zu werden, und dass man ihren Weg dann aus Gründen abgebrochen hatte, die nichts mit ihr selbst zu tun hatten. Eine solche Enttäuschung vergiftete den Lebensweg für immer.

Verdammt, wenn Michael auch recht hatte, ein bisschen recht hatte, so war er doch ein Idiot, sie so zu kränken. Niemand kannte sie so gut wie er, bis auf Ria vielleicht, und er nutzte dieses Wissen, um es ihr reinzuwürgen, bis sie keine Luft mehr bekam.

Wenn sie mit Ria telefonierte, waren so viele unausgesprochene Fragen da, dass es sie beide überforderte. Jedes Telefonat war wie das Versprechen einer Umarmung, die nie kam. Das Telefonieren befeuerte ihre Sehnsucht nur, anstatt sie zu stillen. Die Gespräche häuften Ungesagtes auf, sie machten Annie erst bewusst, wie wenig Ria und sie miteinander teilten. Jedes belanglose Wort stand für die tiefe Wunde, über die sie nicht sprachen. Während sich die Aufnahmebänder der Stasi drehten und jeden ihrer Atemzüge aufzeichneten, wussten sie nicht, was sie einander sagen sollten.

Vielleicht würde das Gefühl der Verlorenheit, das sie schon immer in sich getragen hatte, enden, wenn der BND-Mann es wirklich schaffte, sie über die Grenze zu bringen.

Und trotzdem!

Sie wollte umdrehen und Michael nachgehen. Ihm sagen, dass er recht hatte und dass sie ihn deswegen hasste und ihn noch mehr liebte als zuvor, weil er sie *kannte,* und das war doch schon viel für eine Liebe, oder nicht? Manche Menschen wurden in ihrem ganzen Leben nie so gut gekannt.

Noch einmal von ihm abgewiesen zu werden, das würde sie nicht überstehen. Er hatte seine Entscheidung deutlich herübergebracht.

Natürlich liebte er Annie. Und sie wusste das. Eine Frau spürte doch, ob ein Mann sie auf diese bestimmte Art ansah. Da konnte er sich noch so sehr zusammenreißen. Aber er hatte es beendet, bevor es noch schlimmer wurde. Ehe er weitere Gefühle in ihr weckte, gab er sich lieber hart.

In den Westen gehen, das machte er nicht. Jahrelang hatte sich das Leben so erstarrt angefühlt, so erdrückend – und jetzt bewegte sich endlich was. Es änderte sich! Und er würde weder Franziska im Stich lassen noch seine Eltern und seine Schwester.

Er sah sich nach Annie um, aber er konnte sie nicht mehr ausfindig machen. Das Gefühlsdurcheinander in ihm war schwer zu bändigen. Im einen Moment wollte er ihr nachlaufen, sie in die Arme schließen und ihr Gesicht mit Küssen bedecken, im anderen fürchtete er ihre Liebestollheit. Er wollte nicht von ihr vergöttert werden. Wenn sie sich so sehr in ihn verguckte, machte sie sich klein. Es war verrückt, aber je mehr sie sich zu ihm hingezogen fühlte, desto weniger war sie noch sie selbst.

Es erinnerte ihn an damals. Sie hatte sich an ihn gehängt und war dabei wie ein Kind geworden, nur wollte und konnte er nicht ihr Vater sein, er hatte sich eine ebenbürtige Partnerin gewünscht.

»So sind wir Sportler«, hatte sie damals gesagt, als er einmal eine Kritik andeutete. »Wenn wir etwas wollen, dann wollen wir es ganz.«

Lag es an ihm? Wollte er sie nicht ganz und gar, sondern nur ein wenig?

Dann diese Geschichte mit dem KGB-Offizier! Er traute ihm nicht. Hier in der Menschenmenge war er sicherer. Er würde sich immer bei Leuten aus dem Friedenskreis aufhalten. Übernachten konnte er bei den Mahnwachen in der Gethsemanekirche, einen Schlafsack würde er sich ausleihen. Er war letzte Nacht dort gewesen, auf den Stufen hatten Tausende von

Kerzen gebrannt, und im Gemeindebüro waren beim »Kontakttelefon« Informationen aus der ganzen DDR eingetroffen über Verhaftungen, Schnellgerichtsurteile, Solidaritätsaktionen. Zettel hingen an den Wänden der Kirche mit Aufrufen unterschiedlicher Gruppen, Kontaktadressen, Protestresolutionen, und er hatte sich zu den Mitgliedern der Mahnwache gesetzt, die auf Matratzen rund um den Altar lagerten, einige davon sogar im Hungerstreik.

Wenn der Rauch sich verzogen hatte, würde er wieder filmen. Er sah sich um. Es waren sicher zehntausend feiernde Menschen auf dem Alex. Die Kettenkarusselle drehten sich, aus den Fahrgeschäften ertönte Gelächter. Nur fünfhundert protestierten wie er gegen die Wahlfälschung. Aber die Kameras der westlichen Sender waren auf sie gerichtet, und Gorbatschow war in der Stadt, da würden sie keine Festnahmen riskieren. Die Regierung der DDR wollte nicht am Republikgeburtstag solche Bilder in der Tagesschau sehen.

Wo zelebrierten die Regierenden den Republikgeburtstag? Sicher im Palast der Republik, bei üppigem Büfett und weißen Tischdecken. Die sollten sehen, dass es Protest gab gegen sie. Und Gorbatschow sollte sehen, dass das Volk der DDR sich Glasnost und Perestroika wünschte wie in der Sowjetunion.

Er redete mit einigen vom Friedenskreis. Die sagten es weiter. Schließlich ging er los. Beglückt sah er, dass sich ungefähr dreihundert Menschen mit ihm in Bewegung setzten. Sie liefen durch die Rathausstraße. Michael sah Stasi-Offiziere hektisch in die Funkgeräte sprechen. Was, wenn sie doch eingriffen?

Auf halbem Weg wurden zwei westliche Kamerateams von Polizisten abgefangen. Das hier sei jetzt Einsatzraum der Polizei. Sie müssten das Gebiet verlassen. »Aber hier sind doch überall Zivilisten«, wagte ein Redakteur den Widerspruch.

Die Polizei blieb unerbittlich. »Verlassen Sie sofort den Raum. Das ist eine Forderung der Deutschen Volkspolizei.«

Der Redakteur und die anderen Teammitglieder guckten enttäuscht. Aber sie gehorchten.

Michael ging weiter. Mehr und mehr Leute schlossen sich ihnen an. Als sie die Rathausbrücke erreichten, waren sie sicher schon tausend. Eine Doppelreihe von Volkspolizisten versperrte die Brücke. Also schwenkten sie nach rechts zum Marx-Engels-Forum ab und verteilten sich am Spreeufer gegenüber dem Palast. Der Kolossalbau war hell erleuchtet, durch die bronzefarbenen Glasscheiben strahlte Licht über die Spree.

Dort lief der Staatsempfang der Partei- und Staatsführung. Drinnen im Warmen vergnügte sich die herrschende Klasse, hier draußen stand das unzufriedene Volk. Wahrscheinlich stieß die SED-Spitze gerade mit dem Ehrengast aus der Sowjetunion auf den 40. Jahrestag des ersten deutschen Arbeiter- und Bauernstaates an.

Jemand rief: »Gorbi, hilf uns!« Weitere stimmten in den Ruf ein. Es war riskant, was sie hier taten. Direkter konnte man das Regime kaum herausfordern. Weitere Polizisten sammelten sich an ihren Flanken und am anderen Ufer.

Der Mann neben Michael sagte: »Krass, oder?«

»Und wie.« Michael musterte ihn misstrauisch. Ein Stasi-Spitzel?

»Weißt du, warum Gorbi so wichtig ist für uns?«, sagte der Vollbärtige. »Die ganzen Jahre dachten wir, die mächtige Sowjetunion ist an allem schuld. Wir haben unsere Greise da oben nicht ernst genommen, was war schon die DDR-Regierung? Die machen doch eh bloß, was Moskau sagt, dachtest du das nicht auch?«

Michael wollte etwas erwidern, aber der Vollbärtige ließ ihn nicht zu Wort kommen. »Und jetzt, wo in Moskau einer Reformen anstößt, wird uns klar: Die Greise sind's, die uns verarschen! Bei uns ist nichts mit Reformen. Unsere eigene Regierung ist es! Das macht einen Riesenunterschied. Von denen lassen wir uns nichts mehr bieten.«

Durch ein Megafon quäkte eine Stimme. »Hier spricht die Deutsche Volkspolizei! Räumen Sie den Platz!«

Der Bärtige rief laut: »Volkspolizei? *Wir* sind doch das Volk! Warum beschützen Sie *uns* dann nicht?«

»Genau!«, schrie jemand aus dem Friedenskreis. »Wir sind doch das Volk!«

Die Menge nahm den Ruf auf. »Wir sind das Volk!«

»Wir sind das Volk!«

»Wir sind das Volk!«

Von der Karl-Liebknecht-Straße und der Rathausstraße strömten weitere Menschen heran. Sie ließen sich vom Mut anstecken. Gleich riefen sie mit im Chor. Michael ärgerte sich, dass er die Kamera im Versteck gelassen hatte. Sie waren ja bald zweitausend! Oder sogar dreitausend? Das Spreeufer war gestopft voll mit Demonstrierenden. Und der Vollbärtige war offenbar kein Stasi-Mann.

Hinter den Scheiben des Prachtbaus sah er die Umrisse von Festbesuchern, die auf die Demonstranten hinunterblickten. Seht ihr uns?, dachte er. Begreift ihr endlich?

Alexander Schalck trank sein Glas leer. Wie konnten die da so ruhig am Fenster stehen mit ihren Sektgläsern? Egon Krenz und Hans Modrow und all die anderen beobachteten die skandalöse Demonstration, als hätte sie nichts mit ihnen zu tun. War denen nicht klar, dass Köpfe rollen würden, auch auf der Seite der Mächtigen hier im Palast? Honecker musste abtreten.

Das würde den Aufrührern da draußen den Wind aus den Segeln nehmen.

So war es schon immer gewesen: Er wusste, was zu tun war. Die nächsten logischen Schritte boten sich ihm wie ein klar erkennbares Muster an. Die Schwierigkeit bestand nur darin, altersstarre Greise wie Honecker und andere dazu zu bringen, auf ihn zu hören.

Er ging in den großen Saal. Wo man sonst SED-Parteitage abhielt oder die Samstagabend-Fernsehshow »Ein Kessel Buntes« aufzeichnete, waren die gepolsterten Sitzreihen hydraulisch an die Decke emporgezogen worden. Die gewaltige freie Fläche war mit weiß eingedeckten Tafeln gefüllt, Silberbesteck lag neben den Tellern, feine Gläser standen bereit. In der Mitte des Saals waren große Tische zu einem Sechseck zusammengefügt worden wie zu einem Schneekristall. Dort würden die Ehrengäste sitzen. Seine Platznummer wies auf einen Tisch in der Nähe. Er setzte sich. Sigrid kam ebenfalls. Sie hatte noch mit einer alten Freundin ihres Vaters, Professor Gutmann, gesprochen.

Er nahm die Menükarte, die auf dem Tisch vor ihm auslag, und las.

Erster Gang
Zuchtwachtelbrüstchen auf Maispurée
Forellenröllchen mit Dillsauce und Lachskaviar
Schaumbrot von Räucherzunge
Weißgebäck

Zweiter Gang
Putensuppe (extra stark) mit Pistazienklößchen und Tomatenroyal

Dritter Gang
Filetensemble Trianon:
Kalbsfilet mit Schinkenduxelles
Rinderfilet mit Gemüsebukett
Hühnermedaillons mit Pfirsichhälfte
Madeirasauce und Kartoffelspezialitäten

Vierter Gang
Dessert »Surprise«:
Verschiedene Eisspezialitäten
auf Schokoladen-Marzipan-Biscuit
Mokka

Weiter vorn standen der Berliner SED-Chef Günter Schabowski und Stasi-Minister Erich Mielke beisammen. Das Thema konnte er sich denken: Die Demonstration draußen. Sie stritten, er hörte Worte wie »Schlamperei« und »Ordnung machen«.

Palästinenserführer Arafat nahm am inneren Stern Platz, der rumänische Staatschef Nicolae Ceaușescu und andere wichtige Oberhäupter der Warschauer Vertragsstaaten, auch ein Vertreter aus China. Gäste aus siebzig Staaten der Welt waren im Raum verteilt, auch einige Generäle und Diplomaten. Die einzigen, die nicht todernst blickten, waren die Werktätigen und Sportler, die man zum Zeichen besonderer Wertschätzung hinzugeladen hatte. Sie tuschelten begeistert über dem Menü des Abends und bewunderten die Konstruktion des Saals.

Tja, die meisten hier wussten nicht, dass im Palast manche Innenwände nur mit Holzimitationen aus Kunststoff beklebt waren und dass die aus Ghana importierten Granitplatten sich mit billigem strukturiertem Gips abwechselten. Gar so viel

Geld hatte man dann doch nicht in den Palast der Republik stecken können. Es war ein arges Gezerre gewesen, auch um die belgischen bronzefarbenen Glasscheiben an der Front.

Die Profis des Politbetriebs tuschelten nicht. Sie beobachteten sich angespannt, belauerten einander. Auch er wurde gemustert.

»Eigenartige Stimmung hier«, sagte Sigrid leise.

Er sagte: »Wird Zeit, dass wir was tun. Es ist sozusagen fünf vor zwölf.«

Erich Honecker betrat an der Seite von Gorbatschow den Saal. Alle erhoben sich von ihren Plätzen, Applaus brandete auf. Die beiden schritten zur Saalmitte. Gorbatschow schmucklos im dunklen Anzug, ohne jeden Orden. Honecker im dunkelblauen Zweiteiler, an der linken Brustseite das Parteiabzeichen und daneben die goldglänzende Medaille mit den Jahreszahlen »1949–1989« auf der Spange, als werde hier sein persönlicher Geburtstag gefeiert.

Dort war auch Margot Honecker im langen schwarzen Kleid, die Haare silbergrau gefärbt, aber nicht wie bei jedermann, sondern mit »Pfiff«, wie sie es gern hatte. Heute zierte das Silbergrau ein violetter Schimmer. Eine Locke hing ihr neckisch in die Stirn. Die Ehepaare Honecker und Gorbatschow setzten sich. Es erklang die Hymne der DDR, wegen der Phrase »Deutschland einig Vaterland« nur konzertant, ohne Gesang. Schon bei den letzten Tönen stand Erich Honecker auf, um einen Toast auszusprechen. Es sei ihm nicht nur eine Freude, sondern eine große Freude, die Gäste begrüßen zu können, sagte er. Nach wenigen Sätzen beendete er den Toast mit: »Auf den 40. Jahrestag der Deutschen Demokratischen Republik!« Die Gäste klatschten höflich. Dann klirrten die Gläser.

Schalck beobachtete, dass Margot nicht mit Raissa Gorbatschowa anstieß. Sie war also immer noch wütend, weil Raissa in West-Berlin einkaufen gewesen war. Wo, glaubte sie denn bitte, wurde für sie jede Woche eingekauft?

Vor Journalisten an der Neuen Wache Unter den Linden hatte Gorbatschow gestern gesagt: »Gefahren warten nur auf jene, die nicht auf das Leben reagieren.« Sein Pressesprecher Gennadi Gerassimow machte am Abend daraus: »Wer zu spät kommt, den bestraft das Leben.« Ein klarer Hinweis an die Honeckers, endlich Reformen anzugehen.

Moment, das gehörte nicht zum geplanten Ablauf: Ein ernst blickender Mann im Anzug trat an Gorbatschow heran und flüsterte ihm etwas zu. Nun beugte sich Gorbatschow zu seiner Frau hinüber. Sie standen auf. Gorbatschow wandte sich kurz an Honecker, dann gingen er und seine Frau aus dem Saal.

An Schalcks Tisch sagte jemand: »Die kommen gleich wieder. Es werden doch noch Köstlichkeiten serviert.«

Er glaubte es nicht. Gorbatschow hatte hellwache Personenschützer. Auch wenn der Palast der Republik von Volkspolizisten umstellt war – offenbar hielten sie die Sicherheitslage für nicht mehr angemessen. Sie würden ihn schnurstracks zum Flughafen Schönefeld fahren und mitsamt der Entourage nach Moskau ausfliegen.

Auch Mielke schien zu begreifen, dass Gorbatschow die Abreise angetreten hatte. Er stand auf. Schalck hörte ihn auf dem Weg zu den Telefonen murmeln: »Jetzt ist endlich Schluss mit dem Humanismus.«

An den Außengrenzen der Menge gab es Scharmützel. Oft zerrte die Stasi jemanden heraus und führte ihn unter den Pfiffen und Buhrufen der Demonstranten zu einem Polizeitransporter. Manchmal aber wurden auch Polizisten, die ihre

Position verändern sollten, von Demonstranten geschubst, und als sie sich wütend umdrehten und dadurch den Anschluss an ihre Kameraden verloren, fanden sie sich rasch von Demonstranten eingekreist, bis ihr Vorgesetzter brüllte: »Anschließen, Mann!« und sie sich zur Schneise umwandten, die ihnen die Polizeikameraden gebahnt hatten, und entkamen. Zur heimlichen Rache stießen ihnen die Demonstranten von hinten dann noch die Mütze vom Kopf.

Nach einer Stunde gewannen Polizei und Stasi die Oberhand, und die Menge löste sich auf, sie tropfte in Gruppen Richtung Gethsemanekirche, wo eine Informationsandacht für diesen Abend angekündigt war. Michael passte die Richtung gut. Er würde dort an der Mahnwache teilnehmen und die Nacht in der Kirche verbringen.

Als sie sich der Mollstraße näherten, blieb der Bärtige neben ihm plötzlich stehen. »Scheiße, das sind TSK.«

Michael folgte seinem Blick. An der Ecke, hinter dem Haus des Allgemeinen Deutschen Nachrichtendienstes, wartete eine große Gruppe Männer in Zivil. »Was sind TSK?«

»Anti-Terror-Einheiten der Stasi. Territoriale Spezifische Einsatzkräfte. Die haben persönliche Waffen, E-Schockstäbe, Handfesseln, Führungsketten, Sprays, alles.«

»Woher wissen Sie das?«

»Glaub mir, ich weiß es.«

Auf ein heimliches Kommando hin stürmten die Einheiten plötzlich vor. Von vorn kamen außerdem Volkspolizisten. In Teamarbeit griffen sie einzelne Demonstranten aus der Menge, schleiften sie ein Stück weg und schlugen sie dann zusammen, zu sechst oder acht über das Opfer gebeugt, Polizisten und Männer in Zivil, die mit ihren Knüppeln ausholten und brutal zuschlugen.

Jetzt hatten sie eine Frau gepackt. Die Frau schrie unter ihren Hieben, sie blutete. Verzweifelt stürzten sich Demonstranten auf die Angreifer. Polizisten rückten vor, Dutzende. Sie nahmen die beteiligten Demonstranten fest, prügelten sie auf die Transportfahrzeuge.

Michael drängte zum Rand der Menge, um zu entwischen. Als er ihn erreicht hatte, sah er, dass drei Polizisten auf ihn zukamen. Er wechselte die Laufrichtung, stürmte nach rechts weg über den Platz. Da löste sich aus der Menge der Demonstranten ein Mann und rannte ihn zielgerichtet aus vollem Lauf um. Michael schlug hin, schlitterte über den Boden. Schon waren die Polizisten über ihm. Knüppel krachten auf ihn nieder. Er sah Sterne.

Sie rissen ihn hoch. Er blinzelte. Etwas Warmes lief ihm über das Gesicht. Er stöhnte.

»Halt deine dreckige Schnauze!« Einer der Uniformierten drehte ihm den rechten Arm auf den Rücken. Ein jäher Schmerz fuhr ihm ins Gelenk.

Sie stießen ihn vorwärts. Der Mann, der ihn gerammt hatte, ging mit den Polizisten mit. Am Lkw redete er ruhig mit ihnen und ging wieder fort.

»Judas«, rief ihm Michael nach.

»Noch ein Wort«, drohten sie ihm, »und du sprichst Tage lang nicht mehr. Hoch mit dir!«

Er kletterte in den Lkw. Von oben sah er, wie man eine Frau am Haarschopf herbeischleifte. Auch sie musste aufsteigen. Schnell füllte sich der Lkw mit stöhnenden Verletzten und anderen, die stumm waren vor Entsetzen. Hinter ihnen stiegen drei Polizisten ein.

Sie fuhren vom Platz. Ein älterer Mann murmelte etwas von »menschlichem Benehmen« und bekam mit dem Schlagstock einen Stoß gegen die Rippen, dass ihm die Luft wegblieb. Den Rest der Fahrt presste er die Hände auf die Rippen.

Michael betastete seinen Schädel. Er ließ die Finger sinken, atmete zitternd die kalte Luft. Er sah an den Polizisten vorbei hinten aus dem Lkw hinaus, obwohl man es ihm und den anderen Gefangenen verboten hatte. Die feiernden Fußgänger im Schein der Straßenlaternen erschienen ihm surreal, die U-Bahn-Haltestellen und erleuchteten Fenster und der Alltag von 1,2 Millionen Menschen, die nicht betroffen waren, nicht aufbegehrt hatten. Sie würden eine kurze Notiz in den Nachrichten hören, die sie dann auf dem Weg ins Bett wieder vergaßen. Morgen früh ging für sie der Alltag weiter.

Ein Gefängnishof, Backsteinmauern, vier Stockwerke vergitterte Fenster. Der Lkw hielt. Unter dem Gebrüll von Uniformierten hatten sie von der Ladefläche zu klettern. Es regnete leicht.

Wie hatte er glauben können, er könnte der DDR-Regierung gefährlich werden?

Sie wurden in eine offene, kalte Garage gebracht und hatten sich mit dem Gesicht zur Wand aufzustellen, die Hände rechts und links oberhalb des Kopfes an die Wand gestützt.

Eine Frau bat, auf die Toilette gehen zu dürfen.

»Schwitz es dir durch die Rippen«, sagte ein Uniformierter.

Schäferhunde ohne Beißkorb wurden hereingeführt. Bewegte sich jemand, knurrten sie drohend oder schnappten nach dessen Beinen.

Ein Gefangener sagte: »Ich habe nichts getan. Ist in Berlin U-Bahn-Fahren strafbar?«

»Das wirst du von den Genossen der Fachorgane noch rechtzeitig erfahren. Und jetzt die Klappe halten.«

Bald taten seine Arme weh von der ungewohnten Haltung.

Dann, es mochten etwa zwei Stunden vergangen sein, schmerzten auch die Beine, und er fror. Das Blut an seiner Kopfhaut und auf der Stirn verkrustete, wenn er das Gesicht bewegte, spannte es.

Von Zeit zu Zeit hörte er einen Lkw-Motor im Gefängnishof und das Befehlsgebrüll, mit dem sie neue Ankömmlinge von der Ladefläche hinunterjagten. Er lauschte auf jedes Wimmern, auf jede Stimme. Er hoffte, dass Annie nicht unter den Gefangenen war. Was, wenn sie durch die Stadt irrte und ihn suchte?

Am liebsten hätte er nach ihr gerufen, hätte in den anderen Garagen nachgesehen und in allen Gefängniszellen. Er wollte ihr Mut zusprechen. Sich entschuldigen. Wie hatte er sie so verletzen können? Gab es das, dass man aus Liebe eine Liebe verleugnete?

Ein Polizist kam und blieb dicht hinter ihm stehen. »Du da, mitkommen.«

Michael fiel es schwer zu gehen, die Beine gehorchten nicht recht. Es pochte schmerzhaft in seinem Kopf. Der Polizist brachte ihn ins Gebäude.

Man nahm ihm die Fingerabdrücke ab wie einem Schwerverbrecher und fotografierte ihn. Dann führte ihn der Polizist in einen kleinen Raum. »Hinsetzen.« Wer wischte hier den Tisch ab? Wer entleerte den Aschenbecher? Er rettete sich in diese Gedanken. Es war bloß ein Zimmer inmitten der Stadt Berlin.

Ein Mann trat ein, warf seine schwarze Lederjacke über den Stuhl, setzte sich. »Tja, die Todesstrafe ist abgeschafft worden. Also müssen wir uns unterhalten.« Seine Stimme hatte etwas Heiseres, sie erinnerte Michael an einen tückischen Hausmeister im Kindergarten. »Habe ich erwähnt, dass mich das ankotzt?«

Ein schmales Männchen erschien, spannte am Nebentisch ein Blatt in die Schreibmaschine und wartete gespannt.

Der böse Hausmeister richtete die Schreibtischlampe auf ihn und blendete ihn mit ihrem hellen Licht. »Sind ein bisschen vermöbelt worden, hm?« Er senkte die Lampe wieder. Fragte seinen Namen ab, die Adresse, den Beruf. Zuerst wollte Michael lügen. Dann fiel ihm ein, dass sie die Daten sowieso abgleichen würden, und wenn er einen Namen erfand und eine Adresse, dann wussten sie das in einer halben Stunde und wurden erst recht misstrauisch. Erfuhren sie beim Abgleich ohne Umschweife, dass die Staatssicherheit nach ihm fahndete? Dann war alles egal. Dann war er sowieso verloren.

Die breitschultrige, lässige Art des Vernehmers sagte: Ich bin hier die Autorität. Der Mann sagte: »Eine ganze Reihe von Bürgern hat sich über Ihr Verhalten beschwert. Also, was sollte der Unfug?«

»Das müsste ich Sie fragen«, sagte Michael.

Er stutzte. »Wie bitte?«

»Na ja, wo Sie hier von Unfug reden. Erklären Sie mir doch mal, wie es zu einer Differenz von über tausend Nein-Stimmen bei der Wahl in Weißensee kommen konnte.«

»Sie wollen über die Wahlen reden? Das ist zwar nicht Programm heute Nacht, aber bitte sehr! Warum sind Sie so gegen die Wahlen? Die Wahlen sind eine gute Sache. Die Kandidaten sind gut, die Auswahl ist ordnungsgemäß erfolgt, die Wahlordnung ist gut.«

»Die Wahlen sind eben keine gute Sache. Sie sind nicht geheim. Sie sind nicht frei. Es sind überhaupt keine Wahlen, weil die Wähler nicht auswählen können.«

»Also, was erwarten Sie denn? Ein Geschacher und Gehacke wie im Westen? Ein absurdes Politiktheater?«

»Eine geheime Abstimmung in der Wahlkabine, bei der man eindeutig Ja oder Nein ankreuzen könnte, wäre ein Anfang.«

Der Vernehmer wurde scharf: »Werden Sie nicht frech!«

Er zuckte zusammen. Es war der Instinkt eines kleinen Kindergartenjungen. Gleich darauf ärgerte es ihn, dass der Vernehmer seine Schwäche gesehen hatte. »Und am Ende wäre es gut«, sagte er und gab seiner Stimme einen festen Klang, »wenn die Möglichkeit besteht, unabhängige Kandidaten aufzustellen. Jeder Bürger muss als Kandidat zur Wahl zugelassen werden. Und die Versammlungen sollten nicht von staatlichen Genehmigungen abhängig sein.«

Der Mann lachte höhnisch. »Jaha, das könnte Ihnen so passen.« Dann lehnte er sich vor. »Das verstehen Sie nicht. Machtfragen sind Klassenfragen. Das Wahlsystem im Westen können Sie gar nicht mit unserem vergleichen. Dort versucht man, die unterdrückten und ausgebeuteten Klassen von der staatlichen Macht fernzuhalten und ihren Willen zu verfälschen. Im Westen haben Sie fortwährend Wahlterror, geheime Wahlabsprachen und so weiter. Unser sozialistisches Wahlsystem ist darauf ausgerichtet, dass das souveräne Volk seinen Willen bei den Wahlen unbehindert zum Ausdruck bringen kann und seine besten Vertreter in die Volkskammer oder die Stadtverordnetenversammlung wählt. Und Sie« – er zeigte auf Michael – »pfuschen uns da nicht länger rein.«

Sein Schädel pochte dumpf, es wurde immer schlimmer. Er riss sich zusammen. »Dass Sie nicht mal den Versuch unternehmen, die falschen Zahlen bei der Wahl zu erklären, ist unverschämt. Und übrigens sollten Sie als Staatsfunktionär dem Volk dienen und nicht sein Herr sein.«

Der Vernehmer sah sich grinsend nach dem Männlein an der Schreibmaschine um, der sich ebenfalls für einen kurzen

Blickwechsel zum Vernehmer drehte. »Na, *Sie* sind nicht das letzte Mal hier«, sagte er, wieder an Michael gewandt. »Mit Ihnen werden wir noch viel Freude haben.«

Er begann, Fragen nach den Rufen der Demonstranten abzuhandeln, nach beteiligten Personen, die Michael kannte, nach Organisatoren und dem Widerstand gegen staatliche Maßnahmen.

Natürlich sagte Michael, er kenne niemanden.

»Wenn es nach mir ginge, würden wir Sie ordentlich drannehmen.« Der Vernehmer sah seine Akten durch, als suche er nach einer passenden Strafe für ihn, nach irgendetwas, das geradeso noch legal war. Schließlich sah er hoch und musterte Michael giftig. »Aber es gibt wohl Stellen, die Sie schützen. Dieses Mal.«

Mit allem hatte er gerechnet, aber nicht damit. Fürchteten sie seinen Kontakt zum *Stern*-Korrespondenten? Dachten sie, er hätte als Absicherung im Westen weiteres Filmmaterial hinterlegt, das auszustrahlen war, wenn er plötzlich von der Bildfläche verschwand?

»Haben Sie noch ein bisschen Geld auf dem Konto?«, fragte der Vernehmer scheinheilig. »An einer Ordnungsstrafe zwischen vierhundert und fünfhundert Mark werden Sie nicht vorbeikommen. Und nächstes Mal lernen Sie mich von einer anderen Seite kennen. Dann geht's hier rund! Bis dahin ist die alberne Sperre aufgehoben. Wir sehen uns wieder. Einer wie Sie wird garantiert rückfällig.«

20

Es war kalt, und Ingo war müde. War denn dieser enorme Aufwand nötig? Autos mit angeschweißten gewaltigen Gittern, als wollten sie Menschen zusammenschieben. Hydromil-Wasserwerfer. Die Gesamtführung des Einsatzes lag jetzt in den Händen von General Mielke selbst. Offenbar wollte er mit harter Hand durchgreifen.

Aber war eine solche Menge an Einsatzkräften wirklich erforderlich? Bei der Einsatzbesprechung war ihm bald die Kinnlade runtergeklappt. Mit den zugeteilten Volkspolizisten aus anderen DDR-Bezirken sollten insgesamt 15 000 Polizeibeamte in Berlin im Einsatz sein, dazu hatte man 700 Angehörige des MfS in Zivil auf die Straße geschickt, Leute wie ihn, mit dem Auftrag, widerständige Bürger zu jagen. Ein ganzes FDJ-Bataillon, bestehend aus jungen MfS-Mitarbeitern in blauen Anoraks, wurde zusätzlich durch Mielkes Stellvertreter Schwanitz und Mittig geführt, und mehrere Kompanien des MfS-Wachregiments »Feliks Dzierzynski« beteiligten sich am Einsatz.

Heute Morgen hatte noch der Befehl gegolten, dass auf Jubiläumsstimmung zu achten war und die Einsatzkräfte durch ihr freundliches Auftreten dem Eindruck entgegenwirken sollten, dass man aus »Angst« vor politisch-provokatorischen Handlungen eine starke Präsenz von Sicherheitsorganen zeige. Denn es weilten zum 40. Jahrestag ja nicht nur zahlreiche

Staatsgäste in Berlin, sondern auch Hunderte Journalisten aus aller Welt. Angeblich waren 770 ausländische Korrespondenten aus fast fünfzig Staaten beim Pressezentrum akkreditiert, viele davon aus kapitalistischen Staaten und Westberlin. Und jetzt, wo General Mielke zur Jagd geblasen hatte? Wie sollte man denn Demonstranten festnehmen, ohne dass jemand filmte oder beobachtete, wie Bereitschaftspolizisten mit Schilden und Schlagstöcken gegen kreischende Demonstranten vorgingen oder wie Offiziere der Staatssicherheit Leute abführten? Das musste das Image der DDR schädigen. Während der Jubelfeiern sollte das Ausland doch eigentlich sehen, wie gut es den Menschen im Arbeiter-und-Bauern-Staat ging. Aber noch am Nachmittag waren nachträglich Schlagstöcke für die Polizisten herangeholt worden, und jetzt wurden sie auf irgendetwas Härteres eingeschworen.

Der Politoffizier sagte: »Heute wird ein für alle Mal Schluss gemacht mit der Konterrevolution. Genossen, ab heute ist Klassenkampf. Die Situation entspricht dem 17. Juni '53. Heute entscheidet es sich – entweder die oder wir. Es wird Entschlossenheit bis zuletzt verlangt. Militärischer Einsatz mit allen polizeilichen Mitteln. Es ist kein Spiel, sondern ein Kampf, einschließlich des Einsatzes der Schusswaffe. Keine Rücksicht auf Frauen, Kinder oder Greise. Entscheidungsschlacht!«

Die versammelten Polizisten und Offiziere der Staatssicherheit schwiegen betroffen. Nur ein Polizist meldete sich. »Wir können doch nicht mit dem Schlagstock Frauen und Kinder prügeln.«

»Wenn es nötig ist, könnt ihr das.«

»Ich werde den Schlagstock nur einsetzen, wenn wir angegriffen werden, also wenn die Demonstranten uns attackieren.«

»Das ist Befehlsverweigerung, Genosse! Es handelt sich um eine nicht genehmigte Demonstration.«

Ein anderer Polizist sagte: »Warum müssen erst Tausende auf die Straße gehen, damit sich die Partei rührt? Warum war bis jetzt keiner bereit, ehrlich über die Probleme zu diskutieren anstatt alles totzuschweigen oder zu kriminalisieren? Wo liegen denn die Ursachen dafür, dass so viele Menschen auf die Straße gehen? Unsere Massenmedien verbreiten ein Bild, als wenn die Welt heil wäre.«

Die meisten Polizisten sahen betreten zur Seite. Sie sprangen ihren Kameraden nicht bei. Auch Ingo schwieg, obwohl er den beiden recht geben musste.

»Natürlich«, schränkte der erste Polizist jetzt ein, wo er merkte, dass ihn niemand unterstützte, »gegen Rowdys muss mit aller Härte vorgegangen werden. Dagegen bin ich ja nicht. Aber die friedlichen Demonstranten, also, wenn keine Übergriffe erfolgen …«

»Hört ihr das?« Der Politoffizier zeigte auf die beiden widerspenstigen Polizisten. »Die Ehre der bewaffneten Kräfte wird in den Schmutz gezogen. In einigen Kirchen hat man schon Polizisten aufgehängt. Kollegen von euch!«

»Das … das glaub ich nicht«, stotterte der zweite Polizist.

»Ja, da guckst du. Und jetzt willst du diese Schweine noch schonen? Bist du also bereit, die DDR mit der Waffe in der Hand gegen ihre Feinde zu verteidigen, oder nicht?«

»Gegen die Feinde, natürlich …«

»Also, Abmarsch!«

Ingo schämte sich, dass er den Männern nicht beigesprungen war. Das war doch sicher eine Lüge mit den aufgehängten Polizisten. Die erzählten sie nur, um die Einsatzkräfte aufzuputschen.

Mit der Partei eine sozial gerechte und friedliche Welt zu schaffen, für alle Menschen, daran hatte er immer geglaubt. Aber was sie heute veranstalteten, war eine Treibjagd. Die Leute hatten auf die westliche Propaganda gehört, das passierte, das war ja sogar Katrin passiert. Gehörte sie deswegen in Untersuchungshaft? Die Vorgesetzten hatten sich verrannt. In ihrer Wut hatten sie das Maß verloren.

Er dachte an Annie Temme. Sie könnte hier irgendwo sein. Sie musste hier sein! War der KGB in der Lage, sie wirklich zu schützen in diesem Tohuwabohu? Was, wenn sie geschlagen wurde oder vor den Wasserwerfer geriet? Was, wenn sie versehentlich festgenommen und nach Rummelsburg zum Zuführungspunkt abtransportiert wurde? Vielleicht konnte er sie beschützen. Die Vorstellung war wunderbar. Er konnte ihr Held sein. Es würde Eindruck machen bei ihr.

Jetzt drängte es ihn zum Einsatz in den Straßen. Er hatte eine Aufgabe. Er würde Annie Temme beschützen, und wenn nötig, würde er hier und da auch andere Ungerechtigkeiten verhindern. Das konnte er, das war richtig, dafür war er am richtigen Platz. Das war doch die eigentliche Idee des Sozialismus, füreinander da zu sein, sich gegenseitig zu schützen und den Schwächeren zu helfen.

In einer erstaunlichen Symbiose vereinigten sich in ihm seine bisherigen Ansichten mit den neuen Gedanken, er konnte Aufrührer und Bewahrer zugleich sein, er fühlte sich aufgeräumt. Tatendurstig folgte er seiner Truppe zum Einsatzgebiet.

Unterwegs sagte einer, er habe Dienst im Palast der Republik gehabt, da sei eine ganz eigenartige Stimmung. Sie hätten zwar eine dreistöckige Torte mit einer Vierzig darauf angeschnitten, und es gäbe große Platten mit einem rotem Hummer in der Mitte und überhaupt ein unglaubliches Büfett von Leckerbissen (für die Einsatzkräfte natürlich tabu). Auf der Bühne sänge jemand Schlager, und Paare tanzten auf der Tanzfläche. Aber Erich Honecker hätte ganz allein am großen Tisch gesessen, niemand wäre bei ihm gewesen. Das hätte ein eigenartiges Bild abgegeben.

Sie erhielten Order, zur Gethsemanekirche in der Stargarder Straße vorzurücken. Schon von Weitem sah er das Stofftransparent über der Eingangstür der Kirche: »Wachet und betet. Mahnwache für die Inhaftierten.«

Auf den Stufen flackerten unzählige Kerzen. Die sollten sich mal nicht so inszenieren. Sie taten geradeso, als wären sie die Rechtschaffenen, während Polizei und MfS den bösen Wolf mimten. Dabei war es doch gerade umgekehrt! Die Aufrührer stifteten Chaos und Unruhe und machten es dem Staat schwer, die Bevölkerung zu versorgen.

Eine Familie, Vater, Mutter und zwei halbwüchsige Kinder, wollte sich mit brennenden Kerzen in den Händen an ihnen vorbeidrücken. Der Politoffizier fuhr sie an: »Machen Sie die Kerzen aus!«

»Was haben Sie gegen unsere Kerzen?«, fragten sie zurück.

»Ich habe gesagt, Sie sollen die Kerzen ausmachen!«

»Aber wir …«

Der Politoffizier nickte Ingo und seinen Kollegen zu. Sie schlugen dem Familienvater die Kerze aus den Händen, drehten ihm die Arme auf den Rücken und führten ihn ab. Ingo war etwas unwohl dabei. Immerhin ließen sie die Frau und die Kinder gehen. Es hätte schlimmer kommen können für die Familie. Die Frau heulte trotzdem auf. Die Kinder bliesen rasch ihre Kerzen aus.

Er sagte sich, der Mann hätte dem ersten Befehl Folge leisten sollen, dann wäre ihm nichts passiert. Die Kerzen waren ja ein deutliches Signal, dass die Familie mit den feindlichen Elementen gemeinsame Sache machte.

Weiter vorn bildeten FDJ-Ordnungsgruppen Sperrketten und hinderten so die Demonstranten daran, die Gethsemanekirche zu erreichen. Es gab ein Geschubse und Handgreiflichkeiten. Gerade, als sie den Vater in den Gefangenentransporter gesetzt und in die Obhut der Polizei gegeben hatten, kam der Befehl zum Angriff. Ingo stürmte mit den anderen los. Rechts von ihm wurden zwei Männer erbarmungslos mit dem Gummiknüppel zu Boden gedroschen. Er packte mit an, gemeinsam schleppten sie einen der beiden nach hinten und verfrachteten ihn ebenfalls in den Gefangenentransporter.

Kaum waren sie wieder an der Front, gab es weitere menschliche Bündel fortzuschaffen. Viele bluteten. Er sah, dass hinten beim Barkas weitergedroschen wurde. Die Polizisten hatten eine große Wut auf die Demonstranten, schien es. Oder die Gefangenen waren widerständig geworden.

Da war eine Frau mit einem Kind im Grundschulalter. Sie hatte es auf den Arm hochgehoben und wollte zur Kirche, Panik im Blick. Er löste sich aus der Formation und nahm sie bei der Schulter. »Kommen Sie, das hat keinen Sinn heute.«

»Ich wollte bloß zur Mahnwache … Ich habe doch nicht …«

»Sehen Sie, was hier los ist? Und dann mit Ihrem Kind, das ist doch nichts.« Er schob sie fort von der Kirche, runter vom Platz. »Gehen Sie nach Hause«, sagte er freundlich.

Sie weinte ein wenig. Das Kind presste stumm die Lippen aufeinander. Aber sie gingen. Er war euphorisch. Mit seinem Mut half er, dass keine Unmenschlichkeiten geschahen.

»Lassen Sie Ihre Finger von mir!«, schrie eine andere Frau.

Das war doch Annie Temme! Dort, vor der Kirche. Er rannte

hin. Ein paar Kollegen tasteten sie grinsend »auf Waffen« ab. Na klar, so eine Hübsche ließen sie sich nicht entgehen.

Er überlegte hastig. Forsch trat er an die Gruppe heran, drängelte sich vor und hob Annie hoch. Sie war federleicht. Er trug sie in Richtung der Transporter.

Hinter ihm grölten sie: »Wie ein Bräutigam seine Braut!«

Verstört blickte sie ihn an. Sie erkannte ihn.

»Spielen Sie mit«, sagte er. »Wehren Sie sich.«

Annie schlug nach ihm, fester, als er es erwartet hatte.

Hinter ihm grölten sie noch mehr.

Sie wand sich, kämpfte.

Er bändigte sie mit Mühe und ging am Barkas vorbei. Hinter dem zweiten, verdeckt durch den Ladeaufbau, setzte er sie ab.

»Und jetzt?«, fragte sie. »Nehmen Sie mich fest?«

Er schüttelte den Kopf. »Was wollten Sie da? Ich habe doch gesagt, Sie sollen sich bedeckt halten.«

»Ich suche Michael. Haben Sie meinen Freund gesehen? Den, der auch am U-Bahnhof Frankfurter Tor war.«

Hatte er nicht.

Der KGB-Offizier näherte sich. Ingo sagte: »Sie müssen besser auf sie aufpassen.«

Der KGB-Mann bedankte sich bei ihm. Dann sagte er zu Annie: »Gehen wir.«

Sie hörte nicht darauf. »Warum tun Sie das?«, fragte sie. »Warum helfen Sie mir?«

Er zuckte beschämt mit den Achseln. »Ich muss wieder.« Er machte eine vage Geste zur Gethsemanekirche.

Sie sah auf seine Hände, sah den Ring. »Sie sind doch verheiratet.« Jetzt wurde sie selbst ein wenig rot.

Er lächelte. »Das Leben ist … kompliziert.«

Sie nahm seine Hand. »Danke.« Es lag Zärtlichkeit in ihrem Händedruck, zumindest erschien es ihm so.

Als sie ihn längst wieder losgelassen hatte und mit dem Russen fortgegangen war, spürte er immer noch ihre Berührung auf seiner Haut.

Hähner passte Dieter Worliczek auf dem Heimweg nach der Arbeit ab. Der Stellwerksmeister der Ostberliner Verkehrsbetriebe hatte auch am Republikgeburtstag seine Schicht abzuleisten gehabt. Sein Weg war derselbe seit vierzehn Jahren. »Ich weiß, ich habe versprochen, dich in Ruhe zu lassen.«

Worliczek sah ihn kaum an. »Ja, das hast du, verdammt. Und ich hab dir geschworen, wenn du noch mal hier auftauchst, verkaufe ich dich an die Stasi. Diesmal mach ich's.« Die Drohung klang, als meinte er es ernst.

»Hör dir erst an, was ich zu sagen habe.«

»Nein. Ich rate dir, hau ab. Vielleicht schaffst du es noch bis zum Grenzübergang, bevor sie die Grenze scharf machen. Ich rufe die an.«

»Es geht um eine Frau. Ehemalige Leistungssportlerin. Jetzt Kinderkrankenschwester. Sie hat etwa sehr Mutiges getan. Der Beitrag in der Tages–«

»Ich will es nicht wissen.« Worliczek machte wütende große Schritte.

Hähner hinkte neben ihm her. Die Hüfte tat ihm weh bei jedem Schritt. »Ihre Tarnung hält bloß noch Stunden. Sie wird in den Reißwolf geworfen, Dieter.«

»Jedes Jahr enden Hunderte im Reißwolf.«

»Sie nicht. Sie darf da nicht enden. Wenn du uns nicht durchbringst, werde ich etwas Gewagteres machen müssen. Womöglich liest du dann von Mauertoten in der Zeitung.«

Worliczek nahm die abgeschabte dunkle Ledertasche auf die andere Seite. »Du gehst mit? Der Meister selbst? Das ist unorthodox.«

Hähner schwieg.

»Was liegt dir an der Frau?«

»Es geht um *sie*, nicht um mich. Und um zwei Männer, die wir mitnehmen.«

»So funktioniert das nicht. Ich bin kein Reisebüro. Vier Erwachsene, da kann ich gleich beim Grenzschutz anrufen und uns anmelden.«

»Jedem anderen würde ich Geld anbieten.«

»Irgendwann geht es schief. Das weißt du genauso wie ich. Ich habe mein Glück zu oft herausgefordert. Kein Risiko mehr. Ich will alt werden, kapierst du? Ich hole mir keine Kugel an der Grenze.«

»Ist deine Entscheidung. Wenn du es nicht machst, muss ich das akzeptieren.«

Worliczek blieb stehen. Auch Hähner stoppte.

Der Stellwerksmeister sah ihm tief in die Augen. »Sind sie es wert?«

»Fragst du mich oder den Dienst? Aus BND-Sicht ist der eine von ihnen jede Operation wert. Und die anderen beiden haben –«

»Sag mir nichts.« Er machte eine unwirsche Handbewegung. »Ich will es von dir wissen.« Wieder sah er ihn eindringlich an. »Sind die drei es wert, dass wir für sie unser Leben aufs Spiel setzen?«

»Ich hab genug Menschen verloren in diesem Job. Rias Tochter werde ich nicht verlieren.«

Worliczek schwieg lange.

Hähner sagte: »Es muss noch heute Abend sein.«

»Unmöglich. So schnell kann ich das nicht organisieren.«

»Unser Zeitfenster gibt nicht mehr her.«

»Ich muss Einfluss auf die Dienstpläne nehmen, verstehst du nicht? Sonst steht da *irgendwer!* Die machen Meldung, und ich fliege auf.«

Hähner sagte, mit Traurigkeit in der Stimme: »Heute Abend. Anders geht es nicht.«

Worliczek zerbiss sich die Lippe. »Scheiße.« Dann sagte er: »Zehn Uhr am U-Bahnhof Klosterstraße. Und kommt sauber, ohne Rattenschwanz.«

Die Feinde griffen an. Aber sie waren vorbereitet. Marga lud ihre Pistole durch.

Sicher heulten bald die Sirenen auf, die in den Treppenhäusern der MfS-Wohnblöcke hingen. Dann war der Alarm gegeben für die schnelle Mobilisierung. Gemeinsam würden sie zur Verteidigung der Zentrale eilen. Um auch die Mitarbeiter zu erreichen, die außerhalb wohnten, war festgelegt, wer zuvor noch wen aus seinem Bataillon zu informieren hatte. Marga holte das Merkblatt heraus. Wen sollte sie anrufen? Auf dem oberen Rand hatte sie die Namen und Rufnummern der Kollegen notiert.

Die Einsatzbeschreibung legte fest, von welchen Fenstern aus der Straßenraum militärisch unter Kontrolle gehalten werden sollte. Zwischen Frankfurter Allee und Gotlindestraße lagen in den Kellern Sandsäcke, Stacheldrahtrollen, Pistolen und »Kasar«-Stoppsprays bereit. Sie versuchte, sich den Einsatzplan vor Augen zu rufen. Die Dottistraße … war auf Höhe der Rathausstraße mit Sandsäcken und Stacheldraht und spanischen Reitern zu blockieren. Und … die Ruschestraße mit Stacheldrahtbarrieren an der Zufahrt zur Frankfurter Allee.

Auf jeden Fall hatte sich auf dem Flachdach des Fernmeldeamts ein Maschinengewehrposten zu positionieren, dazu zwei weitere Geschütze, und in der Loggia darunter, die einen guten Einblick in die anliegenden Straßen gewährte, würde die Kampfgruppe des MfS ihre Zentrale einrichten.

Sie steckte die Waffe ins Halfter und verließ die Wohnung. Vor der Haustür prallte sie mit jemandem zusammen. »Udo! Wo hast du deine Augen? Mann.«

Er nahm sie beim Arm und führte sie fort vom Haus. »Ich habe mit dem KGB gesprochen«, sagte er ernst.

»Ja, und?«

»Wir sollen uns von ihr fernhalten.«

Wie hatten Ria und Annie das geschafft? Wieso half man ihnen? »Die irren sich. Diese Familie ist gefährlich.«

»Halte dich daran, Marga. Der KGB hat sie im Programm, also sind sie für uns Geschichte.«

Das mochte vor einer Stunde gegolten haben. Bei dem, was heute geschah, würden die »Freunde« rasch einsehen, dass eine Zusammenarbeit mit Annie Temme nicht länger richtig war. Sie dachte nach. War er wirklich extra hergekommen, um ihr das zu mitzuteilen? »Du weißt doch noch mehr«, sagte sie. »Da ist etwas, das du nicht am Telefon sagen wolltest.«

Er machte ein verkniffenes Gesicht. »Die Sache kostet dich aber was.«

»Lass hören.«

»Ich will Oberst werden. Hast du nicht aus deinen alten Zeiten Kontakte nach oben? Meine Abteilung ist zu klein, da werde ich nicht mehr befördert. Kannst du dafür sorgen, dass die richtigen Weichen gestellt werden? Wenn ich eine größere Abteilung führe und mich da bewähre, falle ich die Leiter rauf, ganz sicher.«

Sie lächelte. »Ich rede mit Gerhard Neiber, versprochen. Ich kenne ihn gut aus unserer Zeit bei der K 5.«

»Na dann.« Immer noch wand sich Udo. »Aber ich empfehle dir nicht, dem nachzugehen, du solltest echt die Finger davon lassen.«

»Das musst du mir überlassen.«

»Annie Temme wurde auf einer Bank beim Brunnen der Völkerfreundschaft gesehen, mit einem älteren Herrn. Wir haben den Verdacht, dass er aus dem Westen ist. Schuhe, Körperhaltung, du weißt ja, woran man das erkennt. Einer von uns ist ihm ins Centrum Warenhaus gefolgt.«

Das Centrum, schon wieder! Ria Nachtmann war ihr dort kurz vor ihrer Flucht in den Westen entwischt. »Was hat er da gekauft?«

»Wir wissen es nicht. Der Kollege hat ihn aus den Augen verloren.«

»Den alten Mann? Ein Profi?«

»Möglicherweise.«

»Wo hat er ihn zuletzt gesehen? Welche Abteilung?«

»Es sah aus, als würde er zur Berufsbekleidung gehen, Blaumänner und so. Und dann war er plötzlich weg.«

Trotz des späten Abends war der U-Bahn-Waggon zur Hälfte gefüllt. Es roch nach Bierdunst. Ein Pudel schnüffelte an den Beinen der Fahrgäste, seinen Besitzer kümmerte es nicht. Drei Fahrgäste redeten lautstark von einer Blondine, die sie auf dem Volksfest gesehen hatten. Die U-Bahn raste durch den Tunnel.

Annie hätte nicht geglaubt, dass das Gesicht des BND-Mannes eine solche Härte zeigen konnte. Sie flehte erneut, leise, stoßweise: »Wir müssen umdrehen und ihn suchen. Die werden ihn fangen …«

»Er kannte den Treffpunkt. Er ist nicht gekommen.«

»Wir hatten einen Streit. Wahrscheinlich ist er durcheinander.«

»Nein.« Der BND-Mann sah sie kalt an. »Wahrscheinlich ist er in Haft.«

Sie schluckte.

»Ich möchte, dass Sie sich konzentrieren«, sagte er. Er machte eine kleine Geste mit der flachen Hand, die verdeutlichte, dass das Gespräch hier für ihn beendet war.

Sie hatten doch leise gesprochen. Im Gegröle der angetrunkenen Männer konnte sie niemand belauschen. Er wollte nur, dass sie nicht mehr an Michael dachte. Sie war im Begriff, auf die Seite des westlichen Machtblocks zu wechseln. War dieser Schritt einmal vollzogen, gab es kein Zurück. Sie würde Michael nie wiedersehen. Ihr blieben nur noch Minuten, um zwischen ihrer Mutter und ihm zu entscheiden.

Der BND-Mann hatte nichts darüber gesagt, wie sie die Grenze überwinden würden. Seine Anspannung machte ihr zusätzliche Angst. Auch die Augen des Russen wirkten klein, und sein Gesicht unnahbar, irgendwie abwesend.

Sie stiegen im Bahnhof Klosterstraße aus. Der BND-Mann ging mit ihnen gegen die Fahrtrichtung die U-Bahn entlang. Die Türen schlossen sich, und der Zug fuhr aus. Er machte den Blick frei auf große Emailletafeln mit pferdegezogenen Kutschen, Vorläufern der Busse im Berliner Nahverkehr.

Die Fahrgäste, die mit ihnen ausgestiegen waren, verließen den Bahnhof über die Treppen, der Zugabfertiger zog sich in sein Häuschen zurück. Sie dagegen erreichten das Ende des Bahnsteigs, wo zwischen den beiden Treppenaufgängen der vordere Teil eines alten U-Bahn-Triebwagens als Attraktion aus der Wand ragte. Sie taten, als würden sie ihn sich anschauen.

Ein Mann in blauer Arbeitsjacke und Handwerker-Latzhose trat auf sie zu. Er nickte kurz, und der BND-Offizier nickte, und der Mann stieg mit seiner Werkzeugtasche vom Bahnsteig auf die Gleise hinunter. Der Geheimdienstoffizier folgte ihm. Dann kletterten der Russe und schließlich auch sie hinunter.

Sie gingen ein Stück die Gleise entlang. An einer Weiche bogen sie in einen weiteren Tunnel ab. Hier zog der BND-Offizier ein Bündel aus seiner Aktentasche, entfaltete es, schlüpfte aus den Schuhen und zog sich eine blaue Latzhose an. Er bat den Russen, sein Jackett zu halten, und zog außerdem eine blaue Jacke über. Der Fremde reichte dem BND-Offizier eine kleine Dose. Der BND-Offizier tunkte seine Finger hinein und befleckte sich die Arbeitskleidung mit Schmieröl. Es sah aus, als machten die beiden das nicht zum ersten Mal.

Der BND-Offizier, der jetzt aussah, als gehörte er in diese Tunnel, hielt dem Russen die geöffnete Tasche hin. Der Russe stopfte ihm wortlos das Jackett hinein.

Sie folgten den Schienen durch den finsteren Tunnel, bis sie an eine Gabelung gelangten. Hier schaltete ihr Führer eine Taschenlampe ein. Sie bogen nach rechts ab.

Der Tunnel schien endlos zu sein. Plötzlich ein Windhauch. Ein Quietschen von Stahl auf Stahl. Immer kraftvoller füllte der Wind den Tunnel. Annie warf sich zur Wand hinüber.

Der Lichtkegel der Taschenlampe erfasste sie. »Das ist nur die Linie A. Hier fährt nichts. Gefällt mir gar nicht, dass Sie so schreckhaft sind.«

»Wieso fährt hier nichts? Da sind doch Schienen.«

»Der Waisentunnel wird nicht befahren.« Streng legte der Mann den Finger auf die Lippen.

Sie gingen weiter. Aber Annies Herzschlag wollte sich nicht beruhigen. Sie dachte an die Babys in ihren Couveusen. An ihre Wohnung, an Jack, ihr Leben. An all die Orte, die sie nie wiedersehen würde. Sie kannte den Westen nicht. Er erschien ihr auf einmal fremd und kalt.

Vor ihnen versperrte ein massives Stahltor den Weg. Am Boden waren Pfützen. Metallleitern führten rechts und links des Tors hinauf.

Der Mann mit der Taschenlampe flüsterte: »Hier sind wir unter der Spree. Hinter dem Schott verläuft die westliche Linie U8. Von hier aus kann ich Sie nicht rüberbringen. Aber es gibt einen Raum über dem Schott. Dort warten Sie. Verhalten Sie sich leise.« Er beleuchtete die Metallleiter.

Der Russe kletterte zuerst hinauf. Zögerlich folgte ihm Annie. Auf halber Höhe stoppte sie und sah nach unten. »Was ist mit Ihnen?« Sie sah den BND-Offizier an.

»Tun Sie, was er gesagt hat. Warten Sie dort oben.«

Das Gebiet rings um den Alexanderplatz bot mit seinem Gewimmel an Feiernden und Demonstranten die ideale Deckung für eine feindliche Geheimdienstoperation. Aber warum würde man einen Blaumann als Tarnung anziehen, wenn man doch damit inmitten der Festtagsbesucher nur auffiel? Blieb die Möglichkeit, dass der Feind seinen Beschatter im Kaufhaus bewusst in die Irre hatte führen wollen.

Einer der Kollegen, den sie mit der Unterstützung bei der Suche beauftragt hatte, kam keuchend angerannt.

Marga fragte: »Haben Sie sie?«

»Nein.« Er hielt sich die Seiten. »Aber zwei Männer im Blaumann. In der Dircksenstraße.«

Sie hastete los. So nah am Alexanderplatz konnte das ein Treffer sein. War der Zweite vielleicht gar kein Mann, sondern Annie Temme, verkleidet als Mechaniker?

Als sie in die Dircksenstraße einbog, sah sie schon von Weitem, dass es sich nicht um Annie handelte, keine der beiden Gestalten war klein genug. Es waren zwei Männer. Der eine war weißhaarig und hinkte beim Gehen.

So alt? Und noch im Feld? Spätestens mit fünfunddreißig war doch die Tarnung für einen Einsatz im Ausland ein für alle Mal verbrannt, wenn der Agent ordentlich gearbeitet hatte, statt sich zehn Jahre im Wandschrank zu verstecken. Dann übernahm man andere Aufgaben, wurde Abteilungsleiter im Hauptquartier oder so etwas. Was machte er hier?

Sie erinnerte sich an den Zettel, den sie damals bei Ria Nachtmann gefunden hatte. Einem Impuls folgend, rief sie laut: »Hähner!«

Der Hinkende zuckte zusammen. Treffer, versenkt! Sie gab ihrem Kollegen ein Zeichen und rannte los.

Auch die beiden im Blaumann gaben Fersengeld. Vierzig Meter waren aufzuholen. Sie war ja selbst nicht mehr die Jüngste. Aber ihr Kollege war jung, den würden die beiden nicht abhängen können, und sicher kamen früher oder später VoPo oder MfS-Kollegen aus den Querstraßen hinzu, in deren Arme sie die Feinde treiben konnten.

An der Einmündung zur Alexanderstraße verschwanden die Verfolgten um eine Hausecke, der Kollege rannte hinterher. Als sie dort eintraf, kam er ihr keuchend und mit verschwitztem Gesicht entgegen. »Ich versteh das nicht!« Er breitete in einer verzweifelten Geste die Arme aus. »Über die Brücke können sie nicht sein, da hätte ich sie noch gesehen. Aber im S-Bahnhof sind sie auch nicht. Sie sind wie vom Erdboden verschluckt.«

21

Dieter Worliczek zeigte den Grenzsoldaten, die den Geisterbahnhof bewachten, seinen Ausweis als Stellwerksmeister der Ostberliner Verkehrsbetriebe. »Wir müssen zum Stellwerk. Reparaturarbeiten am Einfahrtssignal sechs-fünf-zwo.«

Er machte das wunderbar, wenn man bedachte, dass sie gerade von der Stasi gejagt wurden. Jederzeit konnte hinter ihnen jemand rufen, dass man sie festhalten solle. Er aber tat, als erledigte er einen alltäglichen Auftrag.

Dem jungen Soldaten hing die AK-47 Kalaschnikow quer über der Brust. Sein Kamerad, ebenso in grauer Dienstuniform, hatte die Maschinenpistole vorschriftsmäßig an der Seite, einsatzbereit.

»Gib mir nächstes Mal nicht so viel Vorsprung«, sagte Hähner und packte Worliczek an der Schulter. Er blickte wieder die Grenzsoldaten an. »Jetzt schuldet er mir ein Bier. Kleines Wettrennen unter Kollegen.«

Die jungen Soldaten ließen sie passieren. Wie langweilig es sein musste, den ganzen Tag im Halbdunkel des unterirdischen Bahnhofs zu stehen und die durchfahrenden Westberliner U-Bahnen zu überwachen.

Worliczek kletterte zum Gleis hinunter, Hähner folgte ihm. Sie liefen entlang der Strecke bis zur Einmündung des Waisentunnels. Dort stieg Worliczek eine Metallleiter hoch und holte den Bolzenschneider aus der Werkzeugtasche. Er setzte ihn an die Schlösser an, die den Schacht absicherten, und knackte sie, eins nach dem anderen.

Als sie die Eisentür öffneten, sahen ihnen Annie und der Russe blass entgegen.

Man hörte aus der Ferne eine U-Bahn näherrumpeln.

»Schnell jetzt«, sagte Hähner.

Sie kletterten die Leiter hinunter, sprangen die restlichen Sprossen. Das Signal über ihnen leuchtete grün. Worliczek legte eine Fahrsperre auf »Halt«. Er fummelte ein rotes Transparentpapier hervor, das er vor seine Taschenlampe klemmte. Schon donnerte die U-Bahn heran. Die Luft wurde durch den Tunnel gedrückt, ein warmer Wind blies ihnen ins Gesicht. Worliczek schaltete die Taschenlampe ein und machte eine Kreisbewegung, das Signal für Gefahr. Der Zug war jetzt nah und sehr laut. Über der Fahrerkabine stand in weißen Lettern auf schwarzem Grund: Leinestraße.

Die Fahrer hatten Order, Ostberlin ohne Halt zu unterqueren. Aus Westberlin von Gesundbrunnen kommend, fuhr die Bahn zehn Meter tief unter der Erde durch den Osten und passierte sechs streng bewachte Geisterbahnhöfe, Bernauer Straße, Rosenthaler Platz, Weinmeisterstraße, sogar den Alexanderplatz, dessen U-Bahn-Bereich vom restlichen Bahnhof abgetrennt und zugemauert worden war, dann Jannowitzbrücke, getrennt vom zwei Stockwerke darüber liegenden S-Bahnhof, und Heinrich-Heine-Straße, bevor wieder Westberliner Gebiet erreicht wurde. Sie standen in verbotenem Gebiet. Gut möglich, dass dem Fahrer das Risiko zu hoch war und er sie nicht einsteigen ließ. Zumal er in der Führerkabine von einem Kollegen überwacht wurde, auf der Transitstrecke war Doppelbelegung Pflicht.

Die U-Bahn bremste stärker, als Hähner es ihr zugetraut

hatte. Trotzdem passierte sie die Zugspitze, und der Zug kam erst ein paar Meter weiter hinten zum Halt. Sie eilten zum Fahrer. Er blickte entsetzt aus seinem Fenster. »Was ist los?«

Jannowitzbrücke. Wurde die S-Bahn hier nicht von einer westlichen U-Bahn unterfahren? Der Kollege war zu jung, er konnte sich an diese Zeiten nicht erinnern, aber sie kannte das Netz von U-Bahn- und S-Bahn-Linien vor dem Mauerbau noch.

Sie rannte entlang der Station, bis sie eine verschwiegene Stahltür fand. Sie eilte die Treppe hinunter.

Zwei bewaffnete Grenzposten stellten sich ihr entgegen.

Marga zeigte ihren Dienstausweis. »Sind hier zwei Männer in blauen Jacken durchgekommen?«

Verdattert bestätigten die beiden.

»Das ist ein Fluchtversuch! Welche Richtung?«

Einer der Grenzsoldaten wies in den Tunnel.

»Schnell, kommen Sie!« Sie kletterte auf die Gleise hinunter. Sie sah es sofort. Weiter hinten im Tunnel stand eine U-Bahn. Also waren sie noch da.

Sie rannte. »Stopp! Nicht weiterfahren!«

Aber die U-Bahn fuhr los. Sie zog ihre Waffe, entsicherte sie und schoss. Betonsplitter rieselten von der Decke. Der Fahrer beschleunigte nur noch mehr. Sie sah die Bahn in den Tunnel entschwinden.

Marga kehrte zum Bahnhof um. Sie schrie: »Wir müssen diese Bahn stoppen! Geben Sie weiter, dass die Bahn auf keinen Fall Westberliner Gebiet erreichen darf.«

Jeder der Geisterbahnhöfe besaß Haltevorrichtungen. Was kam nach der Jannowitzbrücke? Heinrich-Heine-Straße, ja, das war es. Dort würden sie die Verbrecher festnehmen. Sie kletterte den Bahnsteig hoch.

Einer der Grenzsoldaten telefonierte mit der Führungsstelle. Er sagte: »Ich dachte, die Bahn hätte wegen des defekten Signals gehalten … Verstanden. In Ordnung. Jawohl.« Dann wandte er sich Marga zu. »Sie wird angehalten.«

Annie lag am Boden der Führerkabine, neben ihr der BND-Offizier und der Russe. Die Grenzsoldaten im nächsten Geisterbahnhof durften sie nicht bemerken, in der Führerkabine sollten sie nur den Fahrer und seinen Begleiter sehen. Die Soldaten hatten sicher den Schuss gehört. Da durften keine weiteren Verdachtsmomente hinzukommen.

Der Fahrer beschleunigte die U-Bahn.

»Gut so«, sagte der Bahnmitarbeiter vom Fußraum her. »Und noch ein bisschen schneller.« Er hatte sich als Stellwerksmeister vorgestellt, seitdem sahen sie ihn wie einen Kollegen an.

»Die geschlossenen Bahnhöfe muss ich mit verminderter Geschwindigkeit passieren«, sagte der Fahrer.

Der Stellwerksmeister sagte: »Heute nicht.«

»Die werden mir das Signal auf ›Halt‹ setzen.« Der Fahrer, ein Mann mit Schnauzbart und gelichtetem Haupthaar, schwitzte stark. »Der Zug hält automatisch, auch wenn ich nicht bremse, das wissen Sie.«

Von draußen fiel fahles Licht herein. Der nächste Geisterbahnhof. Plötzlich bremste die U-Bahn ab, bis sie stehen blieb. »Scheiße«, sagte der Fahrer.

»Du kannst sofort wieder losfahren«, sagte der Stellwerksmeister. »Der Zug stoppt, und danach hast du wieder freie Hand. Los jetzt!«

Aber der Fahrer nahm die Hände hoch und verschränkte sie hinter dem Kopf. »Da sind zwei Männer draußen, mit Maschinenpistolen.« Auch sein Begleiter ergab sich.

Der Russe nestelte an seiner Tasche und zog eine Pistole heraus. Er zerschoss das Seitenfenster und stieß eine Folge von wüsten russischen Flüchen aus. Er schoss erneut, und ein drittes Mal. Der Fahrer zog den Kopf ein.

»Was tun sie?«, fragte der BND-Mann.

Der Fahrer sagte: »Ducken sich.«

»Dann fahr!«, brüllte der Stellwerksmeister.

Die U-Bahn fuhr an. Immer noch schoss der Russe aus dem Fenster. Endlich waren sie wieder im dunklen Tunnel.

Es wurde hell. An den Wänden stand: Moritzplatz. Einige Fahrgäste warteten am Bahnsteig. Der Fahrer brachte den Zug zum Halten.

Der Stellwerksmeister erhob sich, drückte einen Knopf und lehnte sich zum Mikro vor. »Werte Fahrgäste, wie Sie gehört haben, hat es einen Schusswechsel mit den Grenztruppen der DDR gegeben. Es wurde niemand verletzt. Diese U-Bahn wird hier abgestellt. Bitte steigen Sie aus.« Mit einem weiteren Knopfdruck öffnete er die Türen. Panisch strömten die Fahrgäste hinaus. Er selbst geleitete seine zwei bebenden, bleichen Bahnerkollegen aus der Fahrerkabine.

»Sieben«, sagte der BND-Mann. »Einen Schuss haben Sie noch. Machen Sie keinen Unsinn.« Er hielt dem Russen die offene Hand hin. »Geben Sie mir die Waffe.«

Der Russe gab sie ihm.

»Danke«, sagte der BND-Mann. »Sie haben mir das Leben gerettet.«

Der Russe sagte: »Und Sie mir.«

»Sind wir …«, fragte Annie zögerlich.

»… unter der Grenze durch, ja. Wir sind im Westen«, sagte der BND-Mann. Er stieg aus und wandte sich an den Stellwerksmeister. »Tut mir leid wegen deiner Hunde.«

Annie verließ ebenfalls den Zug. Sie sah den Bahner stumm nicken. Er hatte einen Tränenfilm in den Augen.

Dann unterhielten sich die drei Bahnangestellten. Annie fragte den BND-Mann: »Warum haben Sie das gesagt mit den Hunden?«

»Er kann nicht zurück. Die Grenzer haben ihn identifiziert.« Er fuhr sich mit der Hand über den Nacken. »Dieter hat mit Leidenschaft Hunde gezüchtet. Er wird sie nicht wiedersehen.«

Annie sah zur zerschossenen Scheibe der U-Bahn. »Wann kann ich zu meiner Mutter?«

»Rias Wohnung ist die erste Adresse, wo sie uns vermuten würden. Wir sollten uns besser erst mal nicht auf der Bildfläche zeigen. Gut möglich, dass sie jemanden auf unseren Freund angesetzt haben.« Er sah zum Russen hinüber, und der erwiderte ernst den Blick.

»Aber dann kann doch wenigstens ich –«

»Wir bleiben zusammen. Geben Sie mir zwei, drei Tage. Ich mache Anrufe und organisiere ein paar Sachen. Dann können Sie zu ihr. Aber vorerst schlafen wir im Hotel.«

Die Nachtstunden zogen dahin. Sascha wartete, bis nur noch gelegentlich das Scheinwerferlicht eines Autos über den Rand des Vorhangs glitt und die Atemzüge von Annie und dem BND-Mann regelmäßig gingen.

Er griff unter das Kopfkissen, holte seinen KGB-Ausweis hervor und legte ihn obenauf. Leise hob er die Decke an, stand auf und schlich zum Badezimmer. Das Öffnen der Hotelzimmertür könnte den BND-Offizier wecken, also öffnete er gleichzeitig die Tür nach draußen und die Badezimmertür. Für den Fall, dass der Offizier wach geworden war, fand er gleich eine gute Erklärung für das Geräusch. Sascha ließ die Außentür einen Spalt offen und schaltete das Licht im Bad ein, betrat es und schloss die Badezimmertür wieder.

Er hatte seine Kleidung und die Schuhe am Abend vorsorglich hier liegen gelassen. Beim Anziehen achtete er darauf, lautlos zu sein, er fuhr penibel langsam in die Hosenbeine und hielt die Gürtelschnalle dabei fest. Zuletzt nahm er seine Schuhe in die Hand, schaltete das Licht aus und öffnete erst anschließend die Badezimmertür, sodass kein Lichtschein ins Zimmer fiel. Er lauschte. Die Atemzüge der beiden gingen ruhig wie zuvor.

Leise verließ er das Hotelzimmer, ohne hinter sich die Tür zu schließen. Er schlich auf Socken durch den Flur. Erst im Treppenhaus schlüpfte er in die Schuhe und band sie.

Draußen erlaubte er sich den ersten tiefen Atemzug. Die Straßenlaternen leuchteten hell. Es standen fremde Autos am Straßenrand, moderne, teure Autos in bunten Farben, hergestellt von VW, Mercedes Benz, Opel und Audi. Die Läden waren anders überschrieben, es gab eine verwirrende Vielzahl von ihnen, jede Ware schien ihren eigenen Laden zu haben. Dazu hingen an den Wänden übermannsgroße Plakate, die auf plumpe Art dafür warben, ein Produkt zu kaufen.

Es würde dauern, bis er sich hier zurechtfand. Aber irgendwann würde ihm ein schlichtes, unauffälliges Leben gelingen, mit einer neuen Identität ohne jegliche Verbindung zu seinem früheren Leben. Er würde auf russische Kontakte verzichten. Seine Familie würde ihn für tot erklären oder über ihn schweigen wie über ein bitteres Geheimnis.

Indem er so tat, als wüsste er nicht, was mit den Filmaufnahmen geschehen war, hatte er Annie Temme täuschen können. Sie hatte ihre Kontakte angezapft und ihn in den Westen geschleust. Die Entscheidung, nicht in die Übergabe an den *Stern*-Korrespondenten einzugreifen, war richtig gewesen.

Sobald er die Filmaufnahmen aus der ARD-Redaktion beschafft hatte, war ein Patt erreicht. Er hatte Putin dann in der Hand. Umgekehrt konnte er aber auch keine Geheimnisse des KGB an den Westen verraten, ganz gleich, was die Filmaufnahmen auch zeigten. Solange er schwieg, lebte Valya. Sie konnten sie nicht töten, weil sie dann ihr letztes Druckmittel gegen ihn verloren.

Sie hatte ihn nicht geheiratet, aber fortan waren sie lebenslang verbunden.

»Ein Patt, Putin«, sagte er. »Immerhin ein Patt. Damit hättest du nicht gerechnet, was?« Und er zog die dünne Jacke enger um sich und lief einsam unter den Laternen der unbekannten Straße entlang.

Schalck trat auf die bewaffneten Offiziere zu und reichte ihnen seinen Passierschein. Früher hatte er zuerst zur Anmeldung gemusst, man hatte seine Tasche durchsucht, die betreffende Abteilung im Haus noch einmal angerufen, um die Anmeldung bestätigen zu lassen, und die Personalien geprüft.

Das Große Haus war das Allerheiligste der DDR. Hier tagte wöchentlich der Rat der Götter und entschied über alles, was im Land geschah. Nur einer ausgewählten Zahl von Sterblichen war der Zugang zum Großen Haus gewährt. Niemand draußen erfuhr, was wirklich im Einzelnen beschlossen wurde, man spürte die Auswirkungen, aber wusste nichts über die Pläne und Gründe. Die Götter waren unantastbar und undurchschaubar.

In Hunderten Zimmern trugen Mitarbeiter wie Ameisen unzählige Informationen zusammen, werteten sie aus, bereiteten die Entscheidungen vor und leiteten die göttlichen Beschlüsse weiter.

Und er, Alexander Schalck, war die rechte Hand der Götter. Er war nicht bloß eine Kreatur, die ihren Willen vollstreckte. Er hütete mit Vernunft, Ideen und Unnachgiebigkeit den wichtigsten Quell ihrer Kraft. Was machte das aus ihm? Einen Halbgott? Oder den heimlichen Vater der Götter?

Die Offiziere hoben ihre Hände an die Mütze. Er durfte passieren und die Treppe zu den Fahrstühlen hinaufgehen. Der silberglänzende Fahrstuhl war allein für die Politbüromitglieder bestimmt, er hatte wie alle anderen den Paternoster zu nehmen. Er stieg in die Holzkabine und fuhr zum zweiten Stock. Hier befanden sich die Zimmer der Politbüromitglieder und der Sitzungssaal, in dem das Politbüro tagte.

Sofort kam ein bewaffneter Offizier auf ihn zu, grüßte vorschriftsmäßig und überprüfte seine Papiere. Natürlich wusste der Mann, wen er vor sich hatte, aber er folgte korrekt dem Protokoll. An der nächsten Ecke stand ein weiterer bewaffneter Offizier. Schalck lief über die dicke Auslegware. Die Geräusche waren gedämpft, man war geneigt zu flüstern.

Er hatte schnell gelernt, dass hier die Regel endete, sich mit »du« und »Genosse« anzusprechen. Den Mitgliedern des Politbüros gebührte das »Sie«, man sprach sie nicht als »Genosse« an, sondern als »Hochverehrter«.

Vorladungen zum Politbüro bedeuteten, stundenlang im Vorzimmer zu sitzen und zu warten. Es kam vor, dass er zu 10 Uhr bestellt wurde und um 13 Uhr immer noch vor der Tür saß. Anderen ging es nicht besser. Genossen aus allen Bereichen der Wirtschaft und der Gesellschaft pilgerten hierher, um zu berichten und berichtigt zu werden. Wie eingeschüchterte Schuljungen saßen sie auch heute da, Wissenschaftler, Parteiobere und Kulturfuzzis, und tuschelten. Sie gaben sich Ratschläge, sie rätselten über die Stimmung im Politbüro. Sie hatten zu beichten oder wollten mit Erfolgen glänzen, es war ein entscheidender Moment in ihrer Laufbahn, der über die weitere Karriere entscheiden konnte.

Manchmal redete er mit ihnen und holte vorsichtig Informationen ein. Er hörte sich gern ihre Ansichten an und ihre stockend vorgetragenen Bekenntnisse. Heute aber war ihm nicht danach.

Er trat ans Fenster, sah hinunter auf die Straße. Da liefen sie, die kleinen Menschen, und ahnten nicht, dass im Großen Haus über ihr Schicksal beraten wurde, vom Preis für Autos über die Gestaltung von Feiertagen bis hin zu Urlaubsreisen und Richtlinien der Außenpolitik.

Erich Honecker agierte drinnen wie ein Dirigent. Alle fürchteten ihn, vor der Beratung gingen die Mitglieder des Politbüros zu Honecker, um sich ihre Unterlagen mit dem Vermerk »Einverstanden, E.H.« versehen zu lassen. Dabei hatte der Generalsekretär längst den Überblick verloren. Er traf zu ein und derselben Sache widersprüchliche Entscheidungen, was nur dadurch zu lösen war, dass man eine neue Vorlage einreichte und darauf hoffte, dass er seine Meinung erneut geändert hatte.

Er wollte von seinen Bürgern geliebt werden. Das war Honecker am wichtigsten. Er war bereit, dafür irrational viel Geld auszugeben. Und woher kamen die Millionen? Von Schalck, von der KoKo. Obst und Gemüse sollten importiert werden, plötzlich sollte es Bananen geben und Paprika und Radios und achthunderttausend Paar Schuhe, alles, damit die Bevölkerung Honecker gewogen blieb.

Im Mai hatte Schalck mit Krenz über die Wahlen gesprochen und ihn gefragt, ob es denn 99 Prozent sein müssten? Kohl wäre froh, wenn er 60 Prozent hätte! Krenz hatte geantwortet: Bei weniger wäre der Generalsekretär verärgert.

Das Verrückte war, dass er selbst vor Honecker buckelte und auch heute den Wunsch verspürte, ihm zu gefallen. Seit er mit dem bayerischen Ministerpräsidenten Franz Josef Strauß einen Kredit über eine Milliarde D-Mark für die DDR eingefädelt hatte, sagte Honecker manchmal »Alex« zu ihm, und so sehr er die Charakterschwächen des Generalsekretärs durchschaute, fühlte er sich doch jedes Mal geehrt und spürte, wie ihm das Blut ins Gesicht schoss.

Die Saaltür öffnete sich. Ein Genosse verließ die Sitzung. Die Wartenden sahen fragend in seine Augen, sie versuchten, die Stimmung der Götter zu erahnen. Einer der Wartenden wurde aufgerufen und wischte sich im Aufstehen die schweißigen Handflächen an den Hosenbeinen ab, bevor er mit hochgezogenen Schultern den Saal betrat.

Schalck setzte sich. Er angelte nach der Zeitung und las.

> Berlin (ADN). Auf besorgte Anfragen von Bürgern zu den von westlicher Seite erhobenen Verleumdungen über den Einsatz der Volkspolizei in den vergangenen Tagen erhielt ADN von der Presseabteilung des Ministeriums des Inneren folgende Information: In mehreren Städten der DDR war es um den 40. Jahrestag der DDR zu Störungen der öffentlichen Ordnung und Sicherheit gekommen. Zur Auflösung ungesetzlicher Zusammenrottungen hatte die Volkspolizei wiederholt aufgerufen. Erst als alle Ermahnungen zur Gewaltlosigkeit und zur Zurückhaltung nicht fruchteten, war der Einsatz von Ordnungskräften zur Wiederherstellung von Ordnung und Ruhe unumgänglich. Wahr ist, dass Randalierer, aufgeputschte Störer und kriminelle Ele-

mente staatsfeindliche Parolen riefen und die im Ordnungseinsatz befindlichen Volkspolizisten tätlich angriffen. Sie warfen mit Steinen, Flaschen und Brandsätzen, schlugen brutal und rücksichtslos mit Stahlstangen und anderen Schlaggegenständen auf die Ordnungskräfte ein. Nicht zufällig trugen viele der Krakeeler Schutzhelme, was auf vorsätzliche und geplante Handlungen schließen lässt. Tatsache ist, dass die Volkspolizei äußerst zurückhaltend und erst nachdem sie angegriffen wurde gegen Unruhestifter unter Anwendung polizeilicher Hilfsmittel vorging und nicht, wie westliche Medien behaupten, blindlings und rücksichtslos auf unbeteiligte Bürger einschlug.

Wahr ist ebenfalls, dass 106 Volkspolizisten zum Teil erheblich verletzt wurden. 46 der Rowdys kamen zu Schaden. Angebliche Tote sind in den Westmedien frei erfunden.

Es ist nachgewiesen, dass westliche Korrespondenten die Volkspolizei nicht nur verleumden, sondern dass sie zu den Organisatoren und Aufwieglern gehörten. So viele »Zufälle«, immer gerade dann vor Ort zu sein, kann es gar nicht geben! Diese »Berichterstatter« gaben den Unruhestiftern Rückhalt und konkrete Anleitung zum Handeln – sie wurden sogar selbst zu Störern der gesetzlichen Ordnung. Wegen dieser massiven Einmischungen mussten ihnen die Arbeitsmöglichkeiten eingeschränkt werden. Was westliche Medien auch immer gegen die Deutsche Volkspolizei an Verleumdungen übelster Art vorbringen, wird diese nicht daran hindern, den Dienst zum Schutz der Bürger für den sozialistischen Staat jederzeit standhaft zu erfüllen.

Zufriedenstellen würde das die wenigsten. Gestern Abend waren siebzigtausend Menschen durch Leipzig gezogen, sie hatten gerufen: »Wir sind keine Rowdys«, weil im Neuen Deutschland und der Aktuellen Kamera behauptet worden war, in Leipzig wären Hunderte von Betrunkenen durch die Straße gezogen. So etwas ging immer nach hinten los.

Die Saaltür öffnete sich. Der vor ihm gerufene Genosse verließ den Saal mit rotem Kopf. Honecker erschien in der Tür. »Alex, komm bitte rein.«

Die Wartenden sahen voller Bewunderung auf ihn. Er erhob sich. Im Eintreten legte ihm Honecker die Hand auf den Arm, er zog ihn ins Innere wie einen Freund.

An der Stirnwand des Sitzungssaals hingen Porträts von Marx und Engels. Rechts stand das Büfett mit Käse- und Wurstschnitten, aber nicht für die Gäste, nur für die Politbüromitglieder.

Für ihn stand einer der rot gepolsterten Stühle in der Mitte, er durfte heute also sitzen. Im Hufeisen saßen die achtzehn Politbüromitglieder drumherum hinter ihren braunen Tischen mit den Aktenstapeln. Erich Honecker nahm am Kopfende Platz.

Warum die frostige Stimmung? Es war wohl gerade gestritten worden.

Honecker sagte: »Um das nur kurz zu Ende zu bringen, jetzt, wo Aurich gegangen ist: Wer so denkt, kann nicht in seiner Funktion bleiben. Genauso Schütt mit diesem unsäglichen Artikel in der Jungen Welt. Wir haben uns viel zu sehr das Heft aus der Hand nehmen lassen. Gerade jetzt müssen wir offensiv die Marschroute vorgeben. Wir brauchen ein Konzept für die Parteiarbeit. Ich habe Gespräche mit den Belegschaften mehrerer Großbetriebe geführt. Die Arbeiterschaft hat sich eine vernünftige Einstellung zur Partei bewahrt. Sie wollen gar nicht diskutieren oder demonstrieren. Wir müssen sie nur überzeugen, dass ernsthaft an Reformen gearbeitet wird und dass neue Konzepte einfach noch Zeit brauchen. Die Arbeiter haben für solche ehrlichen Argumente Verständnis. Man muss nur endlich mit ihnen reden und Perspektiven aufzeigen.«

Günter Schabowski stimmte ihm zu. »Wir müssen die SED als treibende Kraft darstellen. Nur die SED hat genug Sachkenntnis und Erfahrung für die Realisierung der Reformvorhaben. Das müssen wir in die Köpfe der Leute kriegen.«

Hatten sie denn völlig den Realitätsbezug verloren? Schalck sah in die Gesichter. Krenz schien sich eine Replik zu verbeißen, aber alle anderen nickten.

Er dachte an Markus Wolf und seine geheimen Treffen. Schon lange hatte er einmal hingehen wollen. Nun nahm er es sich fest vor. Auch ein KGB-Offizier aus Dresden sollte dazugehören, der recht helle war und die Zukunft erstaunlich treffend einschätzte.

»Wir sind uns also einig«, sagte Honecker. »Schön.«

22

Das Treppenhaus war dunkel getäfelt, sauber, sehr groß, die Decken hoch wie für Riesen. Die Fußabtreter waren von einer Art, wie es sie im Osten nicht gab. Es roch anders hier, sehr fein, nach Holz und Wachs.

Annie hob die Hand zur Klingel. Wenn sie diesen Klingelknopf drückte, war sie nicht mehr allein. Sie würde eine Mutter haben. Eine Familie. Aber musste es nicht eine große Enttäuschung werden? So lange hatte sie davon geträumt! Sie ließ die Hand wieder sinken.

Ihre Erwartungen waren zu hoch. Sie hatte sich eine Vorstellung von Ria gemacht, die ein echter Mensch nie würde ausfüllen können. Sechzehn Jahre hatten sie einander nicht gesehen, und davor waren sie sich auch nur sporadisch begegnet, es war keine gute Beziehung gewesen, ein Nebeneinanderherstolpern eines Teenagers und ihrer Mutter, die das Kind im Säuglingsalter weggegeben hatte. Warum sollte es jetzt besser sein? Wie hatte sie glauben können, das wäre durch ihr Erwachsenwerden alles repariert und geheilt worden?

Der BND-Mann sagte: »Klingeln Sie. Nur Mut.«

Die Klingel schrillte. Jens wollte zur Tür gehen, aber Ria hielt ihn zurück. Sie standen im Flur. Ria starrte auf die Tür.

»Nun mach schon auf«, sagte er.

Sie konnte nicht.

»Willst du, dass sie wieder gehen?«

Sie dachte an ihren Selbstmordversuch, an den Gasgeruch und das entsetzte Gesicht ihrer Stiefmutter. An den Arzt, der ihr einredete, sie tue ihrem Kind etwas Gutes, wenn sie es weggab, und sei gerade dann eine gute Mutter.

So oft hatte sie ein Mädchen spielen sehen und daran gedacht, dass ihre Tochter im gleichen Alter war. So oft hatte sie abends beim Einschlafen leise den Namen Annie gesagt. Und als die Stiefmutter später einwilligte, dass die beiden sich kennenlernten, hatte Annie sie nicht an sich herangelassen, war verletzend gewesen und abweisend, jahrelang. Trotzdem, das wusste Ria, war es ein Fehler gewesen, sie erneut zu verlassen. Nur, welche Wahl hatte sie gehabt?

Ich mache alles kaputt, dachte sie. Jolanthe habe ich das Herz gebrochen und Annie genauso.

»Was ist deine Sorge?«, fragte Jens.

»Ich weiß nicht. Dass wir nie wirklich Mutter und Tochter füreinander sein werden. Wenn es so ist, dann ist das meine Schuld.«

»Du bist eine bessere Mutter, als du glaubst. Allein schon, weil du dir diese Frage stellst. Mach die Tür auf, Schatz. Gib euch eine Chance.«

Annie sagte: »Sie sind nicht da.« Sie war erleichtert. Zugleich, tief in ihr, starrte ein Kind mit großen Augen auf die verschlossene Tür.

Da ging sie auf, unvermittelt, und eine kleine, elegante Frau stand darin. In Rias Augenwinkeln gab es hauchdünne Linien, die früher noch nicht da gewesen waren, wie mit spitzer Zeichenfeder gezogen, zarte Fältchen, die ihr Lächeln festhielten. Sie hielt ihr die Hand hin.

Annie nahm sie. Rias Finger waren kalt, und ihre Mundwinkel zuckten nervös.

Annie lächelte. Ich auch, dachte sie, ich fürchte mich auch.

In Rias Augen sammelten sich Tränen. »Möchtest du …«, begann sie. »Wollt ihr nicht reinkommen?«

Annie betrat die Wohnung. Hier hatte ihre Mutter all die Jahre gelebt, nur wenige Kilometer entfernt von ihr, in derselben Stadt.

Jens begrüßte sie. Sie kannte ihn nur vom Foto und war überrascht. Er war ein Bär von Mann. Seine grauen Bartstoppeln gefielen ihr. Er sah unsicher von ihr zu Ria. Dann gab er dem BND-Mann die Hand.

Bald darauf saßen sie im Wohnzimmer. Der BND-Offizier erzählte von ihrer Flucht. Jens fragte, ob er den Stellwerksmeister sprechen dürfe und ob er über die Flucht schreiben dürfe.

Der BND-Offizier schwieg eine Weile. Dann sagte er: »Wenn Sie die dritte Person weglassen, geht das. Von ihm werden wir nie wieder etwas hören. Hoffen wir, dass er es schafft. Dass er ein Leben hat.« Er sah Annie an. »Haben Sie eine Idee, warum er nur mit Ihnen fliehen wollte? Kannten Sie ihn irgendwoher? Gab es einen Zusammenhang?«

Wenn sie ihm sagte, dass er auf die Filmaufnahmen versessen gewesen war, würden sie ihn im Westen von Neuem jagen. Sie sah sein ernstes Gesicht vor sich mit diesem undefinierten Schmerz im Blick. »Ich habe ihn im Treppenhaus bei mir zum ersten Mal gesehen.«

Um die Stimmung aufzulockern, zeigte Jens ihnen die Hi-Fi-Anlage. Er spielte einige CDs an und erklärte dem BND-Offizier Hintergründe zu den Musikern.

Ria sagte: »Wenn sie so weitermachen, sind sie in einer

halben Stunde bei den Schallplatten angelangt.« Sie stand auf und bedeutete Annie, mit ihr in die Küche zu kommen.

Dort ließ sie sie vom Kuchen kosten. Sie plauderten ein wenig. Dann stand Ria still, wie gefroren, und hielt den Blick gesenkt, als wagte sie es nicht, Annie anzusehen. »Es gibt so viel Unausgesprochenes zwischen uns«, sagte sie. »Wir müssen nicht heute damit anfangen, aber ich hoffe, wir können uns aussprechen. Und füreinander Mutter und Tochter werden, irgendwann.«

Sie hätte nichts Schöneres sagen können, fand Annie.

Wo das Wort herkam, wusste sie nicht, aber es stieg in ihr auf und bahnte sich seinen Weg, es wollte ausprobiert werden. »Natürlich, Mama«, sagte sie.

Ria sah erschrocken auf.

Annie lächelte. Sie machte einen Schritt und nahm Ria in die Arme. Sie war noch nicht ihre Mama, natürlich nicht. Und die Umarmung fühlte sich eigenartig an, als sei sie nicht länger das schwache, verlorene Mädchen, sondern die Starke, die die Einsamkeit vertrieb und Trost spenden konnte.

So war das also, wenn man Mutter und Tochter war. Es war neu für sie.

Als sie sich voneinander lösten, fragte Ria: »Wie geht es Michael?«

Wie gut sie sich einfühlt, dachte Annie. Sie war froh, eine Mutter zu haben. »Er sitzt im Gefängnis, denke ich. Er … wollte nicht mit.«

Erich Honecker schoss. Im letzten Moment wandte sich der Hirsch noch ab, spannte seine prächtigen Muskeln an, machte einen Satz. Kurz darauf brach er zusammen. Die Beine traten, ein Zittern lief über seinen Leib. Dann lag er still. Stolz nahm

Erich das Gewehr herunter. Sie hatten den Hirsch nicht einmal mit den Suchscheinwerfern blenden müssen.

Der Fahrer gratulierte ihm. Wortlos nahm er es hin. Er wusste selbst, dass es ein guter Schuss gewesen war. Überhaupt konnte sich das Ergebnis heute sehen lassen. Zwei Rothirsche und vier Damhirsche, eine echte Leistung.

»Zurück zum ›Wildfang‹«, sagte er. Der Fahrer ließ den Motor an. Die Mitarbeiter des Begleitkommandos würden den Hirsch nachher auf ihren Hänger laden und zur Försterei bringen.

Der neue Range Rover gefiel ihm. Margot meckerte natürlich, sie fand, der russische Militärgeländewagen, der alte Gas-69, hätte es doch prima getan. Ihr war das westliche Auto ein Dorn im Auge. Aber sie kam sowieso selten mit zur Jagd, das war auch besser so, sie verscheuchte das Wild. Der Range Rover war eine Wucht. In die rückwärtigen Türen war ein elektrischer Hebe-Mechanismus eingebaut für die Höhenverstellung der Gewehrauflage. So konnte er direkt vom Auto aus auf die Hirsche schießen.

Er zog sich die Pelzmütze zurecht. Frisch war es geworden. Das Cabrio-Verdeck sollten sie trotzdem mal schön unten lassen. Er wollte ja draußen sein. Den Jagdkarabiner hielt er zwischen den Knien. So liebte er es. Hier im Wald war er wirklich frei.

Die Außenwände seines Jagdhauses waren über und über mit Geweihen bestückt, da passte nichts mehr hin. Sie würden die heutigen Trophäen in der Garage lagern müssen. Trotzdem liebte er »Wildfang«. Hier war er für sich, konnte im Sommer im See baden, FKK ohne Badehose, und hatte auch jetzt im Herbst Zeit mit seiner Masseuse, ohne dass Margot argwöhnisch darauf achtete, wie lange sie redeten.

Er brauchte diese Kräftigung mehr denn je. Alles erschien so ungewiss dieser Tage. Manchmal glaubte er fast, Krenz und Stoph hatten sich verschworen, um ihn abzusetzen.

Er musste jetzt einen kühlen Kopf bewahren. Die Umstürzler würden ihm nicht den Schneid abkaufen, nicht gerade jetzt, wo es so gut lief. Bis Heiligabend hatte er alles wieder im Griff, dann würden sie Weihnachten im Schloss Hubertusstock feiern wie eh und je. Er würde sich als Weihnachtsmann verkleiden, würde im roten Mantel mit Kapuze und Sack über die Terrasse gestapft kommen und den Enkelkindern die Geschenke überreichen. Margot und er würden im Haupthaus wohnen, die Kinder und Verwandten in den Einzelhäusern ringsum. Und der Koch würde einen feinen Gänsebraten zubereiten.

Wieder ein Weihnachten ohne Mariana. Wie ihm sein kleiner Sonnenschein fehlte. Nur zwei Jahre alt war sie geworden. Jetzt besser nicht an sie denken. Er brauchte Kraft für den Kampf mit den Aufrührern.

Ob die seine Freude an der Jagd kritisieren würden, wenn sie es wagen durften? Die Naturschützer unter ihnen sollten dankbar sein, dass durch ihn die Schorfheide erhalten blieb. Und er hatte nie einen Pfennig Schützengeld erhalten, obwohl er dreimal die Woche jagen ging. Fünfundzwanzig Prozent vom Verkaufspreis des erlegten Wildes standen eigentlich dem Jäger zu, und er hatte nicht mal die Geweihe verkauft. Das war Großzügigkeit, darüber sollten sie mal reden.

Wie lange er diesen Wald schon besuchte. Er nahm einen weiteren tiefen Atemzug. Die herrliche Luft im Herbst, die nach Harz und vermodernden Blättern und Pilzen roch, seine Lunge konnte gar nicht genug davon bekommen.

Plötzlich überfiel ihn eine Sehnsucht nach Wiebelskirchen.

Nach der Kammer unter dem Dach, wo er als Kind gespielt hatte, und dem Kirschbaum hinten im Garten. Er dachte an den Vater, mit dem er zur Fließ gegangen war, um das Schwimmen zu lernen. Wenn der ihn hier sehen könnte, in seinem persönlichen Jagdgebiet! Und wie der Vater sich gefreut hätte, dass er die Arbeiterbewegung so voranbrachte!

Wäre ja noch schöner, wenn er sich die Jagd verderben ließe, vor allem jetzt, in der Brunftzeit der Hirsche. Die Brunftjagd war das Beste im Jahr.

Mochten sie sich im Westen die Mäuler zerreißen, er hatte eine gute Verbindung zum Volk, er redete bei Fabrikbesuchen mit den Arbeitern, und sie lachten über seine Scherze, er wusste noch genau, wie der Humor war bei den einfachen Leuten. Eine dichte Traube junger Menschen bildete sich dann um ihn, und sie dankten ihm für seine gute Arbeit beim Aufbau dieses Landes. Mochten sie im Westen noch so sehr zweifeln an den 99 Prozent, er wusste es, am Wahltag stürmten die Massen begeistert die Lokale, um ihre Stimme für ihn abzugeben.

Diese Idioten, die in Leipzig und Berlin und anderswo auf die Straße gingen, das waren nur vom Westen geschulte Provokateure. Aufgeputschte Rowdys waren das. Das war nicht sein Volk.

Und die Mutter, wie sie morgens loszog, um Zeitungen auszutragen und etwas dazuzuverdienen, weil Vaters Lohn nicht ausreichte. Wie froh wäre sie, ihn hier zu sehen, ihn, Erich Ernst Paul Honecker, Abgang nach der achten Klasse, Dachdeckergehilfe. Wenn man es sich überlegte, hatte früher hier in der Schorfheide nicht der König gejagt und dann der Kaiser? Und dann Hermann Göring, na ja, an den dachte er besser nicht. Jetzt war es sein persönliches Jagdrevier. Und in der Zeitung war auch ganz oft sein Bild. Die würden schon noch sehen, mit wem sie sich da angelegt hatten, diese undankbaren Schießbudenfiguren.

Aber vielleicht war es doch ein Fehler gewesen, dass er zur Beerdigung der Eltern nicht in den Westen gereist war. Daran dachte er oft. Seine Eltern hätten verdient gehabt, dass er über seinen Schatten sprang.

»Hältst du jetzt fest oder nicht?« Franziska sah ihn an.

Michael packte die Schleuder und stützte sich darauf. »Kannst einschalten.«

Die Schleuder rumpelte los. Wenn er sie nicht festhielt, würde sie durch die halbe Küche springen. Franziska beobachtete ihn, wie er durchgeschüttelt wurde. Seine Arme vibrierten. Erst war es nur ein Rumpeln, jetzt fand die Schleuder mit sich ständig erhöhender Geschwindigkeit zu einer Art Sirren.

Als das Programm endlich beendet war, rumpelte die Trommel wieder, schüttelte ihn, holperte. Dann stand sie still.

Franziska öffnete die Klappe und holte die Wäsche aus der Trommel. Es roch nach feuchter Kleidung und Spee, er mochte den Geruch. Michael küsste ihre Schulter. Aber Franziska schob ihn fort. »Du bist anders, seit das mit dieser Annie war.«

»Nicht wegen Annie, Franziska, sondern weil ich wieder filme! Und zwar nicht, was man mir sagt, sondern was ich selber will. Eine hoch spannende Doku wird das werden. Ich kann noch nicht darüber reden.«

»Mit ihr hast du darüber geredet, ganz sicher.«

Er schwieg.

Sie warf zwei Wäscheklumpen in die Plastikwanne. »Oder etwa nicht?«

Zögerlich nickte er.

Franziska knallte den Deckel der Schleuder zu. Sie trug die Plastikwanne ins Bad. Michael ging ihr nach.

Über die Badewanne waren Wäscheleinen gespannt. Franziska hängte Hosen von Christopher auf. Jede ihrer Bewegungen war kantig.

»Das heißt aber doch nicht, dass ich sie lieber mag«, sagte er. »Ich will dich bloß schützen!«

»Ich will ein Teil von deinem Leben sein.«

»Das bist du längst.«

Sie hängte Kinderstrumpfhosen auf und steckte Wäscheklammern daran. »Wir waren glücklich, bis sie aufgetaucht ist, oder nicht?«

»Annie ist in den Westen abgehauen. Sie hat die Pfarrerin angerufen, von der weiß ich's.«

»Sie hat dort bestimmt nicht bloß so angerufen. Sie wollte wissen, wie es dir geht. Garantiert hofft sie, dass du nachkommst.«

Er zögerte. »Ich habe ihr vor der Flucht gesagt, dass es nichts werden kann mit uns. Sie wollte, dass ich mitgehe. Aber ich wollte bei dir bleiben, genauso hab ich's ihr gesagt, verstehst du? Ich hätte jetzt im Westen sein können. Aber ich will das nicht. Ich will bei dir sein.«

Franziska ließ die Arme sinken. »Und woher weiß ich, dass du …« Sie sah zu Boden, flüsterte: »Hast du mit ihr geschlafen?«

»Nein! Hab ich nicht! Ich habe sie nicht mal geküsst.«

»Eine Versuchung war sie jedenfalls für dich.« Jetzt sah sie ihn an. Ihr Blick war schon weicher geworden.

Er löste sich vom Türrahmen und trat vor sie hin. »Ich habe mich entschieden. Für dich.«

Franziska sah ihn an, als wäre er ein gefährliches Raubtier, als müsste sie fliehen vor ihm. Nur langsam stahl sich ein Lächeln auf ihr Gesicht.

Die Sitzung des Politbüros begann mit zehn Minuten Verspätung. Erich Honecker fragte in die Runde: »Gibt es noch Vorschläge zur Tagesordnung?«

Willi Stoph sagte: »Ich schlage als ersten Punkt der Tagesordnung vor: Entbindung des Genossen Erich Honecker von seiner Funktion als Generalsekretär und Wahl von Egon Krenz als Generalsekretär.«

Honecker erstarrte. Hatte er das gerade wirklich gehört? Er bezwang sich mit Mühe und sagte: »Gut, dann eröffne ich die Aussprache.«

Einem nach dem anderen erteilte er das Wort. Niemand verteidigte ihn. Kein Einziger! Günter Schabowski und Egon Krenz schimpften, er hätte vor zwei Wochen nicht sagen dürfen, man weine den Botschaftsflüchtlingen keine Träne nach. Günter Mittag, sein engster Vertrauter, sagte, mit Bedauern stimme auch er für die Ablösung.

»Aber ich bin bei voller Gesundheit«, sagte Honecker.

»Gesund, ja«, sagte Stoph, »aber denkst du auch mal daran, wie das auf die Leute wirkt, wenn du dein Lieblingslied schmetterst?«

Er wusste augenblicklich, worauf Stoph anspielte. In seinem Lieblingslied lautete eine Zeile: *Wir sind die junge Garde des Proletariats.* Aber er stellte sich dumm. »Wie soll es auf sie wirken? Gute Lieder haben schon immer zu unserer politischen Bewegung gehört.«

»Merkst du nicht, dass du nicht mehr die junge Garde bist?«

Aus diesem Gremium schied man nur mit dem Tod aus, so hatten sie es immer gehandhabt, bis auf wenige Ausnahmen, wo jemand einfach untragbar geworden war und man den Rauswurf mit vorgeschobenen gesundheitlichen Gründen getarnt hatte. Die meisten hier waren doch selber alt!

Stoph sagte: »Erich, es geht nicht mehr. Du musst gehen.«

Sie stimmten ab. Alle hoben die Hand für seine Absetzung. Er biss die Zähne zusammen und hob auch die eigene Hand. Wenn schon, dann einstimmig. So gehörte es sich für gute Kommunisten.

Nach der Sitzung war er wie betäubt. Er ließ sich zum Thälmann-Denkmal in die Greifswalder Straße fahren. Vor drei Jahren hatte er die dreizehn Meter hohe Bronzebüste eingeweiht, sie ruhte mit ihren fünfzig Tonnen Gewicht unbeweglich auf dem roten Granitsockel, als wäre seitdem nichts geschehen.

Aber er wollte sich vergewissern. Er stieg aus, ging zum Denkmal. Immer noch erhob Thälmann die rechte Faust zum Gruß. Und die Stelen neben der Büste waren noch da, darauf in bronzenen Lettern Worte von Thälmann und von ihm selbst, Erich Honecker. So mussten sich die ägyptischen Pharaonen gefühlt haben, wenn sie Monumente betrachteten, die ihnen gewidmet waren.

Das blieb. Er hatte dieses Land errichtet.

Er ging zurück zum Wagen und ließ sich nach Hause fahren.

In der Nacht lag er wach. Er fragte sich: War es nicht auch Größe zurückzutreten, um das geschaffene Werk zu schützen? Wurde er nicht gerade dadurch zum Helden an der Sache? Er würde morgen aufrechten Hauptes vor dem 9. Plenum des SED-Zentralkomitees seinen Rücktritt erklären.

In Gedanken formulierte er, dann knipste er das Licht an und ging in Pantoffeln zum Schreibtisch. Margot schlief im anderen Zimmer, sie war ein Morgenmensch, sie fuhr immer als Erste los von allen in der Waldsiedlung. Er hatte ihr noch nichts gesagt. Wo führte das hin, wie würde sie ihn anblicken, wenn er nicht mehr Staatsoberhaupt war?

Er schrieb: »Nach reiflicher Überlegung bin ich zu folgendem Entschluss gekommen: Infolge meiner Erkrankung und nach überstandener Operation erlaubt mir mein Gesundheitszustand nicht mehr den Einsatz an Kraft und Energie, den die Geschicke der Partei und des Volkes heute und künftig verlangen.«

Ja, und dann würde er Krenz als Nachfolger vorschlagen. Das geschah ihm recht. Er war ja scharf auf das Amt, da sollte er zum Schluss ruhig noch mal merken, wer ihn eigentlich gefördert hatte all die Jahre, wem er seine Position überhaupt verdankte. Das würde ihn natürlich ärgern, dass er auf *seine* Empfehlung hin ernannt werden würde. Das saure Lächeln in Krenz' Gesicht, wenn er die unwillkommene Empfehlung aussprach, konnte er sich wunderbar vorstellen.

Er merkte jetzt, dass eine Last von ihm abfiel. Wie herrlich würde er in diesem Herbst auf die Jagd gehen. Und sie würden ihn feiern. So einfach würden sie ihn nicht ziehen lassen. Regierung und Volk würden sich einiges einfallen lassen, um ihren langjährigen Generalsekretär und Staatsratsvorsitzenden zu ehren.

Wohlgelaunt kehrte er ins Bett zurück. Ach, war das schön, die kalten Beine wieder aufzuwärmen.

Gorbatschow fiel ihm ein. Der musste das genehmigt haben. Er hatte ihn noch nie leiden können, diesen Heißsporn, der sich in der Reformerpose gefiel und meinte, ihm Vorhaltungen machen zu können.

Ja, Gorbatschow musste die Sache entschieden haben. Der Gedanke stach. Er machte ihm die ganze Erleichterung zunichte.

23

Alexander Schalck fröstelte. Er war für den Flug nach Bonn früh aufgestanden, und der holzgetäfelte Raum im Kanzleramt war offenbar erst kürzlich gelüftet worden. Aber er durfte sich keine Schwäche anmerken lassen, gerade heute nicht. Rudolf Seiters und Wolfgang Schäuble, die Vertrauten von Kanzler Helmut Kohl, sahen ihn erwartungsvoll an.

Jetzt kam es darauf an. Er musste es möglichst beiläufig sagen. Stell dir vor, du bestellst eine Portion Spargel mit Sauce Hollandaise, sagte er sich. »Wir bräuchten einen langfristigen Kredit von zehn Milliarden Mark.«

Schäuble und Seiters wechselten einen Blick. Sie hatten sofort verstanden. Jetzt wussten sie, wie dramatisch die wirtschaftliche Lage der DDR war. »Das wird etwas dauern«, sagte Schäuble. »Aber finanzielle Zuschüsse wären durchaus denkbar.«

Verdammt. Die hatten Zeit. Die DDR hatte keine Zeit. Selten hatte er eine derart schlechte Verhandlungsposition gehabt.

Schäuble sagte: »Im Austausch müssten Sie unabhängige Parteien zulassen. Die SED müsste also auf ihr Machtmonopol verzichten. Und es muss freie Wahlen geben. Das sind die Bedingungen.«

Eine Dreistigkeit, sich derart in die inneren Angelegenheiten der DDR einzumischen. Eigentlich mochte er Schäuble, sie hatten sich als Unterhändler oft getroffen. Auch bei ihm zu Hause in der Manetstraße war Schäuble schon gewesen. Ein durch und durch pragmatischer Mensch, zehn Jahre jünger als er, dynamisch, kein Dampfplauderer, sondern einer, der gleich auf den Punkt kam. Nur dass der Punkt diesmal äußerst schmerzhaft war.

Die DDR-Wirtschaft war auch wegen der vielen Flüchtlinge am Boden, allein dieses Jahr würde der Produktionsausfall zwei Milliarden Mark betragen. Die Massenflucht hatte alles schlimmer gemacht.

Er seufzte. »Wir könnten uns umfangreiche Reformen vorstellen.« Als Seiters und Schäuble erfreut die Brauen hoben, schob er nach: »Aber an der Führungsrolle der SED wird nicht gerüttelt.«

»Dem Bundeskanzler wird das nicht genügen«, sagte Seiters.

Er hatte natürlich damit gerechnet. Manchmal half es, die Verhandlungspartner zu überraschen. In ihrer Euphorie für eine neue Idee schluckten sie mitunter auch ein schlechtes Angebot. »Wie wäre es«, sagte er, »wenn sich die Hauptstadt der DDR und Westberlin gemeinsam um die Durchführung der Olympischen Spiele im Jahr 2004 bewerben?«

Schäuble lachte auf. »Meinen Sie das ernst?«

»Vollkommen ernst.«

Er wiegte den Kopf. »Das ist ein Schritt in die richtige Richtung. Aber zehn Milliarden sind eine Menge Geld.«

Was hatten sie schon alles gemeinsam geklärt: die Elbgrenze, die Transitpauschale, die Elektrifizierung von Eisenbahntransitstrecken, die Verpressung von Kaliabwässern. Immer war Schäuble hervorragend vorbereitet gewesen. Und er brauchte nie schriftliche Aufzeichnungen. Er hatte alles im Kopf. Inzwischen war er Innenminister, im Ton zwischen ihnen hatte sich aber nichts geändert. Schäuble redete bei einer

Tasse Tee im Wohnzimmer genauso wie hier im Kanzleramt in Bonn.

Wenn sie die Sache nicht geregelt bekamen, wer dann?

Er wusste, worauf Schäuble wartete. Es gab ein weiteres Gebiet neben der Vorherrschaft der SED, das der Westen gern knacken wollte. Man erhoffte sich neue Reiseregelungen, etwas, das am Ende auf Reisefreiheit für die DDR-Bürger hinauslief. Aber das war genauso unmöglich wie der erste große Wunsch. Wenn sie das Reisen erlaubten, wie verhinderten sie, dass die DDR ausblutete? Und diejenigen, die nach ihrer Reise nicht im Westen bleiben wollten, sondern sich einfach mal die BRD ansahen – von welchem Geld sollten sie sich in der BRD versorgen? Sie würden vor der Reise Mark der DDR in Westmark umtauschen wollen. Selbst wenn man das auf 15 Mark im Jahr beschränkte, was gerade mal für einen Kaffee und die letzten Buskilometer zum Zielort reichen würde, kämen mindestens 400 Millionen Westmark an Kosten auf sie zu, und das, wo sie derart knapp mit westlicher »harter« Währung waren.

»Egon Krenz ist gerade von der Volkskammer zum Vorsitzenden des Staatsrates gewählt worden. Ich soll Grüße von ihm überbringen. Wäre ein Gespräch zwischen ihm und Helmut Kohl denkbar?«

»Wie sehen Sie denn das ›Neue Forum‹ und die anderen Gruppen der Bürgerbewegung?«, konterte Schäuble.

»Der Dialog wird mit allen Bevölkerungskreisen der DDR geführt. Aber es besteht bei uns kein Bedarf an neuen Organisationen.«

»Sie müssen oppositionelle Gruppen zulassen, daran führt kein Weg vorbei.«

Die Sache war festgefahren. Als Seiters sich entschuldigte und für einen Moment den Raum verließ, sagte Schalck:

»Wenn ich mal in Schwierigkeiten bin, wären Sie bereit, mir zu helfen?«

Schäuble erstarrte. Dann sagte er leise: »Selbstverständlich.« Sie mussten nicht aussprechen, welcher Art die Schwierigkeiten sein könnten.

Unter die Aufrührer mischen, Gruppenbildung mit feindlichen Zielen verhindern – das sagten die so leicht. Ingo schwirrte der Kopf. Wie sollte er seine Befehle in einer solchen Menge von Demonstranten ausführen? Kein Auto fuhr mehr, die Straße war voll, alle liefen in Richtung Alexanderplatz. Die Aufrührer trugen Schilder, die noch vor Kurzem Staatsverbrechen gewesen wären: Die verschlungenen Hände des SED-Abzeichens mit der Aufschrift: »Tschüß«. Eine Karikatur von Egon Krenz mit der Frage: »Großmutter, warum hast du so große Zähne?«

Diesmal befanden sich die Parteiführer auf keiner Ehrentribüne, und sie winkten auch nicht, während das Volk vorüberzog. Diesmal hatten sich die Mitglieder des Politbüros im Gebäude des Zentralkomitees verschanzt. Er sah sie aus den Fenstern herunterblicken auf die Hunderttausenden, die an ihnen vorbeimarschierten und Forderungen stellten.

Sein Befehl war es, mitzulaufen. Sie überquerten die Brücke zur Spreeinsel. Am vergitterten Eingang des Staatsratsgebäudes hatte jemand ein Schild angebracht: »Nicht füttern«. Er überlegte, es herunterzureißen, aber dann wäre es ja dahin gewesen mit seiner Tarnung.

Am Palast der Republik zogen sie vorüber. Dann spülte die Menge auf den Alexanderplatz und wurde Teil eines Meers von Menschen, die dort schon warteten, sicher eine Million. Das musste die größte Protestdemonstration in der Geschichte der DDR sein.

Wie sollte er hier eine feindliche Gruppenbildung verhindern? Absurd war das! Allenfalls konnte er versuchen, Informationen über geplante Aktionen zu gewinnen. Er hörte sich um.

Die Leute lachten über die Plakate. Sie redeten über Freunde, die schon »drüben« waren. Sie hatten Angst, aber nur ein wenig, diese Art grimmiger Angst, die zum Vorwärtsgehen antreibt, um die Quelle der Angst zu beseitigen. Andere redeten von Joghurt, wieder andere von ihren Kindern. Er grub sich durch die Menge, lauschte. Es ging um Schuhe, um Musik, um ein Paket, das nicht angekommen war.

Es war beschämend. Das war keine Verschwörung. Das waren ganz normale Leute, die sich über ganz normale Sachen unterhielten.

Letzte Nacht hatte man vierzehn Hundertschaften der 1. Motorisierten Schützendivision nach Berlin verlegt und sie mit Schlagstöcken ausgerüstet, aber genügten die überhaupt gegen eine solche Menschenmenge? Auf General Mielkes Befehl hin hatten sich Hunderte Offiziere der Staatssicherheit bewaffnet und Posten vom Marx-Engels-Platz bis zum Brandenburger Tor bezogen, aber auch das war doch ein Klacks, verglichen mit der Volksmeute.

Vor dem »Haus des Reisens« in der nordöstlichen Ecke des Alexanderplatzes stand ein zusammengezimmertes Holzpodium auf der Ladefläche eines Lkw. Dort würden die Drahtzieher reden. Er arbeitete sich näher heran. Jetzt konnte er die wartenden Redner sehen. War das nicht Markus Wolf? Bis vor drei Jahren war er noch Spionagechef der DDR gewesen, ein Phantom, eine Legende. Der hatte sicher seine eigenen Pläne. Oder er arbeitete doch noch für die »Firma«. Er redete mit Christa Wolf, der Schriftstellerin. Ingo gelangte wunderbar dicht heran. Verwandt waren sie nicht, und politisch hätten sie verfeindet sein müssen. Wie kam es dann, dass sie sich duzten? Jan Josef Liefers stand dort, Jungschauspieler am Deutschen Theater. Der Wittenberger Prediger Friedrich Schorlemmer. Als Günter Schabowski vom Politbüro auf das Podium kletterte, klopfte ihm Schorlemmer aufmunternd auf die Schulter.

Schabowski brummte: »Ich steig ja nicht aufs Schafott.«

Die Kameras des DDR-Fernsehens wurden ausgerichtet. Dass man die Demonstration live übertrug, bewies doch, dass die Partei hier ihre Pläne verfolgte. Millionen sahen zu.

Schabowski machte ein kämpferisches Gesicht. Routiniert musterte er sein Publikum, bevor er sprach. Egon Krenz hatte vor wenigen Tagen von einer »Wende« gesprochen, die würde Schabowski jetzt für die SED beanspruchen. Er stellte sich an die Spitze der Protestbewegung, man sah es ihm an.

Gewichtig sagte er: »Wir lernen unverdrossen« – da begann ein gellendes Pfeifkonzert. Kein einziges Wort hörte man mehr. Die Menge verhinderte es. Sie pfiffen, buhten, schrien. Schabowskis kämpferischer Gesichtsausdruck fiel in sich zusammen.

Ingo verstand es. Das Volk, das war für einen Kommunisten das Wichtigste. In dem Moment, wo es gegen ihn auf die Straße ging, hatte er keine Rechtfertigung mehr.

Schabowski hatte fest geglaubt, dass die Partei das schon schaukeln würde, dass man eine neue Volksfront aufbauen, sie erweitern und voranbringen würde, wie das Kommunisten eben machten, dass man sich dem Abwärtsstrudel entgegenstemmen konnte. Auch er, Ingo, hatte das geglaubt. Sie mussten nur Zeit gewinnen, hatte er gedacht, und die Sache langsam wieder in die eigenen Kanäle leiten.

Aber das Volk hatte kein Interesse daran. Es hatte seine eigene Kraft gespürt. Es ließ sich nicht länger lenken.

Die Kameras fielen Ingo wieder ein. Du meine Güte, dachte er, das ist gerade live. Millionen sehen zu, wie der Berliner SED-Chef öffentlich gedemütigt wird.

Nun trat Stefan Heym auf die Bühne. Er rief: »Es ist, als habe einer die Fenster aufgestoßen nach all den Jahren der Stagnation, der geistigen, wirtschaftlichen, politischen, den Jahren von Dumpfheit und Mief, von Phrasengedresch und bürokratischer Willkür.«

24

Der Dienst an der Grenze war kein Larifari. Oberstleutnant Harald Jäger und die beiden Fahndungsoffiziere hatten sechzehn Monitore zu überwachen. Vier der zwölf Pkw-Spuren waren momentan befahren, die zwei Diplomatenspuren waren leer. Aber die Ruhe konnte trügen.

Jäger war als PKE-Vizechef zuständig für die Durchsetzung der Betretungsordnung; die Funktionstüchtigkeit und Wirksamkeit des Alarm- und Sicherungssystems; operativ-technische, bauliche und organisatorische Maßnahmen zum Betreten und zur Sicherung spezieller Räume; die Aufbewahrung von Kontroll- und Sicherungstechnik, operativer Technik, Waffen und Munition; die Aufbewahrung beschlagnahmter westlicher Druckerzeugnisse; die Wirksamkeit der operativ-technischen, baulichen und organisatorischen Maßnahmen zur Verhinderung unbefugter Einsichtnahme in Kontroll- und Abfertigungshandlungen; die Besetzung des Postenbereiches 1.

Während der Grenzkontrolle konnten komplizierte Situationen auftreten. Es musste nicht gleich ein versuchter Grenzdurchbruch sein, es genügte die Verweigerung, die Reisedokumente vorzulegen, oder eine Provokation wie das Beschädigen von Kontroll- und Sperreinrichtungen. Die Grenzpassage setzte die zu kontrollierenden Personen einem erheblichen psychischen Druck aus, die Folge konnte alles Mögliche sein, sogar ein Exitus durch gesundheitliche Probleme.

Das war also zu bedenken, und dann waren in freundlichen Gesprächen Informationen über die Ein- und Ausreisenden für die Operativkartei zu sammeln. Seine Familie glaubte, er sei nur für die Passkontrolle zuständig. Sie wusste nicht, dass er für die Staatssicherheit arbeitete und nebenbei staatsfeindliche Bestrebungen feindlich-negativer Kräfte verhinderte.

Neuerdings musste er auch auf die »Maßnahme 210« achten. Zurückkehrenden Republikflüchtlingen war die Einreise zu verweigern. Gerade am Grenzübergang Bornholmer Straße versuchten es die feindlich-negativen Kräfte immer wieder, denn hier, im Stadtbezirk Prenzlauer Berg, wohnten viele Staatsfeinde, Kirchenaktivisten und Umweltfreunde. Reisende mit dem Ziel, zu ihnen Kontakt aufzunehmen, auch solche, die offiziell einreisen durften, entlarvte er nach Möglichkeit schon an der Grenze.

Da musste man die Augen offen halten. Es konnten Auffälligkeiten an Fahrzeug oder Reisegepäck sein, provokantes Verhalten bei der Grenzkontrolle oder andere Gründe, die eine Festnahme der betreffenden Personen nahelegten.

Er hoffte auf einen ruhigen Abend. An Donnerstagen gab es für gewöhnlich nicht viel Reiseverkehr. Er sah noch einmal aus dem Fenster. Die Kollegen in den drei Passkontrollhäuschen langweilten sich.

Er zog sich ins Zimmer des Lageoffiziers zurück, um ein bisschen vom lästigen Papierkram zu erledigen, solange es so ruhig war. Die Arbeitspläne und die Schulungspläne fürs nächste Jahr waren überfällig. Oder nein, erst einmal sah er sich die neuesten Ergebnisse des sozialistischen Wettbewerbs der Grenzer an, die Bornholmer Straße hatte zuletzt einige hilfreiche Fahndungshinweise gegeben, das wurde im Wettbewerb belohnt.

Nach einer halben Stunde knurrte ihm der Magen. Er ging hinüber zur Kantinenbaracke. Zwanzig Mann saßen an den Tischen, rauchten, aßen. Er holte sich zwei halbe Brötchen und setzte sich vor den alten Schwarz-Weiß-Fernseher in der Ecke. Schabowski, live in der Pressekonferenz. Ein italienischer Journalist fragte nach dem Reisegesetzentwurf.

Er rief: »Jetzt mal Ruhe! Das betrifft uns.« Er war der diensthabende Offizier, ein bisschen Respekt konnte er doch wohl erwarten.

Günter Schabowski war hellwach auf eine etwas überreizte Art. Die Sache lief wieder, wenn auch holperig. Immerhin war die Pressekonferenz hier im Internationalen Pressezentrum eine Belohnung für die harte Arbeit dieser Tage. Ein Raum voller intelligenter Menschen, die ihm zuhörten und seine Worte anschließend in die Welt hinaustrugen, das war doch was. Dazu die Fernsehkameras, Unzählige saßen gerade in ihren Wohnzimmern und sahen ihm zu. Er verdiente das. Die ärgerlichen Aufnahmen vom Alexanderplatz würde man vergessen, das »versendet sich«, sagte man, fünf Tage war das her, das war doch schon eine Ewigkeit, er ließ der Niederlage ein paar Siege folgen, und schon war er wieder obenauf.

Wenn ihm nicht die anderen im Politbüro Knüppel zwischen die Beine warfen. In kritischen Zeiten dachte jeder nur an sich selbst. Er hatte sich heute vor dem Zentralkomitee dafür rechtfertigen müssen, wie die DDR-Medien über die Demonstrationen und die andauernden Versuche zur Republikflucht berichteten. Seit gestern erst war er im Politbüro für die Medien zuständig, und schon wollte man ihn zum Prügelknaben machen. Erschreckt hatte ihn vor allem, wie Egon Krenz ihn vor den Mitgliedern des Zentralkomitees angriff.

Und das nur, weil die DDR-Medien nicht so ergeben wie sonst vom ersten Tag der ZK-Tagung berichtet hatten.

Aber er hatte klug reagiert und sich aus der Schusslinie genommen, indem er selbst mitpöbelte, die »übelsten Methoden des Bodensatzes der westlichen Presse« seien inzwischen in den DDR-Medien üblich geworden, hatte er geschimpft, er hatte von »Entartungen« gesprochen, die er natürlich rasch beseitigen werde.

Jetzt fragte dieser Italiener nach dem Reisegesetzentwurf. Egon Krenz hatte ihm vorhin einen Zettel in die Hand gedrückt, während der laufenden Debatte im ZK-Plenum war das gewesen, rasch zwischen Tür und Angel. Er war nicht ganz im Bilde, bei den Beratungen zu den Reiseregelungen war er nicht dabei gewesen, er hatte außerhalb des Sitzungssaals mit Journalisten über den Verlauf der ZK-Tagung zu diskutieren gehabt und ihnen Kontakte zu gewünschten Gesprächspartnern vermittelt. Aber das würde er hier natürlich nicht durchblicken lassen. Souverän erscheinen, das war die Devise, zumal vor den laufenden Kameras. Er blätterte in seinen Unterlagen, zog den Zettel hervor. Ein Ministerratsbeschluss. Handschriftlich waren darauf zwei Formulierungen verändert worden. Na, das würde er schon hinbekommen.

Wie waren noch mal die Zusammenhänge? War da nicht irgendwas diskutiert worden, dass DDR-Bürger nicht mehr über Drittstaaten fliehen sollten und man ein Ventil schaffen wollte, das sich öffnen und schließen ließ, einen neuen Grenzübergang im Süden unweit vom bayerischen Schirnding, extra für Bürger, die die DDR für immer verlassen wollten?

Er räusperte sich und las den Beschluss vor. Verwirrt stockte er. Las weiter. Da ging es um Privatreisen. Aber das war doch gar nicht möglich? Er sagte: »Also Privatreisen nach dem Ausland können ohne Vorliegen von Voraussetzungen beantragt werden. Die Genehmigungen werden kurzfristig erteilt.«

Als die Journalisten verwirrt nachfragten, las er vor: »… haben wir uns dazu entschlossen, heute eine Regelung zu treffen, die es jedem Bürger der DDR möglich macht, über Grenzübergangspunkte der DDR auszureisen.«

Es wurde still im Saal. Alle waren wie elektrisiert.

»Wann tritt das in Kraft?«, wurde er gefragt.

Er blätterte, sah hilfesuchend nach rechts zu den anwesenden ZK-Mitgliedern. Als die nicht reagierten, sagte er: »Das tritt nach meiner Kenntnis … ist das sofort, unverzüglich.« Er blätterte wieder.

Sie fragten nach Berlin-West. Er überflog das Papier, stammelte: »Doch, doch, auch Berlin-West.« Hoffentlich wussten die Sowjets davon, das berührte ja den Viermächtestatus!

Alles um ihn drehte sich. Es war, als wäre er in der Schule zur mündlichen Prüfung aufgerufen worden, unvorbereitet, und blamierte sich an der Tafel. »Ich drücke mich nur so vorsichtig aus, weil ich nun in dieser Frage nicht, also, ständig auf dem Laufenden bin, sondern kurz bevor ich rüberkam, diese Information in die Hand gedrückt bekam.«

Er hätte das Papier von Krenz vorher lesen sollen. Er hätte es wirklich lesen sollen.

Jemand sagte leise: »Das ist eine Sensation.« Dann ging das Stimmengewirr los. Einzelne Journalisten sprangen auf, stürzten zu den Telefonen.

In der sowjetischen Botschaft Unter den Linden verfolgte der Gesandte, Igor Maximytschew, mit zunehmender Verblüffung im Fernsehen Schabowskis Auftritt vor der internationalen Presse. Es war doch zwei Tage lang zwischen der DDR-Regierung und der Botschaft verhandelt worden! Aber da war es immer nur um die Frage der Flüchtlinge und um den neuen, speziellen Grenzübergang Richtung Bayern gegangen. Wieso sprach Schabowski von einer Reisefreiheit für alle DDR-Bürger?

Botschafter Kotschemassow rief an. Er wollte eine Einschätzung hören. »Ich weiß es nicht«, stotterte Maximytschew. »Hat Krenz vielleicht ohne uns, auf direktem Weg, Kontakt mit Moskau aufgenommen und die neue Regelung in letzter Minute abgestimmt?«

»Ich kann weder Gorbatschow noch Außenminister Schewardnadse erreichen«, sagte Kotschemassow erzürnt. »Finden Sie es heraus. Und zwar schnell, bevor die Sache nicht mehr zurückzudrehen ist.«

In Moskau feierten sie gerade den Jahrestag der Oktoberrevolution nach. Wen würde er jetzt erreichen? Und wie würden die mitten in der Feier auf Störungen reagieren? Vielleicht war ja alles geklärt, und man hatte nur versäumt, sie davon zu unterrichten.

Und die KGB-Außenstelle in Berlin-Karlshorst. Schliefen die denn? Hätten sie nicht längst Eilmeldungen nach Moskau durchgegeben, wenn im Ministerrat der DDR so etwas diskutiert und am Ende sogar beschlossen worden wäre?

Wahrscheinlich hatte Moskau alles schon früher erfahren und längst die erforderlichen Schritte eingeleitet. Andererseits, waren die Genossen in Moskau überhaupt zurechnungsfähig? Sie feierten seit dem 7. November den 72. Jahrestag der »Großen Sozialistischen Oktoberrevolution«, da gab es doch nur noch Rausch und Kopfschmerzen.

Nichts zu unternehmen konnte gefährlich sein. Zu viel Drängen sah andererseits nach Wichtigtuerei aus, solche Fragen hätte die DDR-Regierung nie ohne Rücksprache mit Moskau zu entscheiden gewagt. Er hoffte, dass das alles nicht eine Riesenpfuscherei war. Wenn der Botschafter nicht durchkam, würde er auch nicht durchkommen, beschloss Maximytschew.

Am Grenzübergang tauchten die ersten Neugierigen auf. Sie hielten Abstand, äugten vorsichtig auf die Bewaffneten. Weitere kamen hinzu. Oberstleutnant Harald Jäger stand am Schlagbaum und rief, die Grenze sei nicht geöffnet, Reisewillige müssten ein Visum beantragen.

Einzelne fragten, was die neue Regelung denn dann bedeute. Er sagte mit lauter Stimme, sodass es auch die weiter hinten Stehenden hören konnten: »Es ist richtig, Genosse Schabowski hat eine neue Reiseregelung verkündet. Aber für einen Grenzübertritt brauchen Sie nach wie vor eine Genehmigung. Und die bekommen Sie hier nicht.«

Ein unwilliges Murmeln setzte ein. Jemand rief: »Sofort, hat er gesagt. Unverzüglich.«

Mit Blaulicht näherte sich ein Streifenwagen der Volkspolizei, das schüchterte die Meute ein, sie wich zurück. Polizisten stiegen aus. Harald Jäger redete mit ihnen und erklärte die Lage. Einer der Polizisten griff in den Wagen, holte ein Mikrofon an schwarzer Spiralschnur heraus und verkündete über den Lautsprecher des Streifenwagens: »Es ist nicht möglich, Ihnen hier und jetzt die Ausreise zu gewähren. Verlassen Sie sofort das Grenzgebiet.«

Ein Teil der Meute zog ab. Die meisten blieben. Und es kamen ständig neue hinzu. Sprechchöre setzten ein. »Wir wollen rüber. Wir wollen rüber.« Auf Ansagen der Polizei über die Lautsprecher reagierte die Menge nur noch mit Buhrufen. Autos stauten sich die Bornholmer Straße entlang bis zur Schönhauser Allee. Immer mehr Menschen strömten heran.

Sie waren zweiundfünfzig bewaffnete Grenzer, trainiert in der Handhabung von Pistolen, Maschinenpistolen und Scharfschützengewehren. Aber das waren viele Hunderte, die da zur Grenze drängten, und es wurden beständig mehr.

Wenn wir schießen, dachte er, dann hängen wir am Laternenpfahl.

Er ging ins Lagezimmer und kontaktierte über die Standleitung vom Telefonpult aus das Operative Leitzentrum in Schöneweide.

»Genosse«, sagte der Vorgesetzte, »ich kann dir keine Entscheidung mitteilen, ich hör ja von oben auch nichts.«

»Das sind keine ›Wildschweine‹.« So nannten sie die Verrückten, die nachts betrunken zur Grenze kamen, ohne Papiere, und in den Westen wollten. »Ich bin jetzt seit fünfundzwanzig Jahren dabei. So einen Ansturm habe ich noch nie erlebt.«

»Dann lass eben die raus, die am aufsässigsten sind. Denen haut ihr im Ausweis einen Stempel halb über das Lichtbild, und wir lassen sie nicht wieder rein.«

»Das heißt …?«

»Ich werde alle Grenzübergangsstellen informieren. Der Passkontrollstempel über dem Foto im Ausweis verrät ab jetzt: Achtung, illegal ausgereist, nicht wieder einreisen lassen. Und erfasst diese Leute bitte in der Fahndungskartei. Wenn sie wiederholt versuchen einzureisen, verhaftet ihr sie.«

Harald Jäger legte auf. Er löste den stillen Alarm aus. Fünfzig weitere Grenzer würden zusätzlich anrücken. Dann gab er seiner Mannschaft die entsprechenden Befehle. Er wies sie an, diejenigen herauszupicken, die besonders aggressiv auftraten.

Kurz darauf durften die ersten DDR-Bürger die Schleuse passieren. Vielleicht half es, wie durch ein Ventil etwas Druck herauszulassen. Auch wenn es ihm gegen den Strich ging, die

Leute ohne ihr Wissen auszubürgern. Es würde sie schockieren, dass man sie nicht zurückließ. Zumal er seine Leute angewiesen hatte, zur Tarnung auch ein paar weniger Aufsässige rüberzuschicken, damit sich die Demonstranten nicht zusammenreimten, dass man nur herumbrüllen und am Schlagbaum rütteln musste, um ausgewählt zu werden.

Tatsächlich, jetzt, wo die Schreihälse weg waren, wurde es schon ruhiger. Und da rückten die ersten Männer der Verstärkung an. Er teilte sie ein: Operativbereiche, Dienstbaracke, Fahndungskartei, Lagepult. Der Grenzübergang musste gegen Übergriffe abgesichert werden.

Doch, er schöpfte etwas Hoffnung.

Für einen kurzen Moment zog er sich in die Kantinenbaracke zurück, trank ein Glas Limo. Als er wieder nach draußen kam, wogte vor dem Schlagbaum ein Meer von Menschen. Sie begannen zu rufen. »Tor auf! Tor auf!«

Man meldete ihm, dass die Ersten vom Trip in den Westen zurückgekehrt seien und jammerten, ihre Kinder, ihre Familie … Er sah auf das Menschenmeer und gab Order, alle einreisen zu lassen, auch die mit gestempeltem Bild im Pass. Es ging so nicht, es war unmenschlich sonst.

Er rief vom Lagezimmer aus das Operative Leitzentrum an und teilte seine Entscheidung mit. Der Vorgesetzte wurde ungehalten. Fragte, ob er die Lage aus Angst falsch einschätze.

Da sagte er: »Wenn Sie mir nicht glauben, dann hören Sie doch hin.« Er hielt den Hörer aus dem Fenster des Dienstzimmers.

Er legte auf und rief alle wichtigen Offiziere in die Dienstbaracke. »Es gibt jetzt drei Möglichkeiten«, sagte er. »Wir können abwarten, bis die Vorderen in der Menge an die Grenzbefestigungen gedrückt werden und sich verletzen. Oder wir können NVA-Truppen anfordern und ihnen die Entscheidung überlassen, ob sie schießen. Oder wir öffnen die Schlagbäume und lassen die Leute unkontrolliert raus.« Er sah in die Runde. »Ausreisen lassen? Schießen?«

Niemand sagte etwas. Sie wollten nicht die Verantwortung übernehmen.

Er fragte: »Wie viele sind das da draußen?«

Ein älterer Kollege sagte: »Zwanzigtausend, schätze ich.«

Durch das Fenster dröhnte ihr Rufen herein. Es wurde immer lauter. »Tor auf, Tor auf!«

Er gab Order, alle Stempel, Zählkarten, Visaformulare und Fahndungskarten in den Safe zu schließen. »Wenn ihr das erledigt habt, öffnet ihr die Schlagbäume.«

Die Männer sahen ihn ungläubig an.

»Das war ein Befehl.«

Als die Männer das Dienstzimmer verlassen hatten, rief er das Operative Leitzentrum an. »Wir fluten jetzt«, sagte er.

Durch das Fenster sah er es schon. Sie strömten über die Grenze. Tausende ergossen sich über die breite Stahlbrücke nach Westen.

Die Kollegen sahen entgeistert zu. Der ältere Kollege wischte sich Tränen aus dem Gesicht.

25

Henning harkte den Hof mit einem alten metallenen Fächerbesen. Ria wollte nicht, dass er sie bemerkte. Sie blieb im Schatten der Toreinfahrt, beobachtete ihn. Sein Rücken war etwas gekrümmt. Trotzdem besaß er noch Kraft. Steckte unterdrückter Zorn in seinen Bewegungen? Ab und an pausierte er und zog an der Zigarette. Das Rauchen sah nicht nach einem Genuss aus, es war Teil der Arbeit.

Das Laub, das zu Braun- und Orangetönen verfärbt war, roch gut. Henning hatte einen Aschenbecher auf der Mülltonne platziert. Dort hinein legte er die Zigarette. Er sagte: »Du traust dich was, hier aufzukreuzen.«

Wie hatte er sie bemerkt? Sie trat aus dem Schatten. »Ich wollte mit meiner Schwester sprechen.«

»Dachte ich mir.« Er sah sie nicht an. Er harkte weiter, mit unverminderter Kraft zog er die Zinken über den Boden.

»Was sagst du zu den Neuigkeiten?«

»Die Grenze? Was soll ich dazu sagen?«

Er war im Westen. Er war freigekauft worden. Sogar die Familie hatte nachkommen dürfen. Seine Kinder hatten hier alle Chancen, Florian war Möbeltischler mit großer Werkstatt in Charlottenburg, Maja studierte Kunstgeschichte und hatte letztes Jahr einen Schweden geheiratet. Und Henning konnte reisen! Er war frei! Nur schien sein Inneres nach wie vor unfrei zu sein.

»Du wirst mir nie vergeben, oder?«, fragte sie.

»Dass du mich ins Gefängnis gebracht hast? Tja, was soll ich sagen. Das sind Sachen, die man nicht so leicht vergisst.«

»Die hätten an der Grenze auf dich geschossen, wie bei deinem ersten Versuch.«

Jetzt sah er sie an. Seine Augen funkelten voller Zorn. »Ich hätte es aber verdammt noch mal schlauer angestellt! Wer bist du, dass du dachtest, du kannst über mich entscheiden?«

Sie schwieg. Es hatte keinen Sinn, sich darüber zu streiten.

»Ich habe drei Jahre in einer Zelle gehockt! Viereinhalb Jahre lang habe ich Jolanthe und die Kinder nicht gesehen!«

»Es tut mir leid, Henning.«

»Verschwinde, hörst du?«

Sie verbiss sich eine Antwort und machte kehrt.

Vor dem Haus traf sie auf Jolanthe. Die Schwester stieg vom Fahrrad, fröhlich keuchend. »Ria! Rate mal, wo ich war.«

»Keine Ahnung, wo warst du?«

»Im Osten. Es ist unfassbar. Ich hoffe bloß, die machen nicht wieder alles dicht. Meinst du, das hält?«

»Sie können es den Leuten nicht wieder wegnehmen.«

Joli stutzte. »Was ist mit dir?« Sie lehnte das Fahrrad an die Hauswand und kam näher. »Hat dich Henning wieder so angefahren?«

»Er hat ja recht. Ich hätte ihn …«

»… sterben lassen sollen? Nein! Hättest du nicht.«

»Er wird mir das sein Leben lang nachtragen. Und ich kann es verstehen.«

Jolanthes Blick verdüsterte sich. »Er betritt keine Kirche mehr. Glaub mir, Henning ist nicht nur auf dich wütend. Auch auf Gott.«

»Gott kann damit besser umgehen als ich.«

»Über die Haft redet er nie. Sie hat ihn fast gebrochen.«

Ria nahm die Schwester bei den Schultern. »Aber sie haben verloren. Diese Widerlinge, die uns die Familie kaputt gemacht haben, haben verloren.«

»An der Grenze gucken sie einen ganz verdattert an«, sagte Joli. »Die Berliner fahren hin und her wie vor dreißig Jahren, rüber und rüber, und die verbiesterten Grenzer stehen da wie bestellt und nicht abgeholt und wissen nicht, was sie sagen sollen, sie bewachen nur noch ihre Grenzanlagen und den Stacheldraht und haben nichts mehr zu sagen. Komm, das feiern wir. Ich habe oben noch eine Flasche Sekt im Kühlschrank. Gerade wir zwei müssen darauf anstoßen.«

»Wenn Henning mich bei euch sieht, flippt er aus.«

Jolanthe überlegte. »Dann gehen wir heute Abend aus.«

»Ich glaube, er braucht dich. Lass ihn heute nicht allein.«

Sie sahen sich an, wie sich nur Schwestern ansehen können. Schließlich nickte Jolanthe und umarmte sie. »Wie ist es mit Annie?«

»Schwierig. Und wunderbar. Wir haben gemeinsam vor dem Fernseher geheult. Und wir reden stundenlang.« Ria erstarrte.

»Was …?« Jolanthe sah ihren Blick, drehte sich um.

Henning stand dort. Immer wieder ballte er die Hände zu Fäusten und lockerte sie wieder. »Ich bin froh«, sagte er mit rauer Stimme, »dass es vorbei ist. Mit der Grenze, meine ich.« Er sah nicht glücklich aus dabei. Es fiel ihm schwer, diese Worte zu sprechen. »Und ich bin froh, dass du trotzdem kommst, Ria, auch wenn ich dich jedes Mal so anfahre.«

»Du hasst mich, Henning. Vielleicht ist es am besten, wenn wir das einfach akzeptieren.«

»Ja, ich hasse dich. Aber …« Sein Blick flackerte. »Es wird

jedes Mal weniger. Jedes Mal, wenn ich dich anschreie, geht die Zellentür ein Stück weiter auf.«

Ihre Schuld traf sie mit Wucht. Seine Verzweiflung im Gefängnis, seine Marter – sie hatte gewusst, was ihr Verrat für ihn bedeutet hatte, aber jetzt *fühlte* sie es. Sie wagte kaum zu atmen.

Alexander Schalck sah aus dem Fenster auf die Demonstranten vor seinem Haus. Dieser vermaledeite Artikel im Spiegel!

Wie sie das schon schrieben: die »geheimnisumwitterte Abteilung ›Kommerzielle Koordinierung‹«, Tarnfirmen im Westen, Holdings in Liechtenstein, Waffenhandel, Mülltransport aus dem Westen zu ostdeutschen Deponien, Hightechware für die Staatssicherheit von der Spezialwanze über Lasermikrofone bis zum IBM-Computer für die MfS-Zentrale, und dann, als Krönung am Schluss: der Mord an einem westdeutschen Kaufmann, der auspacken wollte.

Er sei »eiskalt, berechnend und glashart«, wurde ein anonymer Insider zitiert. Und sie hatten seine Adresse angegeben, die Manetstraße. Lange hatte es nicht gedauert, bis die Demonstranten herausgefunden hatten, dass sein Haus die Nummer 16 hatte.

»Sind es schon wieder mehr geworden?«, fragte Sigrid.

»Idioten, allesamt.«

»Wenn die auch nur einen Fuß auf unser Grundstück setzen …«

»Dann was?« Er drehte sich zu ihr um.

Sigrid sah ihn verletzt an.

Jetzt verdarb er es sich auch noch mit seiner Frau. Er musste die Nerven bewahren! Aber mehr noch als die Demonstranten beunruhigte ihn die Reaktion der Partei. Sie hatten ihn aus dem Zentralkomitee ausgeschlossen. Sogar die Staatssicherheit hatte ihn im Handumdrehen entpflichtet. Unter General Mielke wäre das nicht passiert. Aber der hatte sich ja unmöglich gemacht. Was war bloß in ihn gefahren? Er hatte es im Fernsehen gesehen, es war erschütternd gewesen. Mielke, der vor der Volkskammer beteuerte: »Wir haben, Genossen, liebe Abgeordnete, einen außerordentlich hohen Kontakt mit allen werktätigen Menschen … Ich liebe doch alle … alle Menschen …« Da hatten selbst die staatstragenden Abgeordneten lachen müssen. Als Minister für Staatssicherheit war Mielke anschließend untragbar gewesen, oder wie hieß das jetzt? Amt für Nationale Sicherheit?

Sein Nachfolger Schwanitz, eigentlich ein scharfer Hund, hatte ihn gleich nach dem Spiegel-Artikel angerufen. »Genosse Schalck, wir können nichts mehr für dich tun.«

Das war es, was ihm schlaflose Nächte bereitete. Die wollten den Volkszorn auf seine KoKo lenken und damit die SED retten.

Sigrid hatte schon seine Dienstpistole weggeschlossen, aus Angst, dass er sich umbrachte. Ganz so weit war er noch nicht. Aber wenn die ein Exempel an ihm statuieren wollten? Ihm gingen allmählich die Optionen aus.

Er sah zu den Demonstranten hinaus. Dass die Polizei nicht mal hier im Villenviertel für Ruhe sorgte! Das war doch Absicht, das war doch bereits ein klares Zeichen, dass man ihn opfern wollte.

Er könnte versuchen, sich nach Wünsdorf zu den sowjetischen Streitkräften durchzuschlagen und sie um Schutz bitten. Die Russen waren ihm immer sympathisch gewesen mit ihrer Sentimentalität und ihrer Mischung aus Grobem und Zartem. In der Kindheit, in Treptow, hatten sie zu Hause nur Russisch gesprochen, »Schura« hatte die Mutter ihn zärtlich genannt. Trotz der Armut war es ein gastfreundliches Haus gewesen, typisch russisch, wenn er es sich überlegte. Es wurde im großen Kreis gegessen, getrunken, gesungen und getanzt. Die Gäste waren Emigranten aus dem Osten gewesen wie sie.

Er könnte sich wieder Golodkowski nennen. Oder Schalck-Golodkowski.

Aber er fühlte sich nicht russisch. Wenn er ehrlich zu sich war, zog es ihn eher zu den westlichen Kulturen.

Sein restliches Leben in Moskau zu verbringen – wenn sie ihn denn nahmen, bei Gorbatschow konnte man sich nicht sicher sein –, das würde für ihn heißen, eingesperrt zu sein im Osten. Das war nichts für ihn, er war immer ein freier Vogel gewesen, er ging doch ein in der Gefangenschaft.

Es gab noch ein Konto der Kommerziellen Koordinierung in der Schweiz, für das Sigrid mit ihrem Mädchennamen Zeichnungsbefugnis hatte. Er hatte das für Notsituationen so eingerichtet. Die Tarnbezeichnung lautete »Septo«. Dort lagerten 80 Millionen Mark. Aber sollte das sein Vermächtnis sein? Zum Schluss die Hand in der Kasse und den Staat bestohlen?

Er stellte sich vor den Spiegel im Flur, straffte die Haltung. Mit dem Kamm zog er sich den Scheitel nach. Alexander Schalck, so bist du nicht, sagte er sich.

Er nahm den Lappen aus dem Schuhschrank und putzte die schwarzen Schuhe, bis sie glänzten. Er schlüpfte hinein, zog den Mantel mit dem blau karierten Innenfutter an und nahm seinen Koffer. »Sigrid, ich fahre«, rief er, als wäre es ein ganz gewöhnlicher Tag.

Sie kam in den Flur und sah ihn bestürzt an. »Bist du sicher?«

»Hilft ja nichts. Die Arbeit ruft.« Er gab ihr einen Kuss und verließ das Haus. Die Demonstranten sah er nicht an, auch wenn sie ihm ins Gesicht brüllten und ihre Schilder schwenkten. Er ging mit straffem Schritt an ihnen vorüber, und als ihm zwei in den Weg sprangen, wich er aus wie einem unbedeutenden Hindernis. Der Fahrer öffnete ihm die Tür. Er setzte sich, indem er mit Schwung den Aktenkoffer neben sich auf die Rückbank legte. Mit sattem Klang schlug die Autotür zu. Das mochte er an diesen Volvos: das Geräusch der zuschlagenden Türen.

Der Fahrer stieg vorn ein und ließ den Motor an. Das Geschrei von draußen klang nur gedämpft herein. Ein paar Wilde schlugen auf das Wagendach.

»Werden immer verrückter«, sagte der Fahrer. »Die verdienen eins auf die Zwölf, sag ich, und Schluss mit der Debatte!«

»Na, na«, beschwichtigte ihn Schalck. »Ins Büro«, sagte er. Er hörte sich an wie immer, fand er.

War das nur ein Bluff gewesen, als Egon Krenz ihn beim Rücktritt gefragt hatte, ob er an seiner Stelle Regierungschef der DDR werden wolle? Hans Modrow war es geworden, und er hatte den Verdacht, dass das seit langer Zeit geplant gewesen war. In diesem Kreis, der sich bei Markus Wolf traf, im Rahmen dieser geheimen Operation, war der Name Modrow wohl schon öfter gefallen.

Ihn brauchten sie nicht als Regierungschef. Ihn hatten sie als Sündenbock ausgewählt.

In der KoKo sahen ihn die Mitarbeiter erschrocken an, als hätten sie nicht damit gerechnet, dass er erschien. Erster Termin: Erhard Wiechert, der Generaldirektor der Imes Import-Export GmbH, Handel mit militärischen Gütern, Stammkapital eine halbe Million.

Wiechert zwinkerte unentwegt. Die übergroße Brille rutschte ihm von der tränennassen Nase, er schob sie wieder hoch. »Ein Bürgerkomitee«, fing er an.

»Jetzt setz dich erst mal.«

Er setzte sich. »Ein Bürgerkomitee hat unser Lager in Kavelstorf geöffnet.«

»Was hattet ihr drin?«

»Handfeuerwaffen und Munition. Alles bereit zur Verschiffung.«

»Sag eben, dass es NVA-Bestände sind.«

»Sie haben sich das schon genauer angeguckt. Sie haben die Waffen aus der BRD gefunden, für die wir die Papiere gefälscht haben.«

»Beruhige dich erst mal. Hast du noch nicht bemerkt, dass man mir die Schuld an allem gibt? Du bist in zwei, drei Wochen aus dem Schneider.«

»Aber sie fordern Aufklärung! Ich sag dir, alles ist verloren. Sie werden uns hängen.«

»Jetzt gehst du nach Hause, lässt dir von deiner Frau ein ordentliches Essen kochen, gehst früh schlafen und beruhigst deine Nerven. Es sind schwierige Zeiten. Aber du hast dir nichts zuschulden kommen lassen. In ein paar Tagen hat sich die Lage wieder beruhigt.«

Als Wiechert fort war, ging er mit dem Schlüsselbund in den Keller der KoKo. Er öffnete die Stahltüren, folgte wie im Schlaf dem verwinkelten Weg durch die Kellerflure. Nachdem er die letzte Sicherungstür passiert hatte, stand er lange da und betrachtete die Goldbarren. In ordentlichen Stapeln lagen sie vor ihm, zwanzig Tonnen Gold. Er hatte sie letztes Jahr als Reserve angelegt, um damit im Ernstfall eine Zahlungsunfähigkeit der DDR abzuwenden. Damals hatte die Welt noch anders ausgesehen. Eine halbe Milliarde D-Mark hatte er für das Gold bezahlt. Und jetzt? Wie nützte es ihm? Er versagte sich, es zu berühren. Es gehörte ihm nicht.

Zurück im Büro sprach er einen Brief an die Staatsbank der DDR auf Band, in dem er den Direktor über die Existenz des Goldes informierte und ihn darum bat, es abzuholen. Er empfehle die unterirdischen Tresorräume der vormaligen Reichsbank im Haus der Parteiführung.

Er diktierte weitere Briefe. Jeder Abteilung erklärte er die nötigen Schritte. Zwischendrin empfing er die dringenden Fälle, beruhigte, klärte ab, traf Entscheidungen. Um neun am Abend rief Sigrid an. Sie war besorgt. Er sagte ihr, dass er lange arbeiten müsse, sie solle besser schon schlafen gehen.

»Und deine Büromannschaft?«, fragte sie. »Die können auch nicht nach Hause, solange du noch da bist.«

»Es hilft nichts. Ich kann es ihnen nicht ersparen«, sagte er. »Bis nachher, mein Schatz. Oder bis morgen.«

Gegen elf kamen Rechtsanwalt Vogel und seine Frau Helga ins Büro. Vogel sagte: »Zwei Stunden hast du noch, ehe man dich verhaftet.«

Sie blieben nicht lange. Es war ein Abschied mit ernsten Gesichtern. Er rechnete Vogel die Warnung hoch an. Der alte Freund riskierte eine Menge für ihn.

Als sie weg waren, rief er Gisela herein. Er offenbarte ihr, dass er den Bereich Kommerzielle Koordinierung nicht mehr leiten könne und alle Funktionen niederlege. »Ich muss erst einmal Urlaub machen.«

Ihr schossen die Tränen in die Augen. Beschämt presste sie den Handrücken auf den Mund, schluchzte, entschuldigte sich.

Die Gute. »Ich habe leider noch einiges an Arbeit für Sie. Würden Sie diese Briefe bitte tippen und zur Unterschrift vorbereiten?« Er übergab ihr die Kassette mit den Diktaten.

Dass er sie in dieser schweren Stunde brauchte, tröstete sie etwas.

In der nächsten Stunde hörte er, dass sie oft das Tippen unterbrach und sich schneuzte.

Während sie tippte, schrieb er selbst einen letzten Brief, per Hand, an den Ministerpräsidenten Hans Modrow.

Gib mir persönlich die Chance, in geordneten Verhältnissen über fast 40 Jahre im Dienst unseres Staates nachzudenken. Ich fahre nicht in die BRD, nach Westberlin oder NATO-Staaten.

Vielleicht war Wolfgang Vogel extra zu ihm geschickt worden, um ihn an die Grenze zu treiben …? Man wollte eine Geschichte, der schuldbewusste Täter, erwischt auf der Flucht!

Gisela klopfte. Niemand sonst klopfte so zart.

Er bat sie herein.

Meine Güte, sah sie verheult aus. »Da ist jemand, der Sie sprechen möchte, Herr Dr. Schalck.« Gisela machte Platz.

Ria! Ria Nachtmann. Sie trat in sein Büro und sah sich um, als wäre sie in einer Gemäldegalerie, musterte die Telefone, den Schrank, die neuen anthrazitgrauen Stühle am Tisch für Beratungen. Sie sagte: »Hat sich einiges geändert.«

Gisela schloss hinter ihr leise die Tür.

Er stand auf. Kalter Schweiß brach ihm aus. Die Meute vor seinem Haus war ziellos und chaotisch, aber diese kleine Frau ging zielgerichtet vor.

Ria trug ein dunkelblaues Kleid. Der Haarschnitt in einer Zwischenlänge ließ sie stark wirken und mädchenhaft, beides zugleich. Westliches Parfüm kitzelte seine Nase.

Der Brief an Modrow war natürlich eine Lüge gewesen, der Versuch, seine Spuren zu verwischen. Ria Nachtmann konnte ihm alles verderben. »Ich habe alle meine Ämter und Funktionen niedergelegt. Meine Frau und ich planen eine Urlaubsreise. Diese Hetze und Verleumdung ist nicht mehr zu ertragen.«

Sie hatte sich gefragt, wie es sein würde, wieder in dieses Büro zu treten. Hier hatte alles für sie begonnen, mit Aktenplannummern auf Dokumenten, dem Tagesplanbuch, den Karteiregistern. Auch wenn sie den Staat bekämpft hatte und die Kommerzielle Koordinierung, die ihn wie eine künstliche Lunge am Leben erhielt, hatte sie in einer eigenartigen Mischung aus Hass und Liebe gern hier gearbeitet. Das hatte, wie sie sich gestand, nicht zuletzt an Alexander Schalck gelegen.

Der massige Mann, der hinter seinem Schreibtisch zitterte, tat ihr leid. »Meinen Sie wirklich, man lässt Sie außer Landes? An der Grenze werden wieder die Pässe kontrolliert. Die Grenzübergangsstellen werden informiert sein, Sie stehen auf der Fahndungsliste.« Sie holte die Pässe aus ihrer Tasche und legte sie auf den Tisch. »Das könnte Ihnen helfen.«

Schalck griff danach und blätterte sie auf. »Das ist … Das ist wirklich … Ich bedanke mich. Aus deiner Hand, wer hätte so etwas gedacht, Ria!«

Sie selbst am allerwenigsten. Als Stefan Hähner sie bat, einen letzten Auftrag anzunehmen, hatte sie anfangs ihren Ohren nicht getraut. »Sie müssen es sein«, hatte er gesagt. »Sie kennen das Gebäude, Sie wissen, wie Sie sich da zu bewegen haben, Sie fallen nicht auf.« Und dann hatte er ihr den weiteren Plan erläutert.

Schalck sagte: »Aber wir haben uns ja immer gut verstanden.«

»Wir kämpfen für unterschiedliche Seiten, Herr Dr. Schalck.«

»Kann sein. Aber menschlich sind wir uns einig, nicht

wahr?« Er schraubte seinen Füllfederhalter auf und unterschrieb ein Dokument auf der Ablagefläche vor sich. »Ich bin in einer Notlage«, sagte er leise, wie zu sich selbst. »Und wer kommt mir helfen? Ria Nachtmann.«

Der Stress der vergangenen Tage hatte ihn offenbar vollkommen benebelt. Begriff er nicht, was ihre Hilfe bedeutete?

»Wirst du mich begleiten?«, fragte er.

»Wenn ich es richtig gesehen habe, wartet Ihre Frau unten in einem Auto.«

»Aber dann haben die –«

»Nein«, unterbrach sie ihn. »Sie sitzt im Dunkeln. Ich habe sie nur zufällig bemerkt, weil der Motor noch warm war und mir das im Vorbeigehen aufgefallen ist. Ich nehme an, sie hat den Wagen von Freunden geliehen. Oder fahren Sie einen dunkelblauen BMW?« Sie lächelte. »Sie sollten aufbrechen. Die können jeden Moment hier sein.«

Alexander Schalck nahm sich kaum zwei Minuten, um sich von Gisela und seinem Assistenten zu verabschieden. Auch von Ria verabschiedete er sich. Vor dem Gebäude ging er an den parkenden Autos entlang. Er versuchte, die Wärme eines Motors zu erspüren.

Tatsächlich, der BMW strahlte etwas Wärme ab. Diese Topspionin! So etwas fiel ihr also immer noch auf. Er stieg ein. Sofort ließ Sigrid den Motor an.

»Woher wusstest du, dass wir abhauen müssen?«, fragte er.

»Ich bin nicht blöd.«

Diesmal war es keine schöne Dienstreise mit Verhandlungen, Restaurantbesuchen und Stöbern im Kunsthandel. Er würde keine Zeichnungen von Heinrich Zille ergattern und kein Bild von Salvador Dalí, es gab nicht einmal mehr einen Ort, wo er sie aufhängen konnte. Die zweihundert Gemälde in seinem Haus, was geschah jetzt mit denen? Augenblicklich vermisste er sie, und seine Sammlung von Meißner Porzellan, seine Armbanduhren von Seiko, Lassale und Rado, das Wochenendhaus in der Schorfheide.

Er sah über die Schulter. Die Lichter eines parkenden Ladas flammten auf. Der Wagen zog auf die Straße und folgte ihnen. »Verdammt.«

»Sind sie das?«, fragte sie.

»Natürlich sind sie das. Gib Gas!« Er holte die Pässe hervor. »Wir nehmen den Grenzübergang Invalidenstraße.«

Die Frage war, ob sie nur den Auftrag hatten, ihn zu observieren, oder ob sie ihn verhaften sollten. Offiziere der HA VIII handelten nicht eigenmächtig. »Wenn dich jemand fragt, wir sind Ehepaar Gutmann und haben unsere Tante besucht. Jetzt sind wir auf dem Heimweg.«

Sigrid nickte, ohne ihn anzusehen.

Wieder sah er nach dem Lada. Er machte keine Anstalten, sie zu überholen. Sollte er sie in eine Falle treiben? Aber dort war schon der Grenzübergang.

Das grelle Licht blendete ihn. In den letzten Jahren war er einfach durchgebraust. Diesmal verlangte man Pässe. Er hoffte, dass keiner Dienst hatte, der ihn kannte, und dass die Grenzer nicht den Spiegel lasen.

Der Grenzbeamte sah sich die Fotos in den Pässen an und musterte sie. Dann gab er ihm die Pässe zurück.

Schalck sah, dass der Lada hinter ihnen abdrehte.

26

Die Menge vor dem Zaun der KGB-Villa pfiff immer angriffslustiger. Sie riefen freche Parolen. Jugendliche waren auf ein Autodach geklettert und spähten durch die Fenster ins Haus.

Putin nahm sich eine Maschinenpistole. Wenn er sich damit vor die Tür stellte und die Menge darauf aufmerksam machte, dass er das Feuer eröffnen würde, sobald einer versuchte, über den Zaun zu klettern – das würde sie gehörig einschüchtern. Vielleicht konnte er zum Beweis, dass er es ernst meinte, die MPi einmal durchladen. Er wusste, das Geräusch würde Eindruck machen.

Aber womöglich hatten sie Molotowcocktails gebaut. Oder sie warfen Steine. Wenn die MPi eine Ladehemmung hatte … Und selbst, wenn nicht: Sobald die Munition verschossen war, würden sie ihn lynchen.

Putin legte die Maschinenpistole an der Ausgangstür zur Seite. Er ging ohne Waffe raus und fragte die Leute, was sie wollten. »Hier befindet sich eine sowjetische Militärorganisation«, erklärte er.

»Und warum stehen dann bei euch Autos mit deutschen Nummernschildern im Hof? Was treibt ihr da eigentlich?«

»Wir haben vertraglich die Erlaubnis, deutsche Nummernschilder zu führen.«

»Und wer sind Sie? Warum sprechen Sie so gut Deutsch?«

Er sagte, er sei Dolmetscher.

Die Menschen waren gereizt. Einer rief: »Guckt euch den schwarzen Rauch an, der da aus dem Schornstein qualmt. Was verbrennen die da?«

Es würde nicht mehr lange gut gehen. »Gehen Sie nach Hause«, sagte er.

Sie starrten grimmig über den Zaun.

»Es handelt sich um sowjetisches Territorium, und es wurde der Schießbefehl erteilt«, drohte er. »Wenn Unbefugte auf dieses Gelände vordringen, wird geschossen.« Er kehrte zurück in die Villa und rief die nahe gelegene sowjetischen Kaserne an. »Wir brauchen Verstärkung, um das Gebäude zu sichern.«

Einige Momente knisterte es nur in der Leitung.

»Sind Sie noch da?«

»Ja. Aber das kann ich nicht entscheiden. Tut mir leid. Sie müssen beim Militärkommando fragen.«

Er knallte den Hörer hin. Wählte die Nummer des Militärkommandos in Dresden.

Der Offizier am anderen Ende der Leitung hörte sich seine Schimpftirade an. Dann sagte er: »Ohne Befehl aus Moskau können wir nichts tun. So ist die Lage, Genosse. Und Moskau schweigt.«

Er sah es vor sich: Die Außenposten des Sowjetreiches würden einer nach dem anderen aufgegeben werden. Es war, als ob das Land gar nicht mehr existierte. Wie konnte Moskau in dieser Lage schweigen?

Kein Wunder, dass der Westen in der Sowjetunion keine Supermacht mehr sah. Der Westen nutzte die Schwäche der sowjetischen Wirtschaft aus und brachte sie so zu Fall. Da brauchte es gar keine Atombombe.

Es war nicht mehr aufzuhalten. Die Macht würde der Partei zwischen den Fingern zerbröseln.

Die jungen Leute in Leningrad sahen es mit ihrer Intuition früher als die Führung. Auf der Straße konnte man sie in Jeans und Jeansjacke sehen. Die Komsomol-Ortsgruppen veranstalteten Discoabende und spielten dabei westliche Musik. Natürlich, die Jugend richtete sich nach dem Stärkeren aus. So war auch er gewesen als junger Kerl. Sie bewunderten den Westen.

Höchste Zeit, dass sie die unsichtbare Wirtschaft aufbauten, das Netzwerk aus Firmen, in dem sich die finanziellen Mittel der Partei und des KGB verbergen ließen, wenn das Land durch Gorbatschows übereilte Reformen ins Chaos stürzte.

Und wenn dann in das entstehende Vakuum das organisierte Verbrechen vordrang, wenn Betriebe Schutzgelder bezahlen mussten und Erpressung und Gewalt an der Tagesordnung waren, würde man nach einer harten Hand rufen.

»Wir werden uns selbst verteidigen müssen«, sagte er zu den Wachleuten.

Sie sahen ihn erschrocken an.

»Glotzen Sie nicht, machen Sie Ihre Waffen scharf!«

Drüben bei der Staatssicherheit lag ein Verzeichnis aller Dresdner KGB-Agenten, einschließlich derer der Militärabwehr. Es wurmte ihn. Er hätte früher reagieren müssen, hätte die Unterlagen von dort abholen müssen, bevor die Lage so eskalierte. Könnte er sich jetzt noch dahin durchschlagen und das Verzeichnis vernichten? Aber neben der Liste wurden die Kontaktpersonen des KGB auch in der allgemeinen F-16-Kartei registriert, und die war riesig, er müsste die Karten einzeln heraussuchen. Das würde Stunden dauern. Bis dahin wäre das Gebäude längst gestürmt, so wie die Stimmung bei den Demonstranten sich aufheizte. Außerdem gab es ja in Berlin von jeder Karte ein Duplikat. Dort standen ebenfalls Bürgerrechtler vor den Gebäuden der Stasi. Verflucht! Er schlug mit der Faust gegen den Türrahmen.

General Schirokow, der den Ofen mit Papieren fütterte, sah hoch. Sein Gesicht war rot von der Hitze. »Nerven bewahren, Wolodja.«

»Wir brauchen zu lange. Es dauert die ganze Nacht, bis wir alles verbrannt haben.«

Er suchte die Nummer von Juri Drosdow heraus. Drosdow war für das gesamte Netzwerk verdeckter Agenten des KGB zuständig. Ihm würde klar sein, was für ein Wert hier binnen wenigen Tagen vernichtet wurde. »Juri«, sagte er, »hier ist Wladimir aus Dresden. Wir brauchen Unterstützung für den Rückzug.«

»Habt ihr keine Wachen?«

»Zu wenige.«

»Ich schicke euch jemanden. Und General Schirokow, ist er noch da?«

»Er kniet vor dem Ofen und füttert ihn mit Akten.«

»Sag ihm, wir bringen ihn morgen Nacht mit seiner Familie über die polnische Grenze. Auch du wirst die Heimreise nach Russland antreten, mein Freund.«

»Sieht ganz so aus.«

Marga sah sich um. Das wär's noch, wenn jetzt ein Kollege käme. Sie hatte sich nie geschämt, im Privatleben nicht und bei ihrer Arbeit schon gar nicht. Jetzt aber schämte sie sich. Die Schlange am Schalter der Deutschen Bank war lang. Die meisten waren hier, um sich hundert Mark abzuholen wie sie.

Ende Dezember würden sie die Zahlung des Begrüßungsgeldes einstellen. Man musste klug sein. Und war nicht jede Mark, die der feindliche Staat nicht zum Kaufen von Panzern hatte, eine Hilfe? Sie nahm dem Gegner Geld. Trotzdem fühlte es sich erbärmlich an, in der Schlange mit dümmlichen Gierschlündern anzustehen. Manche hatten ihre Kinder mitgebracht. Drei Kinder, zwei Erwachsene, macht fünfhundert Mark.

Allein die Frechheit, sich Deutsche Bank zu nennen. Als wäre nur der Westen deutsch. Dieses Brustraus. Dieses »Wir sind wer und ihr nicht«. Kurz überlegte sie, die Schlange zu verlassen und sich auf die Suche nach einer Sparkasse zu machen.

Wer hatte sich denn mit antifaschistischen Widerstandsgruppen todesmutig den Kriegstreibern entgegengestemmt? Die Kommunisten! Wer hatte den Löwenanteil der Nachkriegslasten getragen und Eisenbahnwaggons, Schiffe, Walzstahl und Maschinen als Reparationsleistungen an die Siegermächte geliefert? Die DDR. Aber die hier wollten jetzt die dicken Maxen sein.

Sie stellte sich vor, wie die Bankangestellte ihren Ausweis nahm und in einer Liste nachsah und sie als Offizierin der Staatssicherheit entlarvte. Wie die Leute aus der Warteschlange auf sie losgingen. Wie die Bankangestellte streng nachfragte, ob sie sich nicht schäbig fühlte, hier Begrüßungsgeld zu kassieren.

Es half ja nichts. Sie musste jetzt mal an sich denken. Es war vollkommen unklar, wie es beruflich für sie weiterging.

Momentan war zwar noch viel zu tun. Die IM-Karteien mussten auf Mikrofiches konserviert werden, die eine Spezialeinheit dann in wasserdichte Container verpacken und an geheimen Orten vergraben oder versenken würde. Notquartiere mussten eingerichtet werden, damit wichtige Agenten abtauchen konnten. Unterlagen waren zu vernichten, vor allem solche, die Rückschlüsse auf inoffizielle Kräfte und Staatsgeheimnisse zuließen.

Aber nicht mehr lange, und die Leute würden ihr frech ins Gesicht sehen, statt den Blick zu senken, wenn sie wussten, wo sie arbeitete. Womöglich zerrte man sie sogar vor Gericht.

Vor ein paar Monaten waren es doch bloß fünfhundert feindlich gesinnte Bürger in den Berliner Basisgruppen gewesen. Ein Taubenschiss. Und in der ganzen DDR vielleicht tausend. Wie war es dem Feind gelungen, Hunderttausende zu verführen und sie zu rowdyhaften Protestaktionen auf die Straße zu bringen?

Perestroika, das war nur eine alberne Parole. Dieses sogenannte Reformprogramm war allein auf die sowjetischen Verhältnisse zugeschnitten. Die DDR befand sich bereits in einem fortgeschrittenen Entwicklungsstadium. Hier konnte das keine Anwendung finden. Sie verfolgten längst konsequent und erfolgreich eine Politik der Einheit und Erneuerung, wie sollte es da nötig sein, die sowjetischen Reformen zu übernehmen?

Aber irgendwie war es dieses Jahr ein unauflösliches Dilemma geworden: War man großzügig gegenüber denen, die in den Westen übersiedeln wollten, und ließ sie gehen, dann folgte nicht eine Stabilisierung, sondern, im Gegenteil, verstärkte sich der Sog noch weiter. War man dagegen strikt, dann wurden die Antragsteller immer lauter, organisierten sich in Gruppen und traten in der Öffentlichkeit auf, was wiederum weitere Anträge auf Ausreise nach sich zog.

Mit den Zeitungen und Fernsehnachrichten war es genauso vertrackt. Der Klassenfeind lechzte nach Informationen, die er als Schwäche der DDR aufbauschen und über seine Nachrichtenkanäle verbreiten konnte. Allein schon aus diesem Grund musste man alles verschweigen, was die Bevölkerung beunruhigen oder dem Gegner Munition liefern konnte. Jede Zeitungsmeldung und jeder Fernsehbeitrag wurden streng geprüft, und was nicht nach Erfolgsmeldung klang, wurde herausgefiltert, verschwiegen oder umgedeutet. So war das eben! Das war nötig im Kalten Krieg. Man machte sich weniger angreifbar. Aber die Krux war, dass die Bevölkerung sich gelangweilt von den geschönten DDR-Nachrichten abwandte und stattdessen dem RIAS und der Tagesschau vertraute. Woraufhin man noch weniger wagen konnte, die Nachricht eines Misserfolgs publik werden zu lassen, den RIAS oder Tagesschau hämisch hätten verbreiten können. Damit klangen die eigenen Kanäle aber noch pathetischer, sie sendeten inzwischen nur noch Phrasen und Agitation.

Das hätten die Führungskader früher bemerken müssen. Die Partei- und Staatsführung war zuletzt enttäuschend gewesen. Auch die Ausreiseregelung war doch offensichtlich nicht ordnungsgemäß abgeklärt worden, man hatte dem Gegner und seinen Massenmedien die Initiative überlassen. In diese kopflose Führung hatte sie als Kommunistin kein Vertrauen mehr.

Zugleich war sie enttäuscht vom Volk. Hatte man alles vergessen, was für einen getan worden war? Die Vertreibung der Junker, die Vergesellschaftung der hitlerschen Kriegsindustrie, das Aufbrechen des bürgerlichen Bildungsmonopols?

»Ihren Ausweis bitte«, sagte die Bankangestellte.

Marga schob ihn über den Tresen.

Die Bankangestellte blätterte den Ausweis durch. Sie musste prüfen, ob sie das Begrüßungsgeld bereits erhalten hatte. Als sie keinen Hinweis fand, schlug sie eine hintere Seite auf, setzte einen Stempel darauf, gab Marga den Pass zurück und legte zwei Fünfzigmarkscheine dazu.

Dass sich das Westgeld so gut anfühlte, war eine Sauerei.

Ihr war übel. Jetzt noch in einen der bösartigen Einkaufstempel zu gehen, kam nicht infrage. Lieber kehrte sie rasch in den Osten zurück. Sie dachte an die zwei Scheine in ihrem Portemonnaie. Lässt du dich kaufen, Marga Dierks?

Zu Hause nahm sie das Geld heraus und legte es in den Schrank zu den Putzutensilien. Dann holte sie es doch wieder hervor, strich die Scheine glatt und schob sie in den Umschlag zu ihrer Geburtsurkunde. Die Kundschafter des Friedens im Westen wurden ja auch mit Westmark bezahlt. Nicht das Geld an sich war böse, sondern die Macht, die dahinterstand.

Sie trat zum Wohnzimmerregal. An den wuchtigen blauen Bänden der Werke von Karl Marx und Friedrich Engels ging sie vorüber. Sie bückte sich und zog ihr altes Buch *Weltall, Erde, Mensch* heraus. Wie einen Schatz trug sie es zum Sofa, setzte sich, hielt es auf dem Schoß und schlug es auf. Sie blätterte und las. Bald ging es ihr besser. Ordnung kehrte in ihr Inneres zurück. Sie las: »Die Zukunft der Menschheit, das ist der Kommunismus. Alle Völker der Welt werden den Weg gehen, der zum Kommunismus führt. Das wird ein Leben sein, in dem sich alle Fähigkeiten der Menschen, alle Seiten der Persönlichkeit voll entfalten. Seine Kennzeichen werden sein: Frieden, Arbeit, Freiheit, Gleichheit, Brüderlichkeit und Glück aller Völker!«

Sie holte ihre Makarow, lud sie durch und steckte sich den Lauf in den Mund.

Sie schloss die Augen.

Drück ab. Komm schon, drück ab.

Zitternd nahm sie die Pistole wieder herunter. Sie saß da.

Mit dieser Ria Nachtmann hatte es angefangen, die hatte sie so durcheinandergebracht und ihr fortwährend Knüppel zwischen die Beine geworfen. Jetzt war sie natürlich obenauf, jetzt triumphierte das Biest.

Marga erhob sich mühevoll und ging in die kleine Küche.

Sie nahm zwei Teller aus dem Schrank. Mitten in der Bewegung hielt sie inne. Sie stellte einen der Teller zurück.

Sie bestrich ein Brot mit Butter und legte Käse darauf. Dann aß sie, nein, fraß, im Stehen, allein. Die Uhr, die sie einmal als Prämie erhalten hatte, tickte. Der Kühlschrank sprang an und surrte. Das Telefon schwieg.

Drei Nächte lang versteckten sich Alexander und Sigrid in der Wohnung einer befreundeten Unternehmerin. Die DDR hatte einen Internationalen Haftbefehl auf ihn ausgeschrieben, aber er wusste, sie würden sich nicht auf die offiziellen Wege beschränken, sie hatten ihre Leute auch im Westen, Entführungen kamen immer wieder vor.

Die befreundete Unternehmerin ging für sie zur Otto-Scheuermann-Bank und holte einige braune DIN-A4-Umschläge aus dem Schließfach. Er war jetzt froh, dass er Teile seiner Briefmarkensammlung und ein paar kostbare Münzen beizeiten in den Westen gebracht hatte.

Er telefonierte mit Schäuble. Nahm sich einen Rechtsanwalt. Aber die Angst wurde größer statt kleiner. Am dritten Tag meldete er sich auf Schäubles Rat hin in Begleitung seines Anwalts in der Haftanstalt Moabit und begab sich freiwillig in Haft. Bis in das Gefängnis würde der Arm der Stasi nicht reichen, hoffte er.

Kurz darauf übergaben DDR-Kuriere der Staatsanwaltschaft beim Westberliner Kammergericht ein Rechtshilfeersuchen nebst Haftbefehl wegen Veruntreuung und verlangten die Auslieferung Schalcks. Nach dem Gesetz über die innerdeutsche Rechts- und Amtshilfe in Strafsachen musste man dem nachkommen.

Seinem Anwalt erklärte Schalck entsetzt, dass es hier nicht

um Recht oder Unrecht gehe, sondern dass die DDR-Regierungskreise seiner habhaft werden wollten, bevor er auspackte und Interna über sie preisgab. Man dürfe ihn auf keinen Fall ausliefern! Die würden ihn fertigmachen.

Im Januar entließ man ihn aus der Haft, flog ihn und Sigrid nach München und brachte sie in einem Auto mit getönten Scheiben zum Samerberg, unweit der Grenze zu Österreich. Das letzte Stück zur Berghütte mussten sie laufen. Die Herren, die sie begleiteten, wiesen sie an, die Fensterläden nicht zu öffnen und nicht nach draußen zu gehen, es sei immer mit Wanderern zu rechnen, die sie erkennen könnten. Kohle zum Heizen war vorhanden, die Einkäufe erledigte man für sie. Sigrid kochte auf einem Kohleofen. Die Türen waren so niedrig, dass er den Kopf einziehen musste, wenn er von Zimmer zu Zimmer ging. Sie hatten kein Telefon.

Für die Rettung würde man eine Bezahlung erwarten, das war Schalck sofort klar. So hatte er sein Leben lang gearbeitet, Leistung und Gegenleistung.

Nach ein paar Tagen kamen die Herren wieder, und sie kamen nicht allein. Ria war bei ihnen. Sie sah sich die Hütte an, lachte mit ihm über den Mangel an Komfort, plauderte über die alten Zeiten. Er war aufgeregt. Er bemerkte, wie Ria ihn verstohlen musterte. Sie versuchte, ihn einzuschätzen. Sie wusste mehr als er. Nach einer halben Stunde fragte sie, ob er zu einem kleinen Ausflug bereit wäre.

Sie wanderten hinunter zu den Autos und fuhren zu einem Hotel am Schliersee. Hatten sie Bayern bewusst ausgewählt? Er verband Gutes mit diesem Bundesland, das wusste Ria, und wenn sie es wusste, dann wussten die es auch. Die KoKo hatte einträgliche Verbindungen zum bayerischen Fleischkonzern Moksel gepflegt. Auch zur Firma März. Beide, Moksel und

März, waren erst durch die Protektion der KoKo so groß geworden. Und dann natürlich Strauß! Er hatte ihm Wohlwollen entgegengebracht, als das noch nicht en vogue gewesen war, das würde er ihm nie vergessen. Hier in Bayern hatten sie den Milliardenkredit ausgehandelt, auf Gut Spöck, Strauß war damals mit dem Hubschrauber aus Nürnberg eingeflogen. Wenn er noch leben würde, wäre alles leichter.

Wollte man ihn weichkochen mit Ria und den Alpen? Man brachte ihn in einen Nebenraum des Hotels. Weitere Herren warteten hier, er spürte, das war eine höhere Etage, intelligente, erfahrene Männer. Sie begannen, ihn freundlich zur Wirtschaft in der DDR auszufragen, ein Gespräch unter Experten. Es gehe um die Zukunft Deutschlands, sagten sie, um eine mögliche Wiedervereinigung und die finanziellen Rahmenbedingungen. Man bot ihm Geld für seine Beratung an, 500 DM pro Stunde. Er lehnte ab, was ihn gleich darauf reute, aber er blieb dabei. Was ich hier tue, das tue ich für Deutschland, sagte er.

Natürlich waren ein oder zwei Leute vom Verfassungsschutz dabei. Die würden wissen wollen, ob er belastendes Material gegen westdeutsche Politiker besaß. Oder war der Bundesnachrichtendienst beteiligt? Dass Ria mitarbeitete, sprach dafür. Der Gedanke war ihm eine Genugtuung. Wenn sich der Auslandsnachrichtendienst der BRD für ihn interessierte, akzeptieren sie also doch, dass die DDR ein eigenes Land war.

Erst nach drei Stunden schwenkte das Gespräch zur KoKo über. In manchen Bereichen waren sie erstaunlich gut informiert.

Als sie ihn zur Berghütte zurückbrachten, war er erschöpft, aber auch euphorisch. Er hatte gearbeitet. Und er war nach wie vor ein gefragter Mann. Die Stimmung in der Expertenrunde war gut gewesen, nüchtern, aber von großer Sachfreude getrieben. Die Herren hatten sich oft Notizen gemacht, obwohl mehrere Bänder mitliefen.

Zu seiner Überraschung wurde er zwei Tage später erneut abgeholt. Und auch dieses Gespräch genügte nicht. Bis in den März hinein wurden es über dreißig Treffen, und von Mal zu Mal konnte er weniger vor sich rechtfertigen, sie nicht »Verhör« zu nennen.

Ria blieb freundlich, und die Experten blieben es auch. Nur dämmerte ihm, dass es mitnichten um die Wiedervereinigung ging. Manche Fragen konnte man mit etwas Wohlwollen noch so interpretieren, zum Beispiel, als sie wissen wollten, ob Rechtsanwalt Vogel Mitarbeiter der Staatssicherheit sei.

»Warum wollen Sie das wissen?«, fragte er.

»Weil er mit der Bundesregierung verhandelt. Die muss wissen, woran sie mit ihm ist.«

Er sagte, dass er über die Beziehungen Vogels zum MfS nichts Näheres wisse. Aber es habe solche Beziehungen geben müssen, weil er anders seine Tätigkeit nicht hätte ausüben können.

Kurz darauf fragten sie ihn, wie das U-Boot-Geschäft mit Südafrika abgelaufen sei. Das *konnte* nichts mit der deutschen Wiedervereinigung zu tun haben.

»Von einem solchen Geschäft weiß ich nichts«, log er. »Ich habe ganz legal, mit staatlicher Genehmigung, Waffen an die Dritte Welt verkauft, zum Beispiel über die zu meinem Bereich gehörende Firma Imes.«

Rias Gesicht verdüsterte sich. Als er später auch bei den Geschäften mit Textilien vom Haken springen wollte, fuhr sie plötzlich dazwischen. Die Herren sahen sie erstaunt an. Sie fragte ihn, ob er wisse, was das Welttextilabkommen sei?

Da konnte er sich schlecht dumm stellen. Sie hatten ja

früher selbst darüber gesprochen. Ria hatte das offenbar nicht vergessen. »Es beschränkt die Einfuhr von billig produzierten Bekleidungsstücken der Dritten Welt nach Westeuropa auf festgelegte Jahresquoten.«

»Haben Sie das Abkommen unterlaufen?«

Er zögerte. »Also wenn, dann muss man sagen, dass wir *und unsere westlichen Partner* es unterlaufen haben.«

»Erzählen Sie, wie Sie dabei vorgegangen sind.«

Sie wusste es natürlich genau, und wenn er es nicht zugab, würde sie die Herren aufklären. »Wir haben Ware außerhalb der Quoten aufgekauft, sie in die DDR gebracht und dort umfirmiert. Die Hemden, Hosen und T-Shirts aus Südostasien sind dann als ›Made in GDR‹ an westdeutsche Großversand-Unternehmen gegangen. Aber glauben Sie bitte nicht, dass die ahnungslos waren! Den Profit haben wir gemeinsam eingefahren, und selbstverständlich wussten sie Bescheid.«

»Wie viel Profit?«, wollte Ria wissen.

»Also, über die Versandhäuser weiß ich nichts.«

»Wie viel hat die KoKo aus dem Geschäft gezogen?«

»Im Jahr vielleicht etwa ... Also, das konnten schon mal hundertfünfzig Millionen Mark sein.«

»West oder Ost?«

»West.«

»Machen wir doch gleich beim Hightech-Schmuggel weiter«, sagte sie.

Die Herren wurden aufmerksam.

Er hätte das Thema gern vermieden. Wieso fiel sie ihm so in den Rücken?

Ria hatte schnell die passenden Firmennamen parat. Es gefiel ihm nicht, dass sie die Regie übernahm.

Er preschte vor. Besser, er fütterte die Herren mit weniger

wichtigem Material. So holte er sich die Gesprächsführung zurück und konnte die größten Fallgruben vermeiden. »Wir haben … also … zuletzt an einer Fabrik für Festplatten für Robotron-Computer gearbeitet. Dafür haben wir die erforderlichen Maschinen in den USA bei der Firma Microscience eingekauft. Die unterlagen eigentlich strengstem Hightech-Embargo, also mussten wir ein Spiel mit doppeltem Boden spielen. Aus Tarnungsgründen haben wir in Singapur die Briefkastenfirma Thrivers Impex Pte. Ltd. gegründet, und für die haben wir die Maschinen gekauft. Nur dass sie anschließend an uns gingen, in die DDR.«

Zwei der Herren machten sich Notizen.

Aber Ria war schon weiter. Sie fragte nach der Wienerin namens Rudolfine Steindling, genannt »Die rote Fini«. An ihr waren die Herren sehr interessiert, mehrere von ihnen zückten ihre Blöcke.

Die rote Fini ließ er sich nicht kaputt machen. Er sagte: »Das ist eine charmante, elegante, weltläufige Dame. Auf die lasse ich nichts kommen.«

»Und wie sieht es mit der Handelsgesellschaft Novum aus?«, fragte Ria. »Lassen Sie auf die auch nichts kommen?«

Es dauerte zwanzig Minuten, bis sie seinen Widerstand gebrochen hatten und er zugab, dass Fini für die Stasi in Österreich Millionen investierte und verwaltete.

Jetzt kam Ria erst richtig in Fahrt. Sie fragte ihn nach den agena-Ausenhandelsvertretungen in Berlin-Charlottenburg, die der Geschäftsanbahnung im Bereich Obst und Gemüse, Genussmittel, Fischkonserven und Kosmetik dienten. Sie deckte die Taal in Vaduz auf, die Hanseatic und die Anstalt Hippokrates in Vaduz, die den holländischen Unternehmen der KoKo Kredite gab. Sie zwang ihn, über Imog Beheer B.V.

in Rotterdam zu reden. Und über die Intrac Handelsgesellschaft mbH, die er besonders liebte, weil er sie nach seinem ersten Unternehmen benannt hatte, mit dem er sich in jungen Jahren hatte bewähren dürfen.

»Erdöl, Diamanten, Handel mit Abfall und Deponiegeschäfte«, sagte er barsch.

»Und war die Intrac nicht auch an der Abwicklung der Kirchengeschäfte beteiligt?«, fragte Ria. »Hat nicht der Geschäftsführer der Intrac Warenlisten zusammengestellt, die das Diakonische Werk, als Beauftragter der Bundesregierung, im Gegenzug für die Freilassung von politischen Häftlingen zu liefern hatte, und Sie haben die Waren anschließend gegen Devisen weiterverkauft? Zu diesem Zweck haben Sie doch öfter die Elmsoka mbH in Liechtenstein eingeschaltet, erinnern Sie sich? Warum?«

Er stand auf. Rias Vorwürfe machten ihn zornig. »Na, warum wohl? So haben wir die geltenden Bestimmungen der internationalen Handelsabkommen umgangen. Das ist doch kalter Kaffee. Sie glauben, dass Sie gewieft sind, ja?« Er sah in die Runde. Oh, für wie klug sie sich hielten. Kein Einziger war Experte. Das waren alles Geheimdienstleute, allesamt! Er würde ihnen die Maske vom Gesicht reißen und ihnen gleichzeitig beweisen, dass sie Dummköpfe waren. Sie ahnten ja nicht, dass er sie nur mit einem Prozent von dem fütterte, was er wusste. »Soll ich Ihnen was sagen? Sie waren blind, all die Jahre! Jawohl, Sie! Da müssen wir gar nicht nach Österreich oder Liechtenstein gucken. Mit Leichtigkeit hätten Sie die MfS-Mitarbeiter in der DDR schon an ihren Kontonummern erkennen können. Sie beginnen immer mit 6612. Aber darauf sind Sie nicht gekommen, wie? Oder an ihrem Sozialversicherungsnachweis hätten Sie sie erkennen können, weil da bei der Arbeitgeberadresse ›Ministerium des Innern‹ die Straßenangabe fehlt. Dafür hätten Sie Grips gebraucht, ein bisschen mehr Grips!«

»Bitte«, sagte einer der Herren sanft, »wir sind doch sehr an einem guten Miteinander interessiert. Niemand möchte Sie in die Ecke drängen. Haben wir uns nicht bestens verstanden bisher? Ihr Wissen ist kostbar für uns. Hätten Sie zum Beispiel einen Vorschlag, welche MfS-Offiziere zur Zusammenarbeit mit uns bereit sein könnten?«

Er setzte sich wieder. Dachte nach. »Ich gebe Ihnen einen Mann, wenn Ria Nachtmann allen künftigen Beratungen fernbleibt. Sie müssen sie sofort nach Hause schicken.«

Die Herren sahen sich lange an. Dann nickten sie.

Er tippte mit den Fingern an seine Stirn. »Adieu, Ria.«

Die Sache passte ihr nicht. Zähneknirschend gehorchte sie und verließ, ohne sich zu verabschieden, den Raum.

Das war also der Preis, den er zu zahlen hatte. Sie gruben in seinem Gehirn, sie erwarteten von ihm, dass er sein Land hinterging. Sie hatten Ria fortgeschickt, also musste er jetzt jemanden liefern. Wer war geeignet, erschien wertvoll und richtete zugleich nicht zu viel Schaden an? Er entschied sich. Aus taktischen Gründen gab er sich zögerlich. Er tat, als falle es ihm schwer, nur nach und nach berichtete er ihnen über Günter Forgber, der sowohl für ihn und die KoKo als auch für die Auslandsabteilung der Stasi arbeitete. »Er verkehrt im legendären Club 45 in Wien«, sagte er. »Kennen Sie den? Er trifft sich regelmäßig in der Etage über der Conditorei Demel am Kohlmarkt 14, nicht weit von der Hofburg. Da geht die halbe österreichische Bundesregierung ein und aus, falls Sie das nicht wissen.«

Die Herren machten sich Notizen.

Ja, da staunten sie, dass er das wusste. »Den Forgber könnte ich euch beschaffen. Der wird aussagen.«

Die Herren gaben sich besondere Mühe, jetzt, wo sie gemerkt hatten, wo seine Schmerzgrenze lag beim Verraten von Staatsgeheimnissen der DDR.

Am Ende wurde er zu einem opulenten Abendessen im Hotel Überfahrt am Tegernsee eingeladen und saß mit BND-Präsident Hans-Georg Wieck am Tisch. Wieck erklärte ihm, dass die Gespräche abgeschlossen seien und man ihm und Sigrid eine 14-tägige Italienreise schenke.

Wenn er noch einen Beweis gebraucht hätte, dann hatte er ihn jetzt. Die »Wirtschaftsfachleute« gehörten sämtlich der CIA und dem BND an. Sie hatten ihn mit Rias Hilfe aus der Gefahrenzone geholt, und er hatte dafür mit Informationen bezahlt.

27

In einem Fenster hing eine einsame DDR-Fahne. Früher waren die Banner ein Zeichen der Anpassung gewesen. Dieselbe Fahne war jetzt eine Geste des Widerstands.

Annie war nicht sicher, ob sie selbst noch hierher gehörte. Sie wohnte jetzt im Westen, sie war übergelaufen.

An einem Weidenbaum zeigten sich die ersten Kätzchen. Von den Dächern tropfte es. Der Frühling setzte sich durch, in den Vorgärten blühten bereits Winterlinge. Zwischen den Ostautos parkten die ersten westlichen Gebrauchtwagen, ein Opel, ein VW Golf. Unter Annies Füßen knirschte der Split, den man vor ein paar Wochen gegen die Glätte ausgestreut hatte.

Michael wartete vor der Restauration 1900.

Jetzt, wo sie hier war, hatte sie keine Lust, mit ihm drinnen an einem Tisch zu sitzen. »Lass uns spazieren«, sagte sie.

»Gerne.«

Sie gingen nebeneinanderher wie zwei Menschen, die sich bemühten, einander nicht zu berühren.

»Hast du Arbeit drüben?«, fragte er.

»Die haben mich gleich genommen.«

»Aber findest du es nicht widerwärtig, immer kranke Menschen um dich zu haben? Ich meine, stört es dich nicht, ihre Schwäche zu sehen?«

»Im Gegenteil. Ich hab durch die Arbeit erst begriffen, wie stark Säuglinge sind, was sie aushalten!«

Er schwieg eine Weile, als würde er darüber nachdenken.

Sie sagte: »Du hattest recht auf dem Alexanderplatz.«

Er war mit den Händen in den Jackentaschen gelaufen, den Blick auf den Boden gerichtet. Jetzt sah er hoch. »Nein, hatte ich nicht. Und es war ein Fehler, mich damals von dir zu trennen. Also, ich meine, ganz früher, in unserer Jugend. Ich denke nur … Manchmal muss man das Leben so akzeptieren, wie es gelaufen ist. Ich kann den Schaden nicht durch einen neuen Schaden wiedergutmachen.«

»Das heißt, du bleibst bei Franziska.«

»Sie sagt, ich habe mich verändert, irgendetwas soll anders an mir sein. Sie kann es nicht genau beschreiben. Ich glaube, es gefällt ihr nicht.« Er lachte. »Ich bleibe trotzdem bei ihr.«

»Ist gut so. Also die richtige Entscheidung.« Meinte sie das? Natürlich meinte sie es nicht.

»Treffen wir uns mal auf ein Eis oder gehen ins Kino?«, fragte er.

Michael! Pass doch auf, was du anstellst. »Ich glaube, das ist keine gute Idee.« Sie hatte sich fest vorgenommen, nicht wieder in eine schmerzhafte Beinahe-Beziehung hineinzustolpern. Jetzt, wo sie neben Michael durch die Straßen spazierte, musste sie sich streng daran erinnern. Es war schwer, ihm zu widerstehen.

»Hast recht.« Er holte tief Luft. »Riechst du das? Der Frühling kommt.«

»Ja. Und die Stadt ist so anders. Berlin ist wieder gesund, so kommt es mir vor. Dieser Frühling fühlt sich stärker an.«

»Mensch«, rief er, »meine Doku! Willst du dir den Rohschnitt mit mir ansehen?« Seine Augen funkelten vor Begeisterung.

»Muss ich dazu was sagen?« Sie stoppte und stemmte die

Hände in die Hüften. Natürlich sah sie nicht wirklich streng aus dabei, das wusste sie.

»Man wird doch noch zusammenarbeiten dürfen.« Er biss sich auf die Lippe. »Na ja, ich frag besser erst Franziska. … Vielleicht will sie auch dabei sein.«

»Zur Sicherheit.«

»Ja, zur Sicherheit.«

Sie gingen weiter. Annie fragte leise: »Es bleibt also kompliziert?«

Er schwieg. Dann sagte er: »Wann war das Leben je einfach?«

Am 18. März 1990, ein Jahr nach den gefälschten Wahlen, fanden in der DDR freie Wahlen statt, bei einer Beteiligung von 93,4 Prozent. Der offizielle Abriss der Grenzmauer begann am 13. Juni 1990. Kurz darauf waren bereits hundert grenzüberquerende Straßen für den Verkehr geöffnet. Die Truppen, die die Mauer bisher bewacht hatten, waren nun für den Abbau der Anlagen zuständig.

In Leningrad besiegten 1991 die Demokraten bei den Stadtratswahlen die Kommunistische Partei. Sie wurden von einem Juraprofessor angeführt, der gut reden konnte. Als Problemlöser und Verbindungsmann in die Halbwelt unterstützte ihn Wladimir Putin.

Alexander Schalck kaufte ein Haus in Rottach-Egern am Tegernsee. Im Schalck-Untersuchungsausschuss des Bundestags entstand bis 1994 ein 1504-seitiger Bericht. Alexander Schalck erhielt wegen Waffenschmuggels und Embargoverstößen zwei Bewährungsstrafen. Er erklärte vor Gericht, dass er seine Handlungen nicht als strafbar betrachte. Er habe nur so gehandelt, um der DDR zu nutzen.

Ria Nachtmann spielte wieder Klavier. Manchmal setzte sich Annie dazu und hörte ihrer Mutter zu, erstaunt darüber, welche weiche Seite in ihr verborgen war. Einmal, bei einer solchen Gelegenheit, kam Ria vom Klavier zum Sofa herüber und erzählte ihr vom Leben damals, als ihr Vater noch stellvertretender Kulturminister der DDR gewesen war.

»Warum hat man ihn abgeholt?«, fragte Annie. »Ich meine, wieso wirft ein Land seinen eigenen Kulturminister ins Gefängnis?«

»Er hat versucht, die deutsche Einheit herbeizuführen. Das galt für sie damals als Verrat.« Sie strich gedankenverloren über den strukturierten Stoff des Sofas. »Papa würde weinen vor Glück, wenn er sehen könnte, dass es Wirklichkeit geworden ist.«

Auf Rias Wunsch traf sich die Familie jeden Sonntag. Sie spielten Brettspiele, machten Ausflüge, aßen gemeinsam, redeten. Annie beobachtete, dass sich Jolanthe und Ria dabei von Zeit zu Zeit in die Augen sahen. Sie sagten nichts, aber wenn Annie es richtig deutete, empfanden sie dasselbe: ein tiefes Glück. Ihre Familie, die so viel Leid erduldet hatte, war wieder vereint.

Der historische Kern dieser Geschichte

Doku des Widerstands

Die Doku des Widerstands im Roman ist fiktiv. Vorbilder waren hier für mich der Fotograf Aram Radomski und der Journalist und Kameramann Siegbert Schefke. Sie machten seit 1987 illegale Fotos und Filme von den Missständen in der DDR, zum Beispiel von den zerfallenden Altstädten Leipzigs und Halberstadts oder von der Umweltzerstörung. Westdeutsche Journalisten schmuggelten die Filme nach Westberlin.

Die Videokamera und das Filmmaterial beschaffte ihnen der Oppositionelle Roland Jahn, der 1983 zwangsausgebürgert worden war. Diplomaten und Bundestagsabgeordnete, die beim Passieren der Grenze nicht durchsucht wurden, brachten die Videokamera und die Filme in seinem Auftrag in die DDR.

Das Filmen war nicht ungefährlich. Aram Radomski und Siegbert Schefke drohten nach DDR-Gesetzen wegen »Agententätigkeit« bis zu zwölf Jahre Haft.

Am 9. Oktober 1989 entstanden ihre berühmtesten Aufnahmen.

Sie wussten, dass sie von der Stasi überwacht wurden. Also ließen sie Zeitschaltuhren das Licht und das Radio einschalten, um die vor der Tür wachenden Stasi-Offiziere in Sicherheit zu wiegen, und verließen währenddessen das Haus über die

Dachluke. Auf der Fahrt nach Leipzig tauschten sie mehrfach das Auto aus. Sie überholten auf der Strecke lange Militärkolonnen, die ebenfalls nach Leipzig fuhren.

In Leipzig suchten sie eine Stelle, von der aus sie drehen konnten. Sie fragten Hans-Jürgen Sievers, den Pfarrer der evangelisch-reformierten Kirche, ob sie auf seinen Kirchturm steigen und von dort aus filmen dürften. Obwohl sie ihm unbekannt waren, vertraute ihnen der Pfarrer und erlaubte es.

Im Dunkeln warteten sie oben auf dem Turm, dann sahen sie das Unfassbare: 70 000 Menschen waren auf der Straße. Ihnen standen 8000 Polizisten und Soldaten der Nationalen Volksarmee gegenüber. Die Menschenmenge rief: »Wir sind das Volk.«

Sie filmten. Schnell war ihnen klar, dass diese Aufnahmen das Land verändern würden.

Den heimlich gedrehten Streifen übergaben sie einem Spiegel-Korrespondenten, Ulrich Schwarz. Er hatte versuchte, sich unauffällig zu kleiden, also nichts zu tragen, was es in der DDR nicht gab, und war mit dem Zug nach Leipzig gereist, weil das Außenministerium allen Korrespondenten verboten hatte, an diesem Tag nach Leipzig zu fahren, und er mit Straßensperren rechnete. Radomski und Schefke kannten ihn aus Ostberlin. Er erklärte sich bereit, das Material an sich zu nehmen. »Mich können sie rauswerfen, sonst nichts«, sagte er. »Aber ihr seid die nächsten zwanzig Jahre in Bautzen.«

Am Tag darauf wurden die Aufnahmen in den ARD-Tagesthemen ausgestrahlt. Sie machten zum ersten Mal sichtbar, wie groß der Widerstand in der DDR war. Auch Millionen DDR-Bürger sahen, was im Land vor sich ging. Angekündigt wurde der Beitrag mit den Worten: »Ein italienisches Fernsehteam, das am Montag in Leipzig war, übermittelte uns die folgenden

Bilder.« So wollte man Aram Radomski und Siegbert Schefke schützen.

Die Schlacht um den Hauptbahnhof in Dresden hingegen filmte nur die Stasi (Ausschnitte davon sind im Trailer zu diesem Roman zu sehen, siehe www.titusmueller.de). Am 7. Oktober immerhin fotografierten in Dresden Matthias Neutzner und Thomas Hiltmann, um der desinformierenden Berichterstattung etwas entgegenzusetzen. Sie nahmen auch mit einem kleinen Tonbandgerät auf, was geschah. Sie wollten Beweise haben für das Geschehen.

Wladimir Putin

Wie Alexander Schalck-Golodkowski stammt Wladimir Putin aus einfachen Verhältnissen. Er wuchs als drittes Kind einer Leningrader Arbeiterfamilie auf. Sie teilten sich die Zweizimmerwohnung mit einer anderen Familie und verfügten weder über fließend warmes Wasser noch über ein Badezimmer. Putins Geschwister starben früh.

Der Vater, der wegen einer Kriegsverletzung hinkte, arbeitete in einer Waggonfabrik. Er war im Zweiten Weltkrieg beim NKWD gewesen, dem Vorläufer des KGB. Aus Sicht des Jungen war er ein Held, der weit ins Feindesgebiet vorgedrungen war und dort Stellungen der Deutschen sabotiert hatte. Diesem Vorbild eiferte Putin nach. Er lernte Deutsch und bewarb sich schon vor dem Schulabschluss in der Leningrader Filiale des KGB. Auf die Empfehlung des KGB hin studierte er an der Leningrader Universität Jura.

Gleich nach der Verteidigung der Diplomarbeit an der juristischen Fakultät wurde er 1975 beim KGB aufgenommen. Man setzte ihn in der Abteilung für Spionageabwehr ein. Aber wovon er träumte, war der Einsatz im Ausland. Nach sieben

Jahren schickte ihn der KGB an das Rotbanner-Institut, die Eliteschule für Auslandsspione, und drei Jahre später, 1985, wurde er nach Dresden entsandt. Seine Frau Ljudmila, eine Deutschlehrerin, kam ein Jahr später nach, die Tochter Mascha war ein Jahr alt, und Ljudmila erwartete das zweite Kind.

Was waren die Aufgaben des 32-Jährigen in Dresden? Er arbeitete für die Verwaltung »S« (verdeckte Aufklärung), hatte verdeckte Mitarbeiter anzuwerben und sie zu führen. Sie sollten im Westen Militärbasen ausspionieren und für den KGB Informationen über die NATO-Truppen und das US-Militär zusammentragen. Andere Agenten wurden in Firmen wie Siemens, Thyssen oder Messerschmidt eingeschleust, um westliche Technologien zu erkunden. Ob Putin auch selbst nach Westdeutschland reiste, ist ungewiss, er selbst bestreitet es. Die Journalistin Catherine Belton hat zumindest eine prominente Zeugin aufgeführt, die ihn mehrfach im Westen getroffen haben will.

Putin führte auch Beamte der Kriminalpolizei der DDR, die im Arbeitsgebiet K1 zur Überwachung von DDR-Bürgern eingesetzt waren. Sie bekamen ihr Gehalt weiter von der Polizei, arbeiteten aber für den KGB und erhielten vom sowjetischen Geheimdienst dafür einen Zuschlag.

Der KGB hat zugelassen oder sogar angeregt, dass ein ehemaliger Kollege ein Buch über Putins Dresdner Jahre schrieb. *Mein Kollege Putin* ist unter dem Pseudonym Wladimir Usolzew erschienen. Vermutlich handelt es sich beim Verfasser um Wladimir Agartanow. Erwartungsgemäß spielt er die Arbeit in Dresden herunter, es klingt, als hätten Putin und er nur herumgesessen.

Catherine Belton hat in ihrem Buch *Putins Netz* gute Indizien dafür gesammelt, dass Putins Tätigkeit in Dresden gerade deshalb kleingeredet wird, weil er dort eine Mission hatte, die jenseits des gesetzlich Erlaubten lag. Oberstleutnant Horst Jehmlich, der Sonderberater des Dresdner Stasi-Chefs Horst Böhm, erklärte in einem Gespräch mit Belton, dass Putin spätestens seit 1988 an der Operation »Strahl« beteiligt gewesen sei.

Ihre Informationen zur Operation »Strahl« sind nicht unumstritten. Dr. Hubertus Knabe wies ihr in einem Artikel in der *Frankfurter Allgemeinen Zeitung* einige Fehler nach. Die Belege zur Existenz der Operation »Strahl« kann er allerdings nicht entkräften.

Neben Catherine Belton betrieb Andreas Förster ergiebige Nachforschungen zur Operation »Strahl«. Und selbst Wladimir Usolzew alias Wladimir Agartanow kommt nicht umhin, die Operation zu erwähnen, auch wenn er ihre Bedeutung herunterspielt.

Relevante Fragen bleiben offen, zum Beispiel: Warum wurde Putin in rascher Folge zweimal befördert, wenn er nichts leistete? Üblich war nur eine Beförderung im Fünfjahreseinsatz im Ausland.

Obwohl die KGB-Dienststelle in Dresden klein war – sie bestand zu Putins Zeit neben dem leitenden Verbindungsoffizier nur aus fünf Offizieren und einer Sekretärin –, gehören heute mindestens drei von Putins damaligen Kollegen zum engsten Zirkel des russischen Präsidenten.

Jewgeni Schkolow wurde von Putin ins Innenministerium berufen und entschied im Kreml so viele Personalfragen, dass man ihn in russischen Zeitungen bald »Putins obersten Kaderoffizier« nannte. Heute hat er einen Vorstandsposten in der staatlichen Stromwirtschaft inne.

Nikolai Tokarew, den Putin ebenfalls aus seiner Dresdner

Zeit beim KGB kennt, wurde zum Vizechef des Staatsunternehmens für Auslandsimmobilien gemacht und 2007 zum Präsidenten von Transneft, dem Betreiber der russischen Erdölpipelines.

Sergej Tschemesow, der sich in Dresden das Telefon mit Tokarew teilte, wurde von Putin zum obersten Waffenproduzenten berufen und spielt gegenwärtig wegen des Ukraine-Krieges eine entscheidende Rolle. Er leitet die Staatsholding Rostec, in der etwa 700 russische Hochtechnologiefirmen vor allem aus dem Rüstungsbereich zusammengefasst sind. Im März 2022 wurde Tschemesows 85 Meter lange Jacht in Barcelona beschlagnahmt. Sie ist 140 Millionen Dollar wert.

Matthias Warnig, der ehemalige Hauptmann der Staatssicherheit, begleitete unter Hans Modrow als Unterhändler die deutsch-deutsche Wiedervereinigung und wurde durch Putin, den er aus der gemeinsamen Geheimdienstvergangenheit kannte, zum Aufsichtsratsmitglied russischer Staatsunternehmen und Geschäftsführer der Nord Stream 2 AG befördert.

Gennadi Timtschenko, der als Sohn eines sowjetischen Offiziers Jahre seiner Kindheit in der DDR verbrachte und wie Putin auf der Gehaltsliste des KGB stand, gründete Anfang der 1990er Jahre als Mitarbeiter einer Raffinerie bei Sankt Petersburg mit Wladimir Putin eine Firma. Putin war da gerade zum Vizebürgermeister aufgestiegen. Westliche Geheimdienste gehen davon aus, dass Timtschenko für Putin Milliarden ins Ausland fließen ließ. Er verdiente auch selbst daran. Sein Vermögen wurde vor der Coronakrise auf etwa 20 Milliarden Dollar geschätzt. Er soll – wie auch Tokarew – mitgeholfen haben, die spektakuläre Villa von Wladimir Putin am Schwarzen Meer zu bauen.

Es ist davon auszugehen, dass Putins Aufstieg in die Politik gerade wegen seiner Kontakte zum KGB gelang, die er weiter pflegte. Im Jahr 2006 förderte eine Untersuchung des Moskauer Zentrums für Elitenforschung zutage, dass die Mehrheit (78 Prozent) der politischen Elite in Moskau dem KGB angehört oder einer seiner Nachfolgeorganisationen verbunden ist. Für die Untersuchung waren über eintausend Biografien überprüft worden.

Laut Recherchen von Catherine Belton gehörte Putin dem Teil des KGB an, der sich während der Perestroika-Reformen auf einen Zusammenbruch der Sowjetunion vorbereitete. Vornehmlich waren diese Kreise in der Auslandsabteilung zu finden.

Der BND besaß eine Quelle in der KGB-Dienststelle: die Dolmetscherin Lenchen S., durch deren Freundschaft mit Putins Frau auch Nachrichten über Putin zum BND gelangten. Im Rahmen ihrer Spionagetätigkeit fing Lenchen S. eine Affäre mit Putins damaligem Chef an, Oberst Matwejew, dem Vorgänger von Generalmajor Schirokow. Sie wurde von ihm schwanger. Um zu entkommen, täuschte sie eine komplizierte Schwangerschaft vor und floh nach Westberlin.

Putin arbeitete ab 1996 im Moskauer Kreml unter Boris Jelzin. 1998 stieg er zum Chef des Geheimdienstes FSB, im März 1999 zum Sekretär des Nationalen Sicherheitsrates auf. Ein Jahr später wurde er Präsident der Russischen Föderation. Am 24. Februar 2022 begann er einen völkerrechtswidrigen Großangriff auf das gesamte Staatsgebiet der Ukraine.

Die Flucht durch den U-Bahn-Tunnel

Zur Schilderung der Flucht durch den U-Bahn-Tunnel inspirierte mich die Flucht des Stellwerksmeisters Dieter Wendt mit seiner eigenen Familie und der seines Cousins am 8. Februar

1980. Sie fuhren zum Bahnhof Klosterstraße und liefen unbemerkt in den U-Bahn-Tunnel der Linie 2. Nachdem sie in den Waisentunnel abgebogen waren, folgten sie dem unterirdischen Gleis bis zu einem massiven Stahlschott, das den Tunnel versperrte, um Wassereinbrüche von der Spree einzudämmen. Hinter dem Schott verlief die westliche U-Bahn-Linie 8. Wendt ließ seine Begleiter in eine Kammer über dem Schott hinaufsteigen. Er selbst ging zurück nach draußen und meldete sich im Bahnhof Jannowitzbrücke bei den Grenzposten. Der unterirdische Teil des Bahnhofs war gesperrt und streng bewacht, er gehörte zu den Geisterbahnhöfen, die von westlichen U-Bahnen durchfahren wurden. Wendt behauptete, er hätte Arbeiten am Einfahrtssignal 652 durchzuführen. Die Grenzsoldaten ließen ihn passieren. Er folgte der U 8 bis zur Einmündung des Waisentunnels, knackte eine Tür und mehrere Schlösser und holte die zwei Familien aus der Kammer oberhalb des Schachts.

Als sich die nächste U-Bahn näherte, gab er mit einer rot abgeblendeten Handlampe ein Notsignal. Der Zug hielt. Auf dem Bauch in der Führerkabine liegend, entkamen die beiden Familien in den Westen.

Die Flucht wurde im Osten wie im Westen geheim gehalten, weil man keine Nachahmung provozieren und auch den Transitverkehr unterhalb Ostberlins nicht gefährden wollte.

Wahlfälschung und Mauerfall

Die Anzeige beim Generalstaatsanwalt von Berlin reichte in Wahrheit Rainer Eppelmann ein. Das Gespräch mit der Staatsanwältin ist nach seinem Gedächtnisprotokoll 1989 niedergeschrieben worden.

Der Friedenskreis im Roman beruht auf Ereignissen und

Eigenschaften verschiedener Friedenkreise, des Friedenskreises Pankow, desjenigen in der Golgatha-Gemeinde und des Friedenskreises in der Gethsemanekirche.

Dass sie Teil der Kirchengemeinde waren und unter der Obhut der Evangelischen Kirche standen, bot den Teilnehmern und Leitern der Friedenskreise etwas Schutz. Die Kirchenleitung hatte sich hinter die Arbeit und die Anliegen der Friedenskreise gestellt, und so war mit Gegenwehr der Kirche und größerer Öffentlichkeit zu rechnen, wenn man z. B. gegen Pfarrerin Misselwitz, die Gründerin des Friedenskreises Pankow, vorging. Zudem war die Ostberliner Oppositionsszene im Blick aufmerksamer Westjournalisten, die Übergriffe oder Verhaftungen öffentlich machten.

Deshalb führte die Stasi ihre Angriffe auf die Einzelnen nicht im Licht der Öffentlichkeit durch, sondern in Form perfider Zersetzungsmaßnahmen im Geheimen. Dauernde berufliche Misserfolge, Autounfälle, wiederholte Wohnungseinbrüche und das Zerstören des guten Rufs waren gängige Methoden. Weibliche IM wurden auf leitende Teilnehmer des Friedenskreises angesetzt, um ihre Ehen zu zerrütten. Jugendliche Kinder von Oppositionellen wurden bedroht oder gar zusammengeschlagen. Den Pankower Friedenskreis und sein Umfeld hatten mindestens 32 IM infiltriert.

Die Teilnehmer wussten, dass der Staat sie festnehmen lassen konnte. Die Angst davor wurde von der Stasi nach Kräften geschürt. Friedenskreis-Mitglieder trafen Vorkehrungen, bei welchen Personen ihres Vertrauens ihre Kinder im Fall einer Inhaftierung bleiben sollten.

Viele aus den Friedenskreisen engagierten sich in der Wendezeit im Neuen Forum, einige auch in der neu gegründeten SPD. Die Mehrzahl von ihnen kehrte später wieder in ihre Berufe zurück. Einige wenige blieben in der Politik und wurden Bundestagsabgeordnete.

Erich Honecker verbrachte im Herbst 1989, als es mit der DDR zu Ende ging, laut Streckenbuch neun Tage in seinem persönlichen Jagdgebiet in der Schorfheide nördlich von Berlin und erlegte 32 Stück Wild, darunter elf Rot- und zwölf Damhirsche. Ende der Achtzigerjahre wurden jedes Jahr mehr als zwanzig Millionen DDR-Mark für das Spezialfutter der Hirsche dort ausgegeben. Am Tag vor dem Mauerfall, am 8. November, schoss Erich Honecker seinen letzten Hirsch, er traf ihn nur ungenau, das Tier entkam und wurde erst einen Tag später verblutet von einem Förster gefunden.

Die Ereignisse um den Dresdner Hauptbahnhof in den Nächten vom 3. zum 4. und vom 4. zum 5. Oktober habe ich im Roman zu einer einzigen Nacht zusammengefasst. Insgesamt gab es innerhalb einer Woche 1303 Festnahmen. Ein Drittel der Festgenommenen wurde misshandelt, noch während der Zuführung, im Zentralen Zuführungspunkt in Dresden oder in der Strafvollzugsanstalt Bautzen.

Am 6. Oktober wurde die Polizei in der Leningrader Straße aus einem Wagen der Straßenbahnlinie 3 beschimpft. Daraufhin ließ sie den Wagen räumen. Die Passagiere mussten sich mit dem Gesicht nach unten auf die Straße legen. Ähnlich geschah es noch zwei weitere Male in Dresden.

Der Mauerfall verdankt sich den Bürgerrechtlerinnen und Oppositionellen, den Demonstranten – Leipzig mit den bahnbrechenden Montagsdemonstrationen ist in diesem Roman viel zu kurz gekommen –, den Botschaftsflüchtlingen, er verdankt sich Ungarns Mut, den Eisernen Vorhang zu öffnen, und Michael Gorbatschow, dem Reformer. Ein Katalysator war auch das Fernsehen. Während die Parteipropaganda den Sozialismus zum Sieger der Geschichte erklärte, wurde den DDR-Bürgern täglich die Überlegenheit der westlichen Erzeugnisse vor Augen geführt. Politische Denkweisen aus aller Welt gelangten durch das Fernsehen ungehindert in die Wohnzimmer. Die Mehrheit der Bevölkerung zog die westliche Tagesschau der ostdeutschen Aktuellen Kamera vor. Filmten die Kamerateams von ZDF und ARD oder mutige Oppositionelle wie Aram Radomski und Siegbert Schefke Volkspolizisten und Stasi-Schläger dabei, wie sie Menschen davonschleppten oder auf Demonstranten einprügelten, dann stellte das die DDR als Diktatur bloß.

Bezeichnenderweise war es ein Fernsehmoment, der die DDR endgültig zu Fall brachte: Die legendäre Pressekonferenz, auf der das überforderte Politbüromitglied Günter Schabowski eine neue Ausreiseregelung so missverständlich bekannt gab, dass es zum Sturm auf die innerdeutsche Grenze führte.

Am Tag nach dem Mauerfall versuchte die Parteiführung, die Lage wieder in den Griff zu bekommen. Egon Krenz ließ eine operative Führungsgruppe bilden, die beriet, ob die Grenzübergänge wieder geschlossen und der alte Zustand wiederhergestellt werden könnten. Generaloberst Klaus-Dieter Baumgarten, der Chef der Grenztruppen, hielt es für aussichtslos. Er sagte, um wieder rückgängig zu machen, was geschehen war, müsste er aufmarschieren und schießen lassen, und dazu sei er nicht bereit.

Trotzdem versetzte man die in den Großraum Potsdam-Berlin verlegte 1. Mot. Schützendivision (zehntausend Mann stark) in erhöhte Gefechtsbereitschaft, außerdem das Luftsturmregiment 40 mit seinen tausendfünfhundert Fallschirmjägern, die speziell im Stadt- und Häuserkampf ausgebildet waren. Lastwagen und Schützenpanzer wurden für den Transport der Soldaten zur Grenze vorbereitet, Waffen auf Lkw geladen, Munition ausgegeben.

In der Nacht zum 11. November enterten, wie in der Nacht zuvor, Hunderte Menschen die Mauer am Brandenburger Tor. Sie wurden vertrieben. Gegen 10 Uhr am nächsten Morgen rief der Verteidigungsminister, Armeegeneral Keßler, bei Generaloberst Stechbarth an und fragte ihn, ob er bereit sei, »mit zwei Mot. Schützenregimentern nach Berlin zu marschieren«.

Seine Antwort: »Ist das eine Frage oder ein Befehl? Wenn es ein Befehl ist, bitte ich, das gut zu überlegen. Wenn wir jetzt mit zwei Regimentern durch Berlin fahren, kann es zu Zusammenstößen kommen und die Stimmung wird aufgeheizt. Ich bin gestern an den Grenzübergängen vorbeigefahren, dort ging es friedlich zu.«

Keßler antwortete: »Man hat die Mauer besetzt!«

Stechbarth beharrte darauf, dass es andere Mittel geben müsse, damit fertig zu werden.

Der Befehl zum Marsch nach Berlin kam nicht.

Aber auch der Stellvertreter des Ministers für Nationale Verteidigung, Generaloberst Joachim Goldbach, damals zuständig für Technik und Bewaffnung, sagte später, der Plan sei gewesen, die Mauer, nachdem sie kurz geöffnet gewesen war, durch die erste Mot. Schützendivision wieder dicht zu machen.

Der Plan wurde fallen gelassen, weil nicht mehr sicher war, dass die Armee den Befehlen Folge leisten würde. Fälle von Fahnenflucht häuften sich. Zweifel wurden geäußert, in den unteren Rängen, aber auch bis fast ganz hinauf in die oberen Offiziersgrade.

Ähnliche Zerfallserscheinungen zeigten sich bei den Betriebskampfgruppen: Bei Alarm erschien nur noch die Hälfte der Leute, ein Teil meldete sich sogar endgültig vom Dienst ab oder stellte klar, nur bereit zu sein, gegen äußere Feinde zu kämpfen, aber nicht gegen die Nachbarn.

Und selbst bei der Stasi zeigte die Veränderung der Gesellschaft Wirkung: Im November 1989 fand im Innenhof des HVA-Gebäudes eine spontane Demonstration von etwa einhundert jüngeren Genossen der HVA statt. Die Demonstranten aus den Reihen der Stasi forderten den Rücktritt der Führung und wünschten sich »mehr Perestroika«. Kurz darauf demonstrierten rund eintausend junge Stasi-Mitarbeiter im Hof vor dem Hauptgebäude des Ministeriums für Staatssicherheit. Auch den härtesten, konservativsten Teil der Bevölkerung hatte das neue Denken erreicht.

Folgende Bücher und Quellen waren besonders hilfreich bei den Recherchen

Reinhold Andert, Wolfgang Herzberg: Der Sturz. Erich Honecker im Kreuzverhör, Berlin/Weimar 1990.

Christopher Andrew, Wassili Mitrochin: Das Schwarzbuch des KGB, Berlin 1999.

Eckhard Bahr: Sieben Tage im Oktober. Aufbruch in Dresden, Leipzig 1990.

Anne Barnert: Mit Behutsamkeit. Hans Wintgens Filmbeobachtungen der DDR, Berlin 2018.

Karl-Heinz Baum, Thomas Schiller (Hrsg.): Mit Kerzen haben sie nicht gerechnet. Das Ende der DDR – von der Friedlichen Revolution zur deutschen Einheit, Leipzig 2015.

Catherine Belton: Putins Netz, Hamburg 2022.

Heike Bittner, Torsten Körner: Palast der Gespenster. Der letzte Jahrestag der DDR, MDR Fernsehen 2019.

Peter Boeger, Elise Catrain (Hrsg.): Stasi in Sachsen. Die DDR-

Geheimpolizei in den Bezirken Dresden, Karl-Marx-Stadt und Leipzig, Berlin 2017.

Das letzte Mahl, in: Spiegel Geschichte, https://www.spiegel.de/geschichte/40-geburtstag-der-ddr-a-949188.html, abgerufen am 21.12.2022.

Dr. Michael Brettin: Erich Honecker am 40. Jahrestag der DDR: Auf zum letzten Gericht, in: *Berliner Zeitung*, https://www.berliner-zeitung.de/b-history/erich-honecker-am-40-jahrestag-der-ddr-auf-zum-letzten-gericht-li.294797, abgerufen am 21.12.2022.

Reinhard Buthmann: Die Arbeitsgruppe Bereich Kommerzielle Koordinierung (MfS-Handbuch). Hrsg. BStU, Berlin 2004.

Jürgen Danyel (Hrsg.): Ost-Berlin. 30 Erkundungen, Berlin 2019.

Der Spiegel 35/1991: Schäubles schwaches Gedächtnis, https://www.spiegel.de/politik/schaeubles-schwaches-gedaechtnis-a-a51cfe0e-0002-0001-0000-000013489769, abgerufen am 1.12.2022.

Jan Eik: Ost-Berlin, wie es wirklich war. Erinnerungen aus der Hauptstadt der DDR, Berlin 2016.

Andreas Förster: Auf der Spur der Stasi-Millionen, Berlin 1998.

Andreas Förster, »Schneewittchens ominöse Flucht vor 31 Jahren – Der Fall Schalck-Golodkowski«, in: Deutschland Archiv, https://www.bpb.de/344237, abgerufen am 19.04.2022.

Rainer Geike: Geld und Preise in der DDR, Norderstedt 2020.

Natalija Geworkjan, Andrei Kolesnikow, Natalja Timakowa: Aus erster Hand. Gespräche mit Wladimir Putin, München 2000.

Oleg Gordiewsky, Christopher Andrew: KGB. Die Geschichte seiner Auslandsoperationen von Lenin bis Gorbatschow, München 1990.

Thomas Grimm: Das Politbüro privat. Ulbricht, Honecker, Mielke & Co. aus der Sicht ihrer Angestellten, Berlin 2005.

Christian Halbrock: Mielkes Revier. Stadtraum und Alltag rund um die MfS-Zentrale in Berlin-Lichtenberg, Berlin 2011.

Harald Hauswald, Lutz Rathenow: Gewendet. Vor und nach dem Mauerfall: Fotos und Texte aus dem Osten, Berlin 2006.

Martin Henker: Days of October: The Role of the Church in East Germany's »Peaceful Revolution«, in: Word & World, Volume 33, No. 3, 2013.

Hans-Albert Hoffmann, Siegfried Stoof: Sowjetische Truppen in Deutschland und ihr Hauptquartier in Wünsdorf 1945–1994, Berlin 2013.

Roland Jahn: Wir Angepassten. Überleben in der DDR, München/Berlin 2014.

Hans Michael Kloth: Vom »Zettelfalten« zum freien Wählen. Die Demokratisierung der DDR 1989/90 und die »Wahlfrage«, Berlin 2000.

Dr. Hubertus Knabe: Putin in der DDR. Eine gute Schule für das Leben, in: *FAZ Online*, https://www.faz.net/aktuell/politik/die-gegenwart/putin-in-der-ddr-fuenf-jahre-als-kgb-offizier-in-dresden-18355405.html, abgerufen am 4.10.2022.

Koordinierungsgruppe Wahlen (Hrsg.): Wahlfall '89. Eine Dokumentation, https://www.stasi-mediathek.de/medien/wahlfall-89-dokumentation-der-opposition-ueber-wahlfaelschungen/, abgerufen am 8.8.2022.

Uwe Krähnke, Matthias Finster, Philipp Reimann, Anja Zschirpe: Im Dienst der Staatssicherheit. Eine soziologische Studie über die hauptamtlichen Mitarbeiter des DDR-Geheimdienstes, Frankfurt/Main 2017.

S. Liebe: Lehrbuch für die Kinderpflegerin und Kinderkrankenschwester, Band I, Leipzig 1971.

Stefan Locke: Sein letzter Hirsch, https://www.faz.net/aktuell/gesellschaft/menschen/auch-erich-honecker-jagte-in-der-schorfheide-15698959.html, abgerufen am 7.1.2023.

Franz Loeser: Der Rat der sozialistischen Götter, in: *Der Spiegel*

32/1984, https://www.spiegel.de/politik/der-rat-der-sozialistischen-goetter-a-4d585c21-0002-0001-0000-00001350 7994, abgerufen am 5.1.2023.

Kathrin Lugert: Vergleich zwischen Ideal und Realität des pflegerischen Alltags der Geburtshilfe unter besonderer Berücksichtigung medizin- und pflegeethischer Fragestellungen im sozialistisch geprägten System der Deutschen Demokratischen Republik mit Schwerpunkt Mecklenburg-Vorpommern, Greifswald 2015, https://d-nb.info/1132224 462/34, abgerufen am 5.7.2022.

Armin Mitter, Stefan Wolle (Hrsg.): Ich liebe euch doch alle! Befehle und Lageberichte des MfS Januar-November 1989, Berlin 1990.

Leonid Mletschin: Weshalb KGB und Stasi die Revolution verschliefen, https://www.petersburgerdialog.de/weshalb-kgb-und-stasi-die-revolution-verschliefen, abgerufen am 7.10. 2022.

Christopher Nehring: Geheimdienstmorde, München 2022.

Daniel Niemetz: Staatsmacht am Ende. Der Militär- und Sicherheitsapparat der DDR in Krise und Umbruch 1985–1990, Berlin 2020.

Peter Pragal: Ihr habt es aber schön hier. Als West-Korrespondent in der DDR, München 2011.

Manfred Quiring: In Moskau regiert der Geheimdienst, https://

www.welt.de/politik/article702380/In-Moskau-regiert-der-Geheimdienst.html, abgerufen am 19.1.2023.

Madlen Schäfer: Stasi-Waffenhilfe für Syrien, https://www.bpb.de/themen/deutsche-teilung/stasi/233561/stasi-waffenhilfe-fuer-syrien, abgerufen am 1.12.2022.

Alexander Schalck-Golodkowski: Deutsch-deutsche Erinnerungen, Reinbek 2000.

Angela Schmole: Hauptabteilung VIII. Beobachtung, Ermittlung, Durchsuchung, Festnahme (MfS-Handbuch). Hrsg. BStU. Berlin 2011.

Frank Schumann, Heinz Wuschech: Schalck-Golodkowski. Der Mann, der die DDR retten wollte, Berlin 2012.

Marianne Subklew-Jeutner: Der Pankower Friedenskreis. Geschichte einer Ost-Berliner Gruppe innerhalb der Evangelischen Kirchen in der DDR 1981–1989, Osnabrück 2004.

Gerhart Sälter, Tina Schaller (Hrsg.): Grenz- und Geisterbahnhöfe im geteilten Berlin, Berlin 2014.

Cordt Schnibben: Die Nacht der Wildschweine, in: *Der Spiegel* 45/2009, S. 54–71.

Wladimir Usolzew: Mein Kollege Putin. Als KGB-Agent in Dresden 1985-1990, Berlin 2014.

Vorbereitung der Inbetriebnahme der Versorgungseinrichtung Normannenstraße, https://www.stasi-mediathek.de/medien/vorbereitung-der-inbetriebnahme-des-dienstleistungs-und-versorgungszentrums-in-der-stasi-zentrale/blatt/85, abgerufen am 16.12.2022.

Alfred Weinzierl, Klaus Wiegrefe (Hrsg.): Acht Tage, die die Welt veränderten. Die Revolution in Deutschland 1989/90, München 2015.

Stefan Wolle: Die heile Welt der Diktatur. Alltag und Herrschaft in der DDR 1971–1989, Berlin 2009.

Stefan Wolle: Ostberlin. Biografie einer Hauptstadt, Berlin 2020.

Hans-Jürgen Zeidler: Zwanzig Jahre »Spezialistenarbeit« für die Sicherheit an der Staatsgrenze der DDR. Abläufe und Ereignisse im Bereich der Grenzübergangsstelle Heinrich-Heine-Straße in Berlin 1970-1989, https://www.stasi-unterlagen-archiv.de/archiv/fachbeitraege/zwanzig-jahre-spezialistenarbeit-fuer-die-sicherheit-an-der-staatsgrenze-der-ddr, abgerufen am 30.11.2022.

Der Autor dankt

Evelyn Zupke, Bundesbeauftragte für die Opfer der SED-Diktatur beim Deutschen Bundestag. Sie hat die Überwachung in den Wahllokalen am 7. Mai 1989 und auch die Demonstrationen im folgenden halben Jahr jeweils zum 7. des Monats mitorganisiert und in einem langen Telefongespräch freundlich alle meine Fragen beantwortet.

Dr. Stefan Donth, dem Leiter des Zeitzeugenarchivs der Gedenkstätte Hohenschönhausen für Hinweise zu Beteiligten an der Wahlüberwachung.

Dr. Elise Catrain von der Öffentlichkeitsarbeit der Gedenkstätte Hohenschönhausen für den Austausch über die Stasi in Sachsen.

Bodo Hechelhammer – seit 2002 Mitarbeiter des Bundesnachrichtendienstes und seit 2016 Chefhistoriker der Behörde – für hilfreiche Quellenhinweise zu Schalcks Flucht.

Bernhard Bachem für seine Freundschaft und seinen guten Rat während der Arbeit am Roman.

Ullrich Hofmann, der viele Fehler im Text rechtzeitig bemerkt hat und sogar wusste, in welcher Etage sich im Elfgeschosser der Durchgangsflur und die Trockenräume befanden. Ich hätte sie in die elfte gesetzt, und ich habe doch jahrelang als Kind in einem solchen Elfgeschosser gelebt! Aber du hast recht, Ullrich, sie waren in der neunten.

Der Emacs-Community und den Erhaltern von Orgmode. Dies ist mein erster Roman, den ich komplett in Emacs geplant und geschrieben habe. Ein Vergnügen!

Gunnar Cynybulk und Oskar Rauch für die gute Arbeit am Text und das gemeinsame Durchdenken der Geschichte.

Den Leserinnen und Lesern. Danke, dass ihr mir durch dreimal 400 Seiten von 1961 bis 1989 gefolgt seid!